Außerdem von Lucinde Hutzenlaub lieferbar:

Pasta d'Amore. Liebe auf Sizilianisch. Roman.

Ich dachte, älter werden dauert länger.
Ein Überlebenstraining für alle ab 50
(mit Heike Abidi)

Ich dachte, sie ziehen nie aus.
Ein Überlebenstraining für alle Eltern, deren Kinder flügge werden
(mit Heike Abidi)

Ich dachte, wir schenken uns nichts!?
Ein Überlebenstraining für Weihnachtselfen und Festtagsmuffel
(mit Heike Abidi)

Besuchen Sie uns auf www.penguin-verlag.de und Facebook.

Lucinde Hutzenlaub

DREI FRAUEN UND EIN SOMMER

Roman

PENGUIN VERLAG

Dieses Buch enthält Zitate aus Mascha Kalékos Werken
In meinen Träumen läutet es Sturm und *Liebesgedichte*, beide erschienen bei dtv.

MIX
Papier aus verantwortungsvollen Quellen
FSC® C083411

Penguin Random House Verlagsgruppe FSC® N001967

1. Auflage 2021

in der Penguin Random House Verlagsgruppe GmbH,
Neumarkter Straße 28, 81673 München
Umschlag: Bürosüd
Umschlagmotiv: Plainpicture/robertharding/Jochen Schlenker;
Trevillion Images/Ildiko Neer; Trevillion Images/Elisabeth Ansley
Redaktion: Lisa Caroline Wolf
Satz: Buch-Werkstatt GmbH, Bad Aibling
Druck und Bindung: CPI books GmbH, Leck
Printed in Germany
ISBN 978-3-328-10555-8
www.penguin-verlag.de

Dieses Buch ist auch als E-Book erhältlich

Die Erinnerung ist das einzige Paradies,
aus dem wir nicht vertrieben werden können.

JEAN PAUL, 1763–1825

Anmerkung:
Ähnlichkeiten zu lebenden Personen
(sowie Schweinen und Hunden) sind rein zufällig
und nicht beabsichtigt.

Helga v. Betzenstein ∞ **Matthias Emmanuel v. Betzenstein**

Helga v. Betzenstein
**1947, Krankenschwester.*
Kämpferin, sehr streng: mit Kiki, sich selbst, dem Leben gegenüber und allen, die keinen Respekt vor Keimen haben. Hat Angst vor Hunden.

Matthias Emmanuel v. Betzenstein
**1941 †2018, Ingenieur.*
Elsies Bruder.

Isolde »Kiki« v. Betzenstein
**1980, Architektin.*
Hatte gerade eine unerfreuliche Affäre mit ihrem Chef. Geht auf diesen verrückten Trip mit ihrer Mutter, aber schlimmer kann es ja auch nicht werden. Oder doch. Aber besser auch. Später. Sehr viel später.

Onkel & Tante

Ida Pfeffer ∞ **Kurt Pfeffer**

Ida Pfeffer
**1931 †2003, Wirtin.*
Wusste, dass Kurts Herz eigentlich einer anderen gehört.

Kurt Pfeffer
**1928, Tischler.*
Am 25.12.1944 mit sechzehn in den Krieg gezogen. Pflichtbewusst, ehrlich und treu. Seine große Liebe von damals hat er nie vergessen, auch wenn er alles dafür getan hat.

Rosa
**2019, Sau.*
Glücklich, ahnungslos, Hauptperson ... äh: -schwein
Ohne sie würde nichts von alldem passieren.

Spanferkelfest:
Organisiert vom Schützenverein Ehrenweiler ev.:
Fest, bei dem man isst, trinkt, tanzt, noch mal trinkt und auf jeden Fall bei der Tombola ein Los kauft.

Geschwister

Elisabeth »Elsie« Isolde v. Betzenstein
**1928, Biologin.*
Nach einem Beinbruch in der Senioren-Reha. Liebt die Natur, Himbeeren und Kurt. Schon immer. Für immer. Das durfte nur bisher niemand wissen. Ihre glücklichste Zeit war der Herbst 1944 – auch wenn sie das damals im Krieg natürlich nicht ahnen konnte.

Roswitha Grünberger — ∞ — **Theo Grünberger**

Roswitha Grünberger
**1952, Ehefrau.*
Weiß, was sich gehört. Apropos: Diese Helga jedenfalls nicht mit ihrem Theo auf die Tanzfläche.

Theo Grünberger
**1950, Landwirt.*
Fröhlich, trinkfreudig, hilfsbereit, schleppt Helga ab (also, mit dem Auto), ist überfordert von all den Frauen und ihren komplizierten Befindlichkeiten, hat die Sau für die Tombola gestiftet.

Jakob Pfeffer — // — **Louisa Grünberger**

Jakob Pfeffer
**1981, Tischler.*
Neffe von Ida und natürlich Kurt. Geduldig, freundlich, irritiert: Wer ist diese blonde Frau, die ihn einfach so umhaut, ohne sich darum zu scheren, dass Jakob nichts mit der Liebe am Hut hat?

Louisa Grünberger
** 1981*
»Lou Green«, berühmte Schauspielerin. Was, die kennen Sie nicht? Nicht schlimm. Wirklich. Hier spielt sie nämlich überhaupt keine Rolle.

Little Richard
**2017, Riesenschnauzer.*
Heißt so wegen der Frisur, nicht wegen der Größe, liebt Hundekuchen, Jakob und eigentlich sowieso alle. Sogar Helga. Beruht nicht auf Gegenseitigkeit.

Mia Pfeffer
**2013*
Louisas und Jakobs Tochter, wild und zauberhaft. Hat alles begriffen – wenn nur die Erwachsenen nicht so kompliziert wären!

Prolog

Es war Freitag, der 14. Juli 1944. Elsie hatte sich am Morgen extra die goldblonden langen Haare gewaschen und diese in der Sonne trocknen lassen, bevor sie sie wieder zu zwei Zöpfen flocht, um sie als Kranz am Kopf festzustecken. In dem kurzen Ärmel ihrer weißen Bluse hatte sie schon vor zwei Tagen Lavendelzweige befestigt, damit sie gut duftete. Gerne hätte sie einen Büstenhalter getragen, damit sie wenigstens ein bisschen so aussah wie eine junge Frau, aber selbst, wenn sie einen gehabt hätte, wäre er überflüssig gewesen. Elsie war gerade sechzehn Jahre alt geworden und beobachtete ihre körperliche Entwicklung gleichermaßen hoffnungsvoll wie verzweifelt. Wäre ihre Mutter mit ihr hier in Ehrenweiler gewesen, hätte sie sich vielleicht deren Büstenhalter leihen können, aber sie war in Stuttgart geblieben. Sosehr Elsie ihre Mutter vermisste und sich gewünscht hätte, dass sie sie bei der Evakuierung nach Ehrenweiler begleitet hätte, so sehr bewunderte sie sie dafür, dass sie alles, sogar die Nähe zu ihren Kindern, opferte, um den Kranken zu helfen, die in Stuttgart zurückgeblieben waren und dringend ihre Hilfe brauchten. Die Familienvilla am Killesberg war aufgrund ihrer Größe, der vier Bäder und des gemauerten und zum Bunker umfunktionierten Kellers zur Infektionsstation umgebaut worden. Magdalena von Betzenstein war keine Krankenschwester, aber sie hatte auch nicht gezögert zu helfen, wo Hilfe nötig war. Vielleicht, weil sie insgeheim hoffte, dass irgendjemand für ihren Mann genau dasselbe tun würde, wenn er, wo auch immer er sich gerade befand, auf Hilfe angewiesen war. Ihre Mutter war für Elsie ein großes Vorbild, und deshalb tröstete sie jeden Abend liebevoll ihren dreizehn Jahre jüngeren Bruder Matthias, der seine Mutter schrecklich vermisste, und sang ihn in den Schlaf, während sie den warmen Körper des Jungen neben sich im Bett spürte und sich selbst damit tröstete, dass der Krieg schließlich irgendwann zu Ende sein musste. Dieser elende Krieg, der ihr jede Freude nahm und, egal auf welcher Seite der sich ständig verschiebenden Grenzen, für unendliches Leid und Kummer sorgte.

Nur heute, heute war ein Tag der Freude. Heute begann das traditionelle Spanferkelfest, das alljährlich in Ehrenweiler gefeiert wurde, und auch wenn es kein Spanferkel oder Fässer voller Bier geben würde wie sonst, so blieb es doch ein Fest und eine große Abwechslung von der ewigen Sehnsucht nach besseren Zeiten.

Heute Abend würde zuerst die Abendandacht stattfinden, nach der traditionell Volkslieder gesungen wurden. Früher, so hatte man ihr erzählt, hatten die Jungen und Alten aus dem Dorf dabei vor dem Festzelt mit Geigen und Akkordeon um ein großes Feuer gesessen, während heute das verblassende Licht des Tages reichen musste. Ein Feuer war zu gefährlich. Es könnte die Aufmerksamkeit des Feindes auf Ehrenweiler lenken. Abgesehen davon war Brennholz kostbar, und man musste sparsam damit umgehen. Morgen dann, nachdem der Tanzboden gesegnet worden war, würden alle tanzen. Die Nächte waren schließlich klar, der Mond voll und die Ehrenweiler ein trotziges Volk. Man konnte ihnen alles nehmen, aber einmal im Jahr wurde getanzt. In Friedenszeiten wäre auch ein Schwein gesegnet worden, das man dann später bei der Verlosung gewinnen konnte, aber es gab einfach keines, das irgendjemand hätte entbehren können. Dafür hatten die Bäuerinnen kleine süße Teigschweine gebacken, von denen jedes Kind eines bekommen sollte. Ja, es war Krieg. Aber heute und morgen musste er einfach eine Pause machen.

Frau Hermann, die Bäuerin, auf deren Hof Elsie und Matthias untergekommen waren, hatte angeboten, auf Matthias aufzupassen, damit Elsie zur Andacht gehen konnte.

Es war kein Wunder, dass Elsie aussah, wie sie eben aussah – viel zu dünn und viel zu jung –, schließlich gab es einfach nie genug zu essen, auch wenn man jetzt im Sommer, vor allem, wenn man früh genug loszog, an den Himbeer- und Brombeerranken am Waldrand die prallsten und prächtigsten Beeren finden konnte, so als ob es der Natur gleichgültig war, dass es im ganzen Land an allem mangelte. Schon oft war Elsie gleich nach Sonnenaufgang dort bei dem Hochsitz gewesen, hinter dessen Leiter die besten Früchte wuchsen. Ein paarmal hatte sie Kurt dabei getroffen. Kurt, der genauso alt war wie sie selbst und der mit seinen blonden, zurückgekämmten Haaren und den braunen, warmherzigen Augen so unglaublich gut aussah, dass sie jedes Mal beinahe vergaß, ihre kleine Schüssel zu füllen.

Sie wusste nicht viel über ihn, außer, dass er nicht wie Elsie und Matthias aus Stuttgart evakuiert, sondern hier in Ehrenweiler geboren worden war und nun versuchte, gemeinsam mit seiner Mutter deren kleinen Bauernhof und die Tischlerei zu retten, bis der Vater wieder aus dem Krieg heimkam.

Elsie errötete bei dem Gedanken an Kurt und dessen schüchternes Lächeln. Sie hatten bisher kaum miteinander gesprochen, aber wann immer sie sich begegneten, selbst am Sonntag in der Kirche, spürte sie seinen Blick auf ihrem Rücken, auf ihrer Haut und auf ihrem Gesicht. Allein der Gedanke daran brachte Elsie zum Lächeln. Sie strich über den rauen Stoff ihres Rockes, den sie aus der alten, aber hübsch bestickten Tagesdecke ihrer Großmutter noch in Stuttgart hatte nähen dürfen. Sie hatte ihn erst gestern ein wenig enger gemacht und den Knopf versetzt, was ihre Taille noch schmaler wirken ließ. Der Rock sah sehr hübsch aus. Wenigstens etwas. Ob sie Kurt so wohl gefiel?

Gestern, als sie sich bei den Himbeeren begegnet waren, hatte er sie gefragt, ob sie auch zum Fest kommen würde. Zuerst hatte sie Nein gesagt, denn allein die Vorstellung, ohne Begleitung auf eine Veranstaltung zu gehen, bei der getanzt und sicherlich auch einige der raren Alkoholvorräte freigegeben wurden, war ein Abenteuer, das ihre Mutter sicher nicht gutheißen würde. Und außerdem musste sie Matthias allein lassen. Schließlich hatte sie Frau Hermann davon erzählt, und die hatte sie mehr oder weniger überredet, nachdem Kurt sogar noch einmal vorbeigekommen war, um sie zum Tanz zu bitten. Er hatte Elsie außerdem so lange vom unvergleichlichen Geschmack von Spanferkelbraten mit Sauerkraut und frischem Brot vorgeschwärmt, das es in den besseren Zeiten immer gegeben hatte, bis ihr das Wasser im Mund zusammengelaufen war und sie es beinahe schmecken konnte. Daraufhin hatte er versprochen, sie eines Tages dazu einzuladen und ihr ein Los für die Tombola zu kaufen. Eines Tages. Wenn der Krieg vorbei war. Seine Augen hatten ihr gesagt, dass er sein Versprechen halten würde.

Ob er sie wohl vielleicht sogar zum Tanzen auffordern würde? Aufgeregt machte Elsie drei kleine Schritte auf den Bruder zu, der gerade zur Zimmertür hereinkam. Er strahlte.

»Du siehst aus wie eine Prinzessin, Elsie!«

Elsie schmunzelte und streckte die Hände nach ihm aus, um ihn in den Arm zu nehmen. Ganz bestimmt hatte er noch nie eine Prinzessin gesehen, sonst wüsste er sicherlich, dass sie selten fadenscheinige Blusen und ausgeblichene Röcke trugen. Aber seine Begeisterung rührte sie und wärmte ihr Herz. Tief vergrub sie die Nase in seinen blonden Locken und atmete den vertrauten Duft ein. Wenn nur das Leben eines Tages wieder leichter werden würde und Angst und Sorge nicht mehr dessen ständige Begleiter.

Sie schluckte und schob die trüben Gedanken beiseite. Die nächsten Stunden sollten ein wenig Glanz und Glück auf diese schwierigen Zeiten werfen, sodass sie vielleicht ein wenig besser zu ertragen waren.

»Findest du wirklich? Wie eine echte Prinzessin?« Elsie drehte Matthias um, damit sie ihm ins Gesicht sehen konnte.

Er nickte so heftig, dass sie beinahe lachen musste.

»Weißt du, Elsie, du leuchtest beinahe so hell wie die Sonne, ganz ohne Juwelen. Und das soll dir eine echte Prinzessin erst mal nachmachen.«

1

»Nein, Kiki, echt jetzt? Du hast nicht ernsthaft gedacht, dass das mit uns was Ernstes ist, oder?« Dass Bennet nicht auch noch laut loslachte, sollte sie ihm wohl zugutehalten. »Sorry, aber wie kommst du denn darauf?«

Gute Frage. Mal sehen: Vielleicht, weil sie beide kaum bekleidet nebeneinander im Bett lagen, und nur fürs Protokoll: Es war weder *ihre* Idee gewesen hierherzukommen, noch hatte sie das Gefühl gehabt, *er* wäre unfreiwillig hier. Zumindest nicht bis gerade eben. Vielleicht aber auch, weil Bennet, seit dem Moment als sie vor sieben Wochen, an ihrem ersten offiziellen Arbeitstag als Architektin bei Henderson & Henderson, mit einem Blick aus seinem gläsernen Büro zu Kikis Schreibtisch gestarrt hatte, als sei er Robinson Crusoe und sie ein Rettungsschiff am Horizont. Und nicht zuletzt, weil man um Menschen, mit denen man zusammenarbeitete, zwischenmenschlich und/oder sexuell eher einen großen Bogen machen sollte, vor allem, wenn man selbst der Juniorboss war, und ganz besonders, wenn man wollte, dass das Objekt der Begierde einem auch noch weiterhin als Arbeitskraft erhalten blieb.

Wenn man es genau betrachtete, warf dieses Gespräch offensichtlich noch weitere Fragen auf, die sich Kiki bisher nie gestellt hatte. Wie zum Beispiel, ob ihr Job in Gefahr war. Aber damit konnte sie sich auch beschäftigen, wenn sie ihren verdammten BH endlich gefunden, die Scherben ihres Herzens vor dem Hotelbett aufgefegt hatte und erhobenen Hauptes aus diesem fürchterlich überstylten Designerhotel in ihr Leben zurückgekehrt war, in dem es hoffentlich eine Rückspultaste gab, die es ihr ermöglichte, die letzte Stunde – ach was, die letzten sieben Wochen – ungeschehen zu machen.

Es war wirklich unglaublich, dass sie tatsächlich davon ausgegangen war, Bennet und sie würde etwas Besonderes verbinden.

»Hey, jetzt entspann dich mal!« Bennet streichelte irgendwo an ihrem Oberschenkel herum, während er selbstgefällig grinste. »Wir können es uns doch auch nett machen, ohne dass wir gleich heiraten oder die ganze Welt von uns weiß. Willkommen im 21. Jahrhundert, Fräulein von Betzenstein. Nur, weil ich dich nicht meiner Familie vorstelle, heißt das doch noch lange nicht, dass wir aufhören müssen, Spaß zu haben!«

Spaß zu haben? Kikis Herz brannte, als stünde es in Flammen. *Spaß zu haben? Das* war also seine Definition von dem, was sie für zarte Bande und eine beginnende Beziehung gehalten hatte?

Nein, sie wollte nicht unbedingt noch einmal heiraten. Das hatte sie schon hinter sich. Und wie wenig sie als Ehefrau wirklich taugte, war ihr endgültig an ihrem neununddreißigsten Geburtstag vor knapp einem Jahr bewusst geworden, als ihr Ex-Ehemann Rob, aka Robert Ferdinand Behrens, ihr im Takt ihrer laut tickenden biologischen Uhr mitgeteilt hatte, dass er ihre vierzehnjährige Beziehung inklusive Eigentumswohnung, Ehering und bereits begonnener Familienplanung nicht mehr weiter fortführen könne, weil er festgestellt habe, dass »das nichts für ihn war«. Auf was genau sich dieses »nichts« bezog, wusste Kiki damals nicht, aber jetzt war sie schlauer: Es bezog sich auf alles. Noch niederschmetternder ausgedrückt: Kikis Alles war sein Nichts. Er wollte keine Kinder, oder zumindest nicht mit ihr, und auch kein Haus. Er wollte frei sein, so behauptete er zumindest, und das Einzige, was außer seinem Job noch in seinem Leben Platz hatte, wäre ein Hund. Nein, das hatte sich nicht gut angefühlt. Auch wenn Esther sie dazu beglückwünscht hatte, dass sie sich nun nie wieder den Kopf darüber zerbrechen musste, wie albern sich Isolde Behrens-von Betzenstein anhörte, sie war ihren Job in Robs Eventagentur als Mädchen für alles los und konnte nun endlich als Architektin arbeiten. Aber dennoch fühlte sie sich so, als hätte ihr jemand die Augen verbunden und das Geländer von einer Freitreppe entfernt. Jeder Schritt in dieses Leben war mühsam, Kiki fehlte komplett die Orientierung, und sie hatte niemanden, an dem sie sich festhalten konnte. Das hieß, eines wusste sie sehr wohl: Sie wollte die wahre Liebe finden. Dieses Mal bedingungslos, mit richtigem Herzklopfen, Schmetterlingen und allem, was dazugehörte.

Doch erst einmal war es nun ein enormer Rückschritt, nicht mehr in der gemeinsamen Wohnung zu sein, sondern wieder in ihrem alten Appartement im Parterre der von Betzensteinschen Familienvilla. Bei ihrer Mutter. Weil der Job bei Henderson zwar prestigeträchtig war, aber dafür schlecht bezahlt wurde und Kiki bisher keinen anderen gefunden hatte, der es einer beinahe vierzigjährigen Berufseinsteigerin mit einem abgeschlossenen Architekturstudium ermöglichte, große finanzielle Sprünge zu machen. Überqualifiziert und unerfahren lautete meist der Subtext der Absage auf ihre Bewerbung. Kiki begriff erst jetzt allmählich, wie abhängig sie sich vor vierzehn Jahren gemacht hatte, als sie direkt nach dem Studium »erst mal« bei Rob eingestiegen war und aus Bequemlichkeit und weil es ja sowieso für immer sein sollte, blieb. Sie war ein Schaf. Ein überqualifiziertes, immerhin.

»Komm schon her, Kiki. Wir haben noch mindestens zwanzig Minuten.«

Das, was sie bisher für ein verliebtes Lächeln gehalten hatte, erinnerte sie nun eher an das breite Grinsen eines Haifisches, kurz bevor er seine hilflose Beute verschlang. Aber sie hätte es wissen können. Müssen.

Sie war einfach schon zu lange raus aus diesem ganzen Mann-sucht-Frau-Dingens, hatte bis vor ein paar Wochen keine Ahnung von Dating-Apps oder Online-Partnerschaftsbörsen gehabt oder davon, wie man die Zeichen des Gegenübers in freier Wildbahn deutete und sich auf etwas einließ, was moderne Menschen »Freundschaft plus« oder gar »Friends with benefits« nannten. Nun, wenigstens würde das ein gewisses Maß an Freundschaft voraussetzen und nein: Egal, wie nett es mit Bennet bisher gewesen war, Freunde waren sie definitiv nicht, denn dann wüsste er, dass Kiki das, was er da gerade gesagt hatte, tief verletzte.

Ihre Finger ertasteten den Saum ihres spitzenbesetzten

Slips, dem teuersten Kleidungsstück, nach dem dazu passenden BH, das sie je gekauft hatte. Extra für ihr neues Leben als Single. Zur Scheidungsfeier sozusagen. Oder, um so richtig ehrlich zu sich selbst zu sein: Weil sie kein Single sein wollte. Extra für »Ich will dich nicht heiraten«-Bennet. Weil sie es einer ausgedehnten Mittagspause in einem Hotel angemessen fand, weil sie dachte, Bennet würde so etwas gefallen, weil sie außerdem gedacht hatte, er wäre möglicherweise verliebt in sie. Wenigstens ein bisschen. Und sie wäre es auch. Aber während sie diesen Mann ansah, der entweder völlig unbekümmert oder total gleichgültig ihr gegenüber war, wurde ihr schlagartig klar, dass sie im Grunde versucht hatte, das, was sie mit Rob gehabt hatte, weiterzuführen. Nur mit einem anderen Mann. Einem, den sie noch nicht einmal kannte und der offensichtlich an einem anderen Punkt in seinem Leben stand als Kiki, nicht nur, weil er drei Jahre jünger war, sondern auch, weil er etwas anderes suchte.

Kiki sollte dringend dieses Hotelzimmer verlassen. Ein Blick auf die Uhr sagte ihr, dass sie zu spät ins Büro kommen würde, selbst wenn sie mit den öffentlichen Verkehrsmitteln fuhr. Zu Fuß auch noch zusätzlich mit Blasen an den Füßen. Denn sie trug, bis sie und Bennet vor einer knappen Stunde dieses Zimmer betreten hatten, nicht nur teure Unterwäsche, sondern auch als Fluchtschuhe völlig ungeeignete High Heels. Hätte sie damit gerechnet, abserviert zu werden, hätte sie Sneakers mitgebracht. Andererseits: Hätte sie damit gerechnet, wäre sie gar nicht erst hier. Hoffentlich.

Ihr Name war Isolde Maria von Betzenstein, ihr Spitzname Kiki, und wenn es so etwas gab wie das Gegenteil einer

Superkraft, dann war es bei ihr eindeutig die Inkonsequenz. Sie begann ihr Liebesleben komplett von vorne, mit hehren Vorsätzen, die sie bereitwillig sofort über Bord warf, wenn sich die Gelegenheit dazu bot, und sie war ähnlich ahnungslos wie damals mit siebzehn, allerdings mit weniger Vertrauen darauf, dass der Traumprinz schon in schimmernder Rüstung in den Startlöchern stand, um sie zu erobern. Für Liebesexperimente war sie anscheinend nicht gemacht.

»Lass uns einfach wieder zur Arbeit gehen, Bennet, ja?«

Kiki stand auf, wickelte sich in eines der flauschigen Handtücher, die auf dem Fußboden lagen, und bemühte sich, wenig von dem Bennets Blicken preiszugeben, was er bis gerade eben noch berührt hatte, um ihm nicht das Gefühl zu vermitteln, dies hier sei Teil der Show. Wenigstens hatte sie ihre Seidenbluse vorher auf einen Bügel an die Schranktür gehängt. Vorsichtig nahm sie sie herunter. Dabei fiel ihr Blick auf den Spiegel.

Im Vergleich zu ihrer winzigen Mutter war Kiki riesig. Die langen, schlanken Glieder hatte sie von den von Betzensteins, und mit ihren goldblonden Haaren sah sie ihrer Tante Elsie in jungen Jahren verblüffend ähnlich, zumal Kiki ebenfalls gerne ihre Haare zu einem Kranz geflochten trug, was Kikis Mutter zu allerlei Spott und der Aussage verführte, dass diese Frisur ihre Chancen auf dem Heiratsmarkt nicht unbedingt erhöhen würde. Ihr beste Freundin Esther behauptete, sie würde aussehen wie Charlize Theron und passend zu ihrem Namen an guten Tagen wirken wie eine aus der Zeit gefallene Prinzessin. In Jeans. Auch wenn es Kiki schmeichelte und Miss Theron sogar einige Jahre älter war als sie, stimmte es natürlich nicht wirklich. Aber beste Freundinnen sagten schließlich so etwas. Dafür ließ Helga von Betzenstein keine Gelegenheit aus, jeden Makel oder Fehler, den sie an ihrer Tochter entdeckte (und das waren einige), Kikis Tante und deren mangelhaftem Genpool in die Schuhe zu schieben. Die von Betzensteins waren alle nicht nur groß und schlank, sondern auch ein wenig unbeholfen, als wären ihre Körper zu lang für ihr Körpergefühl. Dass Elsie sich das Bein gebrochen hatte, lag bestimmt auch daran. Und ein wenig hatte es vielleicht auch damit zu tun, dass die von Betzensteins (ausgenommen Helga natürlich) alle zu waghalsigen Manövern neigten, wie beispielsweise in fortgerücktem Alter auf Tische zu steigen, um Glühbirnen zu wechseln.

Heute war keiner der guten Charlize-Theron-Tage. Trotz toller Haare, blauer Augen, einem schönen Mund und … wirklich hübscher Unterwäsche. Liebesglück sah trotzdem anders aus.

Die kühle Seide streichelte Kikis Haut, als sie in die Bluse schlüpfte. Bennet beobachtete sie mit zusammengekniffenen Augen vom Bett aus.

»Du willst wirklich wieder zur Arbeit?« Er grinste. »Du bist doch diejenige, die es kaum erwarten konnte, hier zu sein, Kiki. Jetzt tu bloß nicht so, als wärst du plötzlich ein unschuldiges Lämmchen! Los, komm zurück ins Bett! Oder soll ich dich holen?« Er robbte näher.

Nein, Kiki war kein Lämmchen. Da hatte Bennet vollkommen recht. Sie war ein ausgewachsenes Schaf, sonst wäre sie ganz sicher nicht hier. Und was auch immer als Nächstes geschah: Diese hier war keine Geschichte mit Happy End. Das hatte selbst Kiki mittlerweile immerhin begriffen.

Bennet hatte sich auf den Bauch gelegt und zupfte an ihrem Blusensaum. Kurz schloss sie die Augen und wappnete sich, bevor sie sich zu ihm umdrehte. Es war nämlich so: Selbst, wenn sie wusste, dass sie einen Fehler gemacht hatte, so hinderte es sie nicht daran, gleich den nächsten zu begehen. Die Inkonsequenz schlug meist ihren Verstand k. o., bevor Kiki es bemerkte. Leider hatte sie offensichtlich nämlich nicht nur eine Schwäche für dumme Ideen, sondern auch für Männer, die alles andere als gut für sie waren. Und Bennet war quasi der Inbegriff all dessen, wovon sie besser die Finger lassen sollte. Apropos Finger davonlassen: Er nahm ihre Hand und zog sie neben sich aufs Bett.

»Willst du es dir nicht doch noch einmal anders überlegen, Prinzessin?« Bennet zwinkerte ihr zu.

Seine Berührung kribbelte an ihrer Hand. Und leider auch an anderen Stellen. Ihr Herz hüpfte aufgeregt und ein wenig unkontrolliert wie ein Kind, das zu viele Süßigkeiten genascht hatte. Kiki seufzte unhörbar und winkte ihrem sich erneut verabschiedendem Stolz in Gedanken wehmütig hinterher.

»Wenn schon, dann Comtesse.«

Das mit der Comtesse war natürlich totaler Quatsch. Die von Betzensteins waren zwar ein altes Adelsgeschlecht, allerdings ohne irgendwelche Ländereien oder sonstigen Besitztümer. Sie besaßen eine Familienvilla am Killesberg, die durch ihren großartigen Blick auf Stuttgart und sehr zugige Fenster bestach, aber wenn man es genau nahm, floss in Kikis Adern kaum noch blaues Blut. Selbstachtung offensichtlich auch nicht wirklich, dachte sie, und ließ sich nach hinten fallen.

2

Mühsam versuchte Elsie, sich aus dieser merkwürdigen Phase zwischen Schlafen und Wachsein zu befreien, die einen sehr früh am Morgen manchmal mit allzu klaren Bildern überfiel. Der Traum war schmerzhaft gewesen. Und sosehr sie den Kummer spürte, so dringlich wollte sie gleichzeitig jeden Moment auskosten. Noch konnte sie sich nicht von den Bildern lösen, die so klar vor ihrem inneren Auge entstanden:

Es war der 24. Dezember 1944, und Elsie fühlte auch im Halbschlaf das Piksen unter den dünnen Sohlen ihrer abgetragenen Schuhe, als sie über die abgeernteten Stoppelfelder in Richtung Waldrand lief.

Die Kälte fraß sich durch ihren Wollschal, den sie eng um sich gewickelt hatte, weil der Mantel doch schon mehr als fadenscheinig war, aber die Vorfreude auf ihre Verabredung wärmte sie und schützte sie davor zu frieren.

Die Sonne schien in einem flachen Winkel gerade so über die Baumwipfel und blendete sie, sodass sie mehr oder weniger blind auf den Hochsitz zwischen den Bäumen zulief.

Aber selbst das war unwichtig. Schließlich wusste sie genau, wo er stand, und um ihn zu finden, musste sie nur ihrem Herzen folgen. Ticktack. Ticktack. Es schlug schnell vor lauter Vorfreude. Heute ganz besonders. Schließlich war Weihnachten, und auch, wenn es kaum etwas gab, womit man feiern konnte, so fühlte sich Elsie heute außergewöhnlich und trotz allem irgendwie festlich. An Weihnachten geschahen Wunder. Auch wenn der Krieg mit all seinen Entbehrungen sie alle fest im Griff hatte, so hatte Elsie dennoch die Hoffnung nicht verloren, dass bald alles gut werden würde. Der Pfarrer hatte heute endlich auch einmal wieder eine schöne Predigt gehalten, und Elsie kam es vor, als sei alles ein wenig heller geworden. Eiskalt, aber heller. Außerdem hatte sie ein Weihnachtsgeschenk für Kurt. Dafür hatte Elsie einen neuen Holzgriff geschnitzt und ein altes Küchenmesser so lange gefeilt und geschliffen, bis es wieder scharf war. In den Griff hatte sie ihre Initialen geritzt: Ein verschnörkeltes K und ein E. Es war zwar nicht perfekt, aber sie war einigermaßen geschickt und hatte tagelang daran gearbeitet. Außerdem war es vermutlich das einzige Weihnachtsgeschenk, das Kurt bekam. Nicht, dass sie selbst mit einem Geschenk rechnete. Aber es machte ihr schon Freude, sich sein Gesicht dabei vorzustellen, wenn er seines aus dem Küchentuch auswickelte, das sie ebenfalls aus der Küche stibitzt hatte.

Noch ein paar Meter, und sie würde Kurts fröhliche Stimme vom Hochsitz hören. Elsie und er hatten im Grunde den ganzen Sommer dort oben am Märchensee oder beim Beerenpflücken in dem umliegenden Himbeer- und Brombeerbüschen verbracht. Wie durch ein Wunder gab es den Hochsitz noch. Keiner hatte ihn bisher abgeschlagen, um

Brennholz daraus zu machen. Als ob sie einen Bannkreis aus Liebe um ihn gezogen hätten, Kurt und sie, und er ebenso unsichtbar war wie die beiden, wenn sie oben auf den groben Holzplanken saßen. Sie nannten ihn ihr Vogelnest.

Elsie machte sich nichts vor. Der Hochsitz würde nicht mehr lange da sein, vor allem, weil er geradezu zwischen den Bäumen hervorleuchtete, jetzt, da auch die niederen Gewächse ihre Blätter verloren hatten und Brennholz kostbarer war als Gold. Gleich würde sie Kurt sehen. Normalerweise saß er längst oben, wenn sie kam, was auch daran lag, dass er einfach gehen konnte, wann er wollte, und sie immer dafür sorgen musste, dass ihr dreijähriger Bruder Matthias bei Frau Hermann bleiben konnte oder bei seinem gleichaltrigen Freund Emil, der im Nachbarhaus wohnte. Sie seufzte. Matthias war mit seinen blonden Locken und den blauen Augen zwar zuckersüß, und sie liebte ihn von Herzen, er hatte sie schon manche Nacht getröstet, allein dadurch, dass er mit ihr in einem Bett schlief, wenn der Krieg und seine Schrecken die Krallen nach ihren Träumen ausstreckten, aber er war eben erst drei. Und Elsie war gerade sechzehn geworden und bis über beide Ohren verliebt in Kurt.

Kurt, der gleich alt war wie sie und doch schon viel erwachsener wirkte. Der den kompletten Hof (oder wenigstens das, was noch davon übrig war) allein mit seiner Mutter bewirtschaftete, seitdem sein Vater zu Beginn des Krieges nach Frankreich geschickt und seitdem nur einmal zu Hause gewesen war. Nun hätte er den Hof wohl auch kaum wiedererkannt. Halb Stuttgart schien nach Ehrenweiler evakuiert worden zu sein. Im Haus lebten drei weitere Familien und im

Stall noch mal zwei. Wenigstens halfen sie gegen Kost und Logis auf dem Feld mit, aber die Verantwortung lag bei Kurt, und auch so gelang es kaum, alle Mäuler zu stopfen. Dennoch konnte er sich trotz all der Arbeit im Sommer immer wieder eine Stunde herausnehmen, um mit Elsie am Märchensee auf dem Steg zu liegen, zu schwimmen und sich die Sonne ins Gesicht scheinen zu lassen. Wenn sie zusammen hier waren, war die Welt in Ordnung. Am liebsten wäre sie für immer geblieben, hätte gewartet, bis die Nacht kam, um von hier aus die Sterne zu sehen, den Mond und das Morgengrauen. Aber leider gab es nach wie vor die Sperrstunde, und Elsie hätte es sowieso nicht über sich gebracht, Matthias so lange allein zu lassen.

Eines Tages, so hatte Kurt ihr aber versprochen, würde er den See und das Grundstück darum herum kaufen, eine kleine Hütte an den Steg bauen, um dort Kissen, Decken und viele Kerzen aufzubewahren, damit sie hier sein und bleiben konnten, wann auch immer ihnen der Sinn danach stand. Eines Tages … Elsie lächelte froh, weil sie spürte, dass Kurts Traum tatsächlich wahr werden würde.

Ob er wohl schon im Vogelnest war? Bisher hatte sie ihn nicht gehört.

Am Anfang hatte er sie noch Elsie gerufen, wie alle anderen, aber seit ein paar Wochen nannte er sie Rotkehlchen, weil sie einfach immer so schnell rot wurde. Normalerweise hätte sie so etwas gestört, aber als Kurt ihr diesen Spitznamen verpasst hatte, war sie beinahe stolz darauf. Rotkehlchen. Sie ging noch ein bisschen schneller. Atemwölkchen tanzten vor ihrem Mund. Gleich wäre sie dort. Sie würde die Leiter nach oben steigen und sich in seine Arme fallen lassen. Dann würden sie dort sitzen und Pläne schmieden. Für eine gemeinsame Zukunft und Tage, in denen sich niemand mehr verstecken oder Angst haben musste, in denen der Krieg vorbei war und ihre Liebe eine Chance hatte.

Lange konnte es nicht mehr dauern. Das sagten alle, auch wenn Hitler und die NSDAP immer noch mit dem »Endsieg« prahlten.

Frieden. Elsie schmeckte das Wort auf der Zunge, als handelte es sich dabei um eines der Sahnebonbons, die sie vor langer Zeit einmal von ihrem Großvater bekommen hatte. Seitdem träumte sie davon, wieder einmal etwas so Köstliches schmecken zu dürfen. Süß wie Kurts Küsse. Er hatte noch nicht gerufen. Anscheinend war sie doch einmal vor ihm da. Ob sie oben im Nest oder lieber unten auf ihn warten sollte?

Da, endlich hörte sie seine Schritte hinter sich. Sie ließ ein paar Sekunden verstreichen, bevor sie sich umdrehte. Zu kostbar war dieses Wissen, gleich in seinen Armen zu liegen und von nichts und niemandem getrennt werden zu können.

»Elsie!«

Ein frohes Glucksen bahnte sich seinen Weg durch ihre Kehle, als sie sich voller Freude umdrehte, ihr Geschenk unter ihrem Schal verborgen.

Das Blut gefror in ihren Adern, als ihr bewusst wurde, was sie sah. Kurts Augen lagen dunkel vor Kummer und Angst in seinem blassen Gesicht, das über Nacht um Jahre gealtert schien. Seine Schultern hingen, als ob nicht ein sechzehnjähriger Junge vor Elsie stand, sondern ein alter Mann. Elsie spürte, wie ihr schwindelig wurde, als sie ihre Hand ausstreckte und fassungslos den rauen Stoff seiner Jacke berührte. Kurt, ihr Kurt, ihr Licht, ihre Hoffnung, ihre Liebe trug eine Uniform.

3

»Fräulein?«

Keine Reaktion.

»Entschuldigen Sie bitte.« Elsie räusperte sich. Nächster Versuch, noch ein wenig lauter: »Fräulein?«

Die Frau in der Schwesterntracht drehte sich noch nicht einmal um, dabei war sie jetzt definitiv laut genug gewesen. Auch wenn ihr Gehör nicht mehr ganz so fein war wie früher: ihre eigene Stimme konnte Elsie schließlich immer noch hören. Ihr Hörgerät lag irgendwo im Nachttischchen dieses merkwürdigen Krankenhausbettes, das eher was von einem unbekannten Flugobjekt hatte mit all diesen verwirrenden Knöpfen und Kabeln, aber das brauchte hier drin auch keiner. Passend zu ihren Überlegungen summte sie die ersten Töne von Frank Sinatras »Fly Me to the Moon«. Sogar auf dem Mond wäre es vermutlich interessanter als hier.

Diese sogenannte Rehabilitationsklinik für Seniorinnen und Senioren, in der Helga sie vor dreieinhalb Wochen untergebracht hatte, glich eher einer Endstation als einem Krankenhaus zur Wiederherstellung. Niemand schien daran interessiert zu sein, die Patienten tatsächlich wieder auf die Beine zu bringen. Das Personal sorgte lieber dafür, dass sie still im Bett lagen und den gestressten Pflegern so wenig wie möglich in die Quere kamen. Und weil es dementsprechend sterbenslangweilig war, lohnte es sich auch nicht, das Hörgerät zu suchen, geschweige denn es einzusetzen.

Sterbenslangweilig. Der war gut. Für was brauchte sie hier ein Hörgerät? Damit sie mehr vom Gejammer ihrer Mitpatienten hatte, zumindest von den glücklichen, die allein die Flure entlangschlurfen konnten? Lieber nicht. Elsie wusste selbst, dass sie ohne ihr Hörgerät gerne mal so laut sprach, als würden alle anderen eines brauchen. Ein Vorwurf, den ihr ihre Schwägerin sehr gerne machte, obwohl Helga selbst Anfang siebzig war und auch schon die ein oder andere Verschleißerscheinung aufwies. *Sterbenslangweilig.* Immerhin wäre das auch eine Option. Elsie kicherte bei dem Gedanken, was dann wohl auf ihrem Grabstein stehen würde: *Hier liegt Dr. Elisabeth Isolde von Betzenstein, gestorben aus Langeweile im Alter von 91 Jahren.* Für viele sicher nicht die schlechteste Option. Für Elsie der absolute Alptraum. Lieber irgendwo in Südamerika vom Schlag getroffen werden, als beim Lösen von Kreuzworträtseln einzuschlafen und es noch nicht einmal zu bemerken. *Eine Stadt mit sechs Buchstaben? Berl…*

Nein. Niemals. Wenn es dann mal so weit sein sollte, würde Elsie mit einem Knall abtreten und nicht ihr Leben heimlich, still und leise aushauchen, nur um niemanden mehr als unbedingt notwendig zu behelligen.

Verdammter Oberschenkelhalsbruch. Schlimm genug, dass sie ausgerechnet beim Auswechseln der Glühbirne über ihrem Küchentisch vom Stuhl gefallen war. Sie hatte zudem von Anfang an das Gefühl, als würde Helga es insgeheim genießen, endlich ihre Vorträge in Dauerschleife absenden zu können:

Die meisten Unfälle passieren im Haushalt! In deinem Alter muss man ja auch nicht mehr unbedingt …

Doch, dachte Elsie trotzig. In ihrem Alter musste man sehr wohl. Gerade dann. Man hatte schließlich nichts mehr zu verlieren.

Könnte sie wieder laufen, wäre sie im Klinikgarten, dem einzigen einigermaßen erträglichen Ort, den dieses Heim zu bieten hatte. Andererseits: Könnte sie wieder laufen, wäre sie überall, nur nicht hier. Selbst den Garten hatte Elsie bisher nur durch ihr bodentiefes, aber nicht zu öffnendes Fenster aus bewundert, denn bisher hatte es leider niemand für nötig gehalten, sie mal mit diesem blöden Rollstuhl nach draußen zu fahren, obwohl der Himmel blau und die Temperaturen mehr als freundlich waren.

Dieser schreckliche Rollstuhl macht einen wahnsinnig! Wie kostbar Unabhängigkeit war, spürte man erst, wenn man sie nicht mehr hatte. *Galt das nicht für alles im Leben?*

Alleine in den Garten zu fahren, traute sie sich nicht, nachdem sie gestern (oder war es schon vorgestern gewesen?) einen Versuch gewagt und sich dann so in der viel zu engen Aufzugtür verkantet hatte, dass ein Alarm losging und sie sehr erleichtert war, dass sie sich befreien konnte, bevor jemand kam, der vermutlich sowieso nur gemeckert, aber nicht geholfen hätte.

Im Übrigen sollte das sowieso der Werbeslogan für diese Klinik sein: Rehabilitationsklinik für Seniorinnen und

Senioren – hier wird gemeckert, nicht geholfen. Sie kicherte wieder. Vielleicht, wenn sie das noch eine Weile machte, hielt die Schwester sie für verrückt und dann … Resigniert ließ sie die Schultern sinken. Nicht hilfreich. Vorerst kam sie hier wohl nicht weg.

Was für ein Reinfall, diese Reha. Wäre sie nur zu Hause geblieben. Aber das ging ja laut Helga und Dr. Klausner, dem Arzt, der sie operiert hatte, auch nicht.

Du musst mal langsam machen. Helga.

In Ihrem Alter. Dr. Klausner.

Verdammt. Elsie.

Sie seufzte. Alt werden war definitiv nichts für Feiglinge, da hatte Mae West, die Schauspielkönigin ihrer Jugend, absolut recht. Ihre Jugend … Je älter Elsie wurde, umso mehr genoss sie die Gedanken daran, versank in diesen Träumen, die sie benommen aufwachen ließen und dank derer sie erst eine Weile brauchte, um zu begreifen, dass sie nicht mehr sechzehn war, sondern neunzig. Einundneunzig. Als ob es auf das eine Jahr ankam. Mittlerweile vermischten sich ihre Träume oft auch mit der Wirklichkeit, und sie musste sich mitunter sehr konzentrieren, um nichts durcheinanderzubringen. Wenn es doch passierte, war es ihr unglaublich unangenehm. Andererseits: Wer hätte je gedacht, dass eines Tages die Nächte wieder spannender als die Tage werden würden? Elsie schmunzelte bei diesem Gedanken. Sie selbst ganz sicher nicht.

Wenn nur wenigstens Kiki, ihre Nichte, in der Nähe wäre. Die Einzige, die wirklich an ihr interessiert war und der sie absolut vertraute, seitdem ihr Bruder Matthias vor zwei

Jahren viel zu früh gestorben war. Nur über Kurt hatte sie mit ihr nie gesprochen. Warum, war ihr selbst nicht ganz klar, aber ein wenig lag es vermutlich daran, dass sie ihn niemals so hätte beschreiben können, dass es ihm hätte gerecht werden können. Und Elsie hatte Angst, dass sein Leuchten dadurch auch für sie verloren ging.

Ihr heutiger Traum hatte sie wieder einmal sehr aufgewühlt, und sie hätte einfach gerne jemanden in ihrer Nähe gehabt, bei dem sie nicht so sehr darauf achten musste, keine Fehler zu machen. Unter normalen Umständen wäre Kiki sicher hier, aber als das alles passiert war, hatte sie gerade erst in diesem grässlichen Architekturbüro von diesem überheblichen Henderson angefangen. Elsie hatte ihre Nichte gewarnt. Sie kannte Henderson aus dem Kunstverein – und verachtete ihn zutiefst. Aber Kiki wollte unbedingt dort arbeiten, eigensinnig wie sie nun mal war, und konnte Elsie nun auch nicht helfen, da hätte sie sich für eine ambulante Reha entscheiden müssen. Das wäre wirklich ideal gewesen. Im Sinne von »nicht ganz so furchtbar«. Ein kleines Leuchtfeuer am düsteren Horizont sozusagen.

»... weil du nicht da bist, blättre ich in Briefen und weck vergilbte Träume, die schon schliefen. Mein Lachen, Liebster, ist dir nachgereist. Weil du nicht da bist, ist mein Herz verwaist«, murmelte Elsie.

Mascha Kalékos Texte begleiteten sie wie ein Talisman durchs Leben, und schon oft hatte sie sie zur Hand genommen, wenn sie aufgeregt oder unglücklich gewesen war. Es war wie eine Art Meditation für Elsie, die ihr Erste Hilfe leistete, und es wäre ihr nie in den Sinn gekommen, das Haus ohne dieses Buch in ihrer Handtasche zu verlassen. Wie gut, dass Kiki ihr noch eines ihrer Gedichtbände in die Tasche gepackt hatte. Elsie blätterte ständig in dem zerfledderten Buch, obwohl sie jedes einzelne Gedicht auswendig kannte. Aber Maschas Worte trösteten sie, und Elsie fühlte sich beim Lesen, als ob sie mit einer Freundin sprach, die sie besser verstand als jeder andere Mensch.

Wenn Kiki nur hier wäre. Ihre einzige Nichte. Überhaupt ihr Ein und Alles. Wenn Elsie selbst Kinder gehabt hätte, sie hätten ganz genau so wie sie sein müssen. Abgesehen vom Namen. Was auch immer sich ihr kleiner Bruder und Helga dabei gedacht hatten, als dieses wunderbare Kind geboren wurde (und es war wirklich ein Wunder, dass eine so winzige strenge Person wie Helga ein so strahlendes, großes Baby gebären konnte) und sie ihr ausgerechnet Elsies zweiten Vornamen Isolde als Rufnamen gaben. Die Arme. Elsie hatte ihr selbstverständlich gegen den Willen von Helga den Kosenamen Kiki verpasst, weil es das erste Wort war, das das Kind gesagt hatte. Zu allem. Ein staunendes, glückliches, glucksendes, fröhliches und manchmal auch ein durchaus zorniges »Kiki«.

Es war Liebe auf den ersten Blick gewesen. Die zweite Liebe auf den ersten Blick in Elsies Leben. Die erste war natürlich Kurt. Endlich wurde ihr Herz ein wenig leichter. Die Liebe zu ihm war über siebzig Jahre alt, aber dennoch so jung, als hätte sie ihn erst gestern getroffen, und so klar wie der Himmel da draußen, und das, obwohl sie sich nicht ein einziges Mal wiedergesehen hatten.

»FRÄULEIN?« Nächster Versuch.

Endlich drehte sich die Krankenschwester um.

»Was gibt's denn? Sehen Sie nicht, dass ich beschäftigt bin,

Frau …« Genervt runzelte sie die Stirn. »… Betzinger?« Ihre Stimme klang selbst ohne Elsies Hörgerät schrill.

»Frau Doktor von Betzenstein«, antwortete Elsie mit all der Würde, die ihr in diesem verdammten Bett noch zur Verfügung stand, und schenkte ihr ein unschuldiges Lächeln. Sie bildete sich überhaupt nichts auf ihren Namen ein, ganz im Gegensatz zu ihrer Schwägerin, aber ein paarmal hatte ihr Titel den Menschen, die nicht unbedingt zu respektvollem Umgang neigten, immerhin doch noch erfolgreich Respekt eingeflößt, und vielleicht half es ja auch jetzt, wenn schon die schlichte Tatsache nicht ausreichte, dass sie hier Patientin war.

»Schön, Frau Doktor von … wie auch immer. Ich versuche gerade, Ihre Medikamente so in Ihre Tablettenbox zu portionieren, dass Sie versorgt sind, was nicht ganz einfach ist, denn Sie haben offensichtlich darauf verzichtet, die von heute Morgen und heute Mittag zu nehmen.«

Missmutig hielt sie eine rosafarbene, in mehrere Kästchen unterteilte und mit einer durchsichtigen Schiebeplastikscheibe bedeckte Schachtel in ihrer Rechten und wies mit der linken Hand darauf, als ob sie ein Beweisstück vor Gericht präsentieren wollte.

»Stimmt.« Wozu sollte man Medikamente nehmen, wenn man gesund war? »Ich habe mir das Bein gebrochen und keine Depressionen. Knochen heilen schließlich auch nicht besser, wenn man ein Schlafmittel nimmt, nicht wahr?«

»Sind Sie etwa der behandelnde Arzt? Ich denke, nein. Aber immerhin geben Sie es zu.« Die Schwester stemmte die Hände samt Pillenschachtel in die Hüften.

»Natürlich. Warum auch nicht? Ich brauche doch keine

Schmerzmittel, Schlafmittel, verdauungsfördernde Tropfen oder irgendetwas für mein Gehirn. Das Einzige, was ich brauche, ist ein Stündchen an der frischen Luft und was Anständiges zu essen!« Dieses Reha-Kantinenfutter war so undefinierbar wie geschmacklos und vermutlich so lange gekocht worden, dass sich definitiv auch der letzte Nährstoff in Dampf aufgelöst hatte. Sogar die Vitamine starben hier an auf kleiner Flamme lang gegarter Langeweile. *Ruhe in Frieden, Brokkoli.* Wenigstens konnte den Fraß dann jeder essen. Sogar die Patienten ohne Zähne.

»Sie wollen nach draußen?« Skeptisch schaute die Schwester vom Rollstuhl zu Elsie und wieder zurück. »Alleine? Wie kommen Sie denn darauf?« Vermutlich hatte diesen unerhörten Wunsch hier noch nie jemand geäußert. »Bekommen Sie keinen Besuch, der mit Ihnen spazieren geht?«

Touché. Bisher nicht. Kiki wollte am Sonntag in einer Woche kommen, nur … das waren noch die restlichen sechs Stunden bis zur Nachtruhe und zehn weitere, ewig gleiche und trostlose Tage. Elsie fragte sich langsam, ob sie es so lange noch aushielt oder ob sie vielleicht einfach doch aufstehen und gehen sollte. Einmal war sie nachts schon heimlich und ohne Hilfe aufs Klo gegangen, weil sie einfach nicht warten konnte, bis irgendjemand kam. Das hatte problemlos geklappt. Aber bis in den Garten traute sie sich nicht. Für eine längere Strecke war sie dann doch noch nicht sicher genug auf den Beinen.

»Ich würde aber gerne *jetzt* ein bisschen raus.«

Elsie versuchte ein überzeugendes Lächeln, das leider an der Schwester abprallte. Genervt sah sie auf die Uhr, wobei sie sich gedankenverloren auf die Brusttasche klopfte. Hoffnung stieg in Elsie auf. Eine Raucherin. Elsie konnte förmlich sehen, wie sehr sie sich nach einer Zigarette sehnte.

»Sie haben doch eine Pause verdient, nicht wahr?«

Einschmeichelnd klapperte sie mit den Wimpern, was vermutlich unnötig und auch ein wenig albern war, aber schaden konnte es nicht. Hoffentlich.

»O ja, das habe ich.« Sie schnaubte. »Und nötig habe ich sie auch. Sie wissen ja gar nicht, wie chaotisch es hier zugeht, aber wem sage ich das? Es wäre mir schon geholfen, wenn die Patienten ihre Tabletten …«

»Ich verstehe Sie vollkommen, und es tut mir sehr leid, wenn ich zu Ihrem Stress beigetragen habe.«

Elsie konnte es sich gerade noch verkneifen, wieder mit den Wimpern zu klimpern, aber irgendetwas schien sie richtig gemacht zu haben, denn die Schwester hatte sowohl den bösen Blick als auch das hektische Herumsortieren eingestellt.

»Wie haben Sie sich das denn vorgestellt?«

»Nun ja, Schwester …« Elsie kniff ein wenig die Augen zusammen, um das Namensschild zu entziffern. Wenigstens funktionierten ihre Augen immer noch ganz gut. Die Sehnsucht nach dem blauen Sommerhimmel wurde beinahe übermächtig. »… *Erika*, wie wäre es denn, wenn wir beide ein Viertelstündchen in den Garten gingen? Für meine Abwechslung und Ihre wohlverdiente Pause?«

»Hm. Ich weiß nicht.« Schwester Erika schüttelte seufzend den Kopf. »Ich hab noch so viel zu tun.«

»Bitte! Ich verspreche auch, meine Medizin danach ganz brav zu nehmen.« Wer lügt, kam vermutlich nicht in den

Himmel, so viel war klar, aber vielleicht wenigstens für einen Moment raus hier.

Schwester Erikas Bedürfnis nach einer Zigarette schien größer zu sein als der Zeitdruck, denn sie griff nach der Wolldecke, die über Elsies Bett lag, und drapierte sie schnell über deren Beine.

»Also gut. Eine Viertelstunde, aber keine Sekunde länger!«

Ich freue mich, dass ich mich an das Schöne und an das Wunder niemals ganz gewöhne. Dass alles so erstaunlich bleibt, und neu! Ich freu mich, dass ich … Dass ich mich freu.

Elsie zitierte glücklich Mascha Kaléko in Gedanken, als sie den ersten tiefen Atemzug nahm und die Sonnenstrahlen auf ihrem Gesicht spürte. Sie dirigierte Schwester Erika zu einer Art Bauerngarten, der mit einer niedrigen Buchshecke eingefasst war, in der Hoffnung, dort ein paar Kräuter zu finden. Bei dem Gedanken an ein Butterbrot mit frischem Schnittlauch oder ein wenig Basilikum lief ihr das Wasser im Mund zusammen. Aber bevor sie den kleinen Garten erreichten, entdeckte Elsie etwas, das ihr Herz noch sehr viel höherschlagen ließ: Direkt an die Buchsbaumhecke grenzte eine dichte grüne und mit leuchtend roten Früchten behangene Himbeerhecke.

Nein, sie dachte nicht ständig an Kurt oder an diesen Sommer 1944, in dem sie sechzehn Jahre alt, voller Hoffnung und so unendlich glücklich verliebt gewesen war. Sie hatte diese Liebe und den Schmerz über den Verlust nicht komplett losgelassen, aber er war Jahr um Jahr blasser geworden wie eine alte Fotografie, die zu lange der Sonne ausgesetzt war. Aber nun, da sie in die Nähe von Ehrenweiler zurückgekehrt war, und mit all der Zeit, die sie zwangsläufig ausschließlich mit Maschas Gedichten und Gedanken an früher verbrachte, wurden ihre Erinnerungen plötzlich wieder glasklar und bunt, als hätte ihr innerer Elsie-von-Betzenstein-Chronist beschlossen, den Film ihres Lebens nachzukolorieren. Kurz schloss sie die Augen. Schmerzhaft spürte sie die fehlende Kraft in ihren Knochen, die sie daran hinderte, aufzuspringen und sich Frucht um Frucht auf die Fingerkuppen zu setzen, wie sie und Kurt es immer getan hatten, und dann genüsslich die roten Hütchen mit den Lippen abzupflücken und mit der Zunge am Gaumen zu zerdrücken.

»Wenn Sie einen Mittagsschlaf halten wollen, können wir ja auch gleich wieder gehen.«

»Nein, wieso?«

»Na, ich dachte, sie wollen den Garten sehen. Dazu müssen Sie schon die Augen aufmachen, Frau Betzinger.«

»Nein, ich …«

Es war überflüssig, ihr irgendetwas erklären zu wollen. Schwester Erika hätte weder verstanden noch verdient, dass Elsie ihre Gedanken mit ihr teilte. Sie konnte sich ja noch nicht einmal ihren Namen merken. Aber vielleicht konnte sie wenigstens mit etwas Geschick ein paar der Beeren ergattern. Sie schüttelte den Kopf, was Schwester Erika mit einem Schnauben kommentierte, der Elsie in eine Qualmwolke hüllte, die jeden Himbeerduft abtötete. Eine Schande, dass niemand die Beeren pflückte!

»Ach bitte, fahren Sie mich doch ein bisschen näher an die Hecke.«

Beinahe konnte Elsie die süßen Früchte schon auf der Zunge schmecken, und ihr zarter Duft nach Vanille kitzelte ihre Nase.

»Sonst noch Wünsche?« Mit einem Knurren gab Schwester Erika dem Rollstuhl einen Schubs.

»Nein.«

Vergnügt streckte Elsie ihre Hand nach den Himbeeren aus. Ihre Fingerspitzen berührten vorsichtig die grünen Blätter, und als sie einen dünnen Ast zur Seite schob, hakte sich ein winziger Dorn in ihrer alten weichen Haut fest, aber sie bemerkte es kaum. Zu köstlich war das Gefühl, etwas Natürliches unter ihren Fingern zu spüren. So dicht hingen die Beeren und so nah. Ganz gleichgültig, was in ihrem Leben passierte, die Natur hatte Elsie schon immer die nötige Kraft zum Durchhalten gegeben. Glücklich betrachtete sie nun die winzige perfekte Mütze aus köstlichen winzigen roten Bällchen, die sie über ihren rechten Zeigefinger gestülpt hatte, aber bevor sie eine weitere Beere pflücken konnte, riss Schwester Erika den Rollstuhl ruckartig nach hinten und drehte ihn um, sodass Elsie Erikas Raucheratem ins Gesicht schlug, als sie sie böse ansah.

»Frau Betzinger, was machen Sie denn da?«

»Ich …« Elsie wendete verblüfft den Blick von der einzigen Himbeere ab, die sie hatte ergattern können.

»Ich … esse eine Himbeere?« Schnell schob sie sich die Frucht in den Mund.

»Wie kommen Sie denn dazu, hier einfach etwas zu pflücken? Und dann auch noch zu essen? Wenn das alle machen würden …?«

»Wenn alle … Himbeeren essen würden?« *Soll das ein Scherz sein?*

»Ganz genau. Woher soll ich wissen, dass sie nicht allergisch sind? Dass sie nicht in der nächsten Sekunde aus diesem Rollstuhl kippen? Dann bin ich schuld! Ich verliere meinen Job, das können Sie mir glauben, wenn Sie hier vor meinen Augen ins Gras beißen, nur weil ich so blöd war, Sie nach draußen …«

»Ich bin aber nicht gegen Himbeeren allergisch.« Das hier war mehr als absurd. »… und Sie verlieren ganz bestimmt nicht Ihren Job, weil ich eine Himbeere gegessen habe.« Nur eine einzige. Leider.

Kopfschüttelnd tastete Erika in ihrer Brusttasche nach einer weiteren Zigarette. »Und es ist ganz sicher nicht erlaubt! Woher wollen Sie wissen, dass das nicht nur Deko ist, Frau Betzinger?«

»Die Himbeeren nur *Deko*?« Beinahe hätte Elsie laut gelacht.

Was war das für eine verrückte Welt, in der man Himbeeren nur anschauen, aber nicht essen durfte?

»Nun, sehen Sie sich doch einmal um!« Schwester Erika zeigte auf drei Tische, die etwas weiter vorne unter Sonnenschirmen standen. »Die Himbeeren auf den Tischen sind sehr wohl Dekoration. Die Blätter und Früchte sind nämlich aus Plastik.« Sie schnaubte.

Der Kies der Gartenwege knirschte unter den Rädern des Rollstuhls, als Erika sie wütend an der Hecke vorbei und zu den Tischen schob und vor sich hin murmelte, was für eine verrückte Idee es gewesen war, mit Elsie nach draußen zu gehen, dass sie bestimmt ihren Job verlieren würde und dass sie das alles nicht verdient hatte.

Der Himmel über ihnen war blau, die Vögel zwitscherten, und die Bienen summten. In Anbetracht der Tatsache, dass sie es immerhin aus diesem grässlichen Zimmer und dem Geruch nach Gemüse im Endstadium geschafft hatte, sollte sie nicht unzufrieden sein. Außerdem konnte Schwester Erika nichts dafür, dass es anscheinend sehr strenge Regeln in der Klinik gab und sie offenbar keinen besonders rebellischen Charakter hatte. Im Gegensatz zu Elsie, die ihren Wunsch nicht aufgegeben hatte, Kräuter für ihr Abendessen zu pflücken, wenn sie die Himbeeren schon nicht haben durfte. Bedauernd sah sie noch einmal zurück. Wenn sie etwas sicherer auf den Beinen sein würde, würde sie zurückkommen und alle pflücken. Wenn Gott nicht gewollt hätte, dass man Himbeeren aß, hätte er dafür gesorgt, dass sie nicht so köstlich dufteten.

Leider wuchsen hier allerdings keine Kräuter, sondern nur immergrüne Bodendecker, die zwar hübsch aussahen, aber alles andere als essbar waren. Nun ja. Wenigstens rankte sich Kapuzinerkresse mit den intensiv orangefarbenen Blüten um einen Metallbogen, der direkt neben Elsie den Gartenweg überspannte. Sie zupfte einige der Blüten ab und sammelte sie in ihrem Schoß.

»Oh bitte, Schwester Erika, würden Sie mir ein paar hiervon pflücken?« Elsie zeigte auf die Gänseblümchen, die links und rechts am Wegesrand blühten.

Elsie war mehr als überrascht, als Schwester Erika sich tatsächlich bückte und begann, die zarten weißen Blüten abzuzupfen. Wahrscheinlich wollte sie diesen Ausflug einfach nur so schnell wie möglich hinter sich bringen und ging davon aus, dass Nachgeben dabei half.

»Was soll das denn werden, Frau Betzinger? Ein Blumenkranz?«

Witzig.

Elsie steckte sich genüsslich eine der Kapuzinerkresseblüten in den Mund, gerade, als Schwester Erika ihr die Gänseblümchen reichte. »Nein, im Gegenteil: Ich will sie essen.«

In dem Moment, als sie es ausgesprochen hatte, wusste Elsie schon, dass es ein Fehler gewesen war, Schwester Erika an ihren wahren Zielen teilhaben zu lassen. Sie hätte einfach warten sollen, bis sie allein in ihrem Zimmer war. Keiner hätte sich bis zum Frühstück am nächsten Morgen dafür interessiert, was sie machte. Aber eine Gelegenheit zu meckern schlug hier keiner aus, und Schwester Erika war offensichtlich keine Botanikerin, die den Unterschied zwischen essbaren und nicht essbaren Pflanzen erkennen konnte (abgesehen von den Plastikhimbeeren, das hatte sie sehr wohl begriffen). Und Elsie war ihrerseits offensichtlich keine Expertin für überarbeitete Krankenschwestern, sonst hätte sie vielleicht besser nachgedacht, aber nun war es zu spät.

Beinahe in Zeitlupe richtete sich Schwester Erika ganz auf und drehte sich zu Elsie um. Eine Mischung aus Wut, Erschöpfung und irgendetwas Glitzerndem – *Mordlust vielleicht?* – lag in ihrem Blick. *Oha.*

»Sie! Was denken Sie sich eigentlich dabei?«

Mal sehen: Nichts?

»Sich einfach irgendwelche Blumen in den Mund zu

stopfen? In Ihrer Akte steht, dass Sie hier nur sind, um Ihr Bein zu kurieren, aber sind Sie sicher, dass das Ihr einziges Problem ist? Wollen Sie sich umbringen? Oder mich?«

Beinahe hatte Elsie Mitleid, aber nur beinahe, denn dass man nicht nur Kapuzinerkresse, sondern auch Gänseblümchen und viele andere Blüten sehr gut essen konnte, sondern sie oft genug sogar in Restaurants auf dem Teller wiederfand, war schließlich kein Geheimnis.

»Jetzt mal unter uns, Schwester Erika: Wenn mich etwas umbringt, dann das geschmacklose Essen hier. Vielleicht nicht sofort, aber langsam und stetig. Hier kann keiner gesund werden. Niemand.« *Sogar das Pflegepersonal ist krank.* »Unfassbar, dass niemand mehr weiß, was die Natur für Schätze zu bieten hat! Los, probieren Sie doch selbst einmal!« Elsie hielt ihr ein Gänseblümchen hin.

»Niemals!« Empört schob Erika Elsies Hand beiseite. »Das ist doch … Sie sind doch … Zuerst die Himbeeren und jetzt auch noch die Blumen! Ich werde das melden müssen!« *Eine* Himbeere und *eine* Kresseblüte. »Und Sie müssen definitiv von einem Neurologen untersucht werden! So geht das doch nicht, Frau Betzinger!«

Schwester Erika versuchte, die Blüten von Elsies Schoß zu wischen. Es gab sicher nachvollziehbare Gründe für ihr Verhalten, aber es gab auch Grenzen, deren Überschreitung Elsie nicht tolerierte. Übergriffigen Körperkontakt konnte sie nicht leiden. Und dass sie auf die Himbeeren verzichten musste, regte sie immer noch auf, aber auf keinen Fall würde sie auch noch die Kresse und die Gänseblümchen hergeben.

»Nehmen Sie Ihre Finger von meinem Schoß!«, knurrte Elsie. »Und zwar sofort.«

Elsie war alt und gebrechlich. Friedliebend und geduldig. Aber irgendwann war es einfach genug. Erschrocken zog Schwester Erika ihre Hand zurück.

»Das hier ist *mein* Abendessen. Es sind *meine* Gänseblümchen und *meine* Kapuzinerkresse. Nichts davon geht Sie etwas an. Und wenn ich die Erde auch noch mitesse, in der sie gewachsen sind, dann ist auch das mein Problem.« Nicht, dass sie das Bedürfnis danach hatte. Sie schob Erikas Hände nach hinten. »Wenn … wenn Sie mich noch einmal anfassen, dann beiße ich Ihnen in die Hand! Und übrigens, *Schwester Erika:* Mein Name ist Doktor Elisabeth von Betzenstein. Falls es Ihnen aufgefallen sein sollte: Ich habe einen Doktortitel. Ich bin Biologin, wenn es Sie interessiert. Das sind die, die sich mit Pflanzen auskennen.« Sie war zwar Entomologin, aber das musste Erika ja nicht wissen. »Und wenn ich ein Gänseblümchen essen will, esse ich ein Gänseblümchen!«

Wenn Blicke töten könnten, wäre Schwester Erika deutlich gefährlicher als alles, was hier im Garten wuchs, zusammen. Mit einem letzten Schnauben drehte sie sich um und ging im Stechschritt in Richtung Haus, ohne Anstalten zu machen, Elsie mitzunehmen. Elsie war es egal.

Ich freue mich. Das ist des Lebens Sinn. Ich freue mich vor allem, dass ich bin. Mascha Kalékos Worte kamen ihr in den Sinn, und sie atmete erneut tief die frische Luft ein, die sie so lange entbehrt hatte.

Als Elsie ein Gänseblümchen zwischen Daumen und Zeigefinger zwirbelte, um es gleich darauf in den Mund zu stecken, drehte sich Erika noch einmal um.

»Das hier wird ein Nachspiel haben! So können Sie mit mir nicht umgehen! Ich werde … ich werde mich über Sie beschweren!«

Elsie begann den mühsamen Rückweg auf eigene Faust und schwor sich, bald wiederzukommen. Zu Fuß. Allein. Wenn nötig, auch nachts. Alles war besser, als so zu enden wie der arme Brokkoli.

4

»… und deshalb müssen wir so schnell wie möglich nach Tante Elsie sehen. Um genau zu sein, morgen«, schloss Kikis Mutter ihre telefonische Kurzansprache.

Typisch, dass sie ihre Tochter bei der Arbeit anrief, anstatt bis zum Feierabend zu warten. Alles andere wäre viel zu einfach, zumal Kikis Wohnung im Erdgeschoss der Familienvilla und nur ein Stockwerk unter ihrer eigenen lag. Außerdem: Wenn Helga von Betzenstein etwas zu sagen hatte, dann musste es sofort sein.

»Wer wir? Und wie morgen? Ich arbeite freitags!«

Ein wenig planlos sortierte Kiki die Bleistifte auf ihrem Schreibtisch hin und her und bemühte sich, wenigstens so auszusehen, als ob sie wirklich arbeiten würde, falls Bennet sie doch von seinem gläsernen Büro aus beobachtete. Gleichzeitig versuchte sie, das schlechte Gewissen und die Sehnsucht niederzuringen, die sich bei der Erwähnung von Elsies Namen sofort in ihrem Herzen breitgemacht hatten, als hätte jemand schwarze Tinte in ein Wasserglas gekippt. Sie hätte ihre Tante schon längst in der Reha besuchen sollen, seitdem sie nach einem Oberschenkelhalsbruch Anfang

Juni und einer anschließenden OP schließlich vor dreieinhalb Wochen dort gelandet war, um wieder auf die Beine zu kommen. Aber es war schrecklich weit, Kiki hatte einen neuen Job – und allein die Vorstellung, ihre unabhängige, mutige und starke Tante im Rollstuhl und auf Hilfe angewiesen zu sehen, verursachte ihr Übelkeit. Und was hatte ihre Mutter gesagt? Irgendein betreuender Arzt behauptete nun auch noch, sie sei dement?

Kiki gestand sich selbst, wie feige es war, einfach alles auszublenden und sich hinter ihrem neuen Job zu verstecken, aber sie hatte nun mal ihren Vater erst vor zwei Jahren verloren, und allein die Vorstellung, sich auch noch von Elsie verabschieden zu müssen, überstieg einfach all ihre Kräfte.

Dass ihre Tante unbedingt auf die Schwäbische Alb gewollt hatte, hatte Kiki allerdings auch nicht wirklich verstanden, denn in Stuttgart hätte sie täglich bei ihr vorbeischauen können. Die Reha, in der sie sich jetzt befand, war mehr als eine Stunde entfernt und schien ihr ja offenbar auch nicht besonders gutzutun. Aber wenn Elsie sich etwas in den Kopf gesetzt hatte, hatte man sowieso keine Chance. Kiki schämte sich dennoch, dass sie seither kein einziges Mal dort gewesen war. Und sie vermisste ihre Tante schrecklich. Plötzlich konnte sie selbst überhaupt nicht begreifen, warum sie sie bisher nicht besucht hatte. Allerdings hatte Rob das Auto behalten, und mit der Bahn war es ziemlich kompliziert, nach Rottenburg zu gelangen. Aber vielleicht konnte sie sich am Sonntag Esthers Auto leihen. Und wenn sie Glück hatte, würde sie ihre beste Freundin vielleicht sogar begleiten.

»Am Sonntag könnte ich fahren.«

»Sonntag? Nein, Isolde, das ist viel zu spät. Wenn du heute nicht mehr loskannst ...«

»Heute? Nein, heute kann ich nicht. Falls du es noch immer nicht verstanden hast: Ich arbeite!«

»Ganz genau.« Ihre Mutter schnaubte. »In Hendersons Büro! Der dich und dein Talent nur ausnutzt und ...«

Kiki schaute auf ihren Schreibtisch und das Nichts, das abgesehen von den Bleistiften dort auf sie wartete. Ihre Mutter hatte recht. Hier zu arbeiten hatte nichts mit dem zu tun, was sie sich erhofft hatte. Aber das musste sie ihr ja nicht auf die Nase binden.

»Egal. Wenn du heute nicht mehr loskannst, dann fahren wir morgen.«

Bennet telefonierte mit dem Rücken zu ihr, dennoch konnte sie sehen, dass es sich um ein emotionales Telefonat handeln musste, denn er lief aufgeregt auf und ab und gestikulierte wild mit den Händen. Und ja, Kiki musste es sich eingestehen: Sie hatte ihn oft beobachtet, was auch wieder damit zusammenhing, dass sie äußerst wenig zu tun hatte, und ... nun ja, mittlerweile hatte es auch damit zu tun, dass sie die Mittagspausen mit ihm verbrachte. *Verbracht hatte*, verbesserte sie sich in Gedanken.

Das Architekturbüro bestand nur aus Henderson senior und junior, Esther und Kiki. Die Räumlichkeiten waren nicht sehr groß, und abgesehen von einer riesigen Zimmerpalme gab es noch einen sehr langen, sehr stylischen Holztisch, an dem man sowohl Besucher empfangen, Meetings abhalten und schicke Drinks bei anspruchsvollen Vernissagen für aufstrebende Künstler abstellen konnte, die Henderson senior einmal im Vierteljahr abhielt, um zu beweisen, was für ein unentbehrlicher Kulturförderer er war. An normalen Tagen konnten an diesem Tisch auch die Assistentin, sprich Esther, und die junge (na ja) Architektin, sprich Kiki, sitzen, als wäre dies ein kreatives Loft und kein Büro. Henderson wollte es so. Und Kiki und Esther fanden es großartig, so nah beieinander zu sein.

Bennet und Kiki hatten sich gleich am Anfang ihres Was-auch-Immer darauf geeinigt, im Büro Abstand zu halten, und Kiki redete sich ein, dass er eben sehr konsequent an diesem Vorhaben festhielt, auch wenn die Einzige, die die beiden beobachten konnte, Esther war, und die wusste sowieso Bescheid. Die hatte sie übrigens sofort vor Bennet gewarnt. Schließlich waren sie seit dem Gymnasium befreundet, und Kikis Anti-Superkraft hatte sie auch schon während der Schule sehr zuverlässig in unangenehme Situationen katapultiert. Sie hätte sich vermutlich dennoch nicht einmal für Bennet interessiert, wenn Esther nicht gesagt hätte, er sei ein frauenverschlingender, oberflächlicher, selbstgefälliger Blödmann. Auf solchen Typen stand offensichtlich beinahe schon Kikis Name drauf, wobei es Rob, entgegen der anfänglichen Prognosen, ja dann doch eine ganze Weile bei ihr ausgehalten hatte, aber, wenn man dem Stadtgeflüster glauben durfte (und das durfte man in Stuttgart im Allgemeinen, besonders, wenn es um solche Geschichten ging), war er auch schon während ihrer Beziehung öfter mit wechselnden Begleiterinnen gesehen worden. Kiki konnte nicht sagen, was mehr schmerzte: Das – oder dass es sich dabei anscheinend um »sehr viel jüngere« Frauen handelte. Was für ein Klischee.

Bennets Tür war nur angelehnt. Während er nach wie vor aufgeregt auf und ab lief, wurde seine Stimme immer lauter. Wenn sie sich konzentrieren würde, könnte Kiki vermutlich sogar verstehen, was er sagte, aber das war zum jetzigen Zeitpunkt nicht möglich, weil sie gleichzeitig ihrer Mutter zuhören musste. Trotzdem schnappte sie das ein oder andere Wort auf. Bei seinem nächsten Satz zuckten sowohl Kiki als auch Esther zusammen. Hatte er gerade ernsthaft *Liebling* gesagt?

»Isolde? Du hörst mir ja überhaupt nicht zu! Mit WIR meine ich natürlich dich und mich. Und mit morgen meine ich morgen! Was kann man daran nicht verstehen? Ich weiß ja gar nicht, was da auf uns zukommt. Die Pflegeleiterin hat schließlich was von beginnender Demenz gesagt und dass …« Kikis Schläfen pochten. *Tante Elsie. Reha. Beginnende Demenz. Liebling. Liebling. Liebling.*

Es waren noch mindestens drei Stunden bis Feierabend. Die Aussicht darauf hörte sich nicht mehr ganz so verführerisch an, obwohl immerhin schon Donnerstag war, denn schließlich wusste Kiki ja nun, dass ihre Mutter für morgen irgendwelche merkwürdigen Pläne hatte, die die Beschreibung »früh« und »gemeinsam« beinhalteten. Und eines hatte sie mit ihrer Schwägerin Elsie gemeinsam: Wenn sie sich etwas in den Kopf gesetzt hatte, zog sie es auch durch. Man hatte gegen Helga von Betzenstein ungefähr eine ähnlich große Chance wie jemand, der in einem Wirbelsturm gemütlich seinen Drachen steigen lassen wollte.

Aber selbst wenn ihre Mutter wirklich nicht unbedingt die Person war, mit der sie zu Elsie fahren wollte, so war sie doch die Einzige, die Kiki kannte, die sich in Krankenhäusern jeder Art zurechtfand und die sie vermutlich auch erfolgreich daran hindern würde, davonzurennen und sich irgendwo zu verstecken oder sich die Augen zuzuhalten wie ein kleines Kind, das nicht gesehen werden wollte.

»Was auch immer du sagst, Isolde, Elsie ist deine Tante. Und außerdem brauche ich jemand, der die Straßenkarte liest.«

Die Argumente ihrer Mutter waren sichtbar eher praktischer Natur und weniger getrieben von rasender Sehnsucht nach ihrer Schwägerin. Sie fuhr immer noch ein uraltes Golf Cabrio, das ihr Kikis Vater im letzten Jahrtausend geschenkt hatte. Es hatte ungefähr dieselbe vertrauenerweckende Ausstrahlung wie Kikis Fahrrad, das sie im Schuppen der Villa gefunden und reaktiviert hatte, weil Rob das Auto behalten hatte. Das war nicht weiter schlimm gewesen, denn es handelte sich dabei um eine tiefergelegte und aufgemotzte Testosteronschleuder (Esthers Worte), die Kiki einmal gegen eine Mülltonne gefahren hatte, weil sie sie aus der beinahe liegenden Position, in der man dieses hormonbetriebene Fahrzeug nur steuern konnte, nicht gesehen hatte. Schon damals hätte sich Rob beinahe von ihr getrennt.

Die Beziehung ihrer Mutter zu deren Golf war ähnlich eng, allerdings hatte er im Vergleich zu Kikis Fahrrad den großen Nachteil, dass Kiki es nicht steuern durfte, solange Helga atmete. Und dass sie auch nicht absteigen konnte, wenn sie lieber zu Fuß gehen wollte. Und das wollte Kiki. Jedes einzelne Mal. In solchen Momenten wünschte sie wirklich von Herzen, sie hätte ein eigenes modernes, navigationssystemgestütztes Auto und nicht nur dieses alte Fahrrad, das ausschließlich von seiner gelben Farbe und Kikis

Liebe zusammengehalten wurde. Es war klapperig und verrostet, und Max, Esthers Mann, zog sie gerne damit auf, dass sie damit zur Not auch noch als Postbotin arbeiten konnte, wenn es mit der Architektur dann doch nichts werden sollte. Kiki liebte es wirklich. Und die Option mit der Post war vermutlich nicht die schlechteste. Zumindest nicht im Verhältnis zur drohenden Autofahrt mit ihrer Mutter.

»O nein, Mama, bitte … lass wenigstens mich fahren. Ich bin mir sicher, Max leiht uns bestimmt sein Auto.« Es war einen Versuch wert. Flehend sah sie zu Esther und formte ein lautloses *ODER?* mit den Lippen.

»Geht nicht! Wir fahren morgen zu Max' Eltern nach Hamburg«, flüsterte Esther ebenso lautlos zurück und zuckte bedauernd mit den Schultern. »Sorry!«

»Verdammt.«

»Wie bitte, Isolde? Hast du gerade *verdammt* gesagt? Wie oft habe ich dich schon gebeten, nicht zu fluchen! Also wirklich! Du bist vierzig Jahre alt und keine zwölf!«

»Oh, nein … das … ich …« Neununddreißig. Und aufs Fluchen konnte sie einfach nicht verzichten. Verdammt.

Auch dieses Telefon auf ihrem Schreibtisch hatte sie schon oft genug verflucht, denn es sorgte dafür, dass beide Hendersons sie wie ihre persönliche Telefonistin behandelten, aber dass es jetzt endlich klingelte, während Esther triumphierend ihr Handy in die Höhe hielt, war phänomenal.

»Mama, es tut mir leid, ich muss Schluss machen. Ein … wichtiger Anruf.« Kiki schickte Esther einen Luftkuss, den sie augenzwinkernd erwiderte. »Wir sprechen später, ja? Ich komme bei dir vorbei.«

Kiki legte auf, ohne ihrer Mutter die Gelegenheit zu lassen, noch irgendetwas zu sagen. Sie wusste jetzt schon, dass sie ihr all das später wieder vorhalten würde, aber ganz im Ernst: Sehr viel schlimmer konnte der Tag sowieso nicht mehr werden. Hoffte sie zumindest.

»Danke.« Kiki ließ ihren Kopf auf die Hände sinken.

»Jederzeit, Liebes.«

»Hast du zufällig einen Gin Tonic irgendwo in deinem Schreibtisch versteckt?« Kiki trank nicht viel Alkohol, aber gerade war ihr wirklich nach einem Drink.

»Um kurz vor drei?« Esther lachte. »Was ist mit der Fünf-Uhr-Regel?«

»Ach, komm schon, Esthi, irgendwo auf der Welt ist es immer nach fünf.«

Esther verschwand unter ihrem Schreibtisch, und für einen kurzen, wundervollen Moment glaubte Kiki beinahe, dass sie wirklich einen perfekt gemixten Gin Tonic in den Händen halten würde, wenn sie wieder auftauchte. Immerhin war es Esther, die sich da bückte, ihre perfekt organisierte beste Freundin, die immer zur jeweiligen Situation den passenden Ratschlag, das passende Kleid und … möglicherweise auch den passenden Drink parat hatte. Aber als sie leicht zerzaust und mit rotem Kopf wieder nach oben kam, wedelte sie nur mit einer kleinen Tüte, die sie Kiki grinsend zuwarf. »Immerhin ist es *Wein*gummi.«

Sie lachten. Bennet hatte aufgehört zu telefonieren, was vielleicht ganz gut war, denn so bewahrte er Kiki davor, noch mehr schlechte Karmapunkte fürs Lauschen zu sammeln.

Der Aufzug meldete sich mit seinem typischen Pling. Als

sich die Türen öffneten, fiel Kikis Blick auf einen großen Mann in dunkelblauer Jeans, weißem Hemd und Sneakers. Seine ehemals blonden und nun beinahe weißen Haare trug er etwas länger und sportlich-verwegen nach hinten gekämmt, sein perfekt gestutzter Vollbart betonte das kantige, leicht gebräunte Gesicht und seine strahlend weißen Zähne, von denen Esther behauptete, dass sie gebleicht waren. Auch wenn er aussah wie frisch einer Werbekampagne für nicht alternde Senioren entsprungen, gefiel er Kiki nicht. Henderson senior war sicherlich ein äußerst attraktiver Mann, der seine guten Gene an seinen Sohn weitergegeben hatte, allerdings galt das auch für seine Selbstgefälligkeit. Seitdem Kiki ihn besser kannte und herausgefunden hatte, dass hinter dieser Fassade tatsächlich nichts anderes steckte als ein selbstverliebter, kalter Karrieretyp, dessen größtes Glück es war, sich feiern zu lassen, und dabei keinerlei Rücksicht darauf nahm, ob es seine eigenen Erfolge oder die seines Sohnes waren (oder gar Kikis), verursachte ihr jedes Zusammentreffen mit ihm ein flaues Gefühl im Magen. Nein, er war kein guter Mensch. Sowohl Tante Elsie als auch ihre Mutter hatten vollkommen recht. Aber das zuzugeben kam überhaupt nicht infrage.

Kiki legte die Weingummis weg, als er federnden Schrittes vom donnerstäglichen Golf geradewegs an den großen Tisch kam. Offensichtlich war er mit sich und der Welt im Reinen. Er und sein Ego hatten Kiki gerade noch gefehlt.

»Langeweile, die Damen?«

Er stützte sich mit den Fäusten direkt neben Kiki auf dem Tisch auf und lehnte sich zu Esther hinüber, wo die Vase mit dem exquisiten Blumenstrauß stand, den sie für ihn besorgt hatte, damit Henderson ihn seiner Frau mitbringen konnte. Er schloss die Augen und atmete tief den intensiven Duft der Lilien ein, die Esther heute ausgesucht hatte.

»Wunderbar.«

Das mit den Blumen machte er jeden Donnerstag. Vermutlich, um davon abzulenken, dass auch er seine Mittagspausen gerne außer Haus verbrachte. Nicht nur in dieser Hinsicht war er auf Esther angewiesen, was ihr zu gefallen schien.

Aus irgendwelchen Gründen mochte sie ihren Job. Henderson sei wichtig für ihre innere Balance, behauptete sie regelmäßig. Weil sie in ihrem Leben nur von freundlichen, liebevollen und großartigen Menschen umgeben war, wüsste sie sonst ihr Glück gar nicht richtig zu schätzen. Kikis beste Freundin mochte klug, glücklich und wunderschön sein, aber Kiki befürchtete, dass sie auch ein kleines bisschen masochistisch veranlagt war. Wie weit es damit bei Kiki her war, konnte sie zu diesem Zeitpunkt noch nicht sagen, aber sie spürte, wie ein leiser Widerwille gegen Henderson in ihr wuchs.

»Und was ist mit dir, Kiki von Betzenstein?«

Er beugte sich so dicht über sie, dass sie sein teures, aber viel zu süßes Aftershave riechen konnte. Am liebsten hätte sie mit ihren Händen vor ihrer Nase herumgewedelt, um den Gestank zu vertreiben.

»Ich habe die Berechnungen für das Bürogebäude am Nordbahnhof …«

Er ließ sie gar nicht ausreden. »Oh, die Berechnungen, sehr schön. Aber wie wäre es mit ein wenig mehr Enthusiasmus, Kiki? Ich bezahle dich nicht fürs Telefonieren, nicht wahr?«

Für Enthusiasmus allerdings auch nicht. Denn wenn, wäre sie definitiv unterbezahlt. Dafür, dass er sie langweilige Zahlen in irgendwelche Tabellen eintragen ließ, konnte er jedenfalls keine Begeisterung erwarten. Dröhnend lachte er dennoch über seinen eigenen Scherz, und Kiki zwang ebenfalls ihre Mundwinkel nach oben, weil sie wusste, dass jede Diskussion darüber, dass das schließlich auch irgendein Praktikant machen konnte, sinnlos war. Er würde ihr sagen, dass schließlich *sie* ihn um einen Job gebeten hatte und nicht umgekehrt – und dass jeder einmal klein angefangen hatte. Wenn sich ihre Karriere allerdings in diesem Tempo weiterentwickelte, würde sie bis zu ihrer Rente noch kein einziges Gebäude entworfen haben, so viel war klar.

»Eine wirklich gute Assistentin für die Telefonate habe ich nämlich schon.« Er zwinkerte Esther zu und senkte seine Stimme, als wolle er Kiki ein Geheimnis anvertrauen. »Aber wenn du lieber etwas weniger Anspruchsvolles tun möchtest, als wichtige Baudaten zu erstellen, dann hätte ich da eine kleine Aufgabe für dich.« Nun zwinkerte er Kiki zu.

Warum noch mal hatte sie nicht auf Esthers Warnung gehört? Das Gefühl, das sein Zwinkern in ihr auslöste, erinnerte sie an den Beginn einer sehr akuten Magen-Darm-Infektion, und sie beschloss, sich gleich nach Feierabend eine Thermoskanne zuzulegen und sie ab jetzt schon morgens mit gut gekühltem Gin Tonic zu befüllen. Und in Zukunft besser nachzudenken, bevor sie sich auf einen Job bewarb.

Ihr Ego lag vermutlich immer noch schwach atmend in diesem schrecklichen Hotelzimmer und wartete vergeblich auf eine Wiederbelebung, nur so ließ sich rechtfertigen, dass sie sich ein wenig zu eifrig aufsetzte.

»Klar, gern. Um was geht's?«

Sie hatte nicht erwartet, dass es von Anfang an möglich war, eigene Entwürfe zu zeichnen. Aber als sie um eine Einstellung gebeten hatte, hatte sie gehofft, etwas lernen und bestenfalls etwas Kreatives beitragen zu können und nicht nur etwas, das ein Computerprogramm mehr oder weniger von selbst ausfüllte. Jedes Mal, wenn Henderson mit einer Aufgabe kam, dachte sie, der Zeitpunkt wäre gekommen. Für das, was sie bisher hier geleistet hatte, musste niemand Architektur studieren. Im Grunde war sie nicht besser dran als bei Rob, mit dem Unterschied, dass Rob trotz all seiner Fehler ein netterer Chef gewesen war, als Henderson es je sein könnte.

Kiki hatte in den letzten sieben Wochen schon unendlich viele von Hendersons schwer entzifferbaren Skizzen in Vektorenzeichnungen oder Pläne übertragen, die manchmal nicht einmal die nächste Stunde überlebten, weil er dann eine neue Idee hatte. Auch wenn Kikis Feierabend immer näher rückte, war sie doch gerne bereit, eine weitere schwierige Aufgabe zu übernehmen, nur um wieder einmal zu beweisen, dass es kein Fehler gewesen war, sie einzustellen.

»Wir brauchen Tischkarten für Sonntagabend.« Er warf ihr eine Packung mit vorgefalteten Pappaufstellern hin und legte eine Liste daneben. »Meine Frau hat Gäste eingeladen, um die Verlobung unseres Sohnes bekannt zu geben. Wurde ja auch Zeit. Na ja, und eine schöne Handschrift hast du ja. Wenigstens das haben sie euch an der Uni beigebracht.« Er lachte schon wieder.

Unfähig, irgendetwas zu sagen, starrte sie Henderson an.

Der wiederum beobachtete Kiki belustigt dabei, wie sie um Atem rang.

»Isolde von Betzenstein?«

»Hrrrr.« Kiki nahm an, das war das Geräusch, das ihr Gehirn bei dem verzweifelten Versuch machte, sich selbst zu entknoten. *Verlobung?* Hatte Henderson noch einen anderen Sohn, von dem sie bisher nichts gewusst hatte? Oder war Bennet wirklich mit Abstand der größte Idiot von allen, die sie bisher gesammelt hatte?

Henderson seufzte und schob Karten und Liste in Richtung Esther. »Wer die Karten macht, ist mir egal. Hauptsache, sie sind in einer halben Stunde fertig.«

Ja, sie hatte diesen Job unbedingt gewollt. Sie hatte gedacht, sie könnte bei Henderson lernen. Wenn man es so sah, hatte sie das auch: Sie hatte gelernt, dass es immer noch schlimmer ging. Kiki griff nach den Karten und der Liste. Und dann fing sie an zu lachen. Félicité Feldmann? Wer dachte sich denn so was aus?

5

Am nächsten Morgen schien die Sonne nach wie vor völlig unbeeindruckt von Kikis Gefühlschaos, und es hätte ein herrlicher Tag werden können, wenn Tante Elsie gesund gewesen wäre. Kiki hätte mit Esther in deren Lieblingscafé frühstücken, später über den Markt schlendern und vielleicht einen Ausflug an einen der vielen Seen machen können, die um diese Jahreszeit schon warm genug zum Baden waren. Kiki hätte ihre Seele baumeln lassen, ihre Wunden geleckt und sich bemüht, Bennet und seine Verlobung zu vergessen. Stattdessen hatte sie sich Gedanken über ihr weiteres Leben gemacht und darüber, ob sie wirklich an ihrem Beuteschema, dem Job und nicht zuletzt der Wohnung im Haus ihrer Mutter festhalten wollte. Vermutlich würde sie nichts von alldem ändern, weil eine Veränderung mehr Mut und Energie benötigen würde, als sie momentan zur Verfügung hatte. Bennets Verlobung und die Art und Weise, wie er Kiki benutzt hatte, hatten sie mehr verletzt, als sie sich eingestehen wollte, bis ihr Lieblingskellner Johnny bei ihrem After-Work-Drink in Kikis und Esthers Stammkneipe gestern den zweiten Gin Tonic nach draußen gebracht hatte. Sie musste zugeben, dass sie noch nicht einmal etwas von einer Freundin gewusst hatte, geschweige denn, dass er diese Freundin heiraten wollte. Schließlich hatte er ja nur Stunden zuvor betont, dass Heiraten für ihn nicht infrage kam. Vielmehr, *sie* zu heiraten.

Bis zu diesem Zeitpunkt hatte sie sich für ausgesprochen souverän gehalten, was ihre wie auch immer geartete Beziehung zu Bennet anging, aber während sie sich schließlich mit Esthers Hilfe und dank Gin Tonic Nummer drei eingestand, dass er absolut keine Gefühle ihr gegenüber hatte, da hätte sie beinahe geweint.

Mitten in der Nacht dann, als sie aufgestanden war, um sich ein Aspirin und ein Glas Wasser zu holen und dann auf dem Fensterbett sitzend dem Mond beim Scheinen zusah, wurde ihr klar, dass sie nicht bindungsunfähig war, wie Esther behauptet hatte, aber ihre Ansprüche auf gar keinen Fall noch weiter herunterschrauben konnte. Sie hatte nämlich bisher gar keine gestellt. Weder an sich noch an einen Mann noch an eine wie auch immer geartete Beziehung. Sie hatte einfach akzeptiert, was sie hatte, und war zufrieden damit gewesen. Plötzlich war sie sich nicht mehr sicher, ob dieses Mann-Haus-Kind-Hund-Konzept wirklich ihrem Wunsch entsprach oder eben der allgemeinen Vorstellung davon, wie ein Leben abzulaufen hatte, und sie nie auf den Gedanken gekommen war, das zu hinterfragen. *Es gab nichts Schöneres, als ganz und gar zu lieben, aber auch nichts Schmerzhafteres, wenn man diese Liebe verlor*, hatte Elsie schon so oft gesagt und Kiki eine geheimnisvolle Geschichte von ihrer großen, einzigen und verlorenen Liebe erzählt. Kiki hatte bestimmt hundert Mal gefragt, warum sie sich nicht einfach eine neue Liebe gesucht hatte. Und Elsie hatte geantwortet, dass sie ihr Herz damals ganz und gar verschenkt hätte, weil niemand ihr gesagt hatte, dass man immer ein bisschen was davon zurückbehalten musste. Der junge Mann hatte es mit in den Krieg genommen und nicht wieder zurückgebracht. Kiki hatte sich geschworen, auf ihr eigenes Herz so gut aufzupassen, dass ihr das nicht passierte. Und was hatte sie nun davon? Einen untreuen Ex-Ehemann und eine Affäre mit einem beinahe Verheirateten. Nicht unbedingt eine berauschende Alternative.

»Ich fahre, nur damit das klar ist!«, rief Kikis Mutter ihr schon entgegen, bevor sie die Haustür hinter sich geschlossen hatte.

Es war Freitagvormittag und auf die Minute genau zehn Uhr dreißig. Kiki hatte gestern noch die Tischkarten in schönstem Handlettering geschrieben und besonders liebevoll verziert, was Henderson vermutlich sehr wohl wahrgenommen, aber nur mit einem zustimmenden Grunzen kommentiert hatte. Daraufhin hatte sie ihre Skrupel über Bord geworfen und ihm etwas von einem mittelschweren Familiendrama erzählt. Glücklicherweise kannte er Elsie und wusste um ihren Einfluss in der Stuttgarter Kunstszene, sonst hätte er Kiki vermutlich niemals freigegeben.

Die Beifahrertür vom Golf stand offen, und Helga von Betzenstein saß schon im Wagen. Sie hielt das Lenkrad fest umklammert und starrte stur geradeaus.

»Morgen, Mama.«

»Guten Morgen, Isolde. Hast du die Haustür auch ordentlich abgeschlossen?«

»Hab ich.«

Anstatt sich auf den Beifahrersitz zu setzen, ging Kiki einmal um das Auto herum und schaute durch das geöffnete Fenster. Sie wollte es wenigstens versuchen.

»Mama, bist du dir sicher?«

»Sicher mit was?« Sie schaute Kiki noch nicht einmal an.

»Na, dass du fahren willst?«

»Also Kind!« Entrüstet drehte sie sich nun doch um. »Was wäre denn die Alternative? Dass du fährst vielleicht?« Sie lachte auf. »Niemals. Nur über meine Leiche!«, sagte sie kopfschüttelnd, und Kiki hoffte, dass es wenigstens nicht ganz so weit kommen musste.

Still ging sie wieder zur Beifahrerseite und ließ sich in die tiefen Golfsitze fallen.

Es war ein freundlicher Julimorgen, die Sonne schien, und es war wunderbar warm. Nachdem Kiki gestern klar geworden war, dass sie keine Chance haben würde, diesem Ausflug mit ihrer Mutter zu entrinnen, freute sie sich. Und wie. Nicht auf ihre Mutter, o nein! Aber auch wenn ihr bei dem Gedanken an die Autofahrt und Elsies Zustand mulmig wurde, hatte sie ihre Tante einfach unglaublich vermisst. In Kikis Kopf schwirrten tausend Gedanken um die Wette, als wäre er ein Bienenkorb und irgendjemand hätte hineingepiekt. Hoffentlich war sie Kiki nicht böse. Hoffentlich erkannte sie sie überhaupt. Und hoffentlich benahm sich ihre Mutter einigermaßen unauffällig. Rein optisch konnte sie zumindest diese Hoffnung schon mal begraben. Helga von Betzenstein hatte sich nämlich ein ganz besonderes Outfit für die Fahrt zu Tante Elsie ausgedacht. Sie trug einen Jacquard-Faltenrock, dazu eine weiße Trachtenbluse, ein dunkelblaues

Seidenhalstuch mit Paisleymuster, einen ebenfalls dunkelblauen Janker aus Leinen, und neben ihr auf dem Beifahrersitz lag – zur Krönung – ein dunkelblauer Wachstuchhut. Kiki musste lachen.

»Hast du dich verkleidet?«

»Verkleidet?« Helga von Betzenstein schnaubte. »Isolde, wir fahren auf die Schwäbische Alb, da muss man seine Garderobe ein wenig anpassen.«

Missbilligend ließ sie ihren Blick von Kikis »Frühstück-bei-Tiffany«-großen schwarzen Sonnenbrille, dem »Out of Bed«-Dutt, über die niedliche weiße Vintagebluse aus den Vierzigerjahren mit dem Bubikragen und den kleinen roten Blümchen darauf wandern, bis hin zur Jeans mit dem ausgefransten Saum und den Flipflops an den Füßen. Kiki hatte eine Stofftasche mit einem Bikini, einer ebenfalls roten Strickjacke, Kaugummis, Lipgloss, Wimperntusche, einer Flasche Wasser, Sonnencreme, Deo und einem Handtuch dabei.

Ihre Mutter war mit der Auswahl ihrer Kleider nicht einverstanden. »Isolde, du bist fast vierzig Jahre alt! Kannst du dich nicht wenigstens für den Besuch bei deiner Tante ordentlich anziehen?«

»Kann ich schon, aber wozu?«, antwortete sie trotzig. »Tante Elsie hat in ihrem Forscherleben sicher mehr Wanderschuhe, Wollpullis und Baumwollhosen als Perlenohrringe und Cocktailkleider getragen.«

Helga von Betzenstein schnaubte. Vermutlich war ihr gerade aufgefallen, dass Kiki recht haben könnte, und das konnte sie beinahe noch weniger ertragen als Widerworte. Tante Elsie waren schimmernde Kleider grundsätzlich nicht besonders wichtig, es sei denn, irgendwelche exotischen Käfer trugen sie. Die Einzige von Betzenstein, die für schöne Kleider, schicke Schuhe und Taschen brannte und auch bereit war, Geld dafür auszugeben, war und blieb Kikis Mutter. Aber auch wenn Kiki recht hatte, lockerlassen konnte Helga von Betzenstein dennoch nicht.

»Was machst du, wenn ein Unwetter kommt? Und überhaupt: Womöglich treffen wir auf Einheimische, und ich möchte dort nicht unangenehm auffallen.«

»Mama! Auf Einheimische? Wir fahren auf die Schwäbische Alb und nicht nach Afrika!«

»Ja, genau. Und auf der Schwäbischen Alb kann es empfindlich abkühlen. Es wäre mir lieber gewesen, du hättest dir bezüglich deiner Kleiderwahl ein paar mehr Gedanken gemacht.«

Sie deutete auf ihre eigenen, in Kikis Augen ziemlich albernen rot-weiß gepunkteten Gummistiefel, die im Fußraum des Beifahrersitzes lagen und auf die sie aus unerfindlichen Gründen besonders stolz war, sowie auf die alte armeegrüne Barbourjacke von Kikis Vater, die über der Kopfstütze hing, und runzelte die Stirn, als wolle sie eine Vorrichtung schaffen, damit sie ihren Wachstuchhut aufschrauben konnte. Auf der Rückbank lag ihr kleiner dunkelblauer Koffer, den Kiki das letzte Mal gesehen hatte, als sie vor ungefähr fünfzehn Jahren zu einem Kongress mit ihrem Vater gefahren war.

»Wie lange wolltest du denn bleiben?«, fragte Kiki erstaunt.

Unschuldig sah Helga ihre Tochter an. »Na, bis heute Abend! Aber man weiß ja nie, was unterwegs passiert.«

»Was unterwegs passiert?«

»Isolde, bist du mein Echo? Ich kann mir Kaffee über die Bluse kippen, Erste Hilfe leisten müssen, und es könnte regnen, und da ist es doch besser, man ist vorbereitet.«

»... man ist vorbereitet«, wiederholte Kiki fassungslos.

Das Echo ihrer Mutter zu sein, war anscheinend eine von Kikis Kernkompetenzen. Sie brauchte das, um dem Gehörten einen Sinn zu geben und mit ihren eigenen Reisevorbereitungen abzugleichen. Notfälle, Katastrophen und Unvorhergesehenes blendete sie grundsätzlich aus, denn schließlich wussten alle Menschen um die Kraft der sich selbst erfüllenden Prophezeiungen, und Kiki konnte auf gar keinen Fall länger als einen Tag in unmittelbarer Nähe zu ihrer Mutter verbringen. Das wäre schon an sich eine Katastrophe.

Kopfschüttelnd sah Helga von Betzenstein ihre Tochter an. »Ich habe mir jedenfalls Gedanken gemacht.« Sie kniff die Augen zusammen. *Im Gegensatz zu dir,* sagte ihr Blick.

»Ich auch«, brummte Kiki trotzdem. *Über Elsie. Das Leben. Idioten wie Bennet. Gedanken eben.* Allerdings keine über die passende Garderobe, mögliche Komplikationen oder andere Katastrophen. Sonst hätte sie bestimmt daran gedacht, die Thermoskanne zu kaufen.

»Ach ja? Und das ist dabei herausgekommen? Du bist fast vierzig, Isolde.« Wie schön, dass ihre Mutter keine Gelegenheit ausließ, Kiki daran zu erinnern, sonst hätte sie ihr Alter vielleicht sogar mal für einen Augenblick vergessen, was nun auch wieder kein Fehler gewesen wäre.

»Ja und?«

»Ja und was?«, wiederholte Helga ihre Tochter. So viel zum Echo. »Findest du nicht, du könntest endlich mal erwachsen werden? Zumindest optisch? Außerdem ist Autofahren mit diesen Plastikdingern eh verboten. Wenn du gesehen hättest, was ich gesehen habe, würdest du noch nicht einmal darüber nachdenken.«

Helga von Betzenstein war früher leitende Krankenschwester in der Chirurgie des Katharinenhospitals gewesen und hatte es perfekt beherrscht, mit nur einer hochgezogenen Augenbraue dafür zu sorgen, dass auf ihrer Station Zucht und Ordnung herrschte. Kiki hatte sie dort nur ein einziges Mal besucht, als sie in der sechsten Klasse einen Aufsatz über die Berufe ihrer Eltern schreiben sollte und festgestellt hatte, dass sie nicht wirklich viel über ihre Mutter wusste. Dabei hatte sie entdeckt, dass selbst die Ärzte Angst vor ihr hatten, und Kiki dankte insgeheim ihrer robusten Konstitution dafür, dass sie nie hatte stationär aufgenommen werden müssen. Zu Hause war ihr Vater Kikis Bollwerk gegen Helgas strenge Art, ihren Ordnungs- und Putzwahn und das Gefühl, nie gut genug für ihre Ansprüche zu sein. Insgeheim stellte Kiki sich oft die Frage, warum Matthias Emmanuel von Betzenstein ausgerechnet Helga geheiratet hatte, aber nachdem sie wusste, dass er seine Mutter im Krieg verloren hatte und von der damals erst sechzehnjährigen Tante Elsie großgezogen worden war, verstand sie zumindest, dass er sich nach einer starken und dominanten Frau umgesehen hatte. Als bei ihm schließlich Bauchspeicheldrüsenkrebs diagnostiziert wurde, hatte Kiki ihre Mutter allerdings plötzlich von einer ganz anderen Seite erlebt. Sie konnte nämlich doch sehr fürsorglich und liebevoll sein, das sah Kiki, als sie beschlossen hatte, Kikis Vater zu Hause zu pflegen. Als er vor zwei Jahren starb, schimpfte sie zuerst fürchterlich, dann hörte sie plötzlich damit auf und starrte nur noch vor sich hin, während sie weinte. Ab da machte sich Kiki ernsthaft Sorgen um sie. Sie hatte ihre Mutter noch nie zuvor und auch nie wieder danach weinen sehen. Plötzlich sah sie so zerbrechlich und alt aus, und Kiki wurde bewusst, dass auch sie irgendwann einmal nicht mehr da sein würde. Selbst wenn sie eine strenge und vor allem anstrengende Person war, liebte sie ihre Mutter. Irgendwie. Mehr als einen ganzen Tag hielt sie es trotzdem nur sehr schwer in ihrer Gesellschaft aus.

Dieser liebevolle und fürsorgliche Moment während der Krankheit von Kikis Vater war offensichtlich nur ein kurzes Aufblitzen gewesen, als hätte man einen Spiegel für eine Sekunde im richtigen Winkel in die Sonne gehalten und dann vergessen, wie es ging. Jetzt war sie wieder völlig in ihrem Element, und Kikis winziger Gin-Tonic-Kater, der sie dank ihres bitter nötigen und deshalb etwas ausgedehnteren gestrigen After-Work-Drinks mit Esther seit ihrem Aufwachen begleitete, war im Begriff, zu einer ausgewachsenen Raubkatze zu werden.

»Musst du noch lange deinen Schönheitsschlaf halten, oder können wir langsam los?« Kikis Mutter trommelte ungeduldig mit ihren Fingern auf dem Lenkrad herum. »Es ist immerhin schon beinahe elf, und ich möchte zum Mittagessen bei Elsie sein. Die Küche in ihrem Heim hat einen gar nicht so schlechten Ruf.« Sie leckte sich über die Lippen.

»Ich habe wirklich noch nie von einem Pflegeheim gehört, dessen Küche besonders gerühmt wurde.« Und auch nicht wirklich Interesse an einem Aufenthalt, der künstlich durch ein Mittagessen in Krankenhausatmosphäre in die Länge gezogen wurde.

»Na, und wenn schon, dann erinnert es mich wenigstens an früher.«

Wenn Kikis Mutter die Wahl hätte zwischen Vincent Klinks Sterneküche auf der Wielandshöhe oder irgendeinem fragwürdigen Eintopf aus der Krankenhauskantine, sie würde sich immer für einen Arbeitsplatz-Gedächtnisteller entscheiden. Hauptsache, das Essen stand pünktlich auf dem Tisch. Frühstück um sieben, Mittagessen spätestens um zwölf, Kaffee um halb vier und Abendessen wieder um sieben. Dazwischen gab es nichts. Helga behauptete, nur so hätte sie sich ihre jugendliche Figur erhalten und, gerne mit einem Seitenblick auf Kiki, es würde *anderen Leuten* überhaupt nicht schaden, diesbezüglich auch ein wenig mehr Disziplin an den Tag zu legen. Essenstechnisch. Und auch sonst. Süßes war selbstverständlich absolut tabu. Kikis Vater hatte ein Nasch-Versteck in seiner Bibliothek hinter den schweren Enzyklopädien angelegt. Hinter den Brockhaus-Bänden BET-BRN bis COT-DR gab es immer ein kleines Lager mit Schokolade. Mandel-Vollmilch für Kiki und Zartbitter für ihn. Manchmal vermisste Kiki ihren Vater so sehr, dass es körperlich wehtat.

»Isolde, können wir?«

»Ja, wir können. Soll nicht doch vielleicht ich …? Ich könnte mir andere Schuhe holen, und außerdem habe ich den Führerschein schon ganze zweiundzwanzig Jahre. Du könntest dich entspannt zurücklehnen und die Fahrt genießen, während ich uns sicher zu Elsie bringe.«

Vorsichtshalber hatte sich Kiki die Strecke gestern im Internet angeschaut und den Routenplan ausgedruckt. Das Kartenmaterial ihrer Mutter hatte sie vermutlich zur bestandenen Fahrprüfung bekommen. Sich darauf zu verlassen, war definitiv ähnlich riskant, wie ihren Fahrkünsten zu trauen. Helga von Betzenstein ihre Fahrdienste anzubieten, war allerdings leider ähnlich aussichtslos, wie sich selbst einzureden, dass ihr der Job bei Henderson Spaß machte oder dass Bennet nicht verlobt war.

»Papperlapapp, Isolde. Steig ein, ich fahre, und du liest die Karte. Und wenn du es genau wissen willst, ich habe den Führerschein fast dreimal so lang wie du.«

»Eben«, murmelte Kiki, »das ist ja das Problem.«

6

Mit ihrer Mutter Auto zu fahren, war ein wenig, als würde man den Tag mit Dr. Jekyll und Mr. Hyde gleichzeitig verbringen. Helga von Betzenstein mochte in allen anderen Bereichen ihres Lebens so regelversessen und korrekt sein wie niemand sonst, aber sobald sie hinter dem Steuer ihres Golfs saß, war sie ein anderer Mensch. Das war in diesem Fall kein Vorteil.

Für eine so zierliche Person und noch dazu fortgeschrittenen Alters gab sie nämlich entweder zu viel Gas oder zu wenig. Sie fuhr zu dicht auf, liebte waghalsige Überholmanöver und fand »Gelb« sei definitiv das neue »Grün«. Recht hatte sie sowieso und als Beifahrer hatte man schon verloren, denn wenn sie nicht gerade die anderen Verkehrsteilnehmer beschimpfte, ließ sie kein gutes Haar an der Art und Weise, wie man die Karte las, wahlweise das Radio an- oder ausschaltete, sich nicht entspannte oder womöglich ihren Fahrstil kritisierte. All das störte nämlich ihre Konzentration, weshalb dieses abrupte Bremsen auf gar keinen Fall ihre, sondern grundsätzlich die Schuld des Beifahrers war. Stau war ebenfalls ein Angriff auf ihre Persönlichkeitsrechte und wurde mit schlechter Laune bestraft.

Als sie sich seufzend anschnallte, klopfte ihre Mutter Kiki zufrieden lächelnd mit der flachen Hand auf den linken Oberschenkel.

»Siehst du, geht doch!«, sagte sie triumphierend. Die Frage war nur, wie lange.

Während Kiki sich bückte, um die Gummistiefel auf den Rücksitz zu befördern, fuhr ihre Mutter ruckartig los. Kikis Kopf knallte so unsanft gegen das Handschuhfach, dass ganz sicher der Beifahrer-Airbag ausgelöst worden wäre, wenn der alte Golf so eine neumodische Sicherheitsvorkehrung gehabt hätte, aber Kiki verkniff sich eine Bemerkung und tastete stattdessen in ihrer Hosentasche nach den Kopfschmerztabletten. Sie waren noch da. Und wenn das so weiterging, würde Kiki alle aufgebraucht haben, bis sie bei Tante Elsie waren. Man musste den Frieden bewahren, solange es möglich war. Alte Kiki-Regel.

Sie setzte sich auf, tastete nach einer möglichen Beule und fand keine. Also lehnte sie sich zurück und beschloss, sich auf den Grund und das Ziel des Ausflugs zu konzentrieren. Vorfreude füllte langsam ihr Herz, und sie fragte sich zum wiederholten Mal, warum sie sich nicht schon früher auf den Weg zu Tante Elsie gemacht hatte. Selbst, wenn sie vielleicht nicht mehr die Elsie war, die durch die Weltgeschichte reiste und vor begeistertem Publikum sprach, so war sie doch immer noch ihre Tante Elsie. Wenn sie Zeit zwischen irgendwelchen Forschungsreisen zu Hause verbracht hatte, hatte Kiki förmlich an ihren Fersen geklebt wie ein Schatten. Aber meist war sie unterwegs gewesen, eine Getriebene, die nur schwer zur Ruhe kam. Sie reiste durch die Welt, um seltene Insekten zu finden, hielt Vorträge und organisierte Ausstellungen. Oft hörten Kiki oder ihre Eltern wochenlang nichts von ihr. Dann stand sie plötzlich in der Eingangshalle, strahlend und braun gebrannt, mit ihrem alten Wanderrucksack und Dreck an den Schuhen. Kikis Mutter flippte jedes Mal beinahe aus wegen ihrem Boden, und Kiki freute sich. Wenn Elsie da war, schrumpfte Helga von Betzenstein auf Normalmaß. Kiki kannte sowohl Elsie, ihre liebevolle Tante, als auch Dr. Elisabeth von Betzenstein, durchsetzungsstark und dickköpfig.

Elsie war Biologin. Entomologin, um genau zu sein. Hoch dotierte Insektenforscherin, Professorin und großartige Fotografin. Kiki besuchte ihre Vorträge, wenn sie in Hohenheim vor Studenten, im Linden-Museum oder der Wilhelma, dem Stuttgarter Zoo, von ihren Reisen erzählte, die sie in die ganze Welt unternommen hatte, und auch zu Hause zeigte sie ihrer Nichte oft Dias von geheimnisvollen Käfern oder anderen Insekten, mit dem Erfolg, dass Kiki nachts davon träumte, dass all die vielen Krabbeltiere sie in ihrem Bett heimsuchten. Kiki war schon Elsies Testpublikum gewesen, bevor sie überhaupt in die Schule ging, und ihre Vorträge über Bionik, der Wissenschaft, die sich bemühte, mit Phänomenen der Natur technische Fragen der Menschheit zu beantworten, weckten den Wunsch in ihr, auch irgendwann einmal einen Beruf zu ergreifen, der ebenso vielschichtig und sinnvoll war wie Elsies.

Überall an den Wänden ihrer Wohnung hingen faszinierende Schwarz-Weiß-Fotografien von Pflanzen und Tieren, um das Tausendfache vergrößert. Später erlaubte sie Kiki sogar, in ihrer Wohnung zu sein und diese Bilder anzusehen, selbst wenn sie nicht da war. Kiki stand oft mitten in Elsies Wohnzimmer, einfach nur, um nachzudenken. Die Ruhe, die diese Fotos und die Klarheit von Elsies überschaubarem Besitz ausstrahlten, war wie eine Dusche aus Licht für Kikis umherwirbelnde Gedanken und Zweifel an sich selbst.

Sie hatte sich oft gefragt, warum Elsie nie geheiratet hatte. Sie wäre eine großartige Mutter gewesen. Oft genug hatte Kiki sich gewünscht, sie wäre ihre. Aber soweit Kiki wusste, hatte es nie einen Mann in ihrem Leben gegeben.

Nie wieder, seitdem er ihr Herz mit in den Krieg genommen und es nicht wieder mit zurückgebracht hat.

Nach Rottenburg hatte sie überhaupt nicht gewollt. Sie hatte einen ganz anderen Ort genannt, aber es gab dort keine freien Plätze, und Kikis Mutter war froh, überhaupt einen gefunden zu haben. Außerdem war es schließlich überall auf der Schwäbischen Alb schön und grün und Tante Elsie sollte sich nicht so anstellen, behauptete sie. Vermutlich hatte Helga einfach die Gunst der Stunde genutzt und ihrer Schwägerin in einem schwachen Moment gezeigt, wer bei den von Betzensteins die Hosen anhatte.

»Erzähl mal, Mama, was war da los in dieser Klinik?«

»Wenn ich das so genau wüsste. Irgendwas scheint nicht mit rechten Dingen zuzugehen. Frau Kellermann, also die Leiterin dort, hat mich angerufen und irgendwas davon geredet, dass Elsie randaliert hätte und eine Pflegerin beißen wollte und … jedenfalls kann ich Elsie nicht diesen …«

Sie biss sich auf die Unterlippe und nahm einem roten

Kleinwagen die Vorfahrt, als sie auf die Hauptstraße abbogen. Für den Bruchteil einer Sekunde konnte Kiki den erschrockenen Gesichtsausdruck einer jungen Frau erkennen, bevor sie geistesgegenwärtig auf die Bremse stieg und Helga millimeterknapp an ihrer Kühlerhaube vorbeirauschte.

Kikis Zusammenzucken und die schnelle Reaktion der anderen Fahrerin schienen Kikis Mutter nicht im Geringsten zu beeindrucken.

»... Mensch, pass doch auf!«, schimpfte sie. »Also wirklich, das kommt davon, wenn man mit fünfzehn schon den Führerschein machen darf! Das ist doch unfassbar ...«

Sie schüttelte den Kopf, während Kiki sich bemühte, ihren Herzschlag wieder unter Kontrolle zu bekommen. Sie hoffte, dass die Fahrerin wenigstens noch Kikis entschuldigenden Gesichtsausdruck gesehen hatte und wusste, dass sie mit der Sache nichts zu tun hatte.

»... jedenfalls, wo war ich? Ach ja: Elsie. Ich kann sie diesem inkompetenten Pflegepersonal auf gar keinen Fall überlassen. Wir müssen dort nach dem Rechten sehen, Isolde. Elsie ist allein und kann sich nicht wehren, wenn sie so verwirrt ist. Ich habe das ja gar nicht bemerkt bisher. Du etwa?« Sie schüttelte den Kopf, wobei ihre Hände der Bewegung folgten und somit das Auto ein paar sachte Schlingerbewegungen machte. »Wie dem auch sei: Ich bin mir sicher, dass die das dort ausnutzen. Da muss man deutliche Worte sprechen!« Und das konnte natürlich keiner besser als Kikis Mutter. Schon klar.

»Meinst du nicht, es wäre besser, du würdest dir erst einmal ein Bild machen, bevor du *deutliche Worte sprichst?*«

So wichtig Elsie Kiki war und sosehr sie wollte, dass es

ihr gut ging, fragte sie sich wirklich, ob es ihr half, ihre Mutter auf das Pflegepersonal loszulassen. Andererseits, hatte sie eine Wahl?

»Unsinn.« Helga verdrehte die Augen. »Du bist nur zu feige! Man muss sich auch mal für etwas einsetzen können, Isolde. Aber dir das zu sagen, ist, als würde man von einem Pinguin verlangen zu fliegen.«

Mittlerweile waren sie wenigstens aus der Stadt draußen, am Flughafen vorbei und auf der A81 Richtung Singen. Die Gefahr des städtischen Verkehrs schien einigermaßen gebannt. Erleichtert atmete Kiki auf. Eine Frage hatte sie allerdings noch: »Wieso bin ich ein Pinguin?«

»Das sagt man so.« Ihre Mutter verzog den Mund. »Was denn? Du musst gar nicht so beleidigt schauen. Du traust dich einfach nichts. Du gehst immer den Weg des geringsten Widerstandes und wunderst dich hinterher, wenn du nichts erreicht hast.« Ihre Mutter zuckte mit den Schultern, als ob sie sagen wollte: Bist halt nichts geworden, aber da kann ich ja nichts dafür.

»Aber das hat doch gar nichts mit Elsie zu tun, und außerdem stimmt es doch gar …«

Kiki hatte gewusst, dass es ein Fehler war, zu ihrer Mutter ins Auto zu steigen. Sie wusste, dass Helga keine Gelegenheit ausließ, ihre Tochter zu kritisieren und sie »dabei zu unterstützen«, ihr Leben besser zu sortieren, was gleichzusetzen war mit »sich so zu verhalten wie ihre Mutter« und somit indiskutabel für Kiki. Aber abzulehnen war auch keine Option gewesen. *Es geht um Elsie. Es geht um Elsie. Es geht um* … Höchste Zeit, sich ein Mantra zuzulegen.

»Doch, Isolde, es stimmt sehr wohl. Schau dich doch an!«

O nein, nicht diese Leier. Gleich würde sie wieder davon anfangen, dass Rob besser war als gar kein Mann, dass sie ihr Talent verschwendet hatte und …

»… scheint in deinen Genen angelegt zu sein. Dein Vater hat auch nie gern für etwas gekämpft.«

Kein Wunder, mit Kikis Mutter als Gegnerin? Abgesehen davon musste es ja auch Menschen geben, die kompromissbereit waren, wie Kiki und ihr Vater.

»Für die Gene kann ich ja wohl nichts, oder?« So wenig, wie sie sich streiten oder gar durchsetzen konnte, so wenig konnte sie sich verstellen. Am Ende war sie immer noch sie. Und Kompromissbereitschaft war in Kikis Augen keine schlechte Eigenschaft. Im Gegenteil.

»Noch lange kein Grund, sich darauf auszuruhen! Du könntest längst ein eigenes Architekturbüro haben oder wenigstens eine Familie! Aber nein, du wartest lieber, bis es zu spät ist für … alles.«

Helga hatte es zwar nicht sehr freundlich verpackt, und Kiki wusste auch nicht so richtig, an welchem Punkt das Gespräch von »Wie retten wir Elsie?« zu »Was ist Isoldes grundsätzliches Problem?« verrutscht war, aber in einem hatte ihre Mutter recht. Sie hatte noch nie für etwas so richtig gekämpft. Aber vermutlich lag das daran, dass sie bisher auch noch nichts gefunden hatte, wofür es sich gelohnt hätte. Rob, Bennet, der Job bei Henderson. Im Grunde war alles bedeutungslos. Nein, halt, da war durchaus etwas – jemand – für den sie gerne kämpfen würde, wenn es nötig sein sollte: Tante Elsie.

7

Kiki hatte nachgesehen: Von ihrem Elternhaus am Killesberg zu Elsies Klinik waren es knapp hundert Kilometer. Das sollte bei dem Fahrstil ihrer Mutter in einer Stunde zu schaffen sein. Ein Sechstel hatte Kiki hinter sich, wenn man die Rückfahrt noch miteinrechnete. Immerhin war Helga nun von Kikis Makeln auf ihren zweiten Lieblingsvortrag umgeschwenkt, und der bestand weniger aus einer niederschmetternden Analyse ihrer Tochter und mehr aus ihrer Lebensgeschichte, was nicht gut, aber immerhin besser war.

»Als ich deinen Vater kennengelernt habe, war er ein armer Student, der den Kopf gern in die Bücher steckte, das wissen wir ja.«

Kiki versuchte, auf Autopilot zu stellen, aber Helga piekte sie in den Oberarm, während sie einen Kastenwagen rechts überholte. Der Beifahrer zeigte ihr den Mittelfinger, und Kiki zuckte wieder einmal zusammen.

»Isolde! Hörst du mir überhaupt zu?«

»Ja«, sagte sie laut. Und etwas leiser: »Wenn ich nicht gerade bete.«

»Ich habe dir von deinem Vater erzählt.«

Ich weiß.

»Er konnte so schöne Briefe schreiben, er las mir die tollsten Gedichte vor und dann dieser romantische Name: Matthias Emmanuel von Betzenstein …«

Für einen Moment schloss sie verzückt die Augen, und der Golf machte einen gefährlichen Schlenker auf die linke Spur. Laut hupend fuhr ein BMW an ihnen vorbei.

»Vollidiot!«

»Mama!«

»Was denn? Wenn du fluchst, darf ich das ja wohl auch. Und außerdem: Was im Auto gesagt wird, bleibt im Auto.«

Gut zu wissen. »Du fragst doch immer nach dem Grund, warum ich Papa geheiratet habe, da wird man doch wohl noch ein bisschen sentimental werden dürfen.«

»Aber doch nicht während der Fahrt!«

Sie schnalzte mit der Zunge und schüttelte den Kopf. »Dir kann man es auch nie recht machen.«

Diese Autofahrt strengte Kiki mehr an, als sich Rechtfertigungen auszudenken, warum sie sich in ihrer Mittagspause mit einem Typen wie Bennet in einem Hotelzimmer traf, selbst, wenn das nun nicht mehr relevant war. Wenigstens Bennet hatte sie dank ihrer Mutter vergessen. Bis jetzt. Sie seufzte.

»Warum seufzt du jetzt?«

»Also …« Diese Steilvorlage würde sie ihrer Mutter nicht geben, so viel stand fest. Aber das war auch gar nicht nötig. Sie konnte nämlich Gedanken lesen.

»Ich bin ja froh, dass du wenigstens diesen Henderson los bist. Der war doch sowieso nichts für dich.«

»Woher weißt du das?« Kiki hatte ihrer Mutter definitiv

nichts erzählt, aber sie war ziemlich gut darin, zwischenmenschliche Verbindungen aufzudecken und zu benennen. Oder sie hatte einfach nur gelauscht.

»Ich bin deine Mutter. Du wohnst in meinem Haus. Und ich habe Augen und Ohren im Kopf.«

»Bennet und ich? Da ist nichts.«

»Nichts mehr.« Misstrauisch schaute sie zu Kiki rüber und schüttelte wieder den Kopf, wobei ihr erneut die Spur verrutschte. Am liebsten hätte Kiki ins Lenkrad gegriffen.

»Ich hätte schwören können, dass da was zwischen euch ist …«

Ja, da war es Kiki ganz ähnlich gegangen.

»Hast du nicht gehört, dass er sich verlobt hat?«

Und dass Kiki die ehrenvolle Aufgabe zugefallen war, die Tischkärtchen zu malen? *Félicité Feldmann* … Kiki grinste.

»Oh. Ach so.« Wissend nickte sie und tätschelte Kikis Oberschenkel.

»Mama! Hände ans Steuer!«

»Ich tröste dich doch nur!«

»Da wären Worte absolut ausreichend!« Und überhaupt: »Ich muss gar nicht getröstet werden! Ich bin glücklich, wie es ist.« Vielleicht stimmte das nicht ganz, aber alles war besser, als jetzt und hier zu sterben.

»Na gut, wenn du meinst.« Schmollend nahm ihre Mutter die Hand wieder weg.

»Heiraten wollte ich ihn jedenfalls nicht«, sagte Kiki und hoffte, dass es versöhnlich klang.

»Hat ja auch keiner verlangt! Trotzdem wäre es schön, wenn du eines Tages in nicht allzu ferner Zukunft einen passenden Partner finden würdest. Wir machen uns eben Sorgen um dich!« Sie seufzte und nickte sich selbst im Rückspiegel zu.

»Wer: wir? Wer denn noch außer dir?«

»Na, ich eben und … und … Esther.«

»Halt Esther da raus, Mama. Sie würde es mir ganz sicher sagen, wenn sie sich Sorgen machen würde.« Würde sie doch, oder?

»Einen Mann wie Max gibt es eben auch nur einmal auf der Welt.«

Der Mann von Kikis bester Freundin war einfach nur perfekt, und selbst ihre Mutter fraß ihm aus der Hand. Er war höflich, freundlich, humorvoll, fürsorglich und liebte Esther so heiß und innig, dass man sich daran selbst dann wärmen konnte, wenn man nur danebenstand. Und das passiert recht oft.

Trotzdem wäre Kiki das alles viel zu viel. Jemand, der ständig da war, sich immer kümmerte, erzeugte in ihr Druck. Sie konnte das andersherum auf gar keinen Fall leisten, und das wollte sie auch nicht. Sie wollte einen Freund. Nicht jemanden, der sie bewunderte und auf Händen trug, sondern der so tickte wie sie, mit dem sie lachen konnte, Pläne schmieden, draußen sein und Abenteuer erleben. Nicht nur, aber auch. Eine Beziehung wie die von Esther und Max fühlte sich für Kiki an, als würde sie von morgens bis abends Schokoladenkuchen essen. Ein kleines Stück davon schmeckte wie der Himmel auf Erden, aber zu viel verursachte Bauchschmerzen. Dabei fiel ihr und ihrem Magen ein, dass sie noch nichts gefrühstückt hatte.

»Der Richtige wird schon irgendwann noch kommen, Mama.«

Ihre Mutter schüttelte den Kopf, ohne dabei den Fuß vom Gas zu nehmen. Kiki schätzte die Geschwindigkeit des Golfs auf ungefähr 140 km/h.

»Du denkst wohl, das Glück ist eine bunte Blumenwiese und du kannst dir täglich einen Strauß davon pflücken, wie es dir gefällt. Aber so ist das Leben nicht.«

Und wenn sie nicht sofort auf die Straße schaute, war es noch zudem sehr kurz. Kiki zog scharf die Luft ein, als sie der Leitplanke ziemlich nah kam. »Verdammt, Mama!«

»Lässt du mich wohl in Ruhe fahren? Und hör sofort auf zu fluchen!«

Trotzig gab sie noch einmal Vollgas und überholte einen Audi, auf den sie gerade so dicht aufgefahren war, dass Kiki ihm hätte sagen können, dass laut Prüfplakette sein TÜV nächsten Monat ablaufen würde.

Bevor sich Kiki allerdings einigermaßen sammeln konnte, zog ihre Mutter den Golf einmal quer über alle drei Spuren und fuhr immer noch in Höchstgeschwindigkeit auf den Standstreifen, wo sie eine Vollbremsung vollführte. Ungefähr zehn Meter hinter einer Autobahnausfahrt kamen sie ruckartig zum Stehen. Zum zweiten Mal schleuderte Kikis Kopf nach vorne, dieses Mal allerdings wenigstens, ohne auf dem Armaturenbrett aufzuschlagen. Ihr Herz raste, und sie konnte sich nicht entscheiden, ob sie erleichtert sein sollte, dass sie angehalten hatten, oder stinkwütend, weil ihre Mutter beinahe sie beide und noch ein paar weitere Verkehrsteilnehmer umgebracht hätte. Aus dem Motorraum qualmte es ein wenig.

Seelenruhig schaute Helga in den Rückspiegel. »War das nicht unsere Ausfahrt dahinten? Und das alles nur, weil du so störrisch bist. Da kann sich ja kein Mensch konzentrieren!«

»Weil *ich* …?« Kiki schluckte. »… und was genau meinst du mit: *Beinahe* hätten wir die Ausfahrt verpasst? Wir *haben* sie verpasst, und zwar nicht nur *beinahe!«*

Der Qualm wurde dichter. Dass der Golf bis hierhin durchgehalten hatte, war ein Wunder. Wenn er allerdings ausgerechnet in diesem Moment beschlossen hatte, sich in die ewigen Golfjagdgründe zu verabschieden, wäre das ein richtig schlechter Augenblick. Die nächste Ausfahrt war laut dem Schild, unter dem Kiki und ihre Mutter standen, knapp fünfzehn Kilometer entfernt und selbst, wenn Kiki es sich sehr gerne schöngeredet hätte, wusste sie, dass Qualm aus Motorhauben nie ein gutes Zeichen war. Und Kiki trug nach wie vor Flipflops.

Wenigstens hatten sie Empfang. Andererseits: Wen sollte sie schon anrufen, hier mitten im schwäbischen Nirgendwo? Max und Esther waren nicht da, um die beiden zu retten, und einem Abschleppdienst konnte Kiki noch nicht einmal genau sagen, wo das Auto stand. Um sie herum erstreckten sich grüne Wiesen ein paar Kilometer weit bis an den Waldrand. Der einzige Hinweis auf Zivilisation, abgesehen von den Autos, die zahlreich und pfeilschnell an ihnen vorbeischossen, war ein Traktor, der zu ihrer Rechten in der Ferne über eine Wiese knatterte. Wortlos tastete Kiki in der Beifahrertür nach der Warnweste, um sich dennoch zu Fuß auf den Weg in die hoffentlich nahe gelegene Ortschaft zu machen, um einen Abschleppwagen zu rufen und vielleicht eine Bäckerei zu finden, die ihr einen Kaffee und eine Brezel verkaufte. Hungrig würde sie nicht mehr lange durchhalten, ohne über Mord nachzudenken. Bevor sie allerdings aussteigen konnte, warf Helga von Betzenstein den Motor an, legte den Rückwärtsgang ein und fuhr die zehn Meter bis zur Ausfahrt rückwärts auf dem Standstreifen, während der Golf jaulte wie ein Hund, dem man aus Versehen auf den Schwanz getreten war.

»MAMA! SPINNST DU?« Fassungslos sah Kiki, wie die Autos auf der Autobahn an ihnen vorbeirasten. In der entgegengesetzten Richtung.

»WAS? Was ist denn jetzt schon wieder? Erschreck mich doch nicht so!«, schrie Helga. Aus ihren Augen schossen Blitze.

Kikis Herz raste, als wolle es sich selbst überholen, als Helga auf die Ausfahrt einbog und nur aus irgendeiner göttlichen Fügung heraus gerade kein Auto kam.

»Du bist auf der Autobahn rückwärts gefahren!«

»So ein Quatsch! Auf der Autobahn! Das war der Standstreifen! Was kann ich dafür, dass hier die Ausfahrten so kurz sind? Und außerdem: Was hätte ich deiner Meinung nach machen sollen? Wenden?«

»Bleib sofort stehen. Bleib! Sofort! Stehen!« Kiki musste hier raus. Ihr war schlecht. »Ich will aussteigen.«

Und sie wollte weinen, zu Hause auf ihrer Couch liegen oder zur Not auch im Büro sein. Sogar trotz Blick auf den verlobten Bennet. Kiki würde keinen Meter mehr in diesem qualmenden, quietschenden und von einer Irren gesteuerten bemitleidenswerten Auto fahren. Erstaunlicherweise ließ ihre

Mutter den Golf tatsächlich langsam auf eine Parkbucht vor einem weiteren Verkehrsschild rollen und hielt an.

»Herrenberg, Kayh, Ammerbuch, Poltringen, Unterjesingen, Ehrenweiler«, las Kiki laut vor. *Ehrenweiler. Ehrenweiler.* Irgendwo hatte Kiki den Namen schon einmal gehört.

»Bist du jetzt zufrieden?« Ihre Mutter schaute sie so empört an, als hätte Kiki sie in diese Situation gebracht. »Dann kannst du ja auch gleich entscheiden, wie es weitergehen soll.«

»Ehrlich gesagt, ist es mir egal, was *du* machst«, sagte Kiki, nach wie vor darum bemüht, ihr Herz zu beruhigen, während sie die Tür öffnete. »*Ich* steige aus, laufe nach … *Ehrenweiler* und hole Hilfe.«

Sie war wütend und immer noch geschockt. Nur so ließ sich erklären, dass es ihr ausnahmsweise einmal gleichgültig war, was ihre Mutter von ihr oder ihren Plänen hielt. Wie immer in Stresssituationen tat sie so, als sei alles in bester Ordnung, was ihrer Meinung nach die Pflicht einer Krankenschwester war und zuverlässig zur Deeskalation führte. Leider bewirkte es bei Kiki ebenfalls wie immer genau das Gegenteil.

»Lustig, dass wir ausgerechnet in Ehrenweiler sind.«

»Was meinst du damit?«

»Das weißt du nicht?« Erstaunt sah Helga ihre Tochter an. »Aber das ist doch der Ort, an den Elsie unbedingt wollte! Hörst du eigentlich nie zu?«

Für einen kurzen Moment herrscht Stille, bis sie auf ihre zierliche Armbanduhr schaute.

»Wie lange dauert es denn, bis so ein Auto wieder abgekühlt ist?«

»Ich weiß es nicht.«

»Schon fast zwölf. Meine Güte, wir haben ja ewig bis hierher gebraucht.« Sie schnalzte vorwurfsvoll mit der Zunge, als ob Kiki für die fortgeschrittene Uhrzeit verantwortlich wäre.

Kiki wusste, dass sie standhaft und stur bleiben sollte, schließlich war es das, was ihre Mutter von ihr wollte, aber dennoch gelang es ihr nicht, sie einfach stehen zu lassen, so verführerisch es sich in Momenten wie diesen auch anfühlte.

Mittlerweile war Helga ausgestiegen und überprüfte ihr Aussehen im Rückspiegel, richtete die Haare und zog die Lippen nach, als sei der Stopp hier an dieser einsamen Haltebucht, das qualmende Auto und überhaupt die Unterbrechung der Fahrt genau das, was sie für heute geplant hatte.

»Was ist?«, fragte sie, als sie Kikis Blick bemerkte.

»Nichts, Mama. Suchen wir uns Hilfe«, sagte Kiki seufzend und hoffte sehr, dass sie nicht stundenlang nach Ehrenweiler wandern mussten, um jemand zu finden.

Zweifellos waren ihre Flipflops ideal, um damit ein paar Meter an einen See zu laufen, aber für eine Wanderung von mehreren Kilometern ganz sicher nicht gemacht. Sie hatte es gewusst, als sie Helgas Köfferchen und ihre Schuhe gesehen hatte: Die sich selbst erfüllende Prophezeiung hatte zugeschlagen.

Die Parkbucht lag am Fuße eines grasbewachsenen und ziemlich zugemüllten Hanges, der sich von der Autobahn bis um die Kurve vor ihnen zog. Kiki hörte nach wie vor den

Traktor und fühlte sich wie eine Schiffbrüchige auf einer einsamen Insel, die plötzlich begriffen hat, dass ein Dampfer naht. Adrenalin schoss durch ihre Blutbahn. Von wegen, sie konnte nicht kämpfen.

»Bleib, wo du bist«, rief sie ihrer Mutter zu, als sie auf den Hang zurannte. »Den erwische ich!«

8

Flipflops auf Hängen waren in der Tat sogar noch weniger ideal als bei langen Wanderungen, zumal dieser Hang mit zerbrochenen Glasflaschen und anderem scharfkantigem Müll bedeckt war, weshalb Kiki die Schuhe auch auf gar keinen Fall ausziehen konnte. Zum wiederholten Mal heute bereute sie es tatsächlich, keine anderen Schuhe angezogen zu haben, aber das musste ja niemand wissen, schon gleich gar nicht ihre Mutter. Die stand unten und rief ihr diverse, vermutlich gut gemeinte Ratschläge zu, die Kiki dank der Motorengeräusche des Traktors glücklicherweise nicht verstehen konnte. Sie hatte alle Hände voll zu tun, nicht abzurutschen. Mehr als einmal konnte sie sich gerade noch so an einem kleinen Busch oder einem Grasbüschel festhalten. Aber schließlich hatte sie es geschafft und zog sich mit Schwung nach oben, um eher weniger grazil sofort das Gleichgewicht zu verlieren, einmal quer über den Feldweg zu stolpern und auf der anderen Seite in das (glücklicherweise deutlich saubere) Gras zu stürzen.

Der Riemen ihres rechten Flipflops hatte sich während ihrer unkoordinierten Feldwegüberquerung aus der Verankerung gelöst, und sie hatte sich den großen Zeh am Asphalt aufgerissen. Außerdem war ihr Knie aufgeschürft, ihr linkes Handgelenk fühlte sich komisch an, und sie war mehr als unsanft auf ihrem Hintern gelandet. Hoffentlich hatte sie keiner gesehen. Wobei: Anstelle des lauten Traktorgeräuschs hörte sie ein deutlich leiseres Blubbern. Und ein lautes Lachen. Verdammt.

»Kann ich irgendwie helfen?«

Am Steuer des Traktors saß ein Mann, dessen Alter Kiki nur sehr schwer schätzen konnte. Dem riesigen, scheußlichen blauen Hoodie mit dem Traktor vorne drauf nach zu urteilen, den er trug, war er maximal fünf Jahre alt – oder er nahm seinen Job sehr ernst. *Traktorman.* Sein Gesicht war kaum zu erkennen, denn unter der Kapuze trug er zusätzlich noch eine rote Cap. Hellbraune längere Haare standen in alle Richtungen ab. Mit einer ziemlich schmutzigen Hand kratzte er sich im Gesicht. Wenigstens hatte er aufgehört zu lachen.

»Alles okay?« Seine Stimme klang eher belustigt als besorgt, aber tief und voll und – definitiv älter als fünf.

»Alles bestens. Danke der Nachfrage.« Es wäre Kiki recht gewesen, er würde weiterfahren, anstatt ihr dabei zuzusehen, wie sie versuchte, ihre Gliedmaßen wieder so weit zu sortieren, dass sie aufstehen und weitergehen konnte. Aber er wollte es offensichtlich genau wissen.

»War das Absicht?«

»Na klar war das Absicht, was denn sonst?«

Ihr tat alles weh, und es war ihr peinlich, dass er sie beobachtet hatte. Das und die Tatsache, dass ihre Mutter ihr gerade den letzten Nerv geraubt hatte, erklärte wohl ausreichend, warum sie ausnahmsweise mal nicht die Freundlichkeit in Person war.

»Das ist mein neues Sportprogramm«, ergänzte sie schnippisch, während sie sich in die Hocke hievte.

Autsch. Das Handgelenk tat wirklich weh. Konnte der Typ nicht einfach weiterfahren?

»Ich bin ganz schön erschrocken, ehrlich gesagt.« Nein, konnte er anscheinend nicht. »Normalerweise springen mir keine Frauen vor den Traktor. Und schon gleich gar nicht hier!«

»Ich bin nicht gesprungen. Ich bin gestolpert.« Kikis finsterer Blick schien ihn nach wie vor wenig zu irritieren.

»Auch das passiert nicht so oft.«

»Sehr schön. Ich komme schon klar.« Besser laufen, als das Gesicht verlieren. *Super, von Betzenstein, immer brav Prioritäten setzen.*

Kiki hörte, wie ihre Mutter vom Parkplatz aus ihren Namen rief. Bevor sie ihr allerdings versichern konnte, dass es keinerlei Grund für sie gab, ebenfalls diesen Aufstieg zu wagen, sprang ein riesiger schwarzer Hund aus dem Fußraum des Traktors auf den Weg und kam mit großen Sätzen und wedelndem Schwanz auf Kiki zugeschossen. Zum ungefähr zehnten Mal am heutigen Tag blieb ihr beinahe das Herz stehen. Bevor sie sich vollständig aufrappeln konnte, hatte er ihr schon einmal quer über das Gesicht geleckt. Sofort verlor sie ihr kostbares Gleichgewicht wieder und kippte nach hinten um. *Bravo, Kiki. Schlimmer geht immer.*

»Little Richard! Komm sofort zurück! Das … du … ungezogener …«

Für eine Sekunde hatte sie wirklich gedacht, ihm würden die Worte fehlen. Aber das war ein Irrtum. Er konnte nur deshalb kaum sprechen, weil er schon wieder lachte.

»Ungezogener Hund. Entschuldigen Sie bitte, aber … das ist doch wirklich zu komisch. Ich wünschte, das hätte jemand gefilmt!« Er wischte sich die Lachtränen aus den Augenwinkeln.

»Ha.« *Ja wirklich. Zu komisch.* »Haha.«

»Nicht lustig?«

»Nein«, brummte Kiki und fragte sich, wer einen Hund, der Kiki bis zum Oberschenkel reichte, *Little* Richard nannte.

»Little Richard heißt übrigens so wegen seiner Frisur.«

Oho, Traktorman konnte Gedanken lesen.

»Beißt er?«

»Nur, wenn er wirklich großen Hunger hat.«

Misstrauisch beäugte Kiki Little Richards beeindruckende Zähne, die unter seiner heraushängenden Zunge hervorschauten, und bemühte sich, irgendwelche hypnotischen Fähigkeiten zu erwecken, die womöglich in ihr schlummerten. *Braver Hund.*

Little Richard schüttelte sich und warf dabei weiße Spuckefäden in Kikis Richtung.

Braver, hoffentlich *satter* Hund!

Während sie vorsichtig aufstand und dabei den riesigen Hund nicht aus den Augen ließ, bemühte sie sich, nicht mehr auf die zuckenden Mundwinkel des Mannes zu achten. Als sie ihren kaputten Flipflop am Riemen aufhob und die Sohle trostlos vor ihr hin und her baumelte, war es um ihn allerdings zum dritten Mal geschehen. Laut prustete er los, nur um sich selbst immer wieder japsend zu unterbrechen. Ernsthaft, der kindische Pullover passte zu ihm wie die Faust aufs Auge – die Kiki alternativ in diesem Moment gerne zur Verfügung gehabt hätte. Was für ein Vollidiot. Und zwar keiner von der »Kiki kann nicht widerstehen«-Sorte. Ob er wohl jemals mit dem Lachen aufhören würde, sodass sie ihn nach der nächsten Werkstatt fragen konnte? Egal. Sie würde schon eine finden. Oder jemand, der wusste, was mit einem qualmenden Auto zu tun war. Traktorman lachte immer noch.

»Macht es eigentlich Spaß, mich auszulachen?«

»Entschuldigung.« Er räusperte sich. »Nein, natürlich nicht. Kann ich …« Er gluckst. »Wirklich. Es tut mir … Kann ich irgendwie helfen?«

»Nein.« Kiki klopfte sich den Staub vom Hosenboden. »Ich komme allein klar. Das heißt … mit meiner Mutter. Also wir. Wir kommen alleine klar. Aber danke für das … fast ernst gemeinte Angebot.« Was für ein Gestammel. Aber egal und auch kein Wunder nach … alldem. Sie hatte auch ihren Stolz. Er tauchte zwar immer zu den unpassendsten Momenten auf, aber er war da, und Kiki würde ihn unter keinen Umständen wieder vertreiben, schließlich war er ein viel zu seltener Gast. Sie humpelte mit ihrem einzelnen Flipflop den Weg entlang. Vom Traktor weg. Irgendwohin, wo Ehrenweiler, Poltringen, Kayh oder sonst einer von diesen Orten lag.

Es hatte bestimmt wirklich sehr lustig ausgesehen. Kiki musste bei dem Gedanken daran lächeln, wie Esther ihr den virtuellen Preis für die unkonventionellste Art, einen Mann kennenzulernen, überreichte. Sie hatte ihn definitiv verdient. Den Preis. Nicht den Typ. Der beobachtete sie allerdings nach wie vor, das spürte sie. Dann ließ er seinen Traktor an und fuhr los, bis er ihn auf Kikis Höhe wieder drosselte.

»Ich habe mir Folgendes überlegt«, sagte er und schob das Schild seiner Baseballkappe mit seinem schmutzigen Zeigefinger nach hinten.

Kiki schaute direkt in strahlend blaue Augen, die immer noch sehr amüsiert funkelten und außerdem geradezu leuchteten, was vermutlich daran lag, dass der Rest des Gesichtes ähnlich schmutzig war wie seine Hände. Little Richard stand schwanzwedelnd zwischen seinen Beinen und sah hechelnd zu Kiki hinunter. Sie versuchte, ihn mit ihrem Blick zu beschwören, dort oben zu bleiben. Sosehr sie Hunde mochte – und er schien ein freundliches Exemplar zu sein –, jetzt gerade war sie zu sehr mit sich selbst beschäftigt, um ihn zu kraulen oder davon abzuhalten, ihr seine offenkundige Zuneigung in Form einer nassen Hundezunge in ihrem Gesicht zu beweisen.

»… wir könnten noch mal von vorne anfangen. Vielleicht. Also ich … bin Jakob und … wenn du Hilfe brauchst …?«

Sieh' da, Traktorman, wir duzen uns also schon.

»Danke, aber nein danke. Ich werde nun nach …« Wie hieß dieser Ort noch mal? »… Ehrenweiler laufen und dann …«

Wieder hörte sie, wie ihre Mutter Kikis Namen rief. Und zwar ihren richtigen Namen. Jakob fing schon wieder an zu kichern.

»Ernsthaft? Du heißt Isolde?« Er schüttelte den Kopf. »O Mann. Kann ich dich bitte behalten? Ich hatte selten so viel zu lachen wie heute.«

»Isolde!« Ihre Mutter war nicht zu überhören. *Danke auch, Mama.*

»Jemand, der seinen Hund nach der Haartolle eines amerikanischen Rock-'n'-Roll-Sängers benennt, sollte sehr vorsichtig sein, wenn es um die Namen von anderen geht. Ich habe mir meinen jedenfalls nicht freiwillig ausgesucht.« Und außer ihrer Mutter – und nun Jakob – hatte sie seit ihrer Geburt niemand je so genannt.

»Nach Ehrenweiler willst du?« Jakob runzelte die Stirn. »So?« Er zeigte auf den kaputten Flipflop.

»Wie sonst?«

»Na ja, es sind nur ungefähr zwölf Kilometer bis dorthin. Ich weiß das zufälligerweise ziemlich genau.« Er grinste. »Ich wohne da.«

Zwölf Kilometer waren allerdings ein Wort. Aber sie war schließlich keine Prinzessin und konnte durchaus zu Fuß gehen. Auch ohne Schuhe. Hoffentlich.

»Ich bin nicht aus Zucker.«

»Gut zu wissen. Ist das dein Auto da unten, das so qualmt?« Er wies mit dem Daumen nach links. Kiki vermutete, dass man von seiner Position aus tatsächlich einen guten Blick auf den Golf hatte.

»Ja.«

»Und deine Mutter?«

»Blitzmerker.« Kiki hatte sie schließlich so genannt.

Jakobs Zähne waren bemerkenswert weiß und sein Grinsen … leider entwaffnend. Egal, wie sehr sie sich dagegen sträubte, und egal, wie schmutzig er war, unter all dem Dreck sah Jakob unverschämt gut aus.

»Also gut, *Isolde,* ich mache dir einen Vorschlag: Du steigst jetzt auf meinen Traktor, ich fahre dich zu deiner Mutter und schau mir das Auto mal an. Ich bin zwar kein Automechaniker, sondern Schreiner, aber ich hab schon viele Autos qualmen sehen.«

Soso. Schreiner also. Warum man da so dreckig …

»Dann kannst du dich immer noch entscheiden, ob du nach Ehrenweiler laufen willst oder nicht.«

»Ich …«

»… du bist nicht aus Zucker, ich weiß.« Jakob zwinkerte ihr zu. »Aber vielleicht kannst du dir den Beweis ja auch für ein anderes Mal aufheben.« Er streckte ihr die Hand hin, um Kiki auf seinen Traktor zu helfen.

Plötzlich spürte sie, wie erschöpft sie war. Ihre Kopfschmerzen drängten sich wieder in den Vordergrund, nachdem sie kurzzeitig das Feld ihrem aufgeschürften Knie überlassen hatten, und auf einmal kamen Kiki sogar die wenigen Schritte zu Jakobs Traktor vor wie eine Weltreise. Es tat beinahe ein bisschen gut, dass jemand anderes plötzlich das Ruder übernommen hatte und Entscheidungen für sie traf. *Da ist sie wieder, unsere Kiki, auf dem Weg des geringsten Widerstandes.*

»Danke«, sagte sie leise und traute sich kaum, Jakob dabei anzusehen.

Sie hatte Sorge, jenseits davon, dass er sich über sie lustig gemacht hatte, etwas anderes in seinem Blick zu sehen. Verachtung. Mitleid. Etwas, das so deutlich in Bennets Augen gestanden hatte, dass Kiki es immer noch fühlen konnte. Sie wollte nicht den Weg des geringsten Widerstandes gehen. Nur den richtigen. Und das war schließlich nicht grundsätzlich der, für den man kämpfen musste.

Sie griff mit ihrer Rechten nach Jakobs Hand und mit der Linken nach der Lehne und schwang sich auf das Holzbrett, das als Sitzfläche diente. Während Little Richard Kiki seine Schnauze auf ihren zerschrammten Oberschenkel legte, atmete sie tief ein. Das erste Mal am heutigen Tag hatte sie das Gefühl, dass vielleicht doch nicht alles nur eine unendliche Abfolge von Katastrophen war. Vielleicht ließen sich die Dinge doch noch geraderücken. Jakob strahlte eine Sicherheit aus, die auch für Kiki reichte. Sie wünschte, sie könnte auch nur ansatzweise so in sich ruhen wie er.

»Was ist?«, fragte er, als er ihren Blick bemerkte.

»Nichts«, antwortete Kiki und sah schnell auf Little Richards Kopf. Musste er ja nicht wissen, dass sie soeben beschlossen hatte, ihn zu mögen – und sich gleichzeitig dafür zu schämen, dass sie so schnippisch gewesen war. Ob sie sich dafür entschuldigen sollte? »Das heißt: Menschen, die mich nicht ärgern wollen, nennen mich Kiki«, sagte sie stattdessen und strecke Jakob die Hand hin.

Er ergriff sie lächelnd und deutete eine kleine Verbeugung an, als wären sie bei einem offiziellen Empfang im Rathaus und nicht im Nirgendwo zwischen … zwischen … wo auch immer und Ehrenweiler.

»Schön, dich kennenzulernen, *Kiki*.«

Seine Augen funkelten, und Kiki fragte sich, wie sie ihn nur für einen Moment hatte unsympathisch finden können, während Little Richard es sich auf ihren Füßen bequem machte, als hätte er nur auf sie gewartet.

9

Helga von Betzenstein lehnte entspannt am Heck ihres Autos und genoss die Sonnenstrahlen, die ihr ins Gesicht schienen. Offensichtlich hatte sie sich damit abgefunden, dass sie vorläufig nicht zu Elsie weiterfahren konnten und es auch erst einmal nichts zum Mittagessen geben würde. Das war gleichermaßen erfreulich wie erstaunlich. Dass ihre Laune bestens war, konnte Kiki daran erkennen, dass sie ihnen zuwinkte, als sie gemächlich auf sie zutuckerten. Wobei, das mit der Entspannung war wohl eher eine Sinnestäuschung gewesen, denn als sie vor dem Golf anhielten, empfing Kiki ihr vertrauter missbilligender Blick.

»Wo warst du denn so lange, Isolde? Ich habe gerufen und gerufen und …«

»Sie konnte nicht antworten, weil sie sich vor meinem Traktor im Gras gewälzt hat«, unterbrach Jakob sie grinsend.

Irritiert schaute Helga von ihm zu Kiki. »Du hast … was?«

Am liebsten hätte Kiki ihn ans Schienbein getreten, weil er ihrer Mutter damit eine Vorlage geboten hatte, die sie sich sicher nicht entgehen lassen würde, aber zum einen war ihr Zeh angeschlagen und zum anderen war Jakob längst von seinem Traktor gesprungen. So warf sie wenigstens seinem Rücken einen bösen Blick zu.

Er blieb vor ihrer Mutter stehen und streckte ihr seine äußerst schmutzige Hand hin, die sie naserümpfend musterte. Der Krankenschwesternblick Helga von Betzensteins zeigte seine Wirkung. Jakobs Gesichtsausdruck war einfach Gold wert, als er schnell seine Hand wieder zurückzog und sie vorsichthalber in die Hosentasche steckte. Der Blick von Kikis Mutter war eine Waffe, die sie perfekt einzusetzen wusste. Daran bestand kein Zweifel. *Und Rache war süß.*

»Jakob Pfeffer«, stellte er sich ein wenig verunsichert vor. »Schreinermeister. Ich werde trotzdem sehen, was ich für Ihr Auto tun kann.«

»Ah, Schreiner*meister* Pfeffer also.« Ein Strahlen breitete sich bei der Erwähnung seiner Berufsbezeichnung in Helgas Gesicht aus, als ginge die Sonne im Zeitraffer auf. Vorbei das Naserümpfen. Nun war sie es, die Jakob die Hand hinstreckte, als hätte sie plötzlich festgestellt, dass die schmutzigen Hände nur eine optische Täuschung gewesen waren und in Wirklichkeit ein strahlender Ritter in schimmernder Rüstung vor ihr stand. »Das ist ja großartig! Sie sind ein wahrer Kavalier!«

»Danke, sehr freundlich«, murmelte er und machte sich ein wenig verunsichert über diesen Sinneswandel neben dem Lenkrad zu schaffen, um die Motorhaube zu öffnen.

»Isolde, hast du gehört, ein *Meister*!«

»Hab ich. Großartig, Mama.«

»Jetzt komm doch mal da von dem Traktor runter. Herr Pfeffer kann bestimmt ein paar geschickte Hände zusätzlich gebrauchen. Nicht wahr, Herr Pfeffer?«

Seit wann fand ihre Mutter, dass Kiki geschickte Hände hatte? War das etwa ein sehr gut verstecktes Lob?

Jakob grunzte irgendetwas aus dem Motorraum. Vorsichtig, um nicht auf Little Richards Schwanz zu treten, der sich zu ihren Füßen zusammengerollt und damit mehr oder weniger den kompletten Fußraum beansprucht hatte, kletterte Kiki nach unten. Wenn sie ihn nicht weckte, bestand die geringe Hoffnung, dass er einfach weiterschlief und ihre Mutter ihn nicht zu Gesicht bekam. Das wäre wirklich ein enormer Vorteil. Helga von Betzenstein mochte vor nichts Angst haben. Außer vor Hunden. Und für ein weiteres Drama reichte Kikis Kraft einfach nicht mehr.

»Als Architektin bist du ja durchaus auch in der Lage zuzupacken, stimmt's?«

Sie lächelte Kiki verschwörerisch zu. Hatte sie ihr nicht vorhin erst wegen ihrem Beruf und ihrer Inkompetenz die Hölle heißgemacht, nur um jetzt in die Welt zu posaunen, dass sie Architektin war? Was interessierte es Jakob, was Kiki für einen Beruf hatte?

»Er ist Schreiner«, raunte ihre Mutter Kiki zu, als sie an ihr vorbeihumpelte. »Schreiner und Architekt. Passt doch perfekt!« Sie stieß ihr begeistert den Ellenbogen in die Seite. »Und reimt sich auch noch.«

»Mama!« Kiki unterdrückte ein Stöhnen.

Hoffentlich hatte Jakob das nicht gehört. Aber sein Oberkörper steckte nach wie vor zur Hälfte im Golf, und wenn man der Wissenschaft Glauben schenken durfte, und Kiki hoffte, dass das der Fall war, dann konnten Männer nicht zwei Dinge parallel tun. Zuhören und reparieren beispielsweise.

Obwohl: Wenn sie so genau darüber nachdachte, schien es nicht ganz so eindeutig zu sein, schließlich konnte ein Mann gleichzeitig die Mittagspause mit einer Frau in einem Hotelzimmer verbringen und mit einer anderen verlobt sein. Wie überflüssig, dass sich ausgerechnet jetzt Bennet in ihre Gedanken schmuggelte. Und wie schön, dass zumindest Kiki so multitaskingfähig war, dass sie sich für mehrere Personen gleichzeitig schämen konnte. Und zwar für Bennet und für sich selbst. Beinahe hätte sie dabei die Scham über ihre Mutter vergessen, die nicht eine Sekunde gezögert hatte, einen Verkuppelungsversuch zu starten, sobald ein Mann auftauchte. Selbst in einer Situation wie dieser dachte sie nur daran, Kiki unter die Haube zu bringen, als ob sie schwer vermittelbar wäre. Was sie vermutlich war. Aber Helga von Betzenstein schließlich nichts anging.

Jakob kratzte sich nachdenklich an der Stirn.

»Also, ich bin ja nun wirklich kein Experte, was Autos angeht, aber in diesem Fall bin ich mir beinahe sicher.«

»Ah, ja?«

»Ich befürchte, der Keilriemen ist gerissen.«

Mit dieser Information konnte Kiki persönlich so viel anfangen wie mit dem sprichwörtlichen Sack Reis in China, aber das Gesicht, das Jakob dazu machte, verhieß nichts Gutes.

»Was bedeutet das?«

»Es bedeutet, ihr könnt auf gar keinen Fall so weiterfahren.«

Kikis Mutter schaute wieder einmal auf die Uhr. »Halb eins. Wir können auf keinen Fall hier stehen bleiben. Tante Elsie wartet auf uns. Und überhaupt: Ist der Keilriemen nicht dieses Ding, das man auch mit Seidenstrümpfen ersetzen kann?«

Sofort ließ sie sich auf den Fahrersitz plumpsen und begann, ihre hautfarbene Strumpfhose auszuziehen.

Kiki war gleichermaßen beeindruckt von Helgas Wissen und wieder einmal peinlich berührt, dass sie Dinge tat, die … normale Menschen eben in Gesellschaft von anderen nicht taten. Wie zum Beispiel Strumpfhosen auszuziehen. Jakob beobachtete sie ebenfalls irritiert, als sie mit einem triumphierenden »Tadaaa!« ihre Strümpfe in die Höhe hielt und sie vor Jakobs Gesicht baumeln ließ, als hätte sie dank einem besonders dicken Fisch einen Angelwettbewerb gewonnen.

Er grinste. »Also, die Idee finde ich prinzipiell gut. Am besten wird es trotzdem sein, ich schleppe sie jetzt nach Ehrenweiler zu meinem Nachbarn Theo ab. Der ist Landwirt und kennt sich mit Fahrzeugen prima aus. Der soll sich das noch mal anschauen und dann … sehen wir weiter.« Fragend betrachtete er Kikis Mutter. »Außerdem wollte Ihre Tochter schon vorhin unbedingt nach Ehrenweiler, also …« Er zwinkerte Kiki zu. »Bevor sie barfuß dorthin geht, würde ich sagen, fahren wir lieber.«

Haha. Sehr witzig.

Kikis Mutter hatte sich wieder der Sonne zugewandt und Jakob war damit beschäftigt, das Abschleppseil irgendwo unter der Stoßstange festzuknoten. Er schien auch ohne Kikis geschickte Hände klarzukommen, und sie konnte ein wenig Aufmunterung gebrauchen. Wie gut, dass es hier ein funktionierendes Mobilfunknetz gab. Esther ging sofort ran.

»Na du? Lebst du noch?«

Schon Esthers Stimme war wie Balsam auf Kikis Seele. Sie betrachtete ihr aufgeschürftes Knie und wackelte probehalber mit dem großen Zeh.

»Geht so.«

»Oh. Nur geht so? Was ist passiert?«

Kiki konnte hören, wie sehr Esther sich zusammenreißen musste, um nicht laut zu lachen. Besonders bei ihrer Schilderung der Umstände, die sie hier in diese Parkbucht geführt hatten, sowie bei ihrer Stunteinlage vor dem Traktor hörte Kiki eindeutig ein leises Kichern.

»Esther?«

»Ja?«

»Hältst du die Hand vor den Hörer, damit ich nicht mitbekomme, wie du mich auslachst?«

»Das würde ich doch nie tun«, antwortete sie glucksend. »Niemals! Also, jedenfalls nie wieder!«

Kiki musste ebenfalls grinsen.

»Sieht er gut aus?«

»Wer?«

»Na, der Typ, der dich abschleppen will.«

»Keine Ahnung«, sagte sie und dachte an seine kräftigen Hände, seine zuckenden Mundwinkel, den spöttischen Blick aus blitzenden blauen Augen, die zerzausten Haare. Ja, Jakob sah gut aus. Sehr sogar. Kiki räusperte sich und dachte an das unmögliche Traktorsweatshirt, das seine Wirkung ein wenig minderte. Wie auch immer er aussah, Hauptsache, er bekam das Auto wieder flott. »… und er will mich auch ganz bestimmt nicht abschleppen. Wenn überhaupt, dann den Schrottgolf meiner Mutter.«

»Sag' bloß, er gefällt dir nicht.« Kiki konnte Esthers Grinsen förmlich hören.

»Hab ich nicht gesagt!« Konnte sie nicht einmal in die Nähe eines Mannes geraten, ohne dass jeder gleich die Hochzeitsglocken läuten hörte? Ja, sie war fast vierzig und Single. Mehr oder weniger freiwillig. Aber ganz sicher nicht ständig auf der Suche, auch wenn glücklich verheiratete (Esther) oder verwitwete (Kikis Mutter) Menschen das nicht glauben konnten.

Irgendwo vor ihrem Fenster fluchte Jakob so laut, dass Esther es offensichtlich durchs Telefon hören konnte.

»Er flucht? Kiki, Wahnsinn! Wenn er jetzt noch vergeben ist, dann kannst du ihm unmöglich widerstehen!«

Instinktiv schaute Kiki auf seine Hände, das Einzige, was von ihm zu sehen war, weil er damit auf der Motorhaube herumtastete. Sie waren zwar schmutzig, aber so schmutzig, dass Kiki deshalb einen Ehering übersehen hätte, waren sie auch wieder nicht.

»Du hast einen Knall, Esthi!«, brummte sie, aber das ignorierte ihre beste Freundin komplett.

»Oh, ich bin so aufgeregt! Dir ist dein Traummann begegnet!«, juchzte sie so laut in den Hörer, dass Kiki ihn vom Ohr weghalten musste.

»Ich stehe überhaupt nicht auf ihn«, zischte Kiki, während sie das Telefon mit der Hand abschirmte und sich in den Fußraum des Autos beugte. Sicher war sicher. »Esther, lass den Quatsch. Du bist heute schon die Zweite, die am liebsten sofort eine Hochzeit planen würde, nur weil mir ein Mann aus der Patsche hilft. Vielmehr meiner Mutter. Ich weiß noch nicht mal, wie er mit Nachnamen heißt und außerdem …« Sie sprach noch ein bisschen leiser. »… außerdem will ich mit verheirateten Männern schon gleich gar nichts zu tun haben, das weißt du genau, Esthilein.«

»Aber mit verlobten Männern ins Bett gehen, das ist kein Problem, oder?« Sie lachte.

»Ich gehe auch nicht mit verlobten Männern ins Bett. Ich schlafe ab jetzt überhaupt mit niemandem mehr und schon gleich gar nicht mit irgendwelchen Dorfschreinern, so bedürftig bin ich dann auch wieder nicht, nur damit du es weißt!«

»Okay, Jungfrau Maria, wenn du mit deiner Beichte fertig bist, kannst du dem Dorfschreiner dann vielleicht mal helfen, das Abschleppseil festzumachen?« *JAKOB!*

Verdammt.

»Und übrigens: Mein Nachname ist Pfeffer. Ich glaube, das habe ich dir schon gesagt.«

Sein Gesicht war direkt an Kikis Scheibe, und sie schaute in amüsiert blitzende blaue Augen mit unverschämt langen Wimpern. *Verdammt. Verdammt. Verdammt.*

Wie war er da nur so schnell hingekommen? Und ohne, dass sie es bemerkt hatte? Kikis erster Impuls war, tiefer in den Sitz zu rutschen, aber nachdem er sie auch dann hätte sehen können, beschloss sie, die Situation mit Würde zu tragen. Wo auch immer sie die hernehmen sollte.

»Esther?«

»Ja?«

»Ich ruf dich wieder an.«

»Ist gut, Jungfrau Maria.« Sie lachte. »Grüß den Schreiner.«

Kiki legte auf, stieg wortlos aus dem Auto und ging vor der Stoßstange in die Hocke. So konnte Jakob wenigstens nicht auch noch sehen, wie rot sie geworden war. Schade, dass Scham nicht unsichtbar machte, sonst wäre sie jetzt nämlich komplett durchsichtig gewesen.

10

Jakob betrachtete grinsend die junge Frau, die mit dem Rücken zu ihm vor dem Auto kniete und so tat, als würde sie wissen, was zu tun war. Dabei hatte sie nicht den Hauch einer Ahnung, so viel stand fest. Er hatte das Gefühl, als hätte er mit ihr in der letzten halben Stunde mehr erlebt und mehr gelacht als in den gesamten letzten fünf Jahren seines Lebens. Wenn man mal von den Momenten mit Mia absah. Lächelnd dachte er an seine kleine Tochter, die mindestens ebenso stur, eingeschnappt und gleichzeitig zauberhaft sein konnte, wie Kiki es gerade gewesen war. Mit dem Unterschied, dass sie sieben Jahre alt war und Kiki eine erwachsene Frau. Er schätzte sie auf Mitte dreißig. Auch wenn er immer noch bei dem Gedanken an ihren holprigen Auftritt lachen musste, so war ihm dabei doch nicht entgangen, wie gut Kiki aussah. Ihre langen schlanken und leicht gebräunten Beine in den knappen Shorts waren ihm zuerst aufgefallen, obwohl er nicht der Typ war, der Frauen auf diese Art und Weise beurteilte. Ganz im Gegensatz zu seinem früheren besten Freund Philip, der über Frauen sprach, als seien sie Autos. *Was für ein Fahrgestell, Alter!*

Aber vor allem hatte ihn Kikis Blick fasziniert. So viel Widersprüchliches steckte darin, dass er sich schnell in ein Lachen gerettet hatte, um sie nicht einfach nur anzustarren, weil er herausfinden wollte, was denn nun auf sie zutraf. Unsicherheit und Mut, Kraft und Erschöpfung, Stärke und Schwäche, Sehnsucht und Humor. Noch nie hatte er solche Augen gesehen.

Irgendwo hatte er gelesen, dass man sich innerhalb einer Fünftelsekunde verlieben konnte, und er hatte sich bei seinem Onkel Kurt darüber lustig gemacht. Aber Kurt hatte seinen weisen Kopf gewiegt und ihm gesagt, dass er daran glaube.

Nun, vielleicht war doch etwas dran. Nicht, dass Jakob sich in Kiki verliebt hatte, so schnell ging es dann bestimmt auch wieder nicht. Aber er war neugierig geworden. Obwohl er wirklich keine Ahnung von Autos hatte, eigentlich gerade erst von Ehrenweiler losgefahren war und ganz andere Pläne gehabt hatte, so hatte er doch beschlossen, wenigstens zu versuchen ihr zu helfen. Weil er ein hilfsbereiter Mensch war, das stimmte schon auch, aber vor allem, weil er gerne mehr über sie erfahren wollte und weil sie irgendetwas in ihm ausgelöst hatte, das er nicht benennen konnte. Es hatte etwas mit Lebensfreude zu tun. Mit der Hoffnung auf Veränderung und mit einer merkwürdigen Sehnsucht, die ihn gleichermaßen froh und traurig stimmte. Dafür hatte der Bruchteil einer Sekunde definitiv gereicht.

Ihre Mutter beobachtete ihn heimlich, und immer, wenn er ihrem Blick begegnete, lächelte sie freundlich. Sie war ein Drachen, das hatte Jakob sofort durchschaut. Mit Drachen kannte er sich aus. Schließlich war Roswitha nicht nur seine langjährige Nachbarin, sondern auch die Oma seiner Tochter. Und selbst die hatte sich irgendwann zähmen lassen, was vermutlich daran lag, dass Drachen meist ein goldenes Herz hatten.

Wer auch immer dafür verantwortlich war, dass Kiki vor seine Füße gefallen war, er hatte jedenfalls genau den richtigen Zeitpunkt erwischt. Am Abend begann in Ehrenweiler das Spanferkelfest. Es war nicht nur das größte Ereignis in der Region, sondern es sorgte auch dafür, dass alle Ehrenweiler nach Hause kamen, die irgendwo anders lebten. Roswitha hatte zwar bisher nichts gesagt, aber Jakob hoffte, dass auch ihre Tochter Louisa kommen würde, Mias Mutter und Jakobs Ex-Freundin, und wie jedes Jahr spekulierte er darauf, dass sie nun endlich genug von ihrem Leben in Berlin und den ganzen Fernsehkameras hatte und sich auf ihre Familie einlassen würde, die sie vor sieben Jahren gegründet und vor der sie nach zwei gemeinsamen Jahren geflohen war. Die letzten fünf Jahre waren nicht immer einfach gewesen. Aber er hatte es geschafft, Mia, ihre gemeinsame Tochter, mithilfe von Roswitha, ihrem Mann Theo, Onkel Kurt und Little Richard großzuziehen. Er war stolz auf sich und auf seine unerschrockene und fröhliche Tochter, der es nie an Menschen gefehlt hatte, die ihr zeigten, wie sehr sie geliebt wurde. Natürlich fehlte ihr die Mutter. Jakob war nicht so dumm zu glauben, dass es ihr wirklich reichte, sie ab und zu auf dem Bildschirm in irgendeiner Soap oder was auch immer sie gerade drehte, zu sehen. Sicher wäre sie noch glücklicher, wenn Louisa wieder bei ihr wohnen würde, weshalb er auch bereit für einen Neuanfang mit ihr wäre. Bisher hatte er jedes Jahr mit ihr gerechnet, aber sie war nie gekommen. Und sosehr er ihre Heimkehr immer herbeigesehnt hatte, so wenig freute er sich jetzt. Denn wenn er wirklich frei entscheiden könnte, würde er heute viel lieber mit Kiki zur Andacht gehen und morgen mit ihr tanzen.

11

Der einzige Weg nach Ehrenweiler führte durch eine stattliche Platanenallee, hinter der sich gelbe Kornfelder an sanfte grüne Hügel schmiegten. Dass es sich dabei um Platanen handelte, wusste Kiki aus irgendeinem Grund. Jemand hatte es ihr erzählt. *Jemand* … Die Stimme, die in ihrem Kopf von diesen majestätischen Bäumen sprach, war Kiki mehr als vertraut, denn sie gehörte Elsie. Elsie, die ihr sagte, dass die Allee im 19. Jahrhundert von Friedrich I. gepflanzt worden war, weil der erste König von Württemberg das ehemalige Zisterzienserkloster 1806 zu seinem Jagdschloss umgebaut hatte und fand, dass es auch drumherum ein wenig königlich aussehen sollte. Offenbar gefiel ihm Ehrenweiler, und seine Jagdausflüge trugen ihn oft in die Nähe. Da es um Bebenhausen herum keinerlei Wege gab, die sich als Prachtstraßen umbauen ließen, nutzte er hierfür die Ehrenweiler Hauptstraße, die schnurgerade Ehrenweiler mit Poltringen verband. Der dicke Friedrich, wie er auch von seinem Volk genannt wurde, weil er nicht nur über zwei Meter groß, sondern eben auch sehr dick war, starb knappe zehn Jahre später, deutlich zu früh, um zu sehen, wie prächtig seine Allee einmal werden würde.

Kiki war überrascht, dass sogar Jahreszahlen den Weg in ihr Gedächtnis gefunden hatten. Sie musste wirklich sehr beeindruckt gewesen sein, als Tante Elsie ihr die Geschichte erzählt hatte. *Wann war das gewesen?*

»Schön hier, stimmt's?« Jakob sah Kiki von der Seite an und grinste.

»Stimmt.«

»Wusstest du, dass das hier alles Platanen sind?« Stolz wies er auf die letzten Bäume, die noch vor ihnen lagen, bevor die Straße von den ersten Ehrenweiler Höfen gesäumt wurde.

»Äh, nein?« *Äh, doch. Nur warum?*

»Schon gut.« Jakob grinste. »Man kann ja auch nicht alles wissen.«

Die Straße im Ort verengte sich nun so weit, dass Kiki froh darüber war, dass der Verkehr hier ebenso spärlich war wie außerhalb. Sollte ihnen ein Auto entgegenkommen, mussten sie definitiv in eine der Hofeinfahrten ausweichen. Zuerst war es ihr nicht ganz klar gewesen, was so besonders an Ehrenweiler war, aber jetzt wusste sie es: Kein Neubaugebiet, nicht einmal ein einziges modernes Haus zerstörte das Bild der kleinen Stadt, dafür war jeder einzelne Hof, an dem sie vorbeifuhren, liebevoll restauriert, überall blühten Blumen, und die Fassaden strahlten weiß, als hätte ein Reinigungstrupp dafür gesorgt, dass alles frisch geschrubbt war, nur weil Kiki zu Besuch kam. Oder ihre Mutter.

Jakob bemerkte ihren Blick, und der Stolz über seine Heimat leuchtete geradezu aus seinem Gesicht. Ganz plötzlich war Kiki beinahe neidisch darauf, dass er offensichtlich genau da war, wo er sein wollte.

Nach einer letzten Rechtskurve führte die Straße über eine uralte Steinbrücke auf einen großen gepflasterten Platz mit einer wunderschönen Dorflinde. Die alten Fachwerkhäuser schmiegten sich eng aneinander und sahen aus, als hätten sich die Dorfältesten im Kreis aufgestellt, um dieses merkwürdige Gespann beim Überqueren des Platzes zu beobachten. In den jeweiligen Untergeschossen waren kleine Läden, die allerdings alle geschlossen hatten, was man an den heruntergelassenen Jalousien erkennen konnte und daran, dass kein Mensch unterwegs war. Selbst das Eiscafé Jesolo hatte die Markise aufgerollt und Tische und Stühle fein säuberlich vor dem Schaufenster gestapelt. Es war Freitag. Beinahe dreizehn Uhr. Keine Frage, Ehrenweiler hatte den Preis des idyllischsten Dorfes der Schwäbischen Alb verdient. Und des einsamsten. Das Einzige, was sowohl die Idylle als auch die Einsamkeit störte, waren Jakob und Kiki auf dem Traktor, Helga im Golf – und diverse neongelbe Plakate:

Großes Ehrenweiler Spanferkelfest
am 17. und 18. Juli!
Andacht am Freitagabend und Fassanstich am Samstag um 11 Uhr. Spanferkel vom Grill! Kaffee und Kuchen! TOMBOLA! Es spielt der Musikverein Ehrenweiler, und es darf getanzt werden! Wir freuen uns auf Sie!

Sofort lief Kiki das Wasser im Mund zusammen, als sie in die schmale, kopfsteingepflasterte Gasse zwischen der schönen weiß verputzten Dorfkirche und der Gaststätte Goldener Adler einbogen, in dessen Blumenkästen die Geranien üppig blühten. Ihre Mutter, die hinten im Golf saß, hupte und zeigte wild gestikulierend darauf. Jakob grinste Kiki an, ohne den Fuß vom Gas zu nehmen.

»Willst du, dass ich anhalte? Ich hab gehört, dass hungrige Frauen gefährlich sein können. Und so, wie ich deine Mutter bisher erlebt habe, ist das bei ihr bestimmt der Fall.«

Gegen ihren Willen musste Kiki lachen. »Du hast sie absolut durchschaut. Aber danke nein. Lass uns lieber dafür sorgen, dass wir das Auto wieder flottkriegen.«

»Wie du willst. Wenn wir Glück haben, ist Theo noch nicht beim Fest und kann sich den Golf ansehen. Wenn er schon weg ist, kann es allerdings dauern. Er ist nämlich nicht nur mein Nachbar, sondern auch der Vorsitzende vom Schützenverein, und die richten das Spanferkelfest aus.«

Immerhin wusste Kiki jetzt, wo die Ehrenweiler Dorfgesellschaft abgeblieben war, und musste sich keine Gedanken darüber machen, ob das Dorf nicht vielleicht wie bei *Dornröschen* in einen hundertjährigen Schlaf gefallen war. Sehnsüchtig versuchte sie, doch noch Leben im Eiscafé zu entdecken. Wenn es schon vorläufig nichts zu Essen gab, so wäre doch ein richtig guter Espresso und ein großes Mineralwasser eine Alternative gewesen. Oder ein frisch gezapftes Bier vom Spanferkelfest. Ihr Mund war plötzlich so ausgetrocknet, als wäre sie doch barfuß nach Ehrenweiler gelaufen.

»Gibt's hier irgendwo etwas zu trinken?«, fragte sie, bevor sie es sich anders überlegen konnte.

»An was hattest du denn gedacht?«, grinste Jakob amüsiert.

»Äh, ein … Wasser?«

»Ein *Wasser* also.«

Durchschaut. Sie wurde schon wieder rot. Wie machte er das nur? Betreten widmete sie sich Little Richards Fell.

»Ein *Wasser* kannst du gleich kriegen, wenn wir bei Theo sind, ich wohne ja, wie gesagt, direkt daneben. Aber wenn du vielleicht später noch Lust auf was anderes hast, dann empfehle ich das Spanferkelfest. Heute Abend ist die Andacht, und Fassanstich ist morgen um elf Uhr.«

»Äh, danke, aber nein danke. Bis dahin sind wir sicher schon bei Tante Elsie.«

»Wo?« Wenigstens jetzt sah er zur Abwechslung mal verwirrt aus.

»In der Rehabilitationsklinik für Seniorinnen und Senioren in der Nähe von Rottenburg? Bei meiner Tante? Deshalb sind wir im Übrigen überhaupt erst losgefahren.«

Sein Gesichtsausdruck war köstlich.

»Und ich habe wirklich gedacht, du willst unbedingt zum Spanferkelfest, weil du doch die ganze Zeit von Ehrenweiler gesprochen hast.«

»Das war … eher Zufall.« Kiki musste ihm ja nicht unbedingt auf die Nase binden, dass sie sich nur für diesen Ort entschieden hatte, weil ihr der Name bekannt vorkam. Wahrscheinlich hatte sie sich das sowieso nur eingebildet.

»Allerdings müsste schon ein Wunder geschehen, wenn ihr heute noch hier wegkommt.«

Bitte was?

»Wie meinst du das: ein Wunder?«

»Was denkst du denn, wie schnell man einen Keilriemen besorgen und austauschen kann, an einem Tag wie diesem?«

»An einem Tag wie diesem?« *Denk an das Echo, von Betzenstein!*

»Wie gesagt: Heute beginnt das Spanferkelfest. Und das ist quasi wie Weihnachten und Geburtstag zusammen. Und zwar für alle Ehrenweiler.«

Offensichtlich nicht im Geringsten beeindruckt von der Panik in Kikis Stimme nahm Jakob eine Abzweigung und fuhr auf eine schmalere Straße, die relativ schnell in einen breiten Kiesweg überging. Ein schlichtes Holzschild wies den Weg. »Innenausbau und Möbelschreinerei Pfeffer«, las Kiki, während ihr das ganze Ausmaß dieser Mitteilung bewusst wurde. Verdammt! Irgendetwas hatte ihr schon heute früh gesagt, dass alles anders kommen würde als gedacht. Aber wenn sie gewusst hätte, dass es *so* anders werden würde, hätte sie jetzt mehr als einen Schuh am Fuß und einen Bikini in der Tasche.

Während Jakob nach links in einen großen Hof einbog, der rechts von einem Stall und links von einem beeindruckenden Misthaufen eingerahmt wurde, wurde ihr erst das komplette Ausmaß der Keilriemenkatastrophe bewusst: Sie war nicht nur in Ehrenweiler gestrandet. Sondern sie saß hier mit ihrer Mutter fest. Mit ihrer Mutter und nur einem Schuh. *Vergiss deinen Ruf und die Fünf-Uhr-Regel, von Betzenstein, das hier ist ein Notfall.*

»Hast du vielleicht doch was Stärkeres als Wasser da?«

Kaum waren sie auf den Hof gerumpelt, kam ein Mann mit ausgebreiteten Armen auf sie zu, als hätte er sie sehnsüchtig erwartet. Im Gehen wischt er sich den Mund an einer riesigen weißen Serviette ab, die er dann in seine hintere Hosentasche steckte. Das Erste, was Kiki auffiel, als er näher kam, war sein beeindruckender Bauch und sein nicht minder beeindruckender Schnurbart. Er trug eine lederne schwarze Dreiviertel-Kniebundhose und über einem weißen Hemd eine hellblaue und fein bestickte Weste, dazu graue Kniestrümpfe und Schnürschuhe. Seine braunen Augen funkelten vergnügt, als er am Traktor stehen blieb.

»Grüß Gott, Jakob! Wen hast du denn da abgeschleppt?«

O nein, nicht der auch noch.

Jakob lachte. »Kannst du vielleicht noch schnell schauen, was mit dem Auto los ist, bevor du ins Zelt gehst? Die beiden Damen sind an der Autobahnausfahrt gestrandet.«

Der Mann kam an Kikis Seite und streckte sofort die Hand nach Little Richard aus, um ihn zu kraulen. »Na, was hast du mir denn da Schönes mitgebracht, Little Richard?« Er zwinkerte Kiki zu und machte beinahe den Eindruck, als wolle er seine Krauloffensive auch auf sie ausdehnen, aber dann entschied er sich glücklicherweise doch für eine andere Strategie. »Gestatten, Theo Grünberger, Landwirt, Vorsitzender im Schützenverein und natürlich Retter von Damen in Not.« *Auweia.*

»Theo!« Eine durchdringende Stimme, die Kiki ein wenig an die ihrer Mutter erinnerte, schallte aus dem Haus.

Theo zuckte zusammen. Kiki konnte es ihm nicht verdenken.

»Du weißt aber schon, dass du in zwanzig Minuten im Zelt sein musst, oder?«

Eine Frau mit einem ebenfalls beeindruckenden Bauch und ebensolchem Busen, den sie fest in das Mieder ihrer hellblau-grauen Tracht geschnürt hatte, erschien im Türrahmen.

»Du lässt dich jetzt nicht wieder von Jakob zu irgendwas überreden! Immer kommst du zu spät, nur weil ihr beiden wieder …«

»Jetzt beruhige dich mal, Roswitha! Ich komm schon pünktlich. Aber ich kann die drei schließlich nicht einfach so stehen lassen! Das ist doch Christenpflicht, nicht wahr, Fräulein?« Er zwinkerte Kiki wieder zu, während Roswitha laut schnaubend näher kam und ihr einen bösen Blick zuwarf.

»Ja, Christ bist du schon, aber immer nur dann, wenn es dir in den Kram passt, und Nächstenliebe gilt auch nur, wenn es dabei um Frauen geht.«

Rein optisch war Roswitha das genaue Gegenteil von Kikis winziger Mutter. Akustisch glichen sie sich wie ein Ei dem anderen.

»Quatsch mit Soße, Frau. Ich helfe, wenn meine Hilfe gebraucht wird!«

Roswitha schien wenig beeindruckt. »Schon klar. Und als Nächstes lädst du sie zum Spanferkelfest ein und bittest um einen Tanz. Ich kenne dich, Theo Grünberger. Christliche Nächstenliebe, dass ich nicht lache!« Sie kniff die Augen zusammen und musterte Kiki streng, als ob sie etwas Falsches gesagt hätte, dabei traute die sich kaum zu atmen.

Jakob legte Roswitha einen Arm um die Schulter, nachdem er vom Traktor gestiegen war. »Wie wäre es, wenn wir beide morgen als Allererstes tanzen?«

Der harte Ausdruck verschwand aus Roswithas Gesicht und machte einem Lächeln Platz. »Also, wenn du mich natürlich so nett fragst, Jakob Pfeffer, da kann ich ja wohl kaum Nein sagen.« Sie strahlte ihn an. »Es könnte aber auch sein, dass jemand anderes diesen ersten Tanz mit dir tanzen will.« Sie zwinkerte ihm zu, und für einen kurzen Moment veränderte sich Jakobs Ausdruck.

Er runzelte die Stirn. »Du meinst … sie kommt?«

»Nun, ich weiß es nicht.« Roswitha schlug die Augen nieder. »Aber wie jedes Jahr hoffe ich es.«

Wer kommt? Für einen kurzen Moment sah Kiki Jakob beim Tanzen vor sich. Ihre Hand in seiner (bis dahin sauberen). Seine Wärme. Sein Blick in ihrem. Nein, sie würde auch nicht ablehnen. Aber Kiki hatte er ja nicht gefragt. Außerdem schien es noch jemanden zu geben, der gerne mit ihm tanzen würde, und Kiki hatte die Hoffnung noch nicht aufgegeben, vor heute Abend wieder aus Ehrenweiler zu verschwinden, auch wenn sich sowohl Spanferkel als auch Bier mehr als verführerisch anhörten.

»Siehst du, Theo? So macht man das!« Roswitha schmiegte sich begeistert in Jakobs Arm.

Jakob hatte eindeutig die Gabe, kratzbürstige Frauen um den Finger zu wickeln. Dem dankbaren Blick von Theo nach zu urteilen, hatte er dieses Talent auch bei Roswitha schon öfter unter Beweis gestellt.

Mittlerweile hatte sich auch Helga zu ihnen gesellt. »Guten Tag, mein Name ist Helga von Betzenstein.« Sie warf Roswitha ihren überheblichen »Ich habe einen adeligen Titel«-Blick zu, den diese mit einem Schulterzucken quittierte. Dass sie sich von diesem Namen nicht beeindrucken ließ, gefiel Kiki. »Und das dahinten …« Ihre Mutter wies auf den Golf. »… ist mein Auto. Kann mir hier nun jemand helfen oder nicht? Denn unter uns, an der Autobahn hätten meine Tochter und ich wenigstens die Chance gehabt, wieder wegzukommen. Aber wenn Sie natürlich nicht dazu in der Lage sind …?« Theo starrte sie mit offenem Mund an. »Oder wenn Sie etwas Besseres vorhaben …« Helga von Betzenstein ließ ihren Blick demonstrativ über Roswithas üppigen Busen gleiten.

»Nein, nein«, beeilte sich Theo zu sagen, wofür er prompt von seiner Frau einen Stoß in die Rippen kassierte. »Natürlich kann ich helfen. Und ich helfe wirklich gern.«

»Das freut mich. Und noch etwas würde ich sehr gerne wissen: Gibt's hier irgendwo etwas zu essen?«

»Nein!«, sagte Roswitha bestimmt, bevor Helga überhaupt zu Ende gesprochen hatte und funkelte sie böse an, während Theo gleichzeitig »Ja!« rief. Er schien eine gewisse Vorliebe für dominante Frauen zu haben.

»Wir sind hier doch kein Gasthaus!«, zischte Roswitha.

»Das nicht, aber während ich mir den Golf ansehe, kannst du den beiden doch was von deinem selbst gebackenen Brot mit Butter und Schnittlauch anbieten. Oder mit Griebenschmalz …« Seine Augen leuchteten. »Und ich würde auch noch was nehmen.« Theo war offensichtlich ein Genießer. »Das Brot von meiner Roswitha ist der Hammer!«, rief er Kikis Mutter zu. »Das müssen Sie probieren!«

»Wegen mir nicht.« Roswitha hatte die Arme vor ihrer bemerkenswerten Brust verschränkt und sah aus, als wolle sie ihr Brot zur Not mit Muskelkraft verteidigen, aber Theo ließ sich davon nicht beirren.

»Und wenn Sie doch lieber etwas Richtiges essen wollen«, fuhr er fort, ohne weiter auf seine Frau zu achten, die wütend in Richtung Haus davonstapfte, »… dann empfehle ich für heute den Goldenen Adler. Und für morgen …«, seine Augen leuchteten, während er sich über die Lippen leckte, »das Spanferkelfest. Da gibt es Kraut, Schupfnudeln, selbst gebackenes Brot und natürlich knusprige Spanferkel. Alle aus meiner Zucht.« Er warf sich stolz in die Brust. »Und Sie können sogar Lose kaufen und ein lebendiges Schwein gewinnen. Stammt auch von mir. Eine Sau, um genau zu sein.«

Er grinste Kikis Mutter an, die sich bei seiner Aufzählung noch einmal zu ihm umgedreht hatte. Das Schlachtfest schien ihre Aufmerksamkeit errungen zu haben.

»Ich hab sie Rosa getauft«, raunte er. »Nach meiner Frau.«

Die Haustür fiel mit einem Rumms hinter Roswitha ins Schloss. Sie wusste diese Form der Ehrerbietung offenbar nicht wirklich zu schätzen.

»Was die wieder hat? Na ja, jedenfalls lohnt es sich. Aber vorher schau ich mir erst einmal Ihr Schätzchen an.«

Kurz erschrak Kiki, bis ihr klar wurde, dass Theo nicht sie, sondern das Auto ihrer Mutter meinte. Während sie offensichtlich beschlossen hatte, auf das angepriesene Brot von Roswitha zu verzichten und lieber Theo dabei zu beobachten, wie er die Motorhaube öffnete, war Jakob in seinem Haus verschwunden und tauchte gerade mit einem geflochtenen Korb wieder auf. Dankbar nahm Kiki das Mineralwasser an und überlegte, ob sie damit eine weitere Kopfschmerztablette herunterspülen sollte, da drückte er ihr ein kleines Glas in die Hand und öffnete eine durchsichtige Flasche mit klarem Inhalt.

»Himbeergeist. Selbst gebrannt. Ich finde, den hast du dir mehr als verdient.«

Und auch wenn Kiki weder Schnaps mochte noch um

diese Uhrzeit normalerweise Alkohol trank, war sie absolut seiner Meinung. Selbst ihre Mutter nahm das kleine Glas, das er ihr hinhielt, und wartete geduldig, bis Jakob ihr etwas eingeschenkt hatte. Anscheinend hatte allerdings auch Little Richard den Korb entdeckt und sich ausgerechnet, dass sich darin etwas Essbares befinden könnte. Mit einem eleganten Sprung verließ er den Traktor, wo er bisher völlig unbeeindruckt geschlafen hatte, und trottete auf Jakob zu. Und auf Kikis Mutter, die neben ihm stand. Sofort ließ sie das Glas fallen und versteckte sich hinter Theo.

»Nehmen Sie den Hund weg!«

Theo schirmte Helga ab, als sei sie eine hochrangige Persönlichkeit und er ihr Bodyguard.

»Guter Hund. Ich bring dir später einen Knochen!«, sagte er und grinste begeistert. Unter normalen Umständen hätte Helga von Betzenstein Theo vermutlich mit ihrer Handtasche verdroschen oder wenigstens angeschrien, aber Hund war Hund, und da galten besondere Regeln.

Jakob hatte die Ruhe weg. Er war vermutlich der einzige Mensch außer Tante Elsie, der sich von Kikis Mutter und ihrem Auftreten nicht einschüchtern ließ. Stattdessen schien er sich prächtig über sie zu amüsieren. Seine Augen funkelten, und er kraulte Little Richard liebevoll im Nacken.

»Warum soll ich ihn wegnehmen?« Little Richard legte sich vor ihm auf den Boden und präsentierte seinen Bauch. »Der tut Ihnen doch gar nichts. Er will nur spielen!« Er zwinkerte Kiki zu, während der Hund genussvoll seine Augen verdrehte.

»Jaja, das sagen sie alle. Und dann wundern sie sich, wenn der liebe Hund ihnen das halbe Gesicht wegbeißt. Ich habe das und Schlimmeres in der Notaufnahme gesehen, und mich täuschen die Biester nicht.« Sie schüttelte den Kopf und drückte sich weiterhin eng an Theo, dem man ansah, dass dieser Tag sich für ihn noch besser entwickelte, als erwartet. »Und wenn er spielen will, dann ganz sicher nicht mit mir!« Sie kniff die Augen zusammen.

»Schade«, antwortete Jakob freundlich. »Es würde Ihnen bestimmt guttun.«

Kiki drehte sich weg, damit ihre Mutter nicht sah, dass nun zur Abwechslung einmal sie sich das Lachen verkneifen musste. *Jakob Pfeffer, gerade bist du zu meinem Helden geworden!*

Leider war das aber auch schon der einzige gute Moment, denn Theo bestätigte den gerissenen Keilriemen und schaute Kikis Mutter dabei äußerst bedauernd an, obwohl sie das Gefühl hatte, dass er alles andere als unzufrieden damit war. Um seine Hilfsbereitschaft zu manifestieren, bot er an:

1. Einen Keilriemen bei seinem Kumpel Hans zu organisieren, der nur einen Ort weiter wohnte und einen »amtlichen privaten Schrottplatz« hinter dem Haus hatte.
2. Diesen, trotz des Spanferkelfestes, morgen nach dem Blasmusik-Frühschoppen einzubauen.
3. Im Goldenen Adler bei seiner Freundin, der Gisela, ein Zimmer für Kiki und ihre Mutter zu organisieren und
4. dafür zu sorgen, dass Helga von Betzenstein morgen beim Spanferkelfest am Tisch des Schützenvereins sitzen durfte, wenn sie wollte, und so viele Freitänze mit ihm hatte, wie sie sich nur wünschte.

Helga von Betzensteins Augen waren immer noch auf Little

Richard gerichtet, und Kiki sah ihr an, wie sie angestrengt überlegte. Kiki selbst konnte überhaupt nichts denken außer *Wie, morgen erst? In was bin ich da nur reingeraten? Und wie komme ich wieder raus?*

Ein letzter Rest Zuversicht setzte auf das Wissen, dass ihre Mutter sehr zielstrebig und unendlich stur war. Sie wollten zu Tante Elsie, und zwar heute. Irgendwie würde sie es wohl bestimmt schaffen, auch dort zu landen. Sie würde sich ein anderes Auto leihen, zur Not auch Jakobs Traktor, oder jemand finden, der sie fuhr. Sie würde sich zu einem Bahnhof bringen lassen (wo auch immer einer hier in der Nähe war), aber sie würde sich auf keinen Fall zu einer Übernachtung im Goldenen Adler überreden lassen. Das entsprach ihr einfach nicht. Das Gute daran: Kiki würde spätestens heute Abend in ihr eigenes Bett und ihr eigenes Leben zurückkehren. Wie man sich täuschen konnte …

»… gegen eine höhere Macht können auch wir schließlich nichts ausrichten. Kein Problem. Wir bleiben hier.«

Wie bitte?

»Kein Problem? Und Elsie? Ich dachte, sie ist Familie?«

»… und genau deshalb wird sie auch verstehen, wenn wir erst morgen kommen. Das ist doch ein prima Vorschlag, den Theo da gemacht hat, nicht wahr, Isolde?« Helga schaute auf Kikis einen Fuß im Flipflop und den anderen ohne. »Du kannst dir ja einen von meinen Röcken ausleihen. Und zur Not kann man auch in Gummistiefeln tanzen.«

Ich soll …? Ich kann …? Kiki schaute nicht auf, denn Jakob Pfeffers Lachen konnte sie sich auch so lebhaft vorstellen. Und dass er lachte, davon war sie überzeugt.

Arme Elsie, dachte Kiki. Aber auch wenn sie sehr gerne heute noch bei ihr angekommen wäre und sie am liebsten wieder mit nach Hause genommen hätte, so sah sie doch auch keine andere Möglichkeit, als ihren Besuch auf den nächsten Tag zu verschieben. Kiki hoffte, dass Elsie wenigstens fühlen konnte, wie ungern sie sie im Stich ließ.

Plötzlich spürte sie Jakobs kratzigen Bart an ihrem Ohr.

»Ich tanze sowieso am allerliebsten mit Mädchen in Gummistiefeln«, raunte er und drückte ihr eine kleine Tüte in die Hand. »Hundekuchen. Hat Mia gebacken. Falls du mal dringend die Gesellschaft von Little Richard benötigst.«

Kleine Schauer rannen ihr über den Rücken und dort, wo seine Hand auf ihren Rippen lag, begann sie zu glühen.

Ihre Hand in seiner. In Kikis Kopf begann die Kapelle zu spielen, und ganz weit hinten formte sich eine winzige Frage: Wer war Mia?

12

Es war schon ein komisches Gefühl, sich in einem Gasthof ein Zimmer zu nehmen, ohne Gepäck dabeizuhaben. Zumindest auf Kiki traf das zu. Ihre Mutter deponierte stolz ihr kleines Reiseköfferchen auf der Tagesdecke des breiten Doppelbettes. Als sie es öffnete und ein frisches Nachthemd sowie eine lange beigefarbene Chino und eine weiße Bluse aufs Bett legte, trug sie diesen selbstgefälligen Blick, der ihrer Tochter deutlich machen sollte, dass sie immer perfekt auf alles vorbereitet war. Im Gegensatz zu Kiki.

Ein wenig hilflos stand Kiki in dem Zimmer mit den kleinen Fenstern, dem dunklen Dielenboden, den schweren gedrechselten Möbeln und den vielen bestickten Kissen, das sie im ersten Moment für eine Art Abstellkammer gehalten hatte und das ein Sammelsurium von Gegenständen enthielt, die man bestenfalls als Erinnerungsstücke bezeichnen konnte. Sie erwartete beinahe, Flohmarktpreisschilder an dem alten Schaukelpferd, dem Tisch mit den drei Beinen und dem angelaufenen Spiegel zu finden, wie auch an den unzähligen Bildern in unterschiedlichen Rahmen und Größen, die Porträts oder wahlweise Landschaften zeigten. Einzeln oder wenigstens wohldosiert wäre all dies zauberhaft gewesen. In dieser Masse erschlug es Kiki beinahe. Sie trug mittlerweile Helgas gepunktete Gummistiefel und fühlte sich nicht wirklich wohl in ihrer Haut.

»Wunderbar, oder nicht, Isolde?«

Ihre Mutter war offensichtlich begeistert, während Kiki zumindest schon mal gedanklich damit angefangen hatte, den Raum zu entrümpeln. Mit weniger von … alldem könnte durchaus ein ganz hübsches Ambiente entstehen. Größere Fenster wären natürlich toll, aber man konnte auch die alte Fassade lassen und zwischen dem Fachwerk Glas einsetzen, oder man könnte …

»Genau so gefällt es mir!« Kikis Mutter fuhr mit dem Finger über den Türrahmen. »Und so sauber!« Zufrieden hielt sie Kiki ihren makellosen Finger unter die Nase.

»Was denn? Warum schaust du denn so? Von dieser Sauberkeit könntest du dir ruhig eine Scheibe abschneiden!«

Kiki schloss die Augen. Nie gut genug. Sie war einfach nie gut genug.

»Was denkst du gerade?« Abgesehen davon, dass Kiki Elsie gegenüber ein schlechtes Gewissen hatte und der Meinung war, dass sie alt genug war, um selbst zu entscheiden, wie sauber oder dreckig ihre Fensterrahmen sein sollten, spukte ein gewisser großer schwarzer Hund oder vielmehr dessen Besitzer äußerst unangemessen durch ihren Kopf. Aber auf nüchternen Magen war sie auch nicht in der Lage, sich dagegen zu wehren. Abgesehen von alldem Wirrwarr in ihrem Kopf hatte sie Hunger. Das Einzige, woran man derzeit etwas ändern konnte.

»Oh, ich … Ich habe mir gerade überlegt, ob wir nicht vielleicht runtergehen und nachsehen sollten, ob es für uns was zu essen gibt?«

Kikis Mutter schaute auf die Uhr. Es war unglaublich, wie sehr sie sich davon abhängig machte, wann gegessen werden sollte. Natürlich hatte sie immer noch Hunger, schließlich hatten sie seit dem Frühstück nichts gegessen, und nachdem Roswitha ihr Brot nicht mit ihnen hatte teilen wollen, hatte sich an der Grundsituation auch nichts geändert. Sie zögerte trotzdem.

»Was ist? Hast du keinen Hunger?«

»Das kann ich doch nicht so einfach beantworten, Isolde! Fürs Mittagessen ist es zu spät, fürs Abendessen zu früh, und auf Kuchen habe ich keine Lust. Das ist ein Problem!«

»Nein, ist es nicht. Wir essen jetzt was, weil wir Hunger haben.«

Kiki hatte beim Betreten des Goldenen Adlers die Speisekarte überflogen und seitdem nicht mehr aufgehört, daran zu denken. Leberknödelsuppe. Flädle mit frischen Pfifferlingen. Leberkäse mit Bratkartoffeln und Spiegelei. Wildgulasch mit Spätzle. Tafelspitz mit Salzkartoffeln.

»Gut, dann …« Helga hatte schon die Klinke in der Hand. Sie zum Essen zu überreden war wohl doch eher kein Problem.

»Prima. Ich mache mich nur noch schnell frisch.« Kiki ging zu der Tür, hinter der sie das Bad vermutete.

»Was möchtest du denn frisch machen?«

»Ich will mir die Haare kämmen, in den Spiegel schauen und, wenn du es ganz genau wissen willst, möchte ich gerne auch noch aufs Klo.«

»Isolde! Das muss ich nicht wissen!«

»Nein, stimmt, aber du hast gefragt.«

»Gut, dann weiß ich es jetzt ja. Ich gehe schon mal voraus und suche uns einen Platz, ja?«

Dieser Moment, in dem die Tür hinter ihr ins Schloss fiel, war vermutlich einer der besten des heutigen Tages.

Ja, sie musste wirklich aufs Klo, und es schadete bestimmt auch nicht, in den Spiegel zu schauen, aber ob Kikis Haare nun frisch gekämmt waren oder nicht, war ihr völlig gleichgültig. Vor allem wollte sie einen Moment für sich, was ihre Mutter niemals verstanden hätte. Kurz ließ sie sich eiskaltes Wasser über die Handgelenke laufen und bemühte sich, ihre Gedanken zu sortieren.

Der Goldene Adler statt Elsies Rehaklinik, mindestens noch bis Morgen mit ihrer Mutter statt heute ihre Tante, und … Jakob. Kurz sah sie seine blitzenden Augen vor sich. Kiki war zwischen dem Wunsch hin- und hergerissen, sofort aufzubrechen und Elsie zu sehen, oder zu bleiben und wenigstens einen Tanz mit Jakob zu tanzen, auch wenn das eine Nacht im Ehebett beinhalten würde. Mit ihrer Mutter. Schon komisch, dass er jemandem half, den er überhaupt nicht kannte. Einfach so. Und das lag definitiv nicht daran, dass Kiki so eine attraktive Frau war. Das sagte ihr ihr Spiegelbild gerade mehr als deutlich. Heute war kein Tag, an dem sie eine aus der Zeit gefallene Prinzessin in Jeans war und Charlize Theron schon gar nicht, so viel war sicher, eher etwas in Richtung Aschenputtel in gepunkteten Gummistiefeln.

Trotz der Sonne, die heute zweifelsohne geschienen und ihr weitere Kopfschmerzen beschert hatte, sah sie aus, als hätte sie den Tag im Keller verbracht. Ach was, den Tag – wohl eher den gesamten letzten Monat. Ihr Gesicht war blass, sie hatte Ringe unter den Augen, und von einem royalen Strahlen konnte nicht die Rede sein. Nun gut. Schließlich wollte ja auch keiner auf sein Aussehen reduziert werden.

Dass sie hier schlafen würden, fand sie einigermaßen befremdlich, und sie dankte Gott dafür, dass sie heute Morgen wenigstens so geistesgegenwärtig gewesen war, ihr Ladekabel einzupacken und sie sich somit darauf verlassen konnte, dass die Taschenlampe an ihrem Handy heute Nacht funktionieren würde.

Als sie nach einem ihren Gummistiefeln angemessenen vorsichtigen Treppenabstieg endlich vor die Tür trat, konnte sie ihre Mutter nirgends entdecken, dabei sollte sie eigentlich unter einem der rot-weißen Sonnenschirme auf dem Vorplatz vor dem Restaurant sitzen. Sie stand auch nicht vor einem der Schaufenster der angrenzenden Läden. Aber bevor Kiki einmal über den Platz gehen und in der Kirche nachsehen konnte, ob sie vielleicht gerade eine Kerze für ihre sichere Heimkehr anzündete, wurde Kiki von der Kellnerin angesprochen.

»Suchen Sie Ihre Mutter?«

Ihrem Schmunzeln entnahm Kiki, dass sie etwas wusste, das sie vielleicht nicht wissen wollte, aber sie folgte ihr trotzdem nach drinnen, wo sich ihre Augen erst mal an das schummrige Zwielicht in der Stube gewöhnen mussten. Da, wo die Sonne durch die Fenster fiel, tanzten winzige Staubflöckchen im Licht. Auf den blank polierten Holztischen standen Blumensträuße aus Wiesenblumen in blaugrauen

Mostkrügen, was sehr hübsch aussah. Bis auf das quietschende Geräusch, das beim Gläserabtrocknen entstand, war es auf diese Art und Weise still, bei der man genau spüren konnte, dass es bis vor einer Sekunde noch laut war und jetzt jeder im Raum Anwesende innegehalten hatte, um zu beobachten, was passieren würde.

»Ah, Isolde! Da bist du ja endlich!«

Kiki entdeckte ihre Mutter am Stammtisch inmitten von grimmig dreinschauenden Männern mit Hüten und Bärten. Hatten die sie entführt? Gezwungen? Womöglich schlecht behandelt?

»Was schaust du denn so, Kind? Das hat ja ewig gedauert. Da habe ich mich eben schon einmal ein bisschen … umgesehen.« Sie warf dem Bärbeißigsten von allen einen koketten Blick zu. »Die Herren waren so freundlich, mich an ihren Tisch zu bitten und mich auf eine Runde Gaigel einzuladen. Ich spiele noch schnell zu Ende, ja?«

Nein, um ihre Mutter musste man sich keine Sorgen machen. Eher um die Tatsache, dass sie Kiki nach wie vor »Kind« nannte, was ihr besonders vor Fremden äußerst unangenehm war. Die Herren, wie ihre Mutter sie so freundlich wie unpassend bezeichnet hatte, wendeten sich wieder ihren Karten zu.

»Ich geh schon mal raus.«

»Sehr schön, dann kannst du ja schnell in der Klinik anrufen und Bescheid sagen, dass wir erst morgen kommen.« Sie wedelte mit der Hand und wendete sich dann wieder an ihre neuen Freunde. »Wo waren wir stehen geblieben?«

Kikis Audienz war beendet.

»Heute haben wir leider nicht mehr viel im Angebot«, erklärte die Kellnerin mit einem bedauernden Blick, als Kiki sich unter einem der rot-weißen Schirme draußen niedergelassen hatte. »Wir stecken mitten in den Vorbereitungen für das Fest morgen. Wir haben nur noch Kutteln mit Bratkartoffeln oder ein Vesperbrett. Das kann ich Ihnen machen.« *Bye-bye, Wildgulasch.*

»Nehmen Sie nicht die Bratkartoffeln, die sind bestimmt von gestern!« Der Mann am Tisch neben Kiki grinste.

»Hans!« Die Kellnerin warf ihm einen Blick zu, den Kiki von ihrer Mutter als den tödlichen »Na warte«-Blick nur zu gut kannte.

Er fing an zu lachen.

»Hören Sie nicht auf ihn! Das stimmt selbstverständlich überhaupt nicht. Die Bratkartoffeln sind von heute! Wir machen sie jeden Tag frisch!« Sie schüttelte den Kopf. »Aber du brauchst gar nicht zu glauben, dass du von mir jemals wieder welche bekommst! Oder einen Extraobstler! Oder überhaupt irgendwas! Und sag mal: Musst du nicht zum Zelt? Du hast doch versprochen, die Fässer und die Erntekränze zu bringen. Außerdem brauch ich hier auch Hilfe beim Besteckeinwickeln, und die Kränze müssen noch gemacht werden. Wie soll ich das denn alles allein schaffen heute Abend?«

»Keine Ahnung, Gisela! Aber wo du recht hast …«

Offensichtlich hatte sie keine besonders einschüchternde Wirkung auf den Mann, denn er stand auf, legte demonstrativ ein Geldstück auf den Tisch und hob kurz seinen Hut in Kikis Richtung.

»Entschuldigen Sie bitte, aber wenn Spanferkelfest ist, spielen alle verrückt«, sagte er, bevor er lächelnd seinen Arm um die Schultern der Kellnerin legte und ergänzte: »Schon gut, Schwesterchen. Ich geh ja schon! Die Fässer bring ich heute Nachmittag vorbei, du rufst irgendeine von deinen Freundinnen für die Kränze an, und Besteck wickle ich mit dir, wenn ich heute Abend wieder da bin. In Ordnung?«

Schwesterchen. Hier war aber auch jeder mit jedem irgendwie verwandt. Kein Wunder, dass er sich nicht beeindrucken ließ.

Die Gaigelpartie ihrer Mutter schien länger zu dauern als erwartet, und gerade, als Kiki überlegte, ob sie ihr – fürsorglich wie sie nun mal war – die Kutteln bestellen sollte, bog Jakob samt Little Richard um die Ecke. Er strahlte. Offensichtlich hatte er sich sowohl das Gesicht als (hoffentlich) auch die Hände gewaschen. Sein Lächeln war so ansteckend, dass Kiki sich beim Zurückstrahlen ertappte. Jemand wie ihn sollte man dringend bei Regen oder am Montagmorgen um sich haben, wenn es draußen zu dunkel war oder man keine Schokolade im Haus hatte. Ob dieser Mann je schlecht gelaunt war?

»Hallo, Gisela! Hans! Hey, Kiki!«

Für einen kurzen Moment legte Jakob seine Hand auf ihren Oberarm. Die Wärme seiner Finger breitete sich sofort auf ihrem kompletten Arm aus, und weiter, als hätte jemand einen Stein ins Wasser geworfen. Schnell wandte sie sich ab, damit er nicht sehen konnte, dass sie schon wieder rot geworden war. Beinahe war sie Little Richard dankbar, als er hingebungsvoll an ihrer Tasche schnüffelte.

»Die Hundekuchen!«, flüsterte Jakob Kiki zu und grinste.

Little Richard wedelte mit dem Schwanz, als sie ihm einen aus der Tüte anbot.

»Kluger Hund.« Hans war aufgestanden und kraulte Little Richard hinter den Ohren.

»Danke, das hat er von mir.« Jakob grinste verschmitzt. »Ach ja, Hans: Wann bist du denn später zu Hause? Wir brauchen dringend einen Keilriemen.«

Wir. Nicht Kiki. Nicht Kikis Mutter. Wir. Sie spürte, wie sich die Wärme auch auf ihr Herz ausdehnte. Natürlich war es albern, so viel Bedeutung in dieses winzige Wort zu legen, aber es war trotzdem ein schönes Gefühl, für einen Moment kein Einzelkämpfer zu sein und jemand an seiner Seite zu haben, der sich verantwortlich fühlte. Ein gerissener Keilriemen war natürlich nicht lebensbedrohlich und dieses ganze Chaos spätestens morgen vorbei, außerdem war es ja auch nur ein ganz nebenbei dahingesagtes »Wir«, drei Buchstaben, ohne jede Bedeutung. Trotzdem fühlte sie sich in diesem Moment das erste Mal seit langer Zeit geborgen und sicher. Eine Leichtigkeit füllte ihr Herz mit Freude. Beinahe hätte sie – völlig unpassend in diesem Augenblick – glücklich geseufzt.

»Oh, ihr seid das? Theo hat mich vorhin schon angerufen. Also, wenn ihr jemanden findet, der mit Gisela das Besteck wickelt, dann fahre ich jetzt nach Hause, gebe euch den Keilriemen, lass mein Auto gleich dort und komme mit euch zurück zum Zelt. Heute und morgen bleiben die Autos besser stehen, nicht wahr, Jakob?« Er grinste.

Die Ehrenweiler Bevölkerung schien ein pragmatisches Völkchen zu sein.

»Wenn du auf den legendären Verzehr von Marille, Himbeergeist und Bier bei unserem Fest anspielst, dann auf jeden Fall. Was mich betrifft: Ich werde heute definitiv nichts trinken. Ich habe Bereitschaftsdienst.«

»Als Schreiner?«, fragte Kiki verblüfft. *Hallo, hallo, ist da jemand? Mein Küchenschrank geht nicht richtig zu? Mein Bett quietscht? Mein Stuhl wackelt?*

»Quatsch.« Jakob lachte. »Nicht als Schreiner. Ich bin bei der freiwilligen Feuerwehr.«

Ah ja. Das erklärte einiges.

»Dann machen wir das so. Wir müssten, wie gesagt, nur jemanden finden, der so lange das Besteck einrollt, während wir weg sind.«

Wenn Kiki Hans' Gesichtsausdruck richtig deutete, war er mehr als begeistert von der Aussicht, die Bastelarbeiten abzutreten.

Bevor sie dafür eine Lösung finden konnten, kam Kikis Mutter siegesstrahlend aus der Tür und stieg vorsichtig die Stufen zu ihnen hinunter.

»Gewonnen!« Stolz streckte sie Kiki die Hand mit den Münzen entgegen. »Das hat Spaß gemacht!«

Wer ist diese Frau, und was hat sie mit meiner Mutter gemacht? Und irrte Kiki sich, oder schwankte sie ein wenig? Als sie sich neben ihrer Tochter auf einen der Stühle plumpsen ließ (*plumpsen ließ!* Das ließ schon tief blicken), roch Kiki einen Hauch von Alkohol. Wie lange hatte sie für diesen Schwips gebraucht? Zwanzig Minuten?

»Geht's dir gut, Mama?«

»Oh, mir ging's nie besser, Isoldelein!« *Isoldelein?!*

»Die sind alle so nett hier! Aber gaigeln können sie überhaupt nicht.« Sie kicherte. »Das ist das Beste daran!« Ihr Blick fiel auf Jakob. »Ach, und der nette Schreinermeister ist auch wieder da!«

Kiki war ein wenig besorgt. Nicht nur, dass Helga offensichtlich angetrunken war, Kiki konnte ihre Mutter so auch überhaupt nicht einschätzen. Als Nächstes fiel sie ihm womöglich um den Hals. Wobei: Little Richard war ja auch noch da und wich keinen Schritt von seinem Herrchen. Kluger Hund.

»Okay, möchtest du vielleicht ein Wasser? Und mal was essen? Eine große Portion Bratkartoffeln vielleicht?«

»Ja, und was trinken will ich auch.« Helga lächelte breit.

Hans mischte sich ein. »Wenn ich einen Vorschlag machen dürfte?«

Kikis Mutter musterte ihn neugierig. »O ja, fremder Mann. Können Sie gaigeln?«

»Nun, ja, sogar ziemlich gut, aber eigentlich wollte ich vorschlagen, dass Sie meiner Schwester helfen, das Besteck einzuwickeln, und ich fahre mit Jakob und …«

»Isolde.«

»Kiki!«

»… und … äh … Ihrer Tochter und hole den Keilriemen, damit wir Ihr Auto wieder flottkriegen?«

»Ach, mein Auto! Das kann doch warten! Morgen ist auch noch ein Tag! Setzen Sie sich doch!« Sie klimperte mit den Wimpern und klopfte mit der flachen Hand auf den Platz neben sich.

Wenn Kiki gewusst hätte, was für verheerende Auswirkungen Alkohol auf ihre Mutter hatte, hätte sie sie nicht aus den Augen gelassen. Andererseits: So entspannt hatte sie sie selten erlebt. Sie willigte sofort ein. Der Ehrenweiler Pragmatismus schien ansteckend zu sein.

Ob sie allerdings in diesem Zustand wirklich gut als Hilfe geeignet war?

Jakob schien auch gewisse Bedenken zu haben. »Was meinst du, Gisela?«

»Wenigstens habe ich dann keine schmutzigen Finger auf den sauberen Servietten«, sagte sie und zwinkert ihm zu.

Sie schnappte sich ihr Tablett und ging hinein, um Helga etwas zu Essen zu bringen. Während Jakob vorschlug, jetzt gleich loszufahren, um diesen sommerlichen Spätnachmittag auszunutzen und sich den Märchensee und weitere bedeutsame Sehenswürdigkeiten von Ehrenweiler anzusehen. Kikis schlechtes Gewissen Elsie gegenüber bahnte sich wieder seinen Weg in ihr Bewusstsein, aber sie kannte ihre Tante gut genug, um zu wissen, dass auch sie ihrer Nichte vorgeschlagen hätte, das Beste aus der Situation zu machen. *Und was könnte besser sein, als sich in Gesellschaft eines großen schwarzen Hundes und seines sehr gut gelaunten Besitzers die Gegend anzusehen?*

Mit zwei Portionen Vesperbrett à la Goldener Adler in einem Stoffbeutel in der Hand folgte sie Jakob voller Vorfreude zu seinem Traktor. Vielleicht fiel ihr bei diesem Ausflug auch wieder ein, wo sie den Namen Ehrenweiler schon einmal gehört hatte, was Elsie damit zu tun haben könnte und warum sich so ein merkwürdig vertrautes Gefühl in ihr ausgebreitet hatte, als Jakob den Märchensee erwähnte.

13

Es war ihr bisher nicht klar gewesen, aber jetzt wusste sie es genau: Kiki liebte Traktorfahren. Fahrtwind, Gerumpel und Geknattere machten ein Gespräch unmöglich, und sie war froh darüber. Ein weiterer Vorteil daran war, dass man sich so angenehm langsam fortbewegte. Letzteres wusste sie vor allem deshalb so besonders zu schätzen, weil ihr die Höllenfahrt mit ihrer Mutter noch immer in den Knochen steckte. Aber jetzt und hier gab es keine Kritik. Kein Chaos. Und niemand, der ihr das Gefühl gab, ständig an einem Abgrund ins Unvorhergesehene zu schlittern, stattdessen ein großer schwarzer Hund, der ihr seinen wuscheligen Kopf aufs Knie legte. Und dessen Augen nichts anderes sagten als »Das Leben ist doch wirklich schön«. Das erste Mal heute konnte und durfte sie durchatmen, sich entspannen, zurücklehnen und den Moment genießen. Die Sonne streichelte die Haut an ihren nackten Armen, der warme Fahrtwind wehte ihr ins Gesicht und trug einen Duft von frisch gemähtem Gras mit sich. Als sie für einen Moment die Augen schloss und tief einatmete, spürte sie Jakobs Blick und erwischte noch sein Schmunzeln, als sie sie wieder öffnete. Was auch immer er dachte, er sah dabei so gelöst und glücklich aus, wie Kiki sich fühlte. In dieser Sekunde fand sie etwas, wonach sie sich gesehnt, aber was sie bisher nicht hätte benennen können: innere Ruhe. Leichtigkeit. Sie ließ ihren Blick über die Getreidefelder schweifen, auf denen die Ähren reif waren. Sie weckten in ihr das Bedürfnis, mit den Handflächen über die Halme zu streichen.

Der Weg machte eine Kurve und führte dann am Waldrand entlang. Links von ihnen säumten hohe Himbeerhecken den Weg, bis sie an einem Hochsitz, neben dem eine Bank stand, einen kleinen Bachlauf überquerten und zwischen Eichen und Buchen in das kühle grüne Zwielicht einbogen.

»Wir sind gleich da«, brüllte Jakob über den Lärm hinweg und zeigte nach vorne auf eine kleine Ausweichstelle.

Nachdem er angehalten hatte, sprang er vom Fahrersitz und lief einmal um den Traktor herum, um Kiki herunterzuhelfen. Little Richard war mit einem kurzen Bellen schon am Waldrand ausgestiegen und hatte Kikis Knie einigermaßen einsam zurückgelassen.

»Keine Sorge, er kennt den Weg«, sagte Jakob, der ihren suchenden Blick bemerkt hatte. »Ab hier müssen wir übrigens laufen.«

»Laufen?« Ratlos schaute Kiki auf ihre Füße, die immer noch in den Gummistiefeln steckten. In ihnen Traktor zu fahren war wirklich kein Problem, aber niemand hatte was von Laufen gesagt. Jakob verschränkte grinsend die Arme vor der Brust.

»Ja, genau, laufen. Also das, was man mit den Beinen macht. Jedenfalls die meisten von uns. Manche stolpern allerdings lieber vor gefährlich großen Landmaschinen herum.«

Sie tippte mit der Spitze ihres linken Schuhs gegen seinen Oberschenkel, das Einzige, was sie von hier oben aus erreichen konnte.

»Ich habe nichts gegen das Laufen, aber du hättest es mir ruhig sagen können«, murmelte sie und wünschte im selben Moment, es hätte sich nicht so furchtbar zickig angehört. Aber zu spät.

»Warum so empfindlich, Prinzessin? Zu feine Füße?« Jakob hielt grinsend Kikis Bein fest und zog ihr den Stiefel aus. Dennoch wäre die Leichtigkeit von gerade eben beinahe verloren gegangen, als er sie Prinzessin genannt hatte, denn sofort musste sie an Bennet denken und daran, wie respektlos und kalt er sie gestern in diesem Hotelzimmer abserviert hatte, in dem sie gar nicht hätte sein sollen. Aber wenigstens eine gute Sache hatte sie Bennet zu verdanken: Gepflegte, hotelzimmertaugliche Füße, die sie glücklicherweise vorhin im Bad auch noch kurz unter das Wasser gehalten hatte und die Jakob nach wie vor in seinen angenehm warmen Händen hielt.

»Ich bin keine …«

»Oh, ich wollte dir nicht zu nahe…«

Beide sprachen gleichzeitig.

»Sag du!« Jakob ließ ihr den Vortritt.

»Ich … will nur nicht, dass du denkst, dass ich empfindlich bin.«

»Nein, das denke ich überhaupt nicht. Es war nur Spaß, Kiki. Man kann hier theoretisch auch barfuß laufen, aber außerdem …« Er fischte einen dunkelblauen Stoffbeutel aus dem Fußraum, den er ihr in die Hand drückte. »… habe ich dir Sneaker von meiner Schwester mitgebracht. Ah, und Socken natürlich auch. Ich nehme an, es läuft sich angenehmer darin als in den Gummistiefeln. Ich denke, sie könnten passen.« Gleichermaßen begeistert wie fassungslos starrte sie ihn an.

»Du hast … mir Schuhe von deiner Schwester mitgebracht?« Noch nie in ihrem ganzen Leben hatte ein Mann für sie mitgedacht oder etwas ähnlich Fürsorgliches getan.

Für Jakob schien es allerdings selbstverständlich. Er zuckte nur mit den Schultern und murmelte etwas, das wie »Frauenhaushalt« klang.

»Oh, oder ist es dir unangenehm, Schuhe von jemand Fremdem anzuziehen?«

»Nein, nein, absolut nicht, aber was ist mit deiner Schwester? Sie kennt mich ja gar nicht. Ich könnte ein haariger Gnom sein, mit einer Abneigung gegen Wasser und Strümpfe?« Kiki wackelte mit den Zehen.

»Uh, hör auf! Sonst muss ich mir das noch vorstellen!« Lachend rümpfte Jakob die Nase. »Ich glaube nicht, dass ich mit jemanden an den Märchensee fahren würde, auf den diese Beschreibung zutrifft.« Er schüttelte den Kopf und ließ ihren Fuß los. »Und Charlotte wäre sicher einverstanden, wenn sie es wüsste. Aber um es ihr zu sagen, müsste ich noch ein paar Stunden warten. Sie lebt mit ihrem Mann in Neuseeland.«

»Oh, na dann …«

Charlotte in Neuseeland. Märchensee in Ehrenweiler. Märchensee. Märchensee. Die Schuhe, Kikis Füße in Jakobs Hand. Eines war gewiss: An einem magischen Ort wie diesem konnte man sich auch in gepunkteten Gummistiefeln getrost wie Aschenputtel fühlen.

Der Trampelpfad führte durch die Bäume an dem Bach entlang, den sie vorhin überquert hatten, in eine kleine Schlucht. Links und rechts erhoben sich Felswände aus dem für diese Gegend typischen hellgrauen und in perfekten Platten übereinandergestapelten Schiefer. Mittlerweile war auch Little Richard wieder hechelnd zu ihnen gestoßen und rannte voraus, um ein paar Sekunden später wieder zu Kiki und Jakob zurückzukehren. Sie war Jakob dankbar für seine Voraussicht, was die Schuhe anging, aber auch mit Charlottes Sneakern an den Füßen musste Kiki sich konzentrieren, als sie über einen umgestürzten und bemoosten Baumstamm kletterten, um nicht abzurutschen. Jakob reichte ihr die Hand, um ihr hinüberzuhelfen. Der Pfad war noch schmaler geworden und bot kaum Platz, um nebeneinanderzustehen. Ihre Arme berührten sich, als Jakob Kiki neben sich zog, und sie spürte, wie sich die feinen Härchen an ihrem Unterarm aufstellten, da wo seine Haut auf ihre traf. *Gänsehaut lügt nicht.*

»Schau!«, sagte er und hatte offensichtlich vergessen, dass er immer noch ihre Hand hielt.

Vor ihnen öffnete sich die Schlucht in einen kleinen Kessel. Es schien, als wäre hier einmal ein Steinbruch gewesen. Jetzt aber füllte ein von der Sonne beschienener, türkisgrün glitzernder und von Schilf gesäumter See das Tal. Eine Entenfamilie drehte ihre Runden auf der ansonsten glatten Wasseroberfläche. Libellen schwirrten durch die Schilfstängel am Ufer. Vor einer winzigen Hütte ragte ein Steg ins Wasser, und ein kleines Boot lag inmitten zartrosa blühender Seerosen daran vertäut.

Der Märchensee. Wer auch immer diesen Namen ausgesucht hatte, er hätte keinen besseren finden können.

»Was denkst du?« Jakob beobachtete Kiki wieder einmal. Sie war so überwältigt von der Ruhe und dem Frieden, den dieser Ort ausstrahlte, dass sie das Erstbeste sagte, was ihr in den Sinn kam: »Ich … ich glaube, ich war hier schon mal.« Es stimmte. Kiki hatte nicht nur von diesem See gehört, dieser Ort war ihr so vertraut, weil sie schon einmal hier gewesen war.

»Echt?«

»Echt.«

»Bist du dir sicher, dass du nicht einfach nur Halluzinationen vor Hunger hast?«, zog er sie auf.

Kein Wunder, dass er ihr nicht glaubte, sie konnte es sich ja schließlich selbst nicht erklären. Gerade als sie das entrüstet von sich weisen wollte, begann ihr Magen so laut zu knurren, als hätte er nur auf dieses Kommando gewartet.

»Ich habe fast immer Hunger«, antwortete Kiki grinsend, während sie vorsichtig zum Steg hinunterbalancierte.

»Das ist gut. Es gibt nichts Schlimmeres als Frauen, die lustlos im Essen herumstochern und nur davon sprechen, was sie nicht essen können oder wollen oder wogegen sie allergisch sind.« Er schüttelte den Kopf, band zwei Bügelflaschen mit Bier an ein langes Seil, das an einem der Pfosten hing, und ließ sie ins Wasser, um sie abzukühlen.

»Ach ja? Hast du da schlechte Erfahrungen gemacht?«

Es sollte ein Scherz sein, aber Jakobs einsilbiges »Ja«, zeigte Kiki, dass sie anscheinend einen wunden Punkt getroffen hatte.

Okay, von Betzenstein, Grenze erreicht. Seitdem sie in Ehrenweiler angekommen waren, gab es kaum einen Moment, den sie ohne Jakob verbracht hatte, und obwohl sie sich erst seit ein paar Stunden kannten und ihr Start mehr als holprig gewesen war, im wahrsten Sinne des Wortes, fühlte Kiki sich in seiner Nähe so wohl, dass sie das scheinbar vergessen hatte. Aber es stimmte natürlich: Sie waren sich gerade erst begegnet und wussten nichts voneinander. Wie seltsam, dass man sich einem Menschen trotzdem so nah fühlen konnte. Es war – wie sollte es auch anders sein – beinahe magisch.

Das hieß, eines wusste Kiki dann doch ziemlich genau: In ihrem Leben hatte es, abgesehen von ihrem Vater, Tante Elsie und Esther, bisher niemand gegeben, der sie einfach so angenommen hatte, wie sie war. Die meisten hatten in ihr etwas gesehen, das mit ihrer Person überhaupt nichts zu tun hatte. Aber für Jakob war sie weder Isolde von Betzenstein, mit deren Nachnamen man sich zumindest in Stuttgart schmücken konnte. Sie war auch nicht die beinahe vierzigjährige verlassene Ex von Rob oder die unerfahrene, überqualifizierte Architektin, die sich mit einem Chef herumschlug, der nur sein persönliches Ego mit ihr streicheln wollte. Sie war nicht die Tochter einer immer unzufriedenen Mutter, und am allerwenigsten war sie die erst gestern abgelegte Affäre eines Mannes, der es gewohnt war zu bekommen, was er wollte, und es weglegen zu können, wenn er es nicht mehr brauchte. Sie war einfach nur sie. Kiki. Gestrandet mit einem Golf. Hungrig und ohne Schuhe. Nein, sie hatte ganz sicher noch nie einen Menschen getroffen, der beobachtete, ohne zu urteilen, und der Dinge tat, weil sie einfach dran waren, und half, weil Hilfe nötig war. Er hörte zu, fragte nach und beobachtete. Wertfrei. Offen. Voller Vertrauen. Damit gab er Kiki die Chance, ihm gegenüber genauso zu sein, und das war ein wirklich kostbares Gefühl an einem Tag, der nicht den Anschein gemacht hatte, besonders viele angenehme Überraschungen parat zu haben.

»Was ist?« Belustigt lächelnd riss Jakob Kiki aus ihren Gedanken. Wieder einmal spürte sie, wie sie rot wurde.

»Oh, nichts … ich …«

O Gott, sie hatte ihn angestarrt. Lange und mit diesem gefährlichen und sehnsuchtsvollen Staunen, das sie bisher nur von ihrer Mutter kannte, wenn sie vor einem Schaufenster stand und etwas entdeckt hatte, ohne dass sie ihrer Meinung nach nicht komplett war. Ja, Kiki hatte Jakob definitiv ganz genau so angestarrt wie ihre Mutter eine Prada-Handtasche. Verdammt. Schnell wandte sie ihren Blick ab, damit er nicht auch noch darin lesen konnte, dass sie ihn mit einem viel zu teuren Accessoire aus Leder verglichen hatte.

Um sich abzulenken, zog sie die Turnschuhe aus, damit sie ihre Füße im Wasser baumeln lassen konnte. Herrlich. Würde jetzt nicht ihr Bikini, das Einzige, an was sie beim Packen für diesen Trip gedacht hatte, im Goldenen Adler liegen, wo nun wirklich niemand etwas damit anfangen konnte, wäre dieser Augenblick schon beinahe zu perfekt.

Die Sonne malte Kringel auf das warme Holz, und unter ihnen gluckste leise das Wasser, als sie sich nebeneinander auf die Planken setzten. Wäre sie allein hier, würde sie nackt ins Wasser springen.

Plötzlich packte Kiki dieses Déjà-vu-Gefühl erneut. Es

war nicht nur, als wäre sie schon mal hier gewesen, sondern als wüsste sie etwas über diesen Ort, das nur tief in ihren Erinnerungen vergraben war. Etwas … Wichtiges. Etwas, das sie wiederfinden musste. Sie wusste beispielsweise, dass das Wasser in der Mitte des Sees sehr viel kälter war als am Rand. Dass am anderen Ufer drei große, flache Steine aus dem Wasser ragten, deren Oberfläche von der Sonne aufgeheizt und perfekt dazu geeignet war, um sich aufzuwärmen, bevor man wieder zurückschwamm. Sie musste unbedingt nachsehen, ob es stimmte oder ob sie sich das alles nur einredete. Sie hatte zwar keinen Bikini dabei, trug aber die sündhaft teure, spitzenbesetzte Single-Unterwäsche, die sie gestern gewaschen und heute Morgen trotzig aus der Kommode gezogen hatte, weil sie fand, dass es eine viel größere Sünde wäre, sie nicht zu tragen als für den falschen Mann. Ihre Mutter würde die Hände über dem Kopf zusammenschlagen, wenn sie wüsste, dass sie auch nur darüber nachdachte, mit dem kostbaren Spitzenhöschen und dem passenden BH in den See zu hüpfen, aber weder wusste sie von Kikis Unterwäschekauf noch war sie da, was in vielerlei Hinsicht ein Glück war. Außerdem hatte Kiki eines in den letzten Jahren gelernt: Wenn man den perfekten Moment nicht nutzte, weil man zu feige war, auf die Umstände, die Garderobe oder sonstige Regeln zu pfeifen, war man selbst schuld. Solche Momente kamen nie wieder. Wenigstens den Vorteil dieser Erkenntnis musste es ja haben, dass Kiki nicht mehr fünfundzwanzig war. Außerdem gab es wohl keinen passenderen Ort für ein Bad in zauberhafter Unterwäsche als den Märchensee.

»Du hast nicht zufälligerweise Handtücher dabei?«, fragte

sie und schaute sich gleichzeitig nach etwas um, womit sie sich zur Not abreiben konnte, wobei es sicherlich warm genug war, sich von der Sonne trocknen zu lassen.

»Nein, aber etwas viel Besseres.« Jakob griff in seine Hosentasche und strahlte sie an. »Den Schlüssel zur Hütte.«

Warum wunderte sie das nicht? Während Jakob sich am Schloss zu schaffen machte, begann Kiki, sich auszuziehen, und kam sich mehr als merkwürdig dabei vor. Es war eine Sache, sich Unterwäsche als einen Bikini-Ersatz zurechtzureden, und eine ganz andere, sich vor den Augen von jemandem Jeans und Shirt abzustreifen und in etwas dazustehen, das trotz einem gewissen Maß an Stoff dennoch eher weniger von einem Bikini hatte und mehr von … halb durchsichtiger Unterwäsche, die sie schließlich vor allem aus dem Grund gekauft hatte, um Bennet damit zu verführen. Also, was, wenn Jakob nun dachte, sie hätte das Gleiche mit ihm vor? Vermutlich musste sie sich diese Gedanken nicht machen, denn er war in der Hütte verschwunden, wo sie ihn herumkramen hörte.

»Mein Onkel hat die Hütte gebaut, da war ich noch nicht einmal geboren.« Seine Stimme klang ein wenig dumpf. »Es gibt dadrin wirklich verrücktes Zeug, abgesehen von Angelsachen und einem Werkzeugkasten: uralte, unbenutzte Kerzen, Kissen und eine Decke, als ob er vorgehabt hätte, hier zu schlafen. Aber soweit ich weiß, hat Onkel Kurt immer nur mit seiner Angel dagesessen. Wenn du mich fragst, hat er aber nie wirklich was gefangen. Er saß immer nur da und hat aufs Wasser gestarrt. Ich weiß ehrlich gesagt überhaupt nicht, warum er den See überhaupt gekauft …« Er machte ein paar Schritte rückwärts, bevor er sich umdrehte und mitten im Satz abbrach. »Du … äh … du …«

Seinem entgeisterten Blick entnahm sie, dass sie vermutlich doch wenigstens das T-Shirt hätte anlassen sollen.

»Entschuldige … ich …« Beschämt hob sie ihr Shirt vom Boden auf und hielt es sich vor die Brust. »Ich wollte dich nicht erschrecken.«

»Erschrecken?« Erstaunter hätte Jakob nicht aussehen können, bevor er anfing zu lachen. »Nein, glaub mir, ich bin nicht erschrocken.« Er machte ein paar Schritte auf Kiki zu, wobei er seinen Blick unverwandt auf sie gerichtet hielt. »Ich war nur … überrascht.« Als er vor ihr stand, strich er ihr einmal kurz mit den Fingerspitzen über den Arm. Ihre Haut stand in Flammen, da wo er sie berührt hatte. Was war das zwischen ihnen? Verwirrt ließ sie ihren Blick sinken.

»Kommt er gar nicht mehr hierher?«, fragte sie schnell, um die Stille zu überbrücken.

»Wer?«

»Dein Onkel? Kurt.«

»Ach so, ja. Kurt.« Er nahm die Finger von ihrem Arm und wandte den Blick ab. Sofort bekam Kiki wieder etwas besser Luft. Für den Moment war die aufgeladene Stimmung vorbei.

»Nein, er kommt nicht mehr hierher. Er sagt, er sei zu alt dafür, an Märchen zu glauben und auf Wunder zu hoffen. Keine Ahnung, was er damit meint.« Jakob streifte die Sneaker von seinen Füßen und öffnete den Gürtel seiner Jeans. »Na ja, er ist auch schon einundneunzig Jahre alt. Aber immer noch total fit. Wenn du heute Abend zur Andacht kommst, wirst du ihn bestimmt kennenlernen.«

Er ließ seine Hose fallen und zog sein T-Shirt über den Kopf. Nun war es Kiki, die starrte. Obwohl sie Rob treu gewesen war, hatte sie in den letzten zwölf Monaten in ihrem neuen Leben als Single durchaus die eine oder andere Gelegenheit, ein gewisses Benchmarking zu betreiben, was Männerkörper anging. Sie wusste also ungefähr, wie Männer um die vierzig aussahen und sich anfühlten. Stadtmänner. Schreibtischmänner. *Andere* Männer. Jakobs Oberkörper war trainiert und kräftig. Das Schreinerhandwerk schien das ideale Training zu sein, wenn sie sich Jakobs Bizeps und seine Bauchmuskeln ansah. Ihr Mund wurde trocken, und obwohl es ihr äußerst unangenehm war, konnte sie nicht aufhören, sein Muskelspiel zu beobachten, als er das T-Shirt zusammenknüllte und neben sich fallen ließ. Seine Haut hatte diesen dunklen Goldton, den man nur bekam, wenn man viel an der frischen Luft war, und Kiki stand so nah neben ihm, dass ein Hauch seines ganz eigenen Geruches ihre Nase kitzelte. Herb und männlich gemischt mit dem Duft seines frisch gewaschenen T-Shirts und der Sonne auf seiner Haut. Die Coke-Werbung mit diesen Bauarbeitern war ein Witz dagegen. Kiki wollte sofort Esther anrufen. Oder nein, lieber doch nicht. Sie hatte keine Ahnung, was in dieser Sekunde mit ihrem Gehirn passierte, aber irgendetwas war darin geschmolzen. Vermutlich der Bereich, der für das Sprechen zuständig war. Zwischen Jakob und ihr lag maximal eine Armlänge, und dennoch war die Luft erfüllt von einer vibrierenden Spannung, die beinahe greifbar schien.

Wie in Zeitlupe drehte Jakob seinen Kopf noch ein wenig mehr zu ihr und verhakte seinen Blick in Kikis. Jakob machte langsam den einen Schritt auf Kiki zu, der sie noch voneinander trennte. Sie war gelähmt wie ein hypnotisiertes Kaninchen im Scheinwerferlicht und wartete einfach nur ab. Ihre Haut summte vor Sehnsucht nach seiner Berührung, bis zu dem Moment, als ihr Blick dann doch ein wenig nach unten rutschte. Er trug Boxershorts mit Weihnachtsmännern und Rentieren darauf. Mitten im Juli. Und Kiki musste leider lachen.

14

Kein Mann mochte es, ausgelacht zu werden. Nein, Frauen auch nicht, schon klar, aber trotzdem war Kiki völlig überrascht, als Jakob, anstatt beleidigt zu sein, den Kopf in den Nacken legte und einfach mitlachte. Ein lautes, warmes, fröhliches Lachen, das Kiki beinahe so sehr berührte wie seine Nähe vor ein paar Sekunden, vermischte sich mit ihrem. Sie lachte – und spürte gleichzeitig, wie nahe sie den Tränen war. Plötzlich überwältigte sie dieses Lachen komplett, so als hätte es nur das gebraucht, um einen Riss in den dicken Damm zu sprengen, der den Stausee ihrer Gefühle im Zaum hielt. Sie hatte nicht geweint, als Rob sich von ihr getrennt hatte, nicht, als Elsie ins Krankenhaus und später ins Pflegeheim kam. Bennets Verrat hatte sie weggeschoben und hinter diese Mauer gesperrt, genauso wie die überhebliche Herabsetzung durch seinen Vater oder die vielen Auseinandersetzungen, die sie ständig wegen irgendwelchen Kleinigkeiten mit ihrer Mutter hatte. Oft genug hatte Esther Kiki angeboten, ihr das Herz auszuschütten, und jedes Mal hatte sie abgelehnt. Es kostete sie einfach weniger Kraft, so zu tun, als sei alles in Ordnung, als sich damit auseinanderzusetzen, dass es das überhaupt nicht war. Aber dieses Lachen mit Jakob hatte sie einfach von den Füßen gefegt, hatte ihr in diesem einen winzigen Moment, als sie sowohl ihre Deckung aufgegeben hatte als auch das Denken, die Kontrolle über ihre Gefühle genommen, und nun sank sie erschöpft auf ihre Knie, während ihr Lachen in ein Schluchzen überging. *Von Betzenstein, du hast einen Schuss.*

»Kiki?« Jakob setzte sich neben sie und drehte sie an ihren Schultern zu sich. »Alles in Ordnung?«

Er sah besorgt aus und ein klitzekleines bisschen überfordert, was sie ihm kaum verdenken konnte. Sie schniefte eine unverständliche Mischung aus Ja und Nein und bemühte sich, wieder zu Atem zu kommen, während sich ein Schluckauf unter das Geschluchze gemischt hatte und ihr die Wimperntusche über die Wangen lief.

Hier saß sie nun, Kiki von Betzenstein, nackt bis auf die Bennet-Wäsche, neben Jakob, dem nettesten und zugegebenermaßen auch heißesten Typen, den sie in den letzten Wochen, ja vermutlich Monaten und Jahren getroffen hatte, nahm ihn mit auf eine emotionale Achterbahnfahrt von null auf hundert und wieder zurück und machte sich ernsthaft und sicherlich zu Recht Sorgen darüber, ob er sie für geisteskrank hielt.

Während sie versuchte, ihren Atem wieder unter Kontrolle zu bekommen, zog er wortlos das Bier aus dem Wasser, öffnete beide Flaschen und drückte ihr die eine in die Hand. Dann griff er in die Tasche mit dem Vesper und beförderte eine Serviette zutage, die er ihr ebenfalls unter die Nase hielt. Kiki nahm sie, ohne aufzuschauen, dazu schämte sie sich viel zu sehr.

Als sie die Nase geputzt hatte und wieder sprechen konnte, flüsterte sie ein heiseres »Tut mir leid«.

Beinahe hatte sie schon gedacht, er hätte sie nicht gehört, aber da spürte sie, wie Jakob den Arm um sie legte und sie an sich zog. Kraftlos lehnte Kiki sich an ihn, und für einen kurzen Augenblick atmete sie den Duft seiner nackten Haut ein. Dieses Mal fühlte es sich weniger an, als würde er sie mit seiner sinnlichen Ausstrahlung betäuben, sondern eher, als wäre sie nach Hause gekommen und in Sicherheit.

»War ein bisschen viel in letzter Zeit, was?«, fragte er, als ihre Flaschen aneinanderstießen.

Sein Gesicht war ganz nah an Kikis Haar, und als sie nickte, spürte sie sein Lächeln.

»Kenne ich.«

Beinahe fühlte es sich an, als hätte er ihr einen sanften Kuss auf den Scheitel gedrückt, aber das hatte sie sich bestimmt nur eingebildet.

»Du …? Und woher weißt du überhaupt, dass …?«

Sein Mitgefühl verwirrte sie. Noch nie hatte jemand vor ihr selbst etwas über sie gewusst. Also, niemand außer ihrer Mutter oder Esther und schon gleich gar kein Mann.

Er verlor kein Wort über ihr Lachen, kein Wort über ihre Tränen. Er hatte keinen klugen Ratschlag parat und stellte keine Fragen. »Kenne ich«, hatte er nur gesagt, und es war genug. Es fühlte sich an, als würden sie ein Geheimnis teilen, Kiki und er, Verbündete in einem Leben, das Kiki zurzeit so unendlich fremd und verwirrend vorkam, und als wäre dieses »Kenne ich« ihr Codewort gewesen.

Das Schweigen, das nun über ihnen lag, war angenehm,

weil alles gesagt war, und es war erfüllt von der Gemeinsamkeit, die sie beide verband.

Still tranken sie ihr Bier und ließen die Füße im Wasser baumeln. Kiki in ihrer völlig übertriebenen Unterwäsche und Jakob in seinen Weihnachtsshorts. Sie befanden sich im Auge des Orkans, zumindest, was Kikis Leben anging, und sahen Little Richard dabei zu, wie er Libellen jagte. Für einen winzigen Augenblick wünschte Kiki, sie wäre dieser Hund, dessen einziges Ziel es war, eines von diesen schimmernden Wesen zu fangen, und für den es keine Option war aufzugeben, obwohl er nicht den Hauch einer Chance hatte. Little Richard war vermutlich der glücklichste Hund der Welt. Das hieß, vielleicht war Kiki doch ganz gerne sie selbst. Denn das Glücksgefühl, das sie hier auf diesen Planken empfand, weil Jakobs Finger ihre berührten und in dieser Sekunde alles so einfach war, konnte es vermutlich durchaus mit Little Richards Freude aufnehmen. Dieser Ort war wirklich magisch. Er schenkte ihr Ruhe und die Gewissheit, dass alles gut werden würde. Ach was, dass alles gut *war*.

Als sie das Bier ausgetrunken hatten, sprangen sie ins Wasser und schwammen zu den flachen Steinen, die in der spätnachmittäglichen Sonne immer noch eine unglaubliche Wärme abstrahlten. Kiki erzählte Jakob nichts davon, dass sie sie schon kannte, und überließ es ihm, sie ihr voller Stolz zu zeigen, als hätte er sie eigenhändig hierhergebracht, um diesen perfekten Platz zu schaffen. In Kiki herrschte eine erholsame Ruhe, die sie nicht durch Erklärungen oder Gespräche zerstören wollte. Jakob schien es ähnlich zu gehen, denn er war ebenfalls still. Ab und zu schaute er sie an, als wolle er überprüfen, ob auch wirklich alles in Ordnung war, aber er fragte nicht, und sie war froh darüber.

Als die Schatten länger wurden, packten sie zusammen und machten sich auf den Rückweg, um den Keilriemen bei Hans zu holen und ihn mit zur Festwiese zu nehmen. Sie würde wiederkommen, beschloss Kiki, als sie auf den Traktorsitz kletterte und Little Richard ihr sein feuchtes Kinn aufs Knie legte.

Jakobs Handy klingelte. Er schaute aufs Display und nahm lächelnd ab.

»Hey, Süße?«

Seine Stimme bekam diesen weichen Klang, der Kiki vorhin schon so sehr berührt hatte. Fürsorglich, liebevoll und absolut aufmerksam. Nur dieses Mal galt seine Wärme nicht ihr, sondern jemandem, auf den sie im Bruchteil einer Sekunde eifersüchtig wurde, ohne zu wissen, wer überhaupt am Telefon war. Es fühlte sich an, als hätte jemand ein Streichholz an ein Feuerwerk aus Eis gehalten. All das Gute, das Kiki in Jakob gesehen hatte, löste sich in Kälte auf. Wie konnte sie nur so dumm und naiv sein und sich innerhalb von so kurzer Zeit gleich in zwei Menschen täuschen?

Vielleicht war es doch ganz gut, dass sie nie aufgehört hatte, ihre Seele zu schützen, indem sie sich ein gewisses Maß an Gleichgültigkeit bewahrt hatte, wie einen Allwettermantel für Gefühle. Tante Elsie hatte vielleicht doch recht: Sein Herz ganz zu verschenken, war viel zu riskant, auch wenn sich Kiki so sehr nach jemandem sehnte, der es verdient hatte. Wie gut, dass Jakob Kiki das einmal mehr bestätigt hatte.

Kikis Gleichgültigkeit war wie die Gefahrenbremsung im

komplizierten Straßengeflecht der Gefühle. Etwas, das man einfach so lange üben musste, bis man instinktiv das Richtige im richtigen Moment tat. Und zum Üben hatte sie definitiv in den letzten vierzehn Jahren genug Zeit gehabt. Kaum geschah etwas, das sie verletzte oder verletzen könnte, zog sich Kiki zurück. *Bye-bye, Weihnachtsmann-Boxershorts, gehauchte Küsse und das Gefühl, einen Schatz gefunden zu haben.*

Stattdessen wieder die altbekannte Schutzschicht aus vorausschauender Distanz.

Kiki hörte nicht zu, was Jakob mit seiner Freundin oder Frau oder wem auch immer besprach. Es interessierte sie auch nicht. Das Einzige, was sie interessierte, war, schnell diesen Keilriemen zu bekommen, ihre Mutter aufzuspüren, früh schlafen zu gehen und zu hoffen, dass ihnen keine weiteren Überraschungen bevorstanden, die sie morgen an der Weiterfahrt hindern könnten. *Ehrenweiler Aschenputtel. Von Betzenstein, selten so einen Schwachsinn gehört. Frauenhaushalt*, raunte ihr Herz verächtlich.

15

»Okay, Liebes, dann bis später, ja? Wir können uns ja nachher noch ein bisschen in den Garten setzen, und du erzählst mir von deinem Tag? Das heißt, zuerst ist die Andacht, und ich glaube, heute gehörst du mal ein bisschen früher ins Bett …!«

Grinsend und mit dem Telefon zwischen Ohr und Schulter startete er den Traktormotor. Das restliche Gespräch ging im lauten Geknatter unter. Dieses Geräusch rettete Kiki.

Ich glaube, heute gehörst du mal ein bisschen früher ins Bett? Hatte Jakob das gerade wirklich gesagt? Zu einer Frau? Während er Kiki eben beinahe noch geküsst hätte? Oder hatte sie sich das in ihrem Aschenputtelgehirn etwa nur eingebildet? Diese besondere Anziehungskraft, der Blick, das Knistern zwischen ihnen … Ihr wurde übel. Das, was sie für etwas Besonderes gehalten hatte, war nichts anderes als Jakobs Interpretation von »Nutze den Tag« und hieß vermutlich nicht mehr oder weniger als »Nimm, was du kriegen kannst!«. Dass er sich nicht schämte, war schon beinahe wieder lustig. Nun, eines war klar: Nicht mit Kiki. Erst gestern war sie genau am selben Punkt gewesen, und sie wollte nie wieder dorthin zurück.

Sie zuckte zusammen, als Jakob ihr seine Hand auf den Oberschenkel legte und ihr über den dröhnenden Krach hinweg ein fröhliches »Alles in Ordnung?« zurief. Alles an ihm strahlte. Sein Mund, seine funkelnden Augen, die Sommersprossen. Wie kam er nur darauf? Nichts war in Ordnung. Aber nicht umsonst war Kiki die unbestrittene Meisterin darin, die »Alles gut«-Fassade aufrechtzuerhalten, und so kramte sie ihr schönstes Lächeln hervor und nickte. Zum Glück musste sie nicht sprechen, denn – Meisterin hin oder her – sie spürte, dass das Lachen und die Tränen von vorhin ihre Wand aus Selbstschutz nachhaltig durchlässig gemacht hatten, und sie wollte auf gar keinen Fall, dass Jakob bemerkte, wie sehr sie dieses Telefonat aus der Fassung gebracht hatte. Wenn er es denn überhaupt merken würde. Denn offensichtlich hatte Kiki ihn völlig falsch eingeschätzt. Nicht nur ihn, sondern auch sein Interesse an ihr.

Als sie auf den Hof knatterten, saß Hans schon auf einer alten Bank vor der Scheunentür, die über und über mit alten Tankstellenschildern geschmückt war. Um ihn herum stapelten sich alte Reifen, lehnten Auto- und Landmaschinenteile aneinander, und zwei alte, verrostete und komplett türenlose Autos standen jeweils links und rechts neben der Scheune, als seien sie Sphinxfiguren und die Scheune ein alter Tempel. Hans streckte ihnen winkend und voller Stolz einen Keilriemen entgegen, zumindest nahm Kiki an, dass es das war, was er da in den Händen hielt, und brüllte ihnen ein übermütiges »Willkommen in meinem Königreich!« entgegen, als Jakob lachend direkt vor seinen Füßen bremste und den Motor drosselte.

»So schön, dass du da bist, Jakob.« Hans war ernst geworden, und auch Jakobs Grinsen war nicht mehr ganz so strahlend.

»Ja, na ja, es war schließlich ein Notfall.«

»Trotzdem. Ich habe nicht damit gerechnet, dass du je wieder …« Etwas schien zwischen den beiden vorgefallen zu sein, das Kiki nicht verstand.

»Ich auch nicht.« Nun grinste Jakob wieder. »Lass uns nicht darüber sprechen. Jedenfalls nicht heute.«

Er reichte Hans die Hand. »Na, komm schon, alter König, steig auf mein Ross! Bringen wir dich in die heiligen Spanferkelhallen!« Er zog ihn mit Schwung nach oben, wo er sich neben Kiki auf den winzigen Sitz quetschte. Little Richard hatte alle Mühe, irgendwie zwischen ihren Füßen noch ein Plätzchen zu ergattern.

»Na, Prinzessin?« Hans strahlte Kiki an, während er ihr ebenfalls seine große Pranke auf den Oberschenkel klatschte. Sollte noch einer sagen, die Schwaben seien nicht kontaktfreudig. »Kommst du auch mit zum Fest?«

Mit dem »Du« hatte Kiki überhaupt kein Problem, wirklich nicht. Im Gegenteil, alles war ihr lieber, als mit ihrem kompletten Namen angesprochen zu werden, den hier sowieso keiner kannte, aber warum sie seit Neuestem jeder Prinzessin nannte, war ihr ein Rätsel.

»Heute Abend oder jetzt?«, hakte Kiki noch einmal nach, nicht, dass er insgeheim dachte, sie hätte eigentlich vor, ihm den Platz auf dem Traktor zu überlassen und zu Fuß zurück zum Hotel zu laufen.

»Na, sowohl als auch!«

König Hans grinste und befreite seinen linken Arm, der

zwischen ihnen eingeklemmt gewesen war, und legte ihn Kiki um die Schulter. Jakob runzelte die Stirn. Eigentlich war es viel zu heiß für so viel Körperkontakt, aber auf diesem Sitz ließ er sich kaum vermeiden. Kiki dankte Gott, oder wer auch immer für die Körperhygiene bei Männern zuständig war, inständig dafür, dass er Hans offensichtlich dazu gebracht hatte, vor seinem Aufbruch ins Zelt noch einmal zu duschen. Für einen Sekundenbruchteil erinnerte sie diese Umarmung an etwas, das sie schon sehr lange nicht mehr gespürt hatte: dieses unglaubliche Gefühl des Behütetseins, das sie immer in den Armen ihres Vaters empfunden hatte. Dieser Halt und das Bewusstsein, dass jemand an ihrer Seite war, der sie nie im Stich lassen würde, komme, was da wolle, war ganz besonders kostbar geworden, seitdem Matthias von Betzenstein nicht mehr da war und Kiki laut ihrem Personalausweis längst erwachsen geworden war. Aber nur weil man ein paar Jahre älter war, hieß das schließlich noch lange nicht, dass man sich nicht mehr nach Geborgenheit sehnte, oder?

Dieser Trip hierher und das emotionale Auf und Ab waren unglaublich anstrengend. Kiki war müde. Die Vorstellung, heute noch irgendwohin zu gehen, wo sie niemanden kannte, auch wenn es eine Andacht war, war jetzt nicht mehr ganz so verführerisch wie noch vor ein paar Stunden. Zumal der Mensch, der sie dorthin eingeladen hatte, gerade einer anderen Frau gesagt hatte, sie gehöre früh ins Bett.

»Ich glaube nicht, dass ich noch komme.« Entschuldigend lächelte Kiki Hans zu. »Mir ist eher nach einem kleinen Spaziergang einmal um den Marktplatz herum und dem gemütlichen Bett im Goldenen Adler.«

Und nach einem Telefonat mit Esther, die ihr hoffentlich helfen konnte, ihren Kopf ein wenig zu entwirren, was ausgesprochen schwierig sein würde, solange Jakob sie so ansah wie jetzt gerade. Fragend. Nachdenklich. Ein wenig irritiert. So wie vorhin am Märchensee, als er wissen wollte, was sie dachte. Aber was interessierte es ihn? Schließlich hatte er selbst noch etwas vor. *Ich glaube, heute gehörst du mal ein bisschen früher ins Bett.* Das galt wohl auch für Kiki. Wenn auch ihre Gesellschaft aus ihrer dank ihrem kleinen Rausch sicherlich schnarchenden Mutter bestand.

»Was?« Mit empört aufgerissenen Augen wandte sich Hans nun an Jakob. »Jetzt sieh dir diese Prinzessin an! Sie will ja gar nicht tanzen!« Kopfschüttelnd begann er, Little Richard zu kraulen, der sofort versuchte, sich auf den Rücken zu drehen, was unter diesen beengten Umständen mehr als unmöglich war.

»Sie will nicht? Na, das hat sich vorhin aber noch ganz anders angehört, als sie mir einen Tanz dafür versprochen hat, dass ich ihre Kutsche wieder flottmache.« Grinsend stieg Jakob in das Spiel mit ein und versuchte, Kikis Blick aufzufangen, aber sie wich aus.

»*Dir* hat sie einen Tanz versprochen? Das ist ja allerhand!« Hans wackelte empört mit dem Kopf, während er Kiki verschwörerisch zuzwinkerte. »Dabei ist es doch mein Keilriemen hier, der die Kutsche …«

»Wuff«, machte Little Richard, kam wieder auf die Beine und legte sein Kinn auf Kikis Knie. *Oder wollen vielleicht wir beide …?*, fragte sein treuer Hundeblick.

»Lassen wir sie doch selbst entscheiden, mit wem sie tanzen will.« Hans tippte mit dem Zeigefinger auf Kikis Bein.

Äh, wenn du so fragst: Mit dem Hund?

»Ich … wollte eigentlich heute eher gar nicht …«

»Nicht heute! Morgen wird getanzt! Heute Abend ist doch Andacht!« Hans riss die Augen auf. Keine Frage, an ihm war ein Schauspieler verloren gegangen. »Also, na ja, eigentlich ist jeder Tag der wichtigste Tag, Prinzessin, aber heute Abend wird ein großes Feuer gemacht, dann gibt es eine Abendandacht, und dann wird aufgespielt und gesungen, das ist Tradition. Und ganz am Schluss singt Roswitha um Mitternacht mit ihrer Harfe »Im schönsten Wiesengrunde« und »Guter Mond, du gehst so stille«. Da bleibt kein Auge trocken … aber das wirst du ja selbst sehen.«

»Roswitha singt?«

Vor lauter Überraschung hatte Kiki völlig vergessen, dass sie sich eigentlich nicht auf ein Gespräch einlassen wollte, aber das fand sie nun doch mehr als spannend. Dass Roswitha eine laute Stimme hatte, war am Mittag nicht zu überhören gewesen, aber dass sie sie für sanfte Gute-Nacht-Lieder einsetzte? Und noch viel unglaublicher: Harfe spielte?

»Roswitha kann man getrost alles zutrauen«, raunte Hans Kiki verschwörerisch zu, als hätte er ihre Gedanken gelesen.

»Das kann man wohl sagen«, ergänzte Jakob. »Ohne Roswitha läuft in Ehrenweiler gar nichts.«

»Nee, stimmt. Roswitha hat ein Herz aus Gold, auch wenn man das nicht gleich sieht. Oder hört.« Hans kicherte. »Aber ohne sie wären viele ganz schön aufgeschmissen. Stimmt's? Allen voran deine Mia und du.«

Mia. So hieß sie also. Die Glückliche, die heute Abend … eine Verabredung mit Jakob hatte. Und die Arme, die nicht wusste, dass er gerne fremde, stolpernde, nicht mehr ganz junge Frauen in Not aufsammelte, ihnen Hilfe anbot, mit ihnen romantische Ausflüge an magische Seen machte und ihnen ganz nebenbei den Kopf verdrehte. Ob sie es vielleicht doch wusste? Und ob sie auch schon mal am Märchensee gewesen war?

Schluss jetzt, von Betzenstein. Logisch war sie schon dort gewesen. Und überhaupt: Was sollte das mit dem Kopf verdrehen? Darum ging es doch überhaupt nicht! Hier ging es um das Auto. Um Elsie. Und … und … um *Mia*? Was für ein schöner Name. Auch wenn Jakobs Verhalten mehr als fragwürdig war, so war sie doch bestimmt eine sehr glückliche Frau.

Sie standen immer noch auf dem Hof. Kiki wollte zwar nicht unhöflich sein, vor allem nicht, da sie auf diese beiden Herren hier angewiesen war, weil der eine den Keilriemen hatte und der andere wusste, wie man wieder nach Ehrenweiler zurückkam, aber sie würde dennoch gerne nach ihrer Mutter sehen. Und außerdem musste sie dringend aus dem Dunstkreis dieses Mannes, der es tatsächlich geschafft hatte, sie innerhalb von ein paar Stunden zweimal komplett aus der Fassung zu bringen – und ihr zwischendrin das Gefühl gegeben hatte, dass es da draußen doch Männer gab, die keine Idioten waren und Kiki trotzdem gefielen. Aber da hatte sie sich offensichtlich doch wieder einmal getäuscht. Noch einmal würde sie nicht auf einen Mann hereinfallen, der schon vergeben war. Wobei durchaus eine Steigerung von Bennet zu Jakob erkennbar war. Menschlich gesehen. Und außerdem war sie mit Jakob nur schwimmen gewesen. Auch wenn es sich nach sehr viel mehr angefühlt hatte. Und es sehr knapp gewesen war. Jedenfalls: Es war allerhöchste Zeit, das hier abzubrechen, ihr aufgeregt flatterndes Herz zu beruhigen und so schnell es ging, zu Elsie zu fahren.

»Genug gequatscht.« Hans schien ihrer Meinung zu sein, wenn auch aus anderen Gründen. Er legte seine Pranke nun auf Jakobs Schulter. »Lass uns fahren. Das Feuer wartet!« Grinsend beugte er sich zu Kiki und flüsterte ihr ins Ohr: »… weißt du, was mich am meisten beeindruckt?«

»Nein?« Sie hatte keine Ahnung, dass ihn überhaupt irgendetwas beeindruckte. Immerhin war er der Mann, der sich ihrer Mutter stellte und seiner Schwester Gisela Paroli bot.

»Dass du es geschafft hast, Jakob hierherzubekommen. Nach der Sache mit …« Prüfend sah er zu Jakob, der damit beschäftigt war, den Traktor zu starten. »… mit Philip hätte ich niemals damit gerechnet. Danke.« Er nickte Kiki ernst zu.

»Wer ist Philip?« Verwirrt schaute Kiki ihn an. Bei all den Namen, die bisher gefallen waren, und obwohl sie das Gefühl hatte, mittlerweile halb Ehrenweiler zu kennen, hatte sie von einem Philip bisher nichts gehört.

»Philip ist nicht wichtig«, unterbrach Jakob ärgerlich das Gespräch. Alles Freundliche, Helle war aus seinem Gesicht verschwunden, und er schaute böse zu Hans.

»Ich bin wegen Kiki hier und aus keinem anderen Grund.«

»Schon gut, Jakob.« Zerknirscht kniff Hans die Lippen zusammen. »Es tut mir leid, ich wollte nicht …«

»Dann ist es ja gut.« Jakob legte den Gang ein, als ob er dem armen Traktor ein Schwert in den Motor rammen würde. »Wo waren wir stehen geblieben?«

»Wir äh … wir werden tanzen, Prinzessin.« Hans sah Kiki an und schluckte. Er klang nicht mehr halb so sicher oder fröhlich wie noch vor ein paar Sekunden, aber er bemühte sich offensichtlich, Jakob nicht weiter zu verärgern. Was auch immer es mit diesem Philip auf sich hatte, es war jedenfalls keine schöne Geschichte. »Wir werden ganz sicher tanzen«, legte er noch einmal nach. »Du wirst schon sehen«, schloss er.

Der letzte Satz war beinahe nur noch ein Flüstern gewesen, den Kiki mehr erraten als verstanden hatte, weil der Traktor wieder einmal jedes Gespräch unmöglich machte. Und wieder einmal war sie nicht unglücklich darüber.

Jakob saß still und mürrisch am Steuer.

Kiki versuchte sich an einem unverbindlichen Lächeln und bemühte sich, ihre herumwirbelnden Gedanken zur Ruhe zu bringen. Wer war Philip? Gegen wirbelnde Gedanken war allerdings leider auch der Krach machtlos, zumal sie jedes Mal wieder ein wenig extra Schwung aufnahmen, wenn Jakobs Bein Kikis berührte oder er sie wieder einmal für den Bruchteil einer Sekunde fragend von der Seite ansah und seine Augen dabei mit ihren Gedanken um die Wette funkelten – oder um genau zu sein, mit etwas, das sich deutlich weiter unten abspielte und sich anfühlte, als hätte jemand einen Schmetterlingsschwarm in ihrem Bauch ausgewildert. Verdammt. Sie hatte doch mit ihrem Herzen bereits ein ernstes Gespräch geführt.

16

»Meinst du, das ist wirklich okay, wenn wir den Keilriemen einfach so in den Briefkasten werfen?«

Sie standen wieder bei Theo und Roswitha auf dem Hof, und von beiden war keine Spur zu entdecken, dafür hatte Theo den alten Golf unter das Dach vor seinem Stall geschoben, wo auch ein kleiner Rollwagen mit Werkzeug stand. Keine Frage, Theo war Profi. Und er hatte die Reparatur fest eingeplant.

»Wir können ihn auch aufs Autodach legen, wenn du das besser findest. Vor Morgen kommt Theo sicher nicht dazu, so viel ist klar. Oder wir könnten ihn natürlich auch gleich selbst austauschen.«

»Wir können …?« Niemals würde Kiki irgendwas austauschen, wovon später ihr Leben abhing.

Belustigt schaute Jakob sie an. »Du solltest dein Gesicht sehen! Natürlich machen wir das nicht, keine Sorge. Das war nur Spaß. Um ehrlich zu sein, ich kann das auch nicht besonders gut. Und um noch ehrlicher zu sein: Ich habe es noch nie gemacht.«

»Nicht? Ich dachte, du kannst alles?« Grinsend verschränkte Kiki die Arme vor der Brust.

Wie schön, dass sie wieder zu ihrer alten Leichtigkeit zurückgefunden hatten. Es war irgendwann auf dem Weg hierher passiert, nachdem sie Hans beim Zelt rausgelassen hatten, wo das halbe Dorf beim Aufbau beschäftigt war. Die meisten hatten Strohballen durch die Gegend geschoben, um sie zu einem Halbkreis um eine große Feuerstelle anzuordnen oder Einweckgläser mit Stumpenkerzen gefüllt. Keine Frage, der Platz vor dem Zelt, auf dem die Andacht später stattfinden sollte, würde sehr festlich aussehen. Sowohl Jakob als auch Hans hatten sie erneut gebeten, doch heute Abend zu kommen. Sie war hin- und hergerissen gewesen. Aber Jakobs Blick war so bittend und auf seine Art auch entwaffnend ehrlich, dass sie zugesagt hatte. Wenn man es genau betrachtete, hatte er ihr seine Mia nicht verschwiegen. Vermutlich hatte sie all die Zeichen, die für sie bedeutet hatten, dass er mehr in ihrer Begegnung sah als nur eine freundliche Rettungsaktion, einfach nur falsch gedeutet und sich etwas gewünscht, das nicht für sie bestimmt war. Es wäre auch zu schön gewesen, um wahr zu sein. Ein Mann, der quasi perfekt und kein Idiot war, musste ja vergeben sein. Es war okay. Kiki war gut im Loslassen. Nicht ganz so gut wie darin, eine perfekte Fassade zu wahren, aber gut. Und warum sollte sie einen Abend im Hotel verbringen, wenn sie die Möglichkeit hatte, an einem Fest teilzunehmen, das etwas Besonderes zu werden versprach?

»Nein, ich kann nicht alles«, antwortete Jakob ebenfalls grinsend. »Zum Beispiel kann ich dich offensichtlich nicht davon überzeugen, morgen mit mir zu tanzen.«

Da ging sie hin, die Leichtigkeit. Kiki wollte nicht mit Jakob tanzen. Um einen Tanz und die damit verbundene körperliche Nähe zu überstehen, ohne schwach zu werden, fehlte ihr die Kraft. Das ging heute nicht. Nicht morgen. Einfach gar nicht. Und gleichzeitig am liebsten sofort. Aber sie musste es einfach sein lassen, denn in Jakobs Armen zu liegen, würde nur zu weiteren Verwirrungen führen, vor allem wenn halb Ehrenweiler ihnen dabei zusah, und sehr viel mehr davon konnte sie einfach nicht ertragen. Immerhin stand sie kurz vor einer Überdosis.

»Meinst du, Theo macht das einfach so, auch wenn wir ihm nicht noch mal Bescheid sagen?« Es war eine plumpe Ablenkung, das wusste sie, aber etwas Besseres fiel ihr auf die Schnelle nicht ein.

»Na klar! Was Theo verspricht, hält er auch. Mach dir keine Gedanken, Kiki. Das Auto ist morgen bestimmt wieder flott, und ihr könnt zu eurer Tante Elsie fahren.«

Vielleicht bildete sie es sich ein, weil sie es sich wünschte, aber Jakob sah dabei nicht besonders begeistert aus.

»Du kannst es ja offensichtlich kaum erwarten, wieder von hier zu verschwinden«, ergänzte er noch.

Es sollte wohl ein Scherz sein, aber das Lächeln, das er vorsichtig auf seinen Lippen balancierte, erreichte Jakobs Augen nicht. Ob er wohl gerne hätte, dass sie blieb? Aber wozu?

»Na ja, meine Tante wartet eben und …«

Was und, *von Betzenstein?* Kiki musste sich nicht dafür rechtfertigen, dass sie hier wieder wegwollte. Ganz im Gegenteil. Es gab schließlich keinen Grund, warum sie bleiben sollte. Jakob hatte Mia. Und Kiki hatte … einen Keilriemen. Alle Probleme waren gelöst. Für einen kurzen Moment, in dem

Kiki nur die Hand hätte ausstrecken müssen, um ihn zu berühren – oder er sie –, um ihre Geschichte zu verändern, standen sie sich gegenüber, ohne etwas zu sagen. Sie wogen beide ab. Und ließen es beide sein, aus welchen Gründen auch immer, und zumindest, was Kiki betraf, ohne zu wissen, ob es genau die richtige oder genau die falsche Entscheidung war.

»Aber warte, bevor du gehst. Lass mich dir noch ein paar Sachen von Charlotte geben, damit du was zu wechseln hast.«

Der abrupte Themenwechsel brach den Bann.

»Äh, hat Mia damit keine Probleme, wenn du mir Sachen von deiner Schwester gibst?«

»Mia?« Belustigt sah Jakob Kiki an. »Ich glaube kaum, dass Mia überhaupt über so etwas nachdenkt. Solange du nicht *ihre* Klamotten haben willst.« Lachend schüttelte er den Kopf und ließ seinen Blick dann wieder einmal über ihren Körper wandern.

Wie machte er das nur? Jedes Mal, wenn er sie so ansah, fühlte es sich so an, als würde er mit seinen Fingern zart über ihre Haut fahren. Kiki erschauderte.

Jakobs blaue Augen wurden mehrere Nuancen dunkler, während sein Blick über ihre Silhouette glitt, nur um dann wieder nach oben zu wandern und sich mit ihrem zu verhaken. Die Schmetterlinge in Kikis Bauch drehten Loopings und ließen sich nicht im Geringsten von ihrem Verstand im Zaum halten. Wenn er sie jetzt noch einmal nach einem Tanz fragen würde, würde sie nicht Nein sagen können. Er öffnete den Mund, und Kiki wusste, es gab kein Zurück.

»… aber in Mias Kleider würdest du wohl auch kaum reinpassen.«

Nein, das … das hatte er jetzt nicht wirklich gesagt, oder? Von einem Moment auf den anderen fühlte sie sich hässlich, nackt und bloßgestellt. *Du kapierst einfach gar nichts, von Betzenstein.* Ein wütendes Schnauben entfuhr ihr, das ihr ganz allein galt. Aber Jakob hatte es natürlich genau gehört. Bestürzt sah er sie an.

»Hab ich was Falsches gesagt?«

»Nein, hast du nicht.«

Im Grunde war es genau das Richtige gewesen, um sie wieder zur Vernunft zu bringen. Kiki sollte Jakob eigentlich dankbar sein, aber das fiel ihr dennoch schwer. Schließlich schickte er sie auf eine gefühlsmäßige Achterbahnfahrt, der sie nicht gewachsen war, auch wenn sie jedes Mal nach einer neuen Fahrt fragte, sobald sie wieder festen Boden unter den Füßen hatte. Hoch und runter. Runter und hoch. Und dann gleich noch ein paar Loopings direkt im Anschluss. Ihr war schon wieder ganz schlecht.

»Wirklich Kiki, ich wollte nicht … ich wusste nicht …«

Seinem Blick entnahm sie, dass er wirklich völlig ahnungslos war. Dennoch, ein frisches T-Shirt, eine Jacke und ein paar weitere Socken für Charlottes Sneaker wären wirklich nicht schlecht. Und außerdem: Von Mia hätte Kiki sowieso nichts tragen wollen. Wer war sie denn? Das hätte nun wirklich noch nicht einmal Aschenputtel getan.

Während er den Schlüssel aus seiner Hosentasche kramte, betrachtete Kiki sein Haus. Es war, wie die meisten Häuser im Ort, ein altes Fachwerkhaus mit einer kleinen Scheune direkt daneben und einem wunderschönen und sorgfältig gepflegten Bauerngarten davor. Dank Elsie kannte sie sich ein wenig mit Blumen aus und erkannte rosafarbenen und weißen Phlox, blaue Marienglockenblumen, Hortensien, Lupinen und Stockrosen. In der Mitte blühte ein weißer Schmetterlingsflieder, und in der goldenen Abendsonne tanzten Mücken mit Bienen an seinen Blüten um die Wette. Mia hatte einen grünen Daumen, und Elsie wäre begeistert. Der Garten war wundervoll, und das Haus strahlte eine unglaubliche Wärme aus. Beinahe so, als breite es die Arme aus, um jeden, der hier stehen blieb, hereinzubitten. Selbst Kiki fühlte sich willkommen.

An der Hauswand standen dicke Stumpenkerzen und Teelichter in unterschiedlichen Glasgefäßen neben unzähligen Terrakottatöpfen mit weiteren bunten Blumen und Gräsern, aber hier dominierten Sonnenblumen, die teilweise so hoch gewachsen waren, dass sie über die Fensterbänke im ersten Stock reichten. Gerade da, wo die Abendsonne ein weiches Licht auf die Hauswand warf, befand sich eine hellblau gestrichene Bank, und neben der Eingangstür links und rechts wuchs in großen Kübeln Tränendes Herz oder auch »Marianne in der Badewanne«, wie Elsie diese außergewöhnliche Pflanze nannte. Kiki musste beim Gedanken daran lächeln, wie sie ihr als kleines Mädchen gezeigt hatte, warum diese Pflanze so hieß.

»Was ist? Lachst du über Mias Sonnenblumen-Experiment?«

Jakob schirmte die Augen ab und schaute zur allerhöchsten Blüte, deren Stängel sacht unter ihrem Gewicht schwankte.

»Ich habe ihr gesagt, dass sie sie anbinden muss, vor allem, weil es ein Schulprojekt ist, aber sie wollte nicht auf mich hören. Alter Dickkopf«, setzte er liebevoll hinzu, und Kikis Herz zog sich vor Neid zusammen.

Mia war also Lehrerin. Was für ein Glück Jakob hatte. Die perfekte Frau, das perfekte Haus, der perfekte Hund. Fehlte nur noch das perfekte Kind, dachte Kiki und spürte, wie sich erneut heißer Neid in ihr Herz bohrte. Sie verabscheute sich selbst dafür, dass sie Jakob sein Glück nicht gönnte. Nur, weil sie selbst nicht das Leben und die Liebe hinbekommen hatte, die sie sich offensichtlich wünschte, musste sie es doch noch lange nicht anderen missgönnen.

Als ob er sie trösten wollte, schob ihr Little Richard seine Schnauze in die Hand. *Kraul mich*, sagte sein Blick, *ich kann dich gut leiden.* Die Berührung seines Fells beruhigte Kiki und löste sowohl den Neid als auch ihren Kummer in tröstliche Wärme auf. Sie versuchte ein Lächeln, und es gelang ihr einigermaßen. Jakob konnte schließlich nichts für Kikis Gefühle. Na ja, also für die meisten jedenfalls.

»Nein, ich habe nicht wegen den Sonnenblumen gelacht, obwohl sie mich natürlich zutiefst beeindrucken«, und das taten sie wirklich, »sondern wegen Marianne in der Badewanne.«

»Wer?«

Kiki musste lachen, als Jakob sich völlig verwirrt umsah, als ob er in seinem Garten tatsächlich eine Frau in einer Wanne vermuten würde.

»Wo?«

»Die Pflanze.« Kiki ging vor dem Topf in die Knie und pflückte eine der filigranen Blüten ab, drehte sie um und zog die beiden äußeren pinkfarbenen Blütenblätter auseinander, sodass ein kleiner Halbmond in Form einer winzigen Badewanne entstand und den Blick auf ein zartrosafarbenes Persönchen freigab, das mit hochgebundenen Haaren und angewinkelten Armen badete. »Darf ich vorstellen: Marianne!«

Vorsichtig nahm Jakob Kiki die Blüte aus der Hand und drehte sie staunend hin und her, wie Kiki damals, als Elsie ihr dieses kleine Wunder zum ersten Mal gezeigt hatte.

»Das ist ja … das ist …«

Für einen Augenblick war er sprachlos. Sie standen so nah aneinander, dass sie die Wärme seines Körpers spüren konnte, und wieder einmal stieg ihr sein ganz eigener Geruch nach Holz und Frische in die Nase. Während er fassungslos die Blüte in seiner Hand betrachtete, starrte Kiki auf seine Haare und sein rechtes Ohr und bemühte sich, nicht die Hand auszustrecken und ebenso sanft mit ihrem Finger seine Konturen nachzuziehen, wie er es nun mit Mariannes tat.

»… zauberhaft.« Sein Blick war der eines Kindes, das ein besonderes Geschenk erhalten hatte. »Das muss ich Mia zeigen!«

Mia. Kiki schluckte.

Jakob schüttelte den Kopf. »Marianne, ich finde Sie wundervoll und … unglaublich! Würden Sie eventuell morgen … mit mir tanzen? Wir haben dieses traditionelle Fest bei uns im Dorf, und diese junge Dame hier …«

Er hob seinen Kopf und sah Kiki an, und – weil sie nicht aufgepasst hatte – mitten in sie hinein, berührte ihr Herz und ihre Seele. Kiki konnte sich nicht wehren, als die Schmetterlinge ihre Flugbahnen wieder aufnahmen und ihr ganzer Körper vor lauter Sehnsucht nach einer Berührung vibrierte.

Ihr Kopf neigte sich noch ein wenig weiter nach vorn, sie leckte sich über die Lippen und starrte ihn an.

»… ja, also diese Frau … hat mir leider einen Korb gegeben.«

»Ich habe …?«

Seine Augen funkelten, als er sich noch ein wenig weiter zu Kiki hinüberbeugte. Sie schloss die Augen. Eigentlich kannte sie Jakob ja überhaupt nicht. Ihr Kopf riet zudem ernsthaft von allem ab, was ihr Leben zusätzlich komplizieren würde. Sie stand vor seinem (und Mias!) Haus, und dennoch hoffte sie, dass er sie küssen würde. Auch wenn es unvernünftig war, sie sehnte sich nach einem Kuss. Ihre Lippen prickelten voller Vorfreude. Bevor sich ihre Lippen allerdings berühren konnten und sie sich für den Bruchteil einer Sekunde fragte, was sie hier überhaupt tat, wurde schwungvoll die Haustür aufgerissen.

Kiki stand da wie gelähmt, während Jakob in einem Sekundenbruchteil Abstand zwischen sich und Kiki brachte. Mit einem Juchzen warf sich ein etwa siebenjähriges Mädchen mit dunkelbraunen Locken auf Jakob, sprang an ihm hoch und klammerte sich an ihm fest, als wäre sie ein kleines Äffchen.

»Papa!«

Sie schmiegte ihren Kopf in seine Halsbeuge und drehte ihn dabei so, dass sie Kiki aus ihren riesigen blauen Augen ganz genau beobachten konnte. Sofort waren Jakob und sie zu einer Einheit verschmolzen, und mehr denn je fühlte Kiki sich wie ein Eindringling, der hier nichts verloren hatte.

»Wer ist das?«, flüsterte das Mädchen, ohne dabei den Blick von Kiki zu nehmen.

»Das ist Kiki«, flüsterte Jakob zurück und sah sie dabei ebenfalls an.

Jakob hatte ein Kind. Sie verstand das alles nicht. Was war das zwischen ihnen? Warum war es da – wie und wieso machte er das? Wo war seine Frau? Und wieso konnte sie ihm einfach nicht widerstehen, auch wenn ihr noch so sehr bewusst war, wie verwerflich und unmoralisch ihr Verhalten war und wie wenig sie Frauen leiden konnte, die sich in die Beziehung von anderen hineindrängten.

»Warum sagt sie nichts?« Das Mädchen flüsterte immer noch.

»Ich glaube, wir müssen euch erst einmal vorstellen«, sagte Jakob und stellte seine Tochter wieder auf die Beine.

»Kiki, das ist Mia, meine Tochter. Mia, das ist Kiki. Ich habe sie unterwegs gefunden.« So konnte man es natürlich auch ausdrücken.

»Hallo, Mia«, sagte Kiki und hoffte, dass das in ihrem Gesicht wenigstens so aussah wie ein Lächeln und nicht wie eine Grimasse. So richtig hatte sie ihre Mimik gerade nicht unter Kontrolle, befürchtete sie.

»Gefunden? Wo denn?« Mia machte noch größere Augen. »Bist du denn verloren gegangen?« Beinahe musste Kiki lachen, denn Mia sah wirklich absolut bestürzt aus, als sie ihren Mund zu einem tonlosen *Oh* aufriss, während sie auf Kikis Antwort wartete und dabei den Blick auf einen fehlenden Schneidezahn freigab.

»Nein, nein. Ich bin nicht verloren gegangen. Nur mein Auto hat den Geist aufgegeben. Das heißt, das Auto meiner Mutter.«

Dank Mia wurde Kikis Lächeln echt.

»Oh, dann ist ja alles gut.« Sie atmete erleichtert auf, legte Kiki ihre kleine Hand auf die Hüfte und nickte ernsthaft mit dem Kopf, während sie Kiki weiterhin musterte. »Hauptsache, du bist jetzt wiedergefunden. Sonst hätten wir dich suchen müssen!«

Es war merkwürdig. Einerseits sollte es vermutlich ein Schock sein herauszufinden, dass es sich bei Mia nicht um Jakobs Frau oder Freundin handelte, sondern um sein Kind (wobei es das Gespräch über Mias Kleider und Kikis Körper glücklicherweise wieder in ein ganz anderes Licht rückte). Aber dadurch war es trotzdem noch viel weniger okay, mit Jakob zu flirten. Wenn es überhaupt das war, was sie taten. Nicht, dass sie dafür ihre Hand ins Feuer legen würde.

Eines wusste sie allerdings genau: Mia hatte mit derselben Sofortwirkung wie ihr Vater Kikis Herz geöffnet. Und nicht nur das. Kurz blitzte ein sehnsuchtsvolles »Genau so wäre meine Tochter!« in ihren Gedanken auf. Nein, sie konnte einfach nicht mehr neidisch auf Jakobs Glück sein, dazu spürte sie zu sehr, wie kostbar es war. Aber sie konnte auch keinen Schritt mehr weiter mit ihm gehen. Denn das, was er hatte, was Mia hatte, durfte niemand zerstören, dazu war es wiederum zu zerbrechlich. Am allerwenigsten Kiki. Obwohl sie immer noch nicht verstand, warum ausgerechnet Jakob es nicht zu schätzen wusste und Kiki sich diese Gedanken machte. Jakobs Anblick ließ ihr Herz hüpfen – und gleichzeitig fühlte sie sich furchtbar.

»Kann ich dir mein Zimmer zeigen, Kiki?« Mia griff nach Kikis Hand und schwenkte sie hin und her.

»Oh, vielen Dank für die Einladung, Mia. Ich würde es wirklich sehr gerne sehen, aber es tut mir leid. Ich … muss zu meiner Mutter zurück.« Blöde Ausrede.

»Wenn deine Mutter wartet, das versteh' ich. Aber das nächste Mal kommst du mit rein, versprochen?« Sie klimperte mit den Wimpern und lehnte sich an Kiki an, die vorsichtig ihren Arm um das kleine Mädchen legte.

Für Mia war es bestimmt das Normalste der Welt, dass jemand sie in den Arm nahm, aber für Kiki war es neu, und sie hatte beinahe Angst, dass Mia ihren Arm wegschieben würde. Stattdessen legte sie allerdings ihre kleine Hand auf Kikis. Das warme Gefühl von Freude, das sich in ihrem ganzen Körper ausbreitete, war unbeschreiblich. Sie lächelte Mia an.

»Versprochen.«

Keine Frage, Kiki hatte sich in den letzten Stunden gleich zweimal verliebt. Umso mehr tat es weh loszulassen. Nicht nur Mias Hand, sondern alles, was mit Jakob und seiner Familie zusammenhing. Je früher sie damit begann, umso besser. Das hier war nicht Kikis Platz. Auch wenn es wunderschön wäre, aber er gehörte einer anderen.

Als sich Mia verabschiedet und Kiki zum Abschied noch einmal ihre zauberhafte Zahnlücke gezeigt hatte, waren sie beide verlegen. Mias Umarmung hatte ein ähnliches Gefühl der Wärme hinterlassen, wie Little Richards Nasenstüber, aber nun, da sie weg war, auch eine kummergefüllte Leere, als hätte Kiki etwas Kostbares verloren, dessen Wert sie erst jetzt begriff.

»Das war Mia.« Jakob sah Kiki ein wenig verunsichert an. »Vielleicht hätte ich dir sagen sollen, dass ich ein Kind habe.«

Vielleicht.

»Entschuldige, dass ich dir bisher nichts von Mia erzählt habe«, fuhr er fort, »aber sie ist für mich so sehr ein Teil von mir, dass ich gar nicht mehr so genau weiß, wo ich aufhöre und sie anfängt …« Lächelnd schüttelte er über sich selbst den Kopf.

»Nein, nein, das ist es nicht.« Kiki schluckte.

Ihre Empfindungen zu erklären war beinahe unmöglich. Nachdem sie ihm schon am Märchensee nachhaltig bewiesen hatte, dass sie ein mehr als kompliziertes Gefühlsleben hatte, auch sicher nicht unbedingt eine gute Idee. Er würde es nicht verstehen. Sie verstand es ja selbst kaum. Das Einzige, was sie sehr genau wusste, war, dass sie hier wegmusste, und zwar schnell. So schön Jakobs Familienglück als Außenstehende anzusehen war, es war doch einfach zu viel für Kiki.

»Ich … ich muss wirklich gehen, Jakob. Wirklich.« Sie schluckte. »Ich … gehe zu Fuß, okay?«

»Ich kann dich gerne fahren. Ich würde dich sehr gern …«

»Nein, bitte lass mich laufen. Ich freue mich darauf. Ich habe so viel gesessen und …« *Von Betzenstein, hör auf zu plappern!*

Jakob fuhr sich durch die Haare und sah sie ratlos an. »Bist du dir sicher? Es ist aber nicht wegen Mia, oder?«

»Nein, nein, Jakob. Es ist nicht wegen Mia. Sie ist zauberhaft.« Das war sie wirklich. Verdammt. Verdammt. Verdammt.

Kiki wusste, dass es sehr schnell gehen konnte, sich zu verlieben. Es reichte eine Sekunde oder weniger, in der die richtige Person genau das sagte oder tat, was das eigene Herz berührte. Bestenfalls traf das auf beide Beteiligten zu, aber das ließ sich leider nun mal nicht planen. *Selbst schuld, von Betzenstein, schließlich ist ja wohl jeder, der sein Leben einigermaßen im Griff hat, in der Lage, eine Familie zu gründen. Hättest du auch haben können.* Aber hier ging es nicht nur um sie oder Jakob, sondern um eine Familie. Mia hatte eine Mutter. Jakob eine Frau. Nur schade, dass Kikis Gefühle sich davon nicht beeindrucken ließen.

Die Tür schloss sich hinter Jakob, und Kiki stand allein in seinem wunderschönen Garten, mit einem Herz, das keiner wollte, und einer Sehnsucht, die nie erfüllt werden konnte. Sie drehte sich auf dem nicht vorhandenen Absatz ihrer geliehenen Sneakers um, und während sie beinahe von Jakobs Hof rannte, begannen ihre Tränen zu fließen. Sie weinte um ihr nie geborenes Kind und um all die anderen verpassten Chancen, die ihren Lebensweg ausmachten. Sie weinte, weil ihre Mutter wohl doch recht hatte und sie eine absolute Versagerin war. Weil sie für das wahre Glück vermutlich immer schon viel zu feige und zu schwer von Begriff gewesen war. Sie weinte, obwohl sie schon fast vierzig Jahre alt war oder vielleicht auch gerade deshalb, denn wie sollte sie es denn jetzt noch besser machen, da es schon viel zu spät für alles war? Sie beschloss, Jakob nie wiederzusehen. Es war eine Sache, sich zu jemandem hingezogen zu fühlen, und eine andere, sich immer weiter damit zu quälen. Das war der einzige Vorteil ihres Alters: Sie wusste, alles würde vorübergehen. Irgendwann. Irgendwie. Oder wenigstens versuchte sie, es sich einzureden.

17

»Alles in Ordnung, Fräulein?«

Jemand piekte mit einem spitzen Gegenstand gegen Kikis linken Schuh, und sie zuckte vor Schreck zusammen. Sie musste eingeschlafen sein.

Vor ihr stand ein alter Mann in einer prächtigen blauen Samtweste, weißem Hemd und schwarzen Kniebundhosen, ganz ähnlich denen, die Theo heute Mittag getragen hatte, und lehnte sich auf den Stock, mit dem er sie vermutlich gerade gepiekt hatte. In seiner Rechten hielt er einen schwarzen Filzhut, an dessen Band Lavendelblüten steckten, den er gerade zum Gruß gezogen und sich gewundert hatte, weil Kiki nicht reagierte. Er beobachtete sie aufmerksam aus wachen braunen Augen, die im starken Kontrast zu seinem gebräunten und sehr verwitterten Gesicht standen. Kiki rieb sich über ihr Gesicht, um ihre Kopfschmerzen zu vertreiben, was ganz sicher jedoch nur ihre Wimperntusche dorthin beförderte, wo sie nicht hingehörte.

»Ja, ich äh … alles gut. Danke. Ich …« Sie rieb sich erneut die Augen, was das Wimperntuschedesaster sicherlich nicht verbesserte. »… muss eingeschlafen sein.«

»Das denke ich auch.«

Er kicherte und zeigte dabei eine ähnlich prächtige Zahnlücke wie vorhin Mia. Mia. *Jakobs Tochter.* Sofort wurde Kikis Herz wieder schwer, und sie wünschte sich den Schlaf zurück, der ihr eine herrliche Pause von dem Gedankenchaos beschert hatte, auch wenn das sicherlich unhöflich ihrem Gegenüber gewesen wäre.

»Hast du vielleicht schon zu viel vom Himbeergeist probiert?« Er leckte sich mit der Zunge über die Lippen und wackelte mit dem Kopf. »Ehrenweiler ist berühmt für Kurts Himbeergeist, musst du wissen. Aber seitdem er schon über neunzig ist, brennt er nur noch so selten. Schade.« Er schmatzte bedauernd. »Ist also eine echte Kostbarkeit, der Himbeergeist!« Seine Augen leuchteten, und die Begeisterung sowie die Tatsache, dass auch er sie einfach duzte, brachten Kiki zum Lächeln.

»Nein, hab ich noch nicht probiert.«

»Nein? Oh, und den Marillenschnaps? Roswitha macht den besten, aber ihr Kirschwasser ist auch nicht schlecht.«

»Auch das nicht.«

»Also, Mädchen, das ist ja allerhand!« Entrüstet stemmte er die Hände in die Hüften, bevor er sich neben sie auf die Bank fallen ließ, wobei Kiki noch nicht ganz so genau erkennen konnte, was in seinen Augen »allerhand« war. Wahrscheinlich war es in Ehrenweiler nicht gern gesehen, wenn man mitten am Tag auf einer Bank einschlief.

Während er sich ein wenig näher zu ihr neigte, fasste er gleichzeitig in seine Samtweste und beförderte einen silbern glänzenden Flachmann zutage.

»Wenn es nicht der Schnaps ist, der dich so durcheinandergebracht hat, dann ist es Kummer. Und das, mein hübsches Fräulein, sieht der liebe Gott nicht gern.«

»Entschuldigung, ich … das …«

Er machte eine wegwerfende Bewegung und lächelte Kiki wieder an. »Du musst dich nicht entschuldigen, Mädchen, wir sind doch alle mal traurig. Aber dagegen gibt es ein Heilmittel!« Er grinste verschmitzt und reichte Kiki den Flachmann. »Falls ich es noch nicht erwähnt habe: Meine Zwetschge ist auch ganz in Ordnung!«

Scharf brannte der Alkohol in Kikis Hals und hinterließ eine heiße Spur, die ihr kurz den Atem verschlug und sie tatsächlich für einen Augenblick von ihrem Kummer ablenkte, aber mehr als einen Schluck konnte sie davon auch nicht trinken, obwohl der Mann ihr den Flachmann noch einmal anbot.

»Und?« Beifall heischend schaute er sie an.

»Sehr gut.«

»Na also. Weißt du, jetzt sage ich dir mal was: Mädchen weinen immer schnell. Aber ganz oft auch aus den falschen Gründen, oder noch viel öfter wegen den falschen Männern.« Er neigte sich noch ein bisschen weiter zu Kiki und raunte: »Ich weiß das. Ich war siebenundfünfzig Jahre mit meiner Martha verheiratet. Nicht eine Träne hat sie wegen mir vergossen, dafür habe ich schon gesorgt. Aber ich war auch der Richtige. Und wenn man den gefunden hat, dann gibt's nichts mehr zu weinen, das kannst du dem alten Egon schon glauben.« Er grinste und nahm einen großen Schluck. »Der alte Egon bin ich.« Stolz wies er mit beiden Daumen auf sich.

»Aber ab und zu ein Schnäpschen darf man sich doch trotzdem gönnen, stimmt's?« Er hielt ihr schon wieder den Flachmann hin. »Möchtest du auch noch einen?«

»Nein, danke.« Das konnte Kiki ihrem armen Kopf nicht antun. »Aber danke, Egon. Auch für den Rat.« Sie lächelte ihn freundlich an, als er schulterzuckend selbst noch einen Schluck nahm und genüsslich schmatzte. Kiki grinste.

»Ich glaube, ich muss zurück in den Goldenen Adler und nach meiner Mutter sehen.«

Deren Verhältnis zum Ehrenweiler Schnaps ja offensichtlich deutlich enger war als Kikis.

Bedauernd steckte Egon den Flachmann wieder in die Tasche und stand wie selbstverständlich auf, um Kiki zu begleiten.

»Na, dann gehen wir eben.«

Und das taten sie, während Kiki sich bemühte, in ihrem Kopf eine Rechtfertigung für ihre Tränen zurechtzubasteln, die ja nichts damit zu tun haben konnten, dass Jakob nicht der Richtige für sie war. Aber im Grunde hatte sie ja auch nicht wegen ihm geweint, sondern wegen sich selbst. Rechtfertigung gefunden.

Vor dem Eingang zum Goldenen Adler lüpfte Egon noch einmal den Hut und verschwand in der Gasse, die zum Ortsausgang und somit zum Festzelt führte. Mittlerweile hatte die Dämmerung in Ehrenweiler Einzug gehalten, und sowohl das Gasthaus als auch der ganze Ort waren vollkommen still. Nur in Kikis und Helgas Zimmer brannte Licht.

Die Gaststube war leer, und die Dielen quietschten laut, als

Kiki in den ersten Stock hochstieg und leise an die Zimmertür klopfte, um ihre Mutter nicht zu erschrecken.

Keine Reaktion.

»Mama?«

Vorsichtig drehte Kiki den Schlüssel im Schloss. Immer noch keine Reaktion. Als sie die Tür aufgeschlossen hatte, öffnete Kiki sie so weit, dass sie hindurchschlüpfen konnte.

Die Nachttischlampe auf ihrer Seite des Bettes brannte, aber von ihrer Mutter war weit und breit nichts zu sehen, dafür rauschte im Bad das Wasser.

»Isolde, bist du das?«

Wer sonst? Einer von ihren Gaigelfreunden vielleicht?

»Wenn du das bist, dann gib mir mal bitte schnell ein Handtuch. Ich komme hier an nichts ran!«

Als Kiki ins Bad kam, bot sich ihr ein wirklich außergewöhnliches Bild, soweit sie es durch den dichten Dampf überhaupt erkennen konnte. Ihre Mutter saß splitterfasernackt auf dem Fensterbrett des einzigen winzigen Fensters, das sich oberhalb der altmodischen Badewanne befand, und hatte einen knallroten Kopf. Ihre Haare standen in feuchten Strähnen von ihrem Kopf ab, und sie hielt sich den Duschvorhang vor die Brust, während rauschend Wasser in die Wanne einlief. Kurz fragte sich Kiki, wie dieser Anblick wohl vom Marktplatz aus aussah, aber dann schob sie den Gedanken schnell beiseite, denn allein die Vorstellung davon sorgte dafür, dass sie vor lauter unterdrücktem Lachen Schluckauf bekam.

»Was? Was ist? Warum lachst du so?«

Missbilligend runzelte Kikis Mutter die Stirn. Aber was sonst eher furchterregend war, brachte Kiki nun fast noch mehr zum Lachen. Glücklicherweise machte sie einen deutlich nüchterneren Eindruck als vorhin, was man vor allem daran erkennen konnte, dass sie zu ihrer herrischen Art zurückgefunden hatte. Beinahe ein bisschen schade.

»Hast du noch nie eine nackte Frau gesehen, Isolde?«

»Doch schon, aber Mama, was machst du da?«

Kiki schluckte ihr Kichern nur mühsam hinunter. Ihre Mutter, Verfechterin von nicht allzu warmen Kurzduschen, die Frau, die Kiki ihr jugendliches Leben lang gepredigt hatte, dass der Wasserverbrauch so niedrig wie möglich gehalten werden sollte, weil Ressourcenverschwendung der Ursprung allen Übels war – diese Frau schaute seelenruhig zu, wie Liter um Liter aus dem Hahn schoss, während sie nackt auf dem Fensterbrett saß.

»Ich … dusche. Oder … ich bade.« Trotzig zog sie den Duschvorhang noch ein wenig näher zu sich und reckte das Kinn stolz in die Höhe.

»Du … duschst?« Tränen stiegen Kiki in die Augen, dieses Mal allerdings nicht vor Kummer, sondern weil es immer schwieriger wurde, sich das Lachen zu verkneifen. Sie drehte den Wasserhahn zu. Plötzlich war es ziemlich still in dem kleinen Bad.

»Nun, wenn du es genau wissen willst: Ich hatte jedenfalls vor zu duschen. Ich war irgendwie … so müde.« Nun sah sie doch ein wenig betreten auf ihre Hände. »Aber dann kam das Wasser anstatt aus der Dusche aus dem Badewannendings hier, und zwar kochend heiß. Na ja, und damit ich mir nicht die Füße verbrenne, hab ich mich hier draufgerettet. Konnte ich ja nicht ahnen, dass ich nicht an den Regler drankomme!

Und außerdem: Wer baut eine so fürchterlich unpraktische Dusche?« Nein, klar: Die prekäre Lage ihrer Mutter war definitiv nicht ihre Schuld. Niemals.

»Und was hättest du gemacht, wenn ich nicht gekommen wäre?«

»Ach, das ist doch völlig unwichtig, Isolde. Du bist doch hier, das Wasser ist aus und … jetzt gib mir bitte ein Handtuch. Ich habe vielleicht nicht geduscht, aber ein Dampfbad war das allemal.«

Sie ließ sich von Kiki die Hand reichen und kletterte vorsichtig, aber dennoch hoheitsvoll aus der Wanne. Als sie auf dem Badvorleger zum Stehen kam, mit dem einen Handtuch auf dem Kopf und dem anderen um ihre Brust gewickelt, sah sie schon wieder sehr viel mehr aus wie Kikis sture, starke Mutter und sehr viel weniger wie die trinkfreudige Gaigelspielerin von vorhin, die Kiki bei genauem Hinsehen gar nicht so unsympathisch gefunden hatte.

»Ich zieh mir nur schnell was an, dann können wir los!«

»Wie, los?«

»Na, zu dieser Andacht! Das soll großartig sein. Und alle meine Gaigelfreunde werden dort sein. Alle. Und Theo, Hans und dein Jakob sowieso.«

»Er ist nicht mein Jakob.«

»Schon klar, Isolde. Er hat schließlich ein Kind.«

»Woher weißt du …?«

»Sie heißt Mia.«

»Ich weiß, Mama.«

»Und ihre Mutter heißt Louisa. Das hat mir alles Gisela erzählt.« Überlegen grinste sie Kiki an. »Hat er nichts gesagt?

Merkwürdig. Aber weißt du, ab morgen ist das sowieso unwichtig. Bevor du dir zu viele Gedanken um jemanden machen kannst, der in deinem Leben keine Rolle spielen wird, sind wir sowieso wieder weg. Wir holen Elsie nach Stuttgart, du suchst dir einen neuen Job und am besten auch gleich einen neuen Mann, zuverlässig und deinem geistigen Niveau angemessen, und alles wird gut.«

Das, was wohl ein aufmunterndes Lächeln sein sollte, sah vielmehr so aus wie das eines Haifisches, der die Zähne bleckte. Warum nur hörte sich alles, was Kikis Mutter gerade gesagt hatte, nicht beruhigend, sondern ganz im Gegenteil, bedrohlich und eher so an, als würde ihr jemand den Boden unter den Füßen wegziehen? *Ein neuer Job, ein neuer Mann, ihrem Niveau angemessen …*

»Mama, ein Leben ist doch keine To-do-Liste, die nur abgearbeitet werden muss«, wehrte sie sich. »Und überhaupt: Kann man nicht einfach mal was finden, ohne es vorher gesucht zu haben?«

»Kann man schon«, antwortete Kikis Mutter ein wenig bissig. »Aber die Augen muss man schon selbst aufmachen. Es sei denn, man ist Dornröschen und hundert Jahre spielen keine Rolle. Aber, Liebes, es tut mir leid, dir das sagen zu müssen: Dornröschen bist du definitiv nicht.«

Ständig eine Prinzessin, dann Aschenputtel und jetzt auch noch Dornröschen. Was war das nur für ein märchenhaftes Wochenende.

Eigentlich würde Kiki sich jetzt viel lieber ins Bett legen, als auf diese Andacht zu gehen, aber wenn sich ihre Mutter etwas in den Kopf gesetzt hatte, hatte Kiki wenig Chancen, sie davon abzubringen. Außerdem sehnte sich ein kleiner Teil von ihr sehnsüchtig danach, einen Blick auf einen gewissen Schreiner zu werfen. Und vielleicht schadete es auch nicht, seine Frau einmal zu sehen, damit sie selbst endgültig glauben konnte, dass dieser Mann vergeben war.

18

Direkt am Ortsausgang, dort, wo der Feldweg begann, flackerten Fackeln links und rechts des Weges und sorgten für ein diffuses Licht. Etwa hundert Meter entfernt sah Kiki viele weitere schwankende Lichter. Dass es hier kein künstliches Licht geben würde, hatte Jakob Kiki schon erzählt. Er sagte, man hätte diesen Brauch zu Ehren der im Zweiten Weltkrieg gefallenen Soldaten beibehalten. Ursprünglich entstanden war er wohl, weil im Sommer 1944 nach wie vor die Ausgangssperre galt und die Ehrenweiler zwar Angst vor Strafen und vor der Entdeckung durch feindliche Aufklärer hatten, sich aber trotzdem das Feiern nicht verbieten lassen wollten. Damals hatte jeder eine Kerze mit zum Gottesdienst gebracht, und seitdem war es so geblieben. Es sollte genauso dunkel, außergewöhnlich und feierlich sein wie damals. Später würden die Männer allerdings ins Zelt umziehen und dort die Nacht verbringen. Nicht, dass es wirklich nötig war, das Festzelt zu bewachen, aber es gab den Männern von Ehrenweiler die Möglichkeit, zusammenzusitzen, über alte Zeiten zu reden und Roswithas Marillenschnaps zu trinken. Oft blieben die Alten auch noch eine Weile länger dabei, denn der

Fassanstich, die Tombola, die Musik und die ganze Aufregung am Samstag war ihnen zu viel, und außerdem bedeutete der Freitag ihnen so viel mehr, war er doch ihren Kameraden gewidmet.

Über ihnen funkelten die Sterne, und die Fackeln geleiteten Kiki und ihre Mutter zum Festplatz, wo die Ehrenweiler heute Nachmittag Halbkreise aus Strohballen als Sitzgelegenheiten aufgebaut hatten, auf denen die Menschen nun eng beieinandersaßen und sich nur flüsternd unterhielten.

Es war wirklich merkwürdig, denn obwohl Kiki und Helga erst seit heute Mittag hier waren, kannten sie schon den einen oder anderen. Kiki entdeckte Egon, der ihr zum Gruß seinen Flachmann anbot, als sie an ihm vorbeigingen. Ganz vorne bei den Musikern saß Theo erstaunlich einträchtig neben Roswitha, die ihre Harfe zwischen den Knien hielt. Neben ihnen Männer und Frauen mit Akkordeons, Gitarren und Geigen, selbst die eine oder andere Flöte blitzte im Mondlicht auf. Gisela und Hans hatten sich direkt neben die Gaigelgang von Kikis Mutter aus dem Goldenen Adler gesetzt. Noch eine weitere Reihe dahinter erkannte sie Jakob, an dessen linker Seite sich ein alter Mann auf einen Stock stützte und Mia daneben wild winkte. Sie hatte Kiki und Helga offensichtlich längst entdeckt. Neben Mia saß eine junge Frau, die sich nach rechts abgewandt hatte und sich leise flüsternd mit ihrem Sitznachbarn unterhielt. Ein scharfer Stich fuhr heiß in Kikis Herz. Ob das Louisa war? Mias Mutter und Jakobs Frau? Sie war ganz anders, als Kiki sie sich vorgestellt hatte. Jünger. Heller. Und definitiv … lebendiger.

Eine andächtige Stille lag über dem wundervoll erleuchteten Platz, die nur durch die leise Stimme von Kikis Mutter unterbrochen wurde: »Isolde! Das Kind winkt dir zu!«, raunte sie ihr vorwurfsvoll ins Ohr.

»Ich weiß«, flüsterte Kiki zurück. »Wir sind uns heute Mittag begegnet. Hab ich doch erzählt!«

Kiki winkte ebenfalls. Diesem fröhlichen Geschöpf konnte einfach keiner widerstehen.

»Kiki! Komm hier rüber! Setz dich zwischen mich!«, rief sie, und Kiki musste schmunzeln. *Setz dich zwischen mich.*

Als Mia ihre Mutter bei ihrem wilden Winkmanöver aus Versehen anrempelte, drehte sie sich lächelnd um, strich ihrer Tochter liebevoll über den Rücken und schien sie zu ermahnen. Sofort setzte sich Mia hin. Sie war ein Wirbelwind, aber offenbar auch sehr gut erzogen. Ebenfalls flüsternd schien sie ihrer Mutter zu erklären, wer Kiki und ihre Mutter waren, denn sie zeigte auf die beiden. Ihr Gesicht leuchtete geradezu im Widerschein der Kerze, die ihre Mutter hielt, und ihre Augen funkelten.

Wie liebevoll die beiden miteinander umgingen. Kiki schämte sich nun noch viel mehr für ihren Neid von vorhin, als Mias Mutter auch ihr ein freundliches Lächeln schenkte. Sofort erneuerte sie ihren Schwur. Sie würde Jakob nie wiedersehen. Also, gleich nach der Andacht. Denn jetzt winkte ihnen auch Louisa zu und bedeutete ihnen, sich neben sie zu setzen. Konnte Kiki nicht einfach im Boden versinken? Warum war Louisa nicht nur umwerfend schön, sondern auch noch nett und … offensichtlich ahnungslos? Eine heiße Woge der Scham und der Wut fuhr Kiki in den Bauch. Wie im Himmel konnte ein so wunderbarer Mann wie Jakob eine so dunkle Seite in sich tragen und eine so großartige Frau wie seine eigene so an der Nase herumführen? Denn was auch immer das zwischen ihnen war: Es gehörte nicht dorthin. Die ersten Ehrenweiler hatten angefangen, sich über die Neuankömmlinge zu unterhalten.

»Komm hierher, Kiki!«

Mia war wieder aufgestanden, und Kiki zog ihre Mutter hinter sich her, bevor sie die komplette Andacht ruinierten.

»Isolde, wir können uns doch nicht einfach …«

»Doch, wir können«, sagte Kiki, als sie in Jakobs Gesicht sah, das frei von jedem schlechten Gewissen schien. *Wir müssen sogar. Denn wenn ich jetzt einen anderen Platz wähle, heißt dass ja, dass …*

Jakob strahlte Kiki an und war schon zur Seite gerückt, um ihr und ihrer Mutter Platz zu machen. Was war das für ein Spiel? Kiki schob ihre Mutter vor sich her und versuchte, dem alten Mann nicht auf die Füße zu treten.

»Entschuldigung! Bitte entschuldigen Sie vielmals!«

Es war ihr nicht gelungen. Sie hatte zwar seinen Fuß verschont, aber leider seinen Stock umgestoßen. Sofort ging sie vor ihm in die Knie und tastete vor seinen Füßen nach der Gehhilfe, die er sicher dringend benötigte. Gerade wollte sie sich wieder aufrichten und sich Jakobs Frau vorstellen, da spürte sie, wie jemand vorsichtig über ihr Haar strich. Es war nur eine federleichte Berührung und so zart, als würde sie gar nicht wirklich stattfinden. Sie hob den Kopf und sah direkt in das Gesicht des alten Mannes, der sie völlig entgeistert anstarrte. In seinen Augen standen Tränen, und seine Hand lag immer noch auf ihrem Kopf.

»Elsie?«, flüsterte er fassungslos. Sein Kinn zitterte. »Rotkehlchen?«

»Ich …« Bevor sich Kiki irgendetwas Sinnvolles zusammenreimen konnte, das erklären würde, woher dieser Mann Elsie kannte, zog Jakob sie neben sich auf den Strohballen.

»Onkel Kurt? Das ist Kiki. Kiki, das ist Onkel Kurt, du weißt schon, der mit der Hütte am Märchensee. Sie hatte vorhin eine Autopanne, Onkel Kurt, und kann erst morgen weiterfahren.«

»Kiki?« Entgeistert schaute Onkel Kurt von Jakob zu ihr und wieder zurück. »Das kann nicht … Nein, das ist nicht …«

Bevor er seinen Satz zu Ende sprechen konnte, unterbrach ihn Mia: »Und weil Papa sie gefunden hat, ist sie nicht verloren.«

Jakob lachte bei ihren Worten und strich seiner Tochter liebevoll über die widerspenstigen dunkelbraunen Locken. »Sie lag ja aber auch quasi direkt vor meinen Füßen.« Verschmitzt sah er zu Kiki. »Ich hätte sie kaum übersehen können.«

Kikis Herz machte einen sachten Hüpfer bei seinen Worten, aber leider musste sie Mia doch zumindest in Gedanken widersprechen: Eben, weil er sie gefunden hatte, war sie verloren. Oder zumindest ihr Herz. Was keiner wissen durfte. Denn Mias Mutter saß nicht einmal einen Meter neben ihr und hatte keine Ahnung davon, dass Kiki ihren Mann beinahe geküsst hätte. Mit der Betonung auf *beinahe*, auch, wenn das nicht ihr Verdienst gewesen war. Und außerdem war Kiki schließlich erwachsen und ging nicht mehr so leicht verloren.

»Können wir jetzt mit der Andacht beginnen, oder gründen

wir erst noch ein Fundbüro?«, fragte Roswitha, die sich umgedreht hatte und sie böse anfunkelte, als Kiki zum zweiten Mal die Hand ausgestreckt hatte, um sich endlich Jakobs Frau vorzustellen, so schwer es ihr auch fiel. Da man beeindruckend viel vom Weißen in Roswithas Augen sehen konnte, obwohl es so dunkel war, verstummten alle sofort. Sie würde Louisa schon noch früh genug kennenlernen.

Es stimmte. Diese Andacht hätte Kiki unter gar keinen Umständen versäumen wollen. Die spärliche Beleuchtung durch die Kerzen war keine Einschränkung, sondern sorgte ganz im Gegenteil dafür, dass die Stimmung noch feierlicher, stiller und konzentrierter war. In Ehrenweiler schien alles intensiver. Das schwarze Blau der Nacht wurde nicht wie in Stuttgart durch die hellen Lichter der Stadt getrübt. Die Sterne leuchteten heller. Die Menschen, die hier beisammensaßen, kannten sich besser, waren sich näher, und all die Worte, die hier gesprochen wurden, berührten tiefer. Im Grunde diente diese Andacht dem Gedenken all jener, die im Krieg geblieben waren, und denen, die zur gleichen Zeit den Mut und die Kraft hatten, hier in Ehrenweiler weiterzumachen und die Stellung zu halten. Der berührendste Moment war der, als anstelle der Predigt all jene der Reihe nach aufstanden, die überlebt hatten und zurückgekehrt waren und an die erinnerten, die nicht dabei sein konnten. Als Kurt sich erhob, schwankte er zuerst kurz, und Kiki hatte Sorge, dass ihn die Begegnung mit ihr zu sehr aufgewühlt hatte, aber dann fand er Halt und räusperte sich, bevor er zu sprechen begann. Sein Blick lag dabei unverwandt auf Kiki.

»Ich bin ein Überlebender. Und man könnte sagen, dass ich Glück gehabt habe.« Er machte eine kleine Pause, bevor er weitersprach. »Aber der Krieg hat auch bei denen, die überlebt haben, unendlich viel Schaden angerichtet. Was Menschen anderen angetan haben, egal, ob es ihrem Befehl entsprach oder nicht, war unvorstellbar grausam.« Er schluckte. »Aber nicht jeder hat sich für die dunkle Seite entschieden. Ich habe auch Hilfe gefunden, als ich nicht damit gerechnet habe. Menschen waren gut zu mir, die selbst nicht wussten, wie es für sie weitergehen sollte. Und egal, wie grausam dieser Krieg war, ich habe dennoch nie das Vertrauen in das Gute verloren. Ich habe nur aufgehört, daran zu glauben, dass ich es verdient haben könnte.«

Kiki hörte unter seiner rauen und vom Alter geprägten Stimme die des jungen Mannes, der er einmal gewesen sein musste. Seine Worte berührten Kiki. Sein letzter Satz traf auch auf sie zu, auch wenn sie nie einen Krieg erlebt hatte. *Ich habe dennoch nie das Vertrauen in das Gute verloren. Ich habe nur aufgehört, daran zu glauben, dass ich es verdient haben könnte.* Besser hätte man auch Kikis Gefühle nicht beschreiben können.

19

Elsie starrte auf die Pillenbox, die Schwester Erika auf ihren Nachttisch gelegt hatte, gleich neben den Gedichtband von Mascha Kaléko, bevor das Gartenfiasko seinen Lauf genommen hatte. Drei rosafarbene, eine kleine blaue. Jeweils eine halbe weiße morgens und abends. Das Ganze mit langweiligem stillem Wasser runterspülen und fertig war die Dröhnung für die Nacht. Bisher hatte sie es erfolgreich vermieden, die Dinger zu schlucken, vor allem, weil es sie auch am nächsten Tag noch benommener machte, als sie sowieso schon war. Elsie wollte kein Risiko eingehen. Wenn sie die letzten übrigen grauen Zellen auch noch verlor, dann gute Nacht. Apropos gute Nacht: Elsies Stimmung hellte sich bei dem Gedanken an Schwester Erika nun doch noch ein wenig auf. Am liebsten hätte sie wohl dafür gesorgt, dass die alte Dame ohne Abendessen zu Bett gehen hätte müssen wie ein kleines ungezogenes Mädchen, aber dank des heutigen Ausfluges hatte Elsie richtig Appetit, weshalb sie nicht nur ihr Abendessen aufaß, sondern die arme Erika auch noch dazu überreden konnte, ihr einen extra Joghurt zu bringen. Sie hatte nur damit drohen müssen, sonst wieder aufzustehen und alle

Blumensträuße anzuknabbern, die nachts in der Teeküche standen, damit sie Elsies Mitpatienten nicht den Sauerstoff wegnahmen. Was im Übrigen sowieso totaler Humbug war und was jeder wusste, der sich einmal damit beschäftigt hatte. Aber egal, Hauptsache, Erika hatte ihr geglaubt. Ein wenig tat sie ihr beinahe leid, aber … nun, nur ein wenig.

Elsie starrte durch die tiefen Fenster in die Nacht. Wenigstens hatte sie Erika überreden können, die Jalousien oben zu lassen. Nichts war schlimmer, als auf graue Lamellen zu starren. Es fühlte sich wie ein Gefängnis an, als hätte man die komplette Welt ausgesperrt, dabei mochte Elsie die Nacht genauso gern wie den Tag. Die Sonne füllte den Tag mit Farbe und Abenteuern, und der Mond reflektierte nicht nur das Licht, sondern auch die Erlebnisse des Tages.

In der oberen linken Ecke ihres Fensters leuchtete ein Stern ganz besonders hell. Es kam Elsie beinahe so vor, als würde er blinken. Früher hatten Kurt und sie sich immer gegenseitig davon zu überzeugen versucht, dass da oben einer saß, der die Nachrichten von Liebenden weitergab, die getrennt sein mussten. Man musste nur das Sternen-Morse-Alphabet beherrschen und dann wusste man genau, was der Liebste einem sagen wollte. Aber egal, was man sah, es bedeutete immer auf irgendeine wundersame Weise: »Ich liebe dich.« Wie oft hatte sie in den Monaten, in denen Kurt fort war, auf das dunkle Firmament gestarrt und gehofft, es würde sich wirklich so anfühlen, als würde er ihr eine Liebeserklärung ins Ohr flüstern. Aber irgendwann hörte sie seine Stimme nicht mehr, verblasste der Stern und der Glaube daran, dass es wirklich eine Botschaft für Elsie gab.

Sie seufzte. Der Stern war ihr schon viele Jahre nicht mehr aufgefallen. Lustig, dass er ihr ausgerechnet jetzt wieder in den Sinn kam. Wobei, vielleicht war das auch völlig normal, bei diesen Träumen?

Ob sie die Tabletten vielleicht doch nehmen sollte? Seit ein paar Tagen waren ihre Träume wieder so realistisch und führten sie immer wieder zurück in das Grauen des Krieges, zurück in die Erinnerung an danach und zu ihrem gebrochenen Herzen. Andererseits waren genau diese Erinnerungen schließlich das Einzige, was ihr von damals geblieben war. Also, was nun? Vergessen oder Bewahren? Je älter sie wurde, umso schlechter konnte sie sich entscheiden. Mit einem Seufzen kippte sie die Tabletten in den Tee, der von heute früh noch dastand, in der Hoffnung, dass er sich weder pink noch blau verfärben würde und ihr dadurch irgendjemand auf die Schliche kam. Sie löschte das Licht, schenkte dem Stern ein letztes wehmütiges Lächeln, fuhr das Kopfteil ihres Raumschiff-Bettes nach unten und ließ sich in einen der Träume fallen, die so schmerzhaft und schön gleichermaßen waren.

Es war der 3. Juni 1945. Der Krieg war seit beinahe einem Monat vorbei. Schon Anfang April hatte eine Truppe französischer Kolonialmächte aus Marokko Ehrenweiler besetzt und den Krieg für beendet erklärt, nachdem glücklicherweise irgendjemand bei ihrem Eintreffen alle Absperrungen entfernt und eine weiße Fahne gehisst hatte. Jeder wusste, dass Ortschaften, die sich nicht freiwillig ergaben, bis zu ihrer kompletten Zerstörung beschossen wurden.

Aber sosehr sich Elsie darüber freute, dass der Frieden endlich gekommen war, es gab keine Nachricht und auch keine Spur von Kurt. Es kostete sie unglaubliche Kraft, die wenigen Habseligkeiten in die kleine Tasche zu packen, die sie vor eineinhalb Jahren genau in diesem Zimmer ausgepackt hatte. Morgen würden sie Ehrenweiler verlassen und nach Stuttgart fahren. In ein Haus, das einmal ihr Zuhause gewesen war und in das sie nun zurückkehren musste, weil es alles war, was sie besaß. Die Mutter hatte sich so sehr gewünscht, dass sie noch rechtzeitig vor Matthias' viertem Geburtstag wieder zusammen sein konnten, dass Elsie unmöglich noch um ein paar Tage Verlängerung hier bitten konnte, auch wenn ihre Mutter nicht mehr da war, um Elsie dort zu empfangen. Am 12. September des letzten Jahres war Magdalena von Betzenstein bei dem großen Luftangriff auf Stuttgart umgekommen. Eine von beinahe tausend Toten und den fast doppelt so vielen Verletzten. Elsies Herz war so unendlich schwer. Ihre Mutter war tot. Ihre liebe, gute, aufopferungsvolle Mutter, diejenige, die sie nach Ehrenweiler geschickt hatte, um sie zu beschützen. Warum war sie bloß nicht mitgekommen? Die Vorwürfe, die sich Elsie deshalb machte, waren unbeschreiblich. Und sie hatte Angst. Der Vater war wohl zurückgekehrt, aber Matthias war noch so klein und brauchte seine Mutter. Was sollte nur aus ihnen beiden werden? Aus ihnen allen? Wie sollte sie weiterleben? Elsie war zwar erst sechzehn, aber am 12. September über Nacht zur Halbwaise, zur Mutter für ihren Bruder und zum Haushaltsvorstand in Stuttgart geworden. Matthias brauchte wenigstens seinen Vater, wenn er schon seine echte Mutter nie richtig kennenlernen würde, und ihr Vater nach seiner Rückkehr eine Familie, die ihm Halt gab. Das Haus musste irgendwie gehalten werden, und Elsie … Elsie wäre am liebsten einfach in Ehrenweiler geblieben. Wenigstens noch ein bisschen. Auch, wenn ihre Mutter ihr unendlich fehlte, so war es ihnen hier doch gut gegangen. So weit weg von zu Hause konnte sie sich außerdem einreden, dass alles ein Irrtum war und ihre Mutter in Wirklichkeit nur … eine Reise gemacht hatte, die sie daran hinderte, ihren Kindern zu schreiben. Dass die Villa am Killesberg immer noch das heimelige und vertraute Zuhause ihrer Kindheit und sie aus freien Stücken nach Ehrenweiler gekommen war, um mit Kurt das Leben zu beginnen, das sie sich gemeinsam ausgemalt hatten. Sie war erst sechzehn, das stimmte natürlich, aber der Krieg zwang alle, vor der Zeit erwachsen zu werden. Dennoch schämte sich Elsie für ihren selbstsüchtigen Wunsch, noch ein wenig zu bleiben. Aber zu gehen, bedeutete auch, die Hoffnung aufzugeben. Es bedeutete, Kurt und ihre Liebe im Stich zu lassen. Denn was wäre, wenn er morgen schon nach Hause käme und sie wäre nicht mehr da? Hatten sie sich nicht geschworen, aufeinander zu warten? Einander treu zu bleiben? Hatten sie sich nicht an diesem letzten Nachmittag gegenseitig all die wunderbaren Dinge in den buntesten Farben ausgemalt, die sie miteinander erleben würden, wenn der Krieg endlich vorbei sein würde? Kurt hatte wenig geschrieben. Um genau zu sein, hatte Elsie nur einen einzigen Brief von ihm bekommen, den sie hütete wie einen Schatz. Aber sie wusste, auch wenn er nicht schrieb, dachte er an sie, so wie sie an ihn dachte.

Die ersten Männer waren heimgekehrt. Graue, eingefallene Gesichter, schwere, erloschene Blicke und gebeugte Körper.

Anstelle von Freude trugen sie eine Traurigkeit auf ihren Schultern, die kaum mit anzusehen war. Sie verschwanden in den Häusern ihrer Familien, und eine gespenstische Stille legte sich über das Dorf, das letztes Jahr gerade um diese Zeit trotz all der Entbehrungen voller Leben gewesen war.

Aber da war Kurt auch noch da gewesen. Elsie hatte sich nicht getraut, die Männer nach ihm zu fragen.

Eine Träne kullerte über ihre Wange, und sie wischte sie achtlos beiseite. So viele waren es gewesen, seitdem vor genau vier Tagen Frau Hermann gekommen war, um ihr die traurige Nachricht zu überbringen. Kurt war angeblich in Russland gefallen.

Sie hatte geweint und geschrien, aufbegehrt und es nicht glauben wollen. Ihr Kurt! Sie hätte es doch spüren müssen, wenn er gestorben war! War das nicht so? Solange ihr Herz daran zweifelte, konnte ihr Verstand es nicht glauben. Außerdem war es merkwürdig, dass er in Russland gestorben sein sollte. Sein Marschbefehl lautete auf Belgien.

Nein. Kurt lebte. Er musste einfach leben.

Ja, der Krieg war endlich vorbei, und vieles von dem, wonach sie sich so glühend gesehnt hatte, endlich wahr geworden. Frieden. Endlich Frieden. Ihr Herz wollte bei dem Gedanken daran trotzdem nicht hüpfen.

Sie strich ihrem Bruder über die blonden Haare, die dringend geschnitten werden mussten, nahm ihn bei der Hand und drehte sich noch einmal gründlich um. Wenn sie morgen ging, würde sie nie wieder zurückkehren.

Erst in den letzten Tagen war ihr klar geworden, wie glücklich sie in diesen unglücklichen Zeiten trotz all der Entbehrungen und der Sehnsucht nach ihrer Mutter gewesen war. Sie hatte eine Liebe gefunden, die alles überstrahlte und jedes Leid erträglich machte. Aber ohne Kurt war nichts davon länger eine Zuflucht, sondern etwas, das nur in ihrer Erinnerung ein glücklicher Ort sein konnte. Beinahe zweihundert Ehrenweiler waren eingezogen worden. Mehr als ein Drittel von ihnen war gefallen oder blieb vermisst. Und Kurt war einer von ihnen.

So gerne sie geblieben wäre, es war dennoch Zeit zu gehen.

Das Gute war, dass ihr Stern Elsie wohl den Weg weisen würde, und solange sie ihn sehen konnte, war da Hoffnung. Egal, was ihr Verstand sagte. Ihr Herz würde niemals aufhören zu hoffen.

20

»Tante Elsie … also Frau von Betzenstein hat … was?«

Es war nicht ganz einfach gewesen, auf die Schnelle ihr Handy zu finden, nachdem Kiki es heute Nacht noch ins Badezimmer getragen hatte, weil ihre Mutter der Meinung war, dass Handystrahlung über Nacht ihr Gehirn schmelzen würde und Kikis gleich mit, was man ja schon daran erkennen konnte, dass sie es überhaupt in Betracht zog, dieses Ding in ihrer Nähe zu haben. Jetzt saß Kiki auf dem Badewannenrand und versuchte wieder einmal, nicht zu lachen. Frau Kellermann, die Leiterin der Rehaklinik war am Apparat, wo auch immer sie Kikis Nummer herhatte. Ihre Stimme war schrill, und es war leider auch kein Hauch von Humor darin enthalten, weshalb sie eben nicht lachte, obwohl sie allen Grund dazu gehabt hätte. Dabei war schon allein die Vorstellung urkomisch, wie Tante Elsie in ihrem weißen langen Nachthemd und dem sorgsam geflochtenen Haarkranz durch den Garten wandelte, Himbeeren pflückte und die Mitpatienten in Panik versetzte, weil sie durchs Fenster »eine weiße Gestalt« sahen, die sie wahlweise für einen Geist oder einen Einbrecher hielten. Elsie war immer schon gern nachts unterwegs gewesen und wenn Kiki sie als Kind dabei ertappt hatte, wie sie durch den Garten der Villa am Killesberg geisterte, schlich sich Kiki ebenfalls nach draußen. Sie saßen dann auf der kleinen Steinbank vor Helgas Gemüsebeet, und Tante Elsie erzählte Kiki alles, was sie über die Sterne wusste. Dank ihr kannte Kiki den Großen Wagen, Kassiopeia und den Polarstern. Den kannte sie am besten, denn Tante Elsie sprach immer über ihn, als hätte er eine tiefere Bedeutung für sie und wäre nicht nur der ehemals wichtigste Richtungsweiser für Seefahrer und Reisende am Himmel gewesen. Sofort hatte Kiki Elsies Stimme im Ohr. »Er ist zwar nicht so hell, wie manche andere, aber er steht immer an derselben Stelle des Himmels, Kiki. Und zwar am Himmelsnordpol. Genau deshalb scheinen sich alle Sterne um ihn zu drehen. Man kann sich also absolut auf ihn verlassen.« Immer, wenn Kiki nachts draußen war, suchte sie nach ihm. Und da er so leicht zu finden war, ging das ziemlich schnell, vor allem, wenn die Nacht so klar war wie gestern.

»Bestimmt hat Tante Elsie den Polarstern gesucht«, überlegte Kiki laut, während Frau Kellermann weiter am anderen Ende der Leitung lamentierte.

»Den Polarstern?« Sie schnaubte. »Was sind denn das für Sitten! Wir sind doch keine Sternwarte hier! Außerdem schien das dem Hausmeister aber nicht so.« Frau Kellermann schnaufte so empört in den Hörer, dass Kiki ihn sich ein paar Zentimeter vom Ohr weghalten musste. »Als der sie nämlich angesprochen hat, ist sie ihm regelrecht um den Hals gefallen!« Sie sog empört die Luft ein. »Er hat sich natürlich fürchterlich erschrocken!«

Dass Tante Elsie nachts herumlief, gefiel Kiki auch nicht,

aber Frau Kellermann war so in Fahrt, dass sie einfach weitersprach, bevor Kiki nachfragen konnte, ob Elsie sich verletzt hatte und ob sie selbst irgendetwas zu ihrem Ausflug gesagt hatte.

»… dabei ist Frau von Betzenstein einundneunzig Jahre alt! Einundneunzig! Da gehört sich so etwas doch nicht mehr! Wir können hier nicht jeden Patienten verhätscheln, als wäre er der Einzige! Sie hat sich außerdem schon den ganzen Tag widersetzt. Die Schwester, die sie betreut, musste sie gestern Abend regelrecht zwingen, ihren Tee auszutrinken, dabei ist trinken so wichtig und ganz besonders in diesem Alter!«

Kiki konnte sich weder vorstellen, dass sich Elsie wegen einem Tee so aufführte, dass eine Schwester sich beschweren könnte, noch dass sie zu einem Überfall auf den Hausmeister fähig war und ging wegen Letzterem eher von einer Verwechslung aus, aber allein das Bild in ihrem Kopf war so komisch, dass Kiki sich auf die Unterlippe beißen musste, um nicht laut loszuprusten. Sie bemühte sich, das Gespräch wieder in normale Bahnen zu lenken.

»Ich weiß, wie alt Frau von Betzenstein ist.«

»Ja, aber darum geht es doch gar nicht!«

Nicht?

»Sie hat den Hausmeister sexuell belästigt!«

»Sie hat … was?«

So fest konnte kein Mensch auf seine Lippe beißen. Auch nicht Kiki. Sie schmeckte Blut und begann gleichzeitig tonlos zu kichern.

»Ganz genau! Und Sie nehmen sie auch noch in Schutz? Da wundert einen ja gar nichts mehr!«

Kiki wusste nicht, was sie noch sagen sollte. Außerdem konnte offensichtlich alles gegen sie verwendet werden.

Glücklicherweise öffnete in diesem Moment Helga von Betzenstein völlig verschlafen und mit nur einem geöffneten Auge die Badezimmertür und zuckte zusammen, als sie Kiki auf dem Badewannenrand sitzen sah.

»Isolde, erschreck mich doch nicht so!«, sagte sie, aber wenigstens waren jetzt beide Augen offen. »Hast du Aspirin oder so was dabei? Ich habe solche Kopfschmerzen.« Vorsichtig wiegte sie ihren Kopf hin und her. »Bestimmt Migräne. Das Wetter ist auch so … so … merkwürdig.«

Kikis Mutter hatte nie Migräne. Schwäche in jeder Form lehnte sie entschieden ab. Ach, es war einfach zu komisch. Alles. Ihre Mutter. Tante Elsie und definitiv Frau Kellermann mit ihrer sexuellen Belästigung. Kiki musste schon wieder lachen. Dieses Mal ließ es sich allerdings nicht so leicht unterdrücken.

»Vielleicht waren es auch die Schnäpse gestern Abend?«

Sie sollte das leidende Gesicht ihrer Mutter für schlechte Zeiten unbedingt in ihrem visuellen Gedächtnis abspeichern.

»Schnäpse? Was für Schnäpse? Was erlauben Sie sich! In unserem Haus wird nicht getrunken. Diese Unterstellung verbitte ich mir!«

Frau Kellermann! Kiki hatte sie vor lauter Migräne völlig vergessen.

»Ich meine doch nicht Sie, Frau Kellermann!«

»Das wäre ja auch noch mal schöner. Aber wenn Ihre Tante ein Alkoholproblem hat, erklärt das natürlich einiges.«

»Sie hat kein Alkohol …«

»Aber das hätten Sie definitiv bei der Anmeldung sagen müssen! Unter diesen Umständen wäre eine andere Einrichtung sicherlich wesentlich geeigneter gewesen.«

Kiki hörte wieder ihr Schnauben.

»Wie dem auch sei. Unter diesen Umständen können wir Frau von Betzenstein natürlich auf gar keinen Fall hierbehalten, das ist Ihnen hoffentlich bewusst? Dafür sind wir gar nicht eingerichtet! Und außerdem hat sie einen Vertrag unterzeichnet, in dem sie sich ausdrücklich damit einverstanden erklärt, für die Dauer ihres Aufenthaltes auf Alkohol zu verzichten!«

»Meine Tante hat kein …« Kiki war einigermaßen erschlagen von Frau Kellermanns Wortschwall, aber bevor sie sich überhaupt die richtigen Sätze zurechtlegen konnte, hatte ihre Mutter Kiki das Handy schon aus der Hand genommen.

»Frau Kellermann? Von Betzenstein hier. Ja … nein … ganz genau: die Schwägerin.«

Sie trat ungeduldig von einem Fuß auf den anderen, als sie Frau Kellermanns Fragen so kurz wie möglich beantwortete, nur um dann selbst fortzufahren, bevor die Heimleiterin oder wer auch immer sie war, wieder loslegte.

»Erstens kann ich Ihnen eines versichern: Elisabeth von Betzenstein hat alles andere als ein Alkoholproblem. Nein … nein … ganz genau. Bitte lassen Sie mich ausreden!« *Unfassbar diese Frau*, formte sie stumm mit den Lippen und verdrehte kopfschüttelnd die Augen.

»Ich bin selbst auch Krankenschwester, Frau Kellermann, und ich kenne mich in Kliniken sehr gut aus, das können Sie mir glauben. Und eines kann und möchte ich Ihnen sagen:

Wenn Sie nicht in der Lage sind, auf Ihre Patienten aufzupassen und dafür zu sorgen, dass sie mit ausreichend Flüssigkeit versorgt sind, ohne dass Ihr Personal Gewalt anwendet, und sie sich nachts nicht in Gefahr bringen, dann stimmt in Ihrem Haus etwas Wesentlicheres nicht, als dass womöglich irgendjemand Alkohol getrunken hat! Ich werde heute noch vorbeikommen und meine Schwägerin abholen, denn in dieser Einrichtung kann niemand gesund werden! Die Betreuung ist ja geradezu fahrlässig! Und wenn Frau von Betzenstein irgendwelche Verletzungen von ihrem nächtlichen Ausflug davongetragen hat, weil irgendjemand vergessen hat, dass sie eigentlich noch gar nicht zu Fuß unterwegs sein darf, dann beschwere ich mich bei der Pflegekammer und werde Sie verklagen, darauf können Sie sich verlassen, Frau Kellermann. Und jetzt entschuldigen Sie mich.« Sie legte eine Kunstpause ein, aber Frau Kellermann schien selbst die Luft ausgegangen zu sein, denn sie blieb still, als Kikis Mutter fortfuhr: »Ich muss nämlich meinen Anwalt anrufen.«

Ohne eine Antwort von Frau Kellermann abzuwarten, legte sie einfach auf. Sie hielt Kiki mit völlig ruhigen Händen das Handy hin und rieb sich dann die Hände, als wolle sie unsichtbaren Staub abstreifen.

»So macht man das, Isolde!« In ihren Augen blitzte es kämpferisch und von der Müdigkeit oder den Kopfschmerzen war keine Spur mehr zu sehen, als sie sehr zufrieden mit sich Kikis Blick im Spiegel suchte und ihr zunickte. »Ich weiß nicht, wie es dir geht, aber ein Kaffee wäre jetzt nicht schlecht.« Sie grinste. »Und dann fahren wir endlich los und holen Tante Elsie aus dieser Bruchbude!«

Am liebsten hätte Kiki Beifall geklatscht. Irgendetwas passierte in diesem Moment mit ihr. Es war, als hätte jemand einen Schleier von ihrer Wahrnehmung entfernt. Kiki sah immer noch ihre Mutter. Wie sie dastand und ihre Frisur längst wieder in Ordnung gebracht hatte. Streng, hart zu sich selbst und unglaublich diszipliniert. Aber gleichzeitig sah Kiki auch eine mutige Frau, die bereit war, für andere zu kämpfen, Verantwortung zu übernehmen und sich mit Menschen anzulegen, wenn es notwendig war. Das erste Mal wünschte Kiki, sie wäre ein bisschen mehr wie sie.

21

Vermutlich schlief Gisela nie. Sie begrüßte Kiki und ihre Mutter mit einem strahlenden Lächeln und brachte sie zu ihrem Tisch, der liebevoll mit rosa-weiß karierten Tischtüchern, frischen Wildblumen im obligatorischen Mostkrug und geblümtem, altem Geschirr gedeckt war. Außer den beiden schien es noch mindestens vier weitere Gäste zu geben. Auch auf jedem der anderen Tische stand eine kleine Kanne mit einem Filteraufsatz aus Keramik. Sobald sie sich an ihrem kleinen Zweiertisch am Fenster niedergelassen hatten, kam Gisela mit dem Wasserkocher, um den Kaffee aufzugießen. Zu dem vermutlich besten Filterkaffee aller Zeiten brachte sie ihnen noch ein Körbchen mit frischen Brötchen und für jede von ihnen das weltbeste Omelett. Fluffig, mit viel frischem Schnittlauch und Petersilie. Auch das dunkle Brot duftete und war bestimmt selbst gebacken, die Marmelade selbst gemacht und überhaupt sah alles, was Gisela ihnen servierte, aus als wäre es für ein Foto von *Schöner Wohnen* drapiert.

»Schläfst du irgendwann überhaupt, Gisela?« Sogar Kikis Mutter war offensichtlich beeindruckt. Genießerisch schloss sie die Augen und nahm einen weiteren Schluck. »Du wärst die geborene Krankenschwester.« Das vermutlich höchste Lob, das Helga von Betzenstein überhaupt aussprechen konnte.

»Danke, aber nein danke«, antwortete Gisela lachend. »Ich bin hier genau richtig. Der Goldene Adler braucht jemanden, der am Tresen steht und für Ordnung sorgt. Wenn man es so will, bin ich Krankenschwester, Polizistin, Eheberaterin und Mutter in einem. Dabei habe ich noch nicht einmal Kinder.« Sie lachte wieder. »Und Schlaf wird sowieso überbewertet. Aber ich schlafe schon ab und zu«, ergänzte sie schmunzelnd. »Nur eben nicht vor November, wenn der Adler vorerst keine Übernachtungsgäste mehr haben wird.«

»Ihr schließt?«

Der Goldene Adler machte nicht den Eindruck, kurz vor dem Ruin zu stehen, und soweit Kiki es gestern mitbekommen hatte, gab es auch genügend Gäste. Allein die Gaigelgang sorgte bestimmt für einen beständigen Umsatz.

»Nein, nein, keine Sorge. Wir schließen natürlich nicht. Ehrenweiler ohne den Goldenen Adler wäre wie der Himmel ohne die Sonne.« Sie lachte. »Wir renovieren nur. Oder, wenn es nach Jakob geht, sanieren wir komplett. Warten wir ab, was er sich ausdenkt.«

»Jakob?« *Mein, also nein, nicht mein, vielmehr Louisas Jakob?*

»Ja, klar, wer denn sonst? Er ist doch der Besitzer!« Gisela schaute Kiki an, als hätte sie sie gefragt, ob ihr Omelett wohl aus Eiern wäre.

»Oh, ja? Wie schön«, antwortete Kiki halbherzig.

»Na ja, wie man es nimmt. Jakob ist ein sehr netter Mensch und ein sehr guter Schreiner. Aber wenn es um die kreative

Planung geht, fehlt ihm ein bisschen das Geschick. Also versteh mich nicht falsch: Er ist sehr praktisch orientiert. Ich würde mir alles von ihm bauen lassen. Aber ein altehrwürdiges Ortsdenkmal wie den Goldenen Adler so umzugestalten, dass er die gemütliche Atmosphäre behält und dennoch modern ist? Ich weiß nicht … Dafür bräuchte es meiner Meinung nach weniger Sachverstand und mehr Träume. Und einen richtig guten Architekten, der das alles auch zeichnen kann.«

»Ginge vielleicht auch eine Architekt*in*?« Kikis Mutter tupfte sich die Lippen ab. Ihr unschuldiger Blick in Richtung ihrer Tochter sagt: *Was denn? Ich hab doch gar nicht dich gemeint? Im Rahmen der Geschlechterdiskussion wird man doch mal fragen dürfen?*

»Mama!«, sagte Kiki vorsichtshalber trotzdem, während Gisela die Augen aufriss und völlig aus dem Häuschen rief: »Du bist Architektin?«

Kiki spürte, wie ihr die Röte den Hals hinaufkroch. Es fühlte sich immer noch so an, als sei sie eher eine bessere Hilfskraft für Henderson oder Robs Mädchen für alles.

»Ähm. Ja. Bin ich. Aber ich habe noch nie …«

»Isolde!«, unterbrach ihre Mutter sie mit strengem Blick. »Entschuldige, Gisela. Meine Tochter ist einfach zu bescheiden. Sie ist eine großartige Architektin und hat schon sehr viele, sehr beeindruckende Projekte geplant.«

Was meinte sie nur? Die Mäuseschlösser, die Kiki als Kind im Garten errichtet hatte und in denen nie eine einzige Maus gesichtet wurde? Die hochtrabenden Bauten, die sie für ihre Bewerbungsmappe an der Kunstakademie entworfen hatte? Oder gar die unzähligen Zeichnungen, die sie von coolen Tiny Houses irgendwo im Nirgendwo, umgebauten Fabrikgebäuden in der Stuttgarter City oder Mehrgenerationenhäusern gezeichnet hatte und die nie den Weg von ihrem Schreibtisch in die Realität gefunden hatten?

»Kiki, das ist ja großartig! Dich schickt der Himmel!«

Giselas Begeisterung war ansteckend, und Kiki lächelte vorsichtig ihre eigenen Zweifel weg. Vielleicht war der erste Schritt, eine Architektin zu werden, zumindest mal zu behaupten, eine zu sein? Kikis Mutter nickte ihr aufmunternd zu, und es rührte sie, dass sie offensichtlich mehr an sie glaubte als Kiki selbst, obwohl sie immer das Gefühl gehabt hatte, dass sie auf ihre Tochter herabsah. Anscheinend hatte sie das durchaus auch selbst hingekriegt. Das mit dem Herabschauen. Während sie sich noch fragte, wer denn nun wen unterschätzt und damit falschgelegen hatte, war Gisela kurz hinter der Theke verschwunden und tauchte mit einem Wasserkocher in der einen Hand und einer vergilbten Papierrolle in der anderen wieder auf. Kikis Architektinnenherz schlug höher. Sie liebte vergilbte Pläne. Meist verbargen sich Schätze darin. Unglaubliche Gewölbe, interessante, waghalsige und beeindruckend stabile Konstruktionen. So oder so: Ein Plan war immer ein fruchtbarer Nährboden für Inspiration und Kreativität.

»Kiki? Hörst du mir überhaupt zu?«

Nein. Nicht wirklich.

»Ja, doch, klar!«

»… gut, und dann wäre es natürlich viel praktischer, die Gaststube mit dem kleinen Erker hier zu verbinden, denn dann könnte man viel besser sehen, wenn noch jemand was bestellen will.«

Während Kiki sich über den Plan beugte, konnte sie sehen, dass der letzte große Umbau wohl vor dem Krieg stattgefunden haben musste, bei dem der Gastraum vergrößert und die damals noch vorhandenen Ställe zu Kühl- und Abstellräumen umfunktioniert worden waren. In den Achtzigern hatte man dann lediglich die Küche und die sanitären Anlagen erneuert, aber an der Funktion der Räume nichts mehr geändert. Die Bäder in den Gästezimmern waren nach dem Krieg eingebaut und in den späten Neunzigern erneuert worden, aber alles immer nur sehr oberflächlich. Giselas Vorschlag war gut, aber wenn man außerdem noch die Wand zum dunklen und nutzlosen Flur herausnahm und – ganz wichtig – oben in den winzigen Bädern die Badewannen durch eine geeignete Duschlösung ersetzte, dann könnte man …

»Am besten, ich bring dir mal ein paar Blätter Durchschlagpapier und einen Bleistift.« Gisela zwinkerte ihr zu.

»So was habt ihr?«, fragte Kiki erstaunt.

»Nun ja, der Goldene Adler ist praktisch das zweite Zuhause von allen Ehrenweilern«, antwortete sie lächelnd. »Da hat jeder ein paar Vorschläge.« Sie grinste. »Bisher war aber noch nichts Brauchbares dabei. Und sie könnten es wohl sowieso kaum ertragen, wenn wir für den Umbau schließen würden.« Gisela zuckte mit den Schultern. »Der Goldene Adler war nämlich seit dem Krieg insgesamt nicht länger als sechs Wochen zu. Dafür hat Ida schon gesorgt.«

»Ida?«

»Ida Pfeffer, geborene Brodbeck. Die Wirtin vom Goldenen Adler in der achten Generation mindestens. Kurts Frau. Jakobs Tante. Sie war die älteste von fünf Mädchen, kannst du dir das vorstellen? Schon im Krieg hat sie damit angefangen, ihr eigenes Bier zu brauen, und bis zu ihrem Tod nicht damit aufgehört. 2003 ist sie gestorben. Morgens einfach nicht mehr aufgewacht.«

Onkel Kurt war also mit Ida verheiratet gewesen. Dann war sein Verhalten gestern doppelt merkwürdig. So wie er auf Kiki reagiert hatte, war sie sich beinahe sicher, dass da zwischen Elsie und ihm mehr gewesen war.

Gisela schüttelte traurig den Kopf und seufzte. »Was für ein Verlust. Ida hat den Goldenen Adler geliebt. Ach was, sie *war* der Goldene Adler. Sie konnte kochen, Karten spielen und hatte noch für jeden einen Ratschlag zur Hand, ob er nun einen brauchte oder nicht.« Sie grinste. »Mir hat sie immer gesagt, ich solle schauen, dass Jakob eine Frau findet, die was mit Ehrenweiler und dem Adler anfangen kann. Dass Kurt nie Interesse an der Gastronomie gehabt hat, war wohl auch Ida klar. Ich meine, er hat ihr geholfen, den Adler in Schuss zu halten, aber ansonsten war er immer lieber draußen in der Natur. Am liebsten in seiner Hütte am Märchensee. Und Ida liebte den Trubel hier. Für die Theke muss man geboren sein, sag ich immer. Die beiden hätten wirklich nicht unterschiedlicher sein können, was?« Gisela zeigte auf Kikis Tasse. »Noch Kaffee?«

Wenn sie jetzt auch noch den Rest der Ehrenweiler Familiengeschichten zu hören bekam, dann brauchte Kiki definitiv noch einen. Gisela schenkte nach.

»Jedenfalls haben die beiden keine Kinder. Aber Idas Schwester Anneliese hatte einen Enkelsohn. Jakob. Und der liebte Ida und den Goldenen Adler sehr. Er war der ideale

Erbe. Er ist zwar auch kein Gastronom und wollte auch nie einer sein, aber Ida enttäuschen wollte er natürlich auch nicht. Und außerdem gab es ja auch noch Louisa, die Mama von Mia.«

Louisa. Die Mama von Mia.

Kiki schluckte den bitteren Geschmack von Neid herunter und konzentrierte sich wieder auf den Plan. Schließlich hatte sie sich selbst ein Versprechen gegeben, und das würde sie halten. Sie schob eine wilde Haarsträhne wieder in ihren etwas zerzausten Haarkranz, den sie sich heute Morgen zwar mit wenig Sorgfalt aber dennoch zu Elsies Ehren geflochten hatte. Ihre Mutter hatte ihn heute bereits mit mehr als einem missbilligenden Blick bedacht, der Kiki wieder einmal wissen lassen sollte, dass sie »mit dieser Frisur deutlicher als notwendig der Welt zu verstehen gab, dass sie keinen Mann hatte und auch keinen wollte«. Helga von Betzensteins Worte. Komischerweise trafen Kiki ihre Worte nicht mehr so sehr, seitdem sie begriffen hatte, dass sie es – auf eine ziemlich verschränkte Art und Weise – wirklich gut mit ihr meinte.

Am liebsten wäre sie bei den Plänen geblieben, hätte sich Durchschlagpapier, mehrere perfekt gespitzte Bleistifte, ein Lineal und einen Radiergummi besorgt, hätte sich vom Goldenen Adler, seinen Gästen und nicht zuletzt von Gisela selbst inspirieren und ihrer Fantasie freien Lauf gelassen. Aber das war nicht Kikis Aufgabe, so gern sie sie übernommen hätte. Jakob würde gemeinsam mit Louisa, die sicherlich auch noch zu all ihren anderen guten Eigenschaften und Talenten eine ausgezeichnete Laien-Architektin war, planen müssen. Denn schließlich hatte Kiki sich ein Versprechen gegeben. Und außerdem wartete Elsie. Bei all dem Chaos, das in ihrem Gefühlsleben herrschte, war es doch ihre Tante, wegen der sie überhaupt hier waren – und so schnell wie möglich losfahren sollten.

22

Die Tasche ihrer Mutter und die Gummistiefel wollten sie gleich im Goldenen Adler einsammeln, wenn der Golf wieder fahrtüchtig war, aber als sie auf Theos Hof ankamen, war alles ruhig. Im Sinne von: Es war noch niemand wach. Kiki konnte sich einen Seitenblick zu Jakobs Haus natürlich nicht verkneifen, aber auch hier schienen alle noch zu schlafen. Die dunkelgrünen Fensterläden waren geschlossen, und das Häuschen lag in der hellen Morgensonne still da. Irgendwo gackerte ein Huhn, und die Blumen im Bauerngarten blühten mit den Geranien an den Fenstern um die Wette.

Ihr Herz zog sich für einen Augenblick zusammen bei dem Gefühl, vierzig Jahre ihres Lebens am falschen Ort verbracht zu haben. Ob Jakob und seine Familie überhaupt wussten, wie viel Glück sie hatten?

Während Kiki noch einer gewissen Idealvorstellung ihres Lebens nachhing, in der die Fensterläden aufgingen und – o Wunder! – nicht Mias Mutter, sondern eine gewisse Kiki von Betzenstein die mit weißem Leinen überzogenen Bettdecken und Kissen der Familie ausschüttelte, mit einem Lächeln den Tag begrüßte und sich danach glücklich an den

Frühstückstisch mit ihrer (nun ja, da lag ein Großteil des Problems) ebenfalls glücklichen Familie setzte, entstand hinter ihr ein gewisser Tumult.

Offensichtlich hatte ihre Mutter keinen Sinn für Idylle und morgendliche Ruhe, sondern an der Haustür von Theo und Roswitha Sturm geklingelt.

»Sie schon wieder!«

Roswitha hatte die Haustür aufgerissen. Sie trug einen geblümten dunkelblauen Kittelschurz, und ihre Haare hatte sie unter einem blauen Kopftuch versteckt. Ihr Mund war nach der nicht gerade freudigen Begrüßung zu einem schmalen Strich zusammengepresst. Sie hatte die Arme vor ihrer Brust verschränkt und versuchte, Kikis Mutter niederzustarren. Im Starren konnte es Helga von Betzenstein allerdings mehr als ausreichend mit ihr aufnehmen, und auch sonst ließ sie sich von nichts besonders beeindrucken.

»Ihnen auch einen wunderschönen guten Morgen«, sagte sie schnippisch. »Ich habe eine Verabredung mit Ihrem Mann.«

»Das wüsste ich.« Roswitha machte einen Schritt auf Helga zu, eine typische Drohgebärde, die Helga geflissentlich übersah.

»Vielleicht auch nicht?« In ihren Augen blitzte es.

Kiki richtete sich auf einen längeren Aufenthalt ein, wohlwissend, dass Helga sich nie eine Gelegenheit zu einem Schlagabtausch entgehen lassen würde, wenn sich eine bot, egal, ob die Diskussion nun sinnvoll war oder nicht. Roswitha machte auf Kiki exakt den gleichen Eindruck, mit dem Unterschied, dass sie ihr auch noch zutraute, zur Not ihre

Muskelkraft unter Beweis zu stellen. Kiki erweiterte ihre Erwartung seufzend zu einer Schlägerei, auch wenn jegliche Auseinandersetzung hier definitiv keinen Sinn machte, denn es ging ja nun nicht um Theo, sondern im Grunde um den Keilriemen, was beide Frauen aber offenbar vergessen hatten.

»Ist Theo schon wach?«

Kiki bemühte sich, wenigstens in die richtige Richtung zu steuern, was beide Frauen eher undankbar aufnahmen und nun ihre Starrattacke auf Kiki ausdehnten.

»Ich meine ja nur. Immerhin sind wir wegen ihm und dem Keilriemen hier, nicht wahr?«, ruderte sie zurück.

»Halt dich raus, Isolde!«, sagte Kikis Mutter gleichzeitig mit Roswitha, die allerdings »Ob mein Mann schläft oder nicht, geht dich gar nichts an!« knurrte.

Und während beide nebeneinanderstanden und exakt die gleiche Körperhaltung eingenommen hatten, geschah nun etwas, das zumindest in Kikis weniger streiterfahrenen und möglicherweise etwas langsameren Hirn nicht sofort nachvollziehbar war: Zuerst grinste ihre Mutter, dann zuckten Roswithas Mundwinkel, und schließlich begannen beide zu kichern, bis sie sich aneinander abstützten und sich Lachtränen aus den Augenwinkeln wischten. Kiki verstand überhaupt nichts mehr.

Das hatte sie wohl mit Theo gemeinsam, der mit beeindruckend hässlichen Boxershorts und einem T-Shirt mit der Aufschrift »Kiss the Boss« bekleidet stöhnend die Haustür öffnete, um nachzusehen, wer da so einen Krach veranstaltete. Auf seiner Nase saß eine runde rosafarbene, mit

Strasssteinchen besetzte Brille, und seine Haare standen in alle Richtungen ab. Sein Erscheinen verursachte einen weiteren Heiterkeitsausbruch bei Roswitha und Helga. Als sie sich einigermaßen wieder beruhigt hatten, streckte Roswitha Kikis Mutter die Hand entgegen.

»Roswitha«, sagte sie. Sie kicherte immer noch.

»Helga.« Kikis Mutter schlug ein, und Roswitha drehte sich kopfschüttelnd zu ihrem Mann um.

»Theo, leg sofort meine Brille weg!«

»Wa…?« Er tastete irritiert auf seiner Nase herum, nur um seine Hand dann stöhnend sinken zu lassen. »Ich kann nicht«, jammerte er. »Mein Kopf!«

Roswitha war nicht beeindruckt. »Wer trinken kann, kann auch aufstehen. Und um Himmels willen, zieh dir was Anständiges an! Es sind Damen anwesend!«

Nun hatte sie ihn anscheinend erst recht verwirrt.

»Wo?« Suchend sah er sich um.

»Theo!«

»Was denn?«

»Was machst du hier draußen? Du hast noch deinen Schlafanzug an!«

»Kein Wunder, wenn ihr so einen Krach macht! Mein Kopf …«, stöhnte er wieder. »Oh, hätte ich gestern nur keinen Schnaps getrunken. Aber das Bier war alle und da dachte ich …«

»Theo Grünberger, das ist die schlechteste Ausrede, die ich je gehört habe! Und du sollst nicht denken, sondern Helgas Keilriemen reparieren!« Roswitha schüttelte entnervt den Kopf.

Schwerfällig ließ sich Theo auf die Bank neben der Haustür fallen.

»O Helga …«, seufzte er und streckte flehend die Hand nach Kikis Mutter aus.

Kiki war sich beinahe sicher, dass Roswitha einen neuerlichen Eifersuchtsanfall bekommen würde, aber nichts geschah. Ihre Verschwesterung mit ihrer Mutter hatte offensichtlich jegliche Vorurteile beiseitegeräumt. Beide Frauen standen abwartend vor Theo, der seinen Kopf schwer in die Hände gelegt hatte und stöhnte.

»Ohne einen Liter Wasser, zwanzig Aspirin und noch mindestens drei Stunden Schlaf kann ich nichts. Und schon gleich gar nichts, wofür man eine ruhige Hand braucht.« Er hielt seine Hand hoch und demonstrierte, wie sehr sie zitterte. »Ich glaube, deine Marille war nicht mehr gut, Roswitha.«

»Meine Marille ist mehr als in Ordnung«, sagte Roswitha prompt. »Allerdings sollte man sie nicht literweise trinken!«

»Es waren höchstens …« Und dann murmelte er etwas, das sich in Kikis Ohren sehr verdächtig nach fünfundzwanzig anhörte.

Sie schaute auf die Uhr. Es war kurz nach halb zehn, und sie waren immer noch da. Elsie wartete bestimmt schon, und nach dem morgendlichen Telefonat wollte Kiki sie auch nicht länger als unbedingt nötig unter den Fittichen dieser schrecklichen Frau Kellermann lassen. Ob sie allerdings jemandem eine Autoreparatur zutraute, der definitiv noch nicht ausgenüchtert war? Als ob er ihre Zweifel bestätigen wollte, jammerte Theo weiter.

»Kann ich helfen?«

Vor lauter Katerdrama hatte Kiki nicht bemerkt, wie nebenan die Fensterläden geöffnet worden waren.

Sowohl Roswitha als auch ihre Mutter und (das musste Kiki ehrlicherweise zugeben) auch sie selbst starrten mit offenem Mund auf einen verstrubbelten Jakob, dessen gebräunte und ziemlich muskulöse Oberarme unter seinem dunkelblauen T-Shirt von der Morgensonne mit einem goldenen Schimmer überzogen waren und geradezu leuchteten, während Theo nach wie vor stöhnte.

Schnell presste Kiki die Lippen aufeinander. Beinahe wäre ihr ebenfalls ein kleiner Seufzer entwichen, und sie war wütend auf das Schicksal, das ihrem Schwur so schnell und gründlich einen Strich durch die Rechnung machte. Gab es eigentlich eine verlässliche Statistik, wie oft man jemanden wiedersah, nachdem man beschlossen hatte, ihn nie wiedersehen zu wollen? Plötzlich rammte ihre Mutter ihr den Ellenbogen in die Seite und zischte ihr ein leises »Mund zu, Isolde!« zu, ihren Blick nach wie vor unverwandt auf Jakob gerichtet.

»Gleichfalls!«, raunte Kiki zurück.

Jakob stand grinsend und kopfschüttelnd am Fenster.

»Wenn ich den Damen irgendwie behilflich sein kann …?« Er lehnte sich nach vorne, wobei er sich wohl auf dem Fensterbett abstützte, sodass seine Schultern noch ein wenig besser zur Geltung kamen.

Plötzlich hatte Kiki den Duft seiner sonnenwarmen Haut bei ihrem gestrigen Ausflug zum Märchensee wieder in der Nase, und für einen kurzen Moment schloss sie die Augen. Dieser Mann war Gift für ihren Seelenfrieden. Er tauchte ständig auf, was wohl in Ehrenweiler und Umgebung sein gutes Recht war, aber … Jedenfalls konnte Kiki ihm einfach nicht widerstehen.

War ihr erstes Treffen wirklich weniger als vierundzwanzig Stunden her? Bennet, Elsie und der kaputte Golf hatten ihr eine Begegnung mit einem Mann beschert, den sie zuerst schrecklich, dann wundervoll gefunden hatte und der ihr beinahe die Hoffnung darauf zurückgegeben hatte, dass es auch für Kikis fast vierzigjähriges Ich jemanden gab, in den sie sich verlieben konnte. Es war schön zu wissen, dass es die Liebe da draußen gab – und schrecklich, dass Kiki dennoch wieder einmal danebengegriffen hatte. Sie war die Königin der emotionalen Achterbahnfahrten, und just in der Sekunde, in der Jakob ihr zuzwinkerte, als würde er ihr genau das sagen wollen, fuhr Kikis Herz mit voller Geschwindigkeit in einen neuen Looping.

»Guten Morgen, Kiki!«

Ihr Mund wurde trocken.

»Ich komm' mal runter.« Jakob winkte, und in Helga und Roswitha kam wieder Bewegung.

»Endlich einer, der sich seiner Verantwortung bewusst ist.«

Vorwurfsvoll runzelte Roswitha die Stirn und blickte zu ihrem Mann hinüber, der den Eindruck machte, als sei er wieder eingeschlafen. »Aber das war ja schon immer so. Jeder macht, was er will, die Welt spielt verrückt, bis Jakob kommt und alles in Ordnung bringt.« Sie schüttelte den Kopf und ergänzte leise: »Bis es irgendwann zu spät ist und es nichts mehr in Ordnung zu bringen gibt. Wie oft hab ich das schon zu Louisa gesagt? Scheinbar nicht oft genug. Und auf mich hört ja eh keiner.«

Kiki fragte sich, was genau sie damit meinte und wieso Louisa dabei eine Rolle spielte. Aber so richtig viel Zeit blieb ihr nicht zum Grübeln, denn im selben Augenblick zog Jakob die Haustür hinter sich zu und kam in Begleitung eines freudig mit dem Schwanz wedelnden Little Richard über die Straße auf die drei Frauen und Theo zu.

Er lächelte Kiki an. Ihr verräterisches Herz machte einen Luftsprung und ließ sich auch durch stilles Zureden nicht beruhigen, denn Jakob stellte sich so nah neben Kiki, dass sie seine Wärme fühlen konnte. Little Richard ließ sich auf ihrer anderen Seite nieder, kritisch beäugt von Kikis Mutter, und schnüffelte interessiert an Kikis Hand. Automatisch vergrub sie die Finger in seinem weichen Fell.

»Und? Habt ihr gut geschlafen? Schicke Brille, Theo.«

Jakob rieb sich fröhlich die Hände. Er sah so aus, als hätte zumindest er einen sehr erholsamen Nachtschlaf gehabt und als wäre er nun voller Tatendrang. Im Gegensatz zu Roswitha.

»Wo denkst du hin? Theo hat geschnarcht, als wolle er das komplette Ehrenweiler Waldgebiet abholzen!«, beschwerte sie sich.

Theo hob den Kopf und schaute sie empört an. »Ich schnarche nicht!«

»Nein, natürlich nicht. Und ich bin in Wirklichkeit Königin Letizia von Spanien!«

»Echt jetzt? Du kannst Spanisch …?« Bei seinem fragenden Blick und Roswithas wütendem Gesichtsausdruck, weil Theo so gar nicht erwartungsgemäß reagierte, musste

Kiki sich ein Lachen verkneifen. Es war definitiv zu früh am Morgen für ihn. Kopfschüttelnd schob er sich die rosa Sonnenbrille wieder auf die Nase. »Das hättest du ja im letzten Urlaub an der Costa Brava auch mal sagen können«, grummelte er.

Jakob sprang ihm zu Hilfe.

»Theo ist sicher nicht der Einzige, der geschnarcht hat, wenn ich an die Stimmung gestern Abend denke. Und an die vielen Mirabell-Flaschen, die ich heute früh nach dem Bereitschaftsdienst eingesammelt habe.« Er legte wie gestern schon den Arm um Roswitha, was sie wieder sofort besänftigte. »Dass in Ehrenweiler bei all den Profi-Sägemeistern überhaupt noch ein Wald steht, ist ja sowieso ein Wunder«, sagte er grinsend und knuffte Theo in die Schulter, der das mit einem heiseren Kichern quittierte.

Er sah wirklich verboten aus. Trotz dem fröhlichen Geplänkel spürte Kiki, wie Helga neben ihr unruhig wurde. *Wir müssen los!*, formte Kikis Mutter lautlos mit den Lippen, als sie ihren Blick auffing. Sofort schob sich die Sorge um Elsie vor Kikis Herzflattern.

»Können nicht vielleicht einfach Sie den Keilriemen wechseln? Sie sind doch Schreiner!«

Kikis Mutter zupfte an Jakobs T-Shirt-Ärmel und versuchte sich in einem Augenaufschlag, der ihr gründlich misslang, wie Kiki fand, aber Jakob nicht davon abhielt, auch ihr ein freundliches Lächeln zu schenken. Dieser Mann war wirklich die Ruhe in Person. Kein Wunder hielt Roswitha ihn für den ultimativen Retter in der Not.

»Stimmt, ich bin Schreiner. Da haben wir auch schon das

Problem«, antwortete er lachend. »Ich kann den Keilriemen ganz bestimmt wechseln. Die Frage ist nur, ob das wirklich schneller geht, als auf Theos Ausnüchterung zu warten.«

Er beugte sich zu ihr herunter. »Ich müsste mir nämlich erst ein YouTube-Video ansehen und mir bei Theo das Werkzeug ausleihen, wenn ich denn wüsste, was man überhaupt dafür braucht.« Seine Stimme wurde noch ein bisschen leiser, als er ergänzte. »Aber es wäre gut, das könnte unter uns bleiben, damit Roswitha nach wie vor denkt, ich könnte wirklich alles.« Er zwinkerte Roswitha zu.

Verdammt. Er konnte das Auto nicht reparieren. Oder vielleicht wollte er es auch nur nicht. Vielleicht wartete ja Louisa mit Mia drinnen auf ihren Mann, damit sie gemeinsam in der Sonne frühstücken konnten, und er wollte das nur nicht zugeben? Aber warum stand er dann immer noch hier? Und warum sah er sie so merkwürdig an?

Kikis Mutter seufzte genervt und verdrehte die Augen. »Gibt es hier irgendwo einen Bahnhof?«

»Der nächste Bahnhof ist in Pfäffingen. Man fährt entweder eine halbe Stunde mit dem Bus, aber am Wochenende geht er nur alle zwei Stunden …«

»Oder?«

»Oder man leiht sich das Auto eines freundlichen Nachbarn und Retters in der Not und bis man wiederkommt, ist der Keilriemen gewechselt.«

Jakob legte den Kopf schräg und schaute vergnügt von Kikis Mutter zu Roswitha und wieder zu Kiki. Sein Blick blieb an ihr hängen, und für einen kurzen Moment sah sie etwas darin, das sie nicht so richtig deuten konnte. Etwas, das eine Hitze entlang ihrer Nervenbahnen schickte, die dort definitiv nicht hingehörte, und sodass Kiki ein wenig Angst bekam, dass ihre Haut gleich kleine Funken schlagen könnte.

»Das können wir nicht annehmen«, sagte sie automatisch und dachte sowohl an den glänzenden weißen Pick-up vor Jakobs Scheune, auf dem in großen geschwungenen Buchstaben »Schreinerei Pfeffer« stand, an den Fahrstil ihrer Mutter, als auch an die Tatsache, dass sie dann Jakob wohl doch noch einmal wiedersehen musste und dass sie auf diese Weise später definitiv wieder nach Ehrenweiler zurückkehren und ihr Gefühlsleben dadurch nicht wesentlich unkomplizierter werden würde. Sie war zwischen Freude und Panik hin- und hergerissen.

»Warum nicht?«

»Na ja, du …« *Genau, warum eigentlich nicht?*

»Du brauchst vielleicht dein Auto selbst«, schaltete sich Roswitha ein und schaute verlegen auf ihre Hände.

Eine verlegene Roswitha war Kiki neu, und auch Jakob schien misstrauisch.

»Was meinst du damit? Wozu sollte ich es brauchen?«

»Oh, ich … ich … meine ja nur? Vielleicht kommt ja noch … jemand, der … irgendwo … abgeholt werden muss?«

»Noch jemand, der abgeholt werden muss?« Jakobs Miene versteinerte. »Nein, ich glaube nicht, dass ich es heute noch brauche. Es ist Spanferkelfest und Samstag – heute arbeitet niemand. Außer vielleicht Theo, wenn er je wieder aufwacht.«

Mittlerweile hatte der seinen Kopf an die Hauswand angelehnt und schnarchte, sodass Kiki sofort Mitleid mit Roswitha bekam.

Jakob schien immer noch angespannt. »Und wenn du es genau wissen willst, Roswitha, mir hat niemand seinen Besuch angekündigt.«

Täuschte Kiki sich, oder war er ein wenig blass geworden? Was auch immer es war, es ging so schnell vorbei, wie es gekommen war, und Jakob lächelte schon wieder.

»Wenn ihr den Pick-up nehmt, hätte es außerdem den Vorteil, dass ich doch noch zu meinem Tanz heute Abend kommen würde, denn das ist natürlich die Bedingung für meine Leihgabe.«

Anscheinend hatte er den gleichen Gedanken gehabt wie Kiki.

Sie würde also doch zurückkehren. Sie würden sich wiedersehen. Höchste Zeit, sich gegen weitere Loopings zu wappnen.

Jakob öffnete Kiki die Fahrertür seines Wagens, als ob dies ein offizielles Date wäre und keine notgedrungene Leihgabe an eine mehr oder weniger Fremde zur Rettung einer alten Dame, die er noch weniger kannte. Kikis Herz schlug, als wäre er ihr Traumprinz und sie keine vierzig, sondern maximal siebzehn Jahre alt. Vermutlich hätte es so oder so romantisches Potenzial gehabt, wenn Kiki nicht im selben Moment wie er nach dem Türgriff gefasst hätte, was wiederum zu etwas mehr Körperkontakt führte, als unbedingt notwendig gewesen wäre. Ihre Hand lag unter seiner, und ihre nackten Oberarme berührten sich. Da, wo ihre Haut auf seine traf, kribbelte es, als hätte jemand ein unterirdisches Feuerwerk gezündet. Für den Bruchteil einer Sekunde rührten sie sich beide nicht, als würde die Zeit stehen bleiben, nur um dann gleichzeitig verlegen den Griff loszulassen und mit den Köpfen aneinanderzustoßen.

»Sorry, ich …«

»'tschuldigung, dass …«

Nur um noch eins draufzusetzen, hatten sie auch noch gleichzeitig begonnen zu sprechen. *Super Timing, von Betzenstein.*

Einer der Gründe, warum sie sich auf Anhieb so zu Jakob hingezogen fühlte, war vermutlich der, dass er bisher jede peinliche Situation (und davon hatte es reichlich gegeben) mit einem Lachen entkräftet hatte. In seiner Gegenwart war einfach nichts peinlich und zwar egal, ob es spektakuläre Stürze, betrunkene Mütter oder Zusammenstöße jeder Art waren. Wie Kiki schon gestern am Märchensee bemerkt hatte, war Jakob völlig frei von jeglichem Drang, andere zu bewerten.

Wenigstens wusste Little Richard, was er zu tun hatte, denn er drängte sich an Kiki vorbei, um sich in den Fußraum des Beifahrersitzes zu quetschen und das Handschuhfach mit flehendem Blick anzuschmachten. Damit beendete er den unsäglichen Kreislauf von immer weiterlaufenden Peinlichkeiten.

»Entschuldigung, darf ich? Da sind Hundekuchen drin.« Jakob lehnte sich über sie und angelte ein Leckerli heraus, wobei er nicht wirklich abgewartet hatte, ob er durfte.

23

Wieder streifte Kiki dieses mysteriöse Gefühl, schon einmal hier gewesen zu sein, als sie Ehrenweiler auf demselben Weg verließen, auf dem sie gekommen waren und den auch Jakob und Kiki gestern auf dem Traktor genommen hatten, um zum Märchensee zu gelangen. Wieder hatte sie Elsies Stimme im Ohr, die ihr die Geschichte der Allee erzählte, und wieder konnte sie nicht greifen, was sie ihr bei alldem, was sie über diesen Ort zu sagen hatte, verschwieg. Seit gestern erst war Kiki hier und hatte dennoch das Gefühl, nach Hause gekommen zu sein, oder vielmehr irgendwohin, wo sie sich auskannte. Sie wusste vieles, was sie eigentlich nicht wissen konnte. Einiges, wie etwa die Steine im See, ließ sich überprüfen, anderes blieb nur ein Gefühl, schon einmal hier gewesen zu sein. Es war nicht überall gleich. Jakobs Haus, Theos und Hans' Hof kannte sie beispielsweise überhaupt nicht. Auch der Goldene Adler und der Marktplatz waren ihr fremd, und die Reaktion von Kurt auf sie gestern Abend hätte Kiki vermutlich geradezu gruselig gefunden, wenn seine Augen nicht so voller Liebe und gleichzeitig voller Leid gewesen wären. Keine Frage, er hatte sie für Elsie gehalten. Nur woher kannte er sie? Wenn sie zurückkam, musste sie mit ihm sprechen, so viel stand fest. Wenn ihr jemand weiterhelfen konnte, dann war es Jakobs Onkel Kurt.

Sie passierten den Feldweg, den sie gestern zum Märchensee genommen hatten. Kurz war sie versucht, abzubiegen und ihrer Mutter diesen magischen Ort zu zeigen, aber dann ließ sie es doch bleiben. Schließlich wollte sie Elsie nicht länger warten lassen als unbedingt nötig, und ob Kikis Mutter die Magie des Sees genauso stark wahrnahm wie Kiki, war sowieso fraglich. Doch vielleicht wusste sie wenigstens irgendetwas über die Verbindung von Elsie zu Ehrenweiler.

»Sag mal, Mama, war ich hier schon einmal?«

»Hier? In Ehrenweiler?« Helga lachte. »Für mich fühlt es sich auch so an, als wären wir in einer Zeitschleife gefangen und kämen hier nie wieder weg. Aber nein, nicht, dass ich wüsste. Ist ja nicht gerade die italienische Riviera.« Der erklärte Lieblingsurlaubsort ihrer Mutter und das Ziel unzähliger Familienreisen.

»Aber es kommt mir alles so bekannt vor. Vielleicht war ich hier mal auf einem Ausflug mit Papa? Oder mit Elsie?« Das würde wenigstens auch die Reaktion von Jakobs Onkel erklären. Allerdings nicht, warum ihn dieses Zusammentreffen so sehr berührt hatte.

»Gibt es vielleicht irgendeine Verbindung von Elsie hierher?«

»Das kann ich dir nicht so genau sagen, Isolde. Schließlich hat Elsie kaum etwas über sich selbst erzählt. Aber zwei Dinge weiß ich sicher: Sie hat ein wahnsinniges Theater gemacht, als ich ihr die Rehaklinik in Rottenburg ausgesucht und keinen

Platz in einer gefunden habe, die näher an Ehrenweiler liegt. Ich fand das ja albern. Aber du weißt ja, wie sie ist …«

Während Kikis Mutter sich weiter darüber ausließ, wie undankbar Tante Elsie gewesen war, dachte Kiki sich ihren Teil. Ja sie wusste, wie Elsie war. Unabhängig, stolz, großzügig, unkompliziert und ohne je etwas für sich selbst einzufordern. Dass sie sich so über die Entfernung zu einem Ort aufgeregt haben sollte, der im Grunde unwichtig für sie war, konnte sich Kiki demnach kaum vorstellen. Es sei denn, dieser Ort hatte eben doch eine größere Bedeutung für sie, als Helga angenommen hatte. Und dazu noch Kurts Reaktion. Kiki überschlug, wie alt er sein musste. Wenn sie sein Verhalten richtig deutete, war Elsie für ihn wichtig gewesen. Sehr wichtig sogar. Sein Blick, wie er Kiki berührt und so unendlich zärtlich Elsies Namen ausgesprochen hatte, nicht zu vergessen, dieser Kosename: *Rotkäppchen* … Es passte alles zusammen.

Kikis Finger kribbelten vor Aufregung, und am liebsten wäre sie nun doch noch zum Märchensee abgebogen oder am besten gleich wieder zurück nach Ehrenweiler, um mit Kurt zu sprechen. Denn wenn das alles wirklich stimmte, dann warf es noch viel wichtigere Fragen auf, als sie sich bisher gestellt hatte, wie zum Beispiel, warum Elsie Kurt nie wieder getroffen hatte, ob sie überhaupt wusste, dass Kurt noch lebte – und andersherum.

Kikis Mutter riss sie unsanft aus ihren Gedanken.

»Ganz unter uns, im ersten Augenblick fand ich ja, Tante Elsie könnte froh sein, dass ich ihr Rottenburg ausgesucht habe, aber nach der Gaigelpartie gestern … also mir gefällt es hier auch ganz gut.« Sie schmunzelte, als sie Kikis irritierten Blick bemerkte. »Jetzt schau doch nicht so, Isolde! Gönn mir doch auch einmal meinen Spaß! Jedenfalls: Dein Vater, Gott hab ihn selig, hat immer ein riesiges Aufheben um die Schwäbische Alb im Allgemeinen und um Ehrenweiler im Besonderen gemacht. Er wollte immer einen Ausflug dorthin machen. Mit Elsie. Aber sie hat sich schlichtweg geweigert.« *Sie hatte sich geweigert?* »Ich habe das nie begriffen. Noch viel weniger habe ich dann erst recht verstanden, warum es nun doch unbedingt Ehrenweiler sein sollte! Das ist doch mehr als merkwürdig, Isolde, findest du nicht?«

Kiki fand es zwar tatsächlich merkwürdig, konnte aber gar nicht so schnell denken, wie ihre Mutter sie plötzlich mit Informationen versorgte, zumal sie sich sehr konzentrieren musste, um Jakobs Pick-up einigermaßen souverän durch die Gegend zu steuern. Immerhin lagen ihre letzten Autofahrten mit ihr selbst am Steuer schon eine Weile zurück, sie musste sich auf die Straße und die richtige Abzweigung zur Autobahn konzentrieren, und Helga redete und redete. Auch wenn Kiki das Gefühl hatte kurz davorzustehen, ein Familiengeheimnis zu lösen und sich diesem viel lieber gewidmet hätte als der korrekten Benutzung eines kleinen Lastwagens, war sie doch gleichermaßen froh und erstaunt, dass ihre Mutter ihr anstandslos das Steuer überlassen hatte. Jakob hatte Kiki schließlich auf den Fahrersitz bugsiert und ihr den Schlüssel in die Hand gedrückt. Selbst Helga konnte da kaum Einspruch erheben.

»Als wir gestern hier gestrandet sind, konnte ich das überhaupt nicht glauben. Ich meine, Matthias wollte da immer hin – und wir kommen nicht mehr weg! Das ist doch absurd, oder?«

Nun ja, jedenfalls, wenn man die Kombination aus dem Fahrstil ihrer Mutter, dem Alter des Golfs und der Tatsache, dass Ehrenweiler auf dem Weg zu Elsie lag, nicht berücksichtigte.

»Eine Geschichte fand ich übrigens besonders komisch und typisch für Elsie.« Nachdenklich schüttelte sie den Kopf. »Dein Vater hat sie mir erzählt, als ich ihn fragte, warum Elsie denn nicht Auto fährt.« Helga grinste. »Aber du weißt ja, wie sie ist: lieber mit dem Rad und der Bahn als …«

»Ja, Mutter, das weiß ich!«, unterbrach Kiki sie ungeduldig, bevor sie wieder ihre Lieblingsleier auspacken konnte, ganz nach dem Motto *Im Gegensatz zu mir, denn ich habe ja den Führerschein und ich bin so unabhängig und ich … ich … ich … ich.*

»Gut, wenn du selbst weißt, wie die Geschichte weitergeht …«

»Mama, jetzt sei doch nicht gleich beleidigt!«, versuchte Kiki sie zu besänftigen. Hatten sie etwa gerade wieder einmal die Auffahrt verpasst? Und täglich grüßt das Murmeltier à la von Betzenstein?

»Nun gut. Ich erzähle weiter. Aber nur, wenn du mich nicht immer unterbrichst.« Sie reckte den Hals und schielte über ihre Schulter. »Außerdem hast du gerade die Auffahrt verpasst. Soll vielleicht doch besser ich fahren?«

Kiki konnte das Glitzern in Helgas Augen beinahe sehen, obwohl ihr Blick fest auf die Straße gerichtet war.

»Nein, Mama, das … ist nicht nötig. Ich … muss nur besser aufpassen.« Niemals würde sie ihre Mutter fahren lassen, wenn sie die Wahl hatte. Es war nur eine Auffahrt auf die Autobahn, und der Wegweiser signalisierte ihr, dass die nächste in ein paar Kilometern kam. Sie würde ihr Leben nie wieder riskieren, indem sie zu ihrer Mutter ins Auto stieg, wenn sie die Wahl hatte. Oder jedenfalls spätestens, wenn sie wieder in Stuttgart waren. Bei dem Gedanken daran, dass sie den Rückweg von Ehrenweiler nach Hause noch vor sich hatten, wurde ihr ganz mulmig zumute, und sie bemühte sich, die Bilder, die sich sofort vor ihr inneres Auge schlichen, schnell beiseitezuschieben. Neben ihr sog ihre Mutter scharf die Luft ein, als Kiki bei Gelb über eine Ampel fuhr, weil sie sich nach einem Schild umgedreht hatte, das den nächsten Ort ankündigte.

»Siehst du? So einfach ist Autofahren gar nicht. Aber du kannst es ja immer besser. Kannst du mal sehen, was du davon hast.«

Sie schwiegen kurz. Kiki, um tatsächlich auf die Autobahn aufzufahren, und ihre Mutter, um sich selbstzufrieden im Rückspiegel zu betrachten.

Kiki beschleunigte und wechselte auf die mittlere Spur. In einem Auto zu sitzen, das nirgends klapperte, das ihr einen gewissen Überblick über die Straße verschaffte und noch dazu nach frischem Holz, ein wenig nach Little Richard und – zumindest, wenn sie es sich nicht einbildete – nach Jakob duftete, machte beinahe Spaß.

»Nun gut. Dein Vater hat mir erzählt, dass Tante Elsie einmal einen Ausflug auf die Alb gemacht hat. Scheinbar ist sie nur ein einziges Mal in ihrem Leben überhaupt Auto gefahren und danach nie wieder.«

»Und warum?«

»Ich habe keine Ahnung. Aber ganz sicher war es besser so. Er hat mir nämlich auch erzählt, dass sie sich den Führerschein nach dem Krieg kurzerhand selbst ausgestellt hat. Da war es doch nur vernünftig, nicht ständig sich selbst und auch noch andere Unschuldige zu gefährden.«

Nicht, dass ein *amtlicher* Führerschein da irgendetwas garantieren würde, wofür ihre Mutter schließlich das beste Beispiel war, dachte Kiki, verkniff sich aber jede Anspielung.

»Soweit ich weiß, war Tante Elsie danach nie wieder auf der Alb.« Helga zuckte die Schultern. »Dafür hat sie danach mit den Reisen in ferne Länder angefangen.«

Es war nicht ganz einfach, sich nach wie vor auf die Straße zu konzentrieren, während Kikis Hirn mit tausend Fragen beschäftigt war, wie zum Beispiel, was sie hier gewollt hatte. Warum Jakobs Onkel Kurt Elsie kannte – und zwar nicht nur flüchtig. Wovor sie davongelaufen war, was sie in der weiten Welt gesucht und ob sie es jemals gefunden hatte. Warum sie zuerst wohl unbedingt hier und dann am liebsten so weit weg wie nur möglich sein wollte, nur um jetzt, zum Ende ihres Lebens, doch wieder zurückzukehren. Kiki fragte sich, wer ihre Tante Elsie wohl in Wirklichkeit war.

24

Mit forschem Schritt und erhobenem Haupt schritt Kikis Mutter durch die automatischen Türen der Rehabilitationsklinik für Seniorinnen und Senioren, als sei sie die Queen und nehme die Parade ab. Der Eingangsbereich war hell und freundlich gestaltet. Durch die verglaste Front und die Oberlichter des großzügigen und offenen Foyers fiel das Tageslicht von draußen, und die Böden in hellem Blau sowie die Wände in zartem Rosa wirkten einladend. Neben den beiden Aufzügen gegenüber dem Eingang hingen großformatige Blumendrucke, die nicht unbedingt Kikis Geschmack entsprachen, aber dennoch gut hierherpassten. Auf einem halbrunden Tresen aus Birkenholz stand eine Klingel, mit der man wie im Hotel einen Mitarbeiter rufen konnte, sollte der Empfang nicht besetzt sein. Aber das war nicht notwendig, denn dahinter saß eine Frau, von der man allerdings nicht viel mehr sah als einen hellbraunen wippenden Haarschopf. Zumindest architektonisch hatten sie hier alles richtig gemacht. Kikis Mutter steuerte auf die Aufzüge zu und drückte schwungvoll den Rufknopf.

»Entschuldigen Sie bitte, kann ich Ihnen helfen?«

Der wippende Schopf war aufgestanden, und zum Vorschein kam eine junge Frau, die den Rücken von Kikis Mutter freundlich anlächelte.

»Nein«, grummelte sie und drückte den Knopf erneut, als ob der Aufzug dann schneller kommen würde.

»Wir wollen zu Frau von Betzenstein«, sagte Kiki versöhnlich und lächelte zurück.

»Ah, da müssen Sie sich eintragen.«

Sie schob Kiki eine Liste zu, auf der man Name, Ankunfts- und Abreisezeit sowie den Patienten notieren konnte, den man besuchen wollte.

Der Aufzug öffnete seine Tür mit einem vernehmlichen Pling.

»Komm schon, Isolde, das ist doch nicht so wichtig!« Helga stellte den Fuß in die Tür.

»Doch, ist es schon.« Die junge Frau blieb ihrem Lächeln treu, was Kiki insgeheim bewunderte, nachdem ihre Mutter ihren strengen Schwesternblick ausgepackt hatte und die Aufgabe, die diese junge Frau pflichtschuldigst zu erfüllen versuchte, damit mehr als notwendig infrage stellte. »Wir haben nämlich auch Patienten, die einfach so verschwinden, oder Besucher, die hier nicht hergehören, oder …«

»Schon gut, Kindchen, das muss ich alles gar nicht wissen«, unterbrach Helga sie. »Doktor Elisabeth von Betzenstein, Zimmer 112 N, stimmt's?« Sie wippte auf ihren Füßen auf und ab.

»Äh, ja … allerdings … hier steht, dass Frau von Betzenstein bereits ausgecheckt hat.«

»Sie hat … was? Entschuldigen Sie, aber soweit wir informiert sind, liegt Frau von Betzenstein im Bett und ist nicht in der Lage, selbst hierherzukommen, um auszuchecken!«

»Das weiß ich nicht, Frau …«

»Nun, das müssten Sie aber wissen, denn schließlich sitzen Sie ja hier, oder etwa nicht?«

»Das … ich … manchmal übernimmt das auch die Stationsschwester, wenn die Patienten nicht selbst …«

»… wenn die Patienten nicht selbst …?«, unterbrach Kikis Mutter die Rezeptionistin und musterte sie böse. »Wenn sie nicht selbst … Was?«

Die arme Frau tat Kiki leid, als sie der wütende Blick von Kikis Mutter traf, als ob sie Tante Elsie höchstpersönlich die Koffer vor die Tür gestellt hätte.

»Ich werde jetzt da hochgehen und nach dem Rechten sehen, Fräulein. Und wehe, meine Schwägerin ist nicht in ihrem Zimmer«, zischte Helga, »dann werden Sie mich erst richtig kennenlernen.«

Die junge Frau zuckte erschrocken zusammen, als Helga mit der flachen Hand auf die Theke schlug. Kiki schenkte der Ärmsten ein extrabreites Lächeln, als sie ihr schnell den ausgefüllten Bogen zurückgab und ihre Mutter in den Aufzug schob, nicht, dass es schon hier in der Lobby zum Eklat kam. Sie hoffte inständig, dass Tante Elsie noch in ihrem Zimmer und nicht vielleicht doch irgendwo draußen unterwegs war. Aus verschiedenen Gründen.

Die Zimmertür von 112 N stand offen, und so fiel ein wenig Licht in den kleinen Vorraum. Kiki erkannte Tante Elsies braune abgewetzte Ledertasche, die dort schon zum Aufbruch bereitstand und sie auf so vielen Reisen um die Welt begleitet hatte und die hier, in dieser Krankenhausatmosphäre, seltsam deplatziert wirkte, als hätte man ein exotisches Tier importiert und sich dann in fremder Umgebung selbst überlassen. Als sie das Zimmer betraten, umfing sie ein muffiger Geruch und ein graues Zwielicht, was vermutlich beides am verschlossenen und durch Jalousien verdunkelten Zimmer lag. *Ein Tag ohne frische Luft und Licht auf meiner Haut ist ein verlorener Tag*, hörte Kiki Tante Elsie in ihrer Erinnerung sagen. In ihrer Wohnung war es immer hell, und wenn es nicht zu kalt war, hatte sie außerdem mindestens ein Fenster geöffnet.

Tante Elsie lag im Bett und starrte an die Decke. Ihr Gesicht war beinahe so blass wie das Kissen, und ihr strahlend weißes langes Haar nicht wie sonst akkurat um den Kopf geflochten, sondern lag in einem zerzausten Zopf auf dem Kissen. Ihr Anblick erschreckte Kiki, und es kam ihr vor, als läge ihr Abschied nicht dreieinhalb Wochen, sondern mehrere Jahre zurück. Sie hatte sich so sehr verändert, schien gebrechlich, in sich gekehrt und still und kaum noch als die Tante Elsie wiederzuerkennen, von der sie sich erst neulich verabschiedet hatte.

Für einen kurzen Schreckmoment dachte Kiki, sie sei tot, bis sie hörte, wie Elsie kicherte. Ein merkwürdiges Geräusch in einer merkwürdigen Situation, aber andererseits das Beruhigendste, was sie heute gehört hatte.

»Elsie«, flüsterte Kiki und ging schnell zu ihrem Bett hinüber, um ihre Hand zu nehmen.

Elsie wandte den Kopf und sah mehr durch sie hindurch,

aber dann schärfte sich ihr Blick ein wenig, auch wenn ihre Augen nicht wie sonst vor Tatendrang blitzten, sondern eher trüb und traurig aussahen.

»Du bist gekommen.« Ein vorsichtiges Lächeln erschien auf ihrem Gesicht. »Ich habe den Stern gesehen«, flüsterte sie mit krächzender Stimme und drückte Kikis Hand. »Ich habe den Stern gesehen. Endlich. Aber ich habe so unendlich lange auf dich gewartet.« Eine Träne kullerte Elsies faltige Wange hinab.

Auch Kiki stiegen Tränen in die Augen. Was war nur mit ihr passiert? Und warum war sie nicht früher gekommen?

»Ich bin da, Tante Elsie, ich bin doch da.«

»Kiki?«

»Ja?«

»Oh, entschuldige Liebes, ich habe … habe jemand ganz anderen …« Verwirrt sah sie sich nach allen Seiten um. »Bist du allein hier?«

»Nein, Mama ist auch mitgekommen.«

Ihre Mutter hatte sich im Hintergrund gehalten und sie beobachtet. In dem Moment, als sie ebenfalls an Elsies Bett kommen und ihre Hand nehmen wollte, betrat eine Frau in blauem Hosenanzug das Zimmer. Sie trug eine praktische Kurzhaar-Lockenfrisur in Weinrot, eine zur pinkfarbenen Seidenbluse passende Brille und wurde von einer Aura aus Strenge und Verbissenheit umgeben. Der Ausweis, der von ihrer Brusttasche baumelte, wies sie als Frau Kellermann, Klinikleitung, aus. Sowohl ihre Mutter als auch Kiki hätten sie sicherlich auch ohne Ausweis erkannt.

»Frau von Betzenstein.« Sie streckte die Hand aus, um

Kikis Mutter zu begrüßen, die dies aber geflissentlich übersah und stattdessen demonstrativ ein scheußliches Bild von einem Blumenstrauß vor dunklem Hintergrund geraderückte, das hinter Frau Kellermann hing. Sie ließ die Hand sinken.

»Nun, wie ich sehe, sind Sie gekommen.« Frau Kellermann kniff die Lippen zusammen, was vermutlich ein Lächeln hätte werden sollen, aber eher so aussah, als hätte sie in eine Zitrone gebissen. »Wie schön. Ihre Schwägerin kann es nämlich kaum erwarten, unsere Klinik zu verlassen.« Säuerlich blickte sie zu Kikis Tante hinüber, die nicht so aussah, als könnte sie überhaupt aus ihrem Bett aufstehen, und begann, an ihren Fingern die Verfehlungen von Tante Elsie aufzuzählen. »Sie hat nicht nur heute Nacht ihr Bett, sondern auch die Klinik verlassen, was absolut verboten ist. Sie hat Dinge gegessen, die nicht dafür vorgesehen waren, hat das Personal beleidigt, gebissen und eine unserer Schwestern unter Vortäuschung falscher Tatsachen nach draußen gelockt. Sie hat sich geweigert, die für sie verschriebenen Medikamente einzunehmen, und hat sie dann … alle auf einmal … was da alles hätte passieren können!« Vor lauter Empörung begann sie zu keuchen. Aber fertig war Frau Kellermann immer noch nicht. »Sie hat den Hausmeister … sie ist ihm … zunahegetreten, aber das sagte ich ja bereits. Sie war uneinsichtig und stur. Und Sie …« Frau Kellermann deutete mit dem Zeigefinger anklagend auf Kikis Mutter. »Sie haben sie hier unter Vortäuschung falscher Tatsachen eingeschleust. Ihre Tante gehört nicht in eine Rehaklinik, sondern in ein intensiv betreutes Haus für Demenzpatienten.«

»Eingeschleust? Demenzpatienten?«

Das Gesicht von Kikis Mutter hatte eine zartrosa Farbe angenommen. Ein Ausbruch des Helga-Vulkans würde nicht mehr lange auf sich warten lassen, und wenn es so weit war, wollte Kiki nicht unbedingt neben ihr stehen. Besser, sie gingen. Tante Elsie brauchte frische Luft. Und Kiki erst recht. Demenzpatientin? Niemals. Allerdings, dieser Moment gerade eben, als sie Kiki für jemand anderen gehalten hatte, war schon ein wenig … speziell. Aber wer wusste schon, was sie ihr hier alles an Medikamenten gegeben hatten? Eines war jedenfalls sicher: Bevor sie hier angekommen war, hatte sie nur ein gebrochenes Bein. Und nun? Tante Elsie war nur noch ein Schatten ihrer selbst.

»Mama, lass uns einfach gehen«, versuchte Kiki, das Schlimmste abzuwenden.

»Moment noch.« Ihre Mutter streifte Kikis Hand, die sie ihr beruhigend auf den Oberarm gelegt hatte, ab und fixierte Frau Kellermann. »Sie wollen mir unterstellen, ich hätte meine Schwägerin hier untergebracht, ohne Ihnen zu sagen, wie es ihr wirklich geht? Lassen Sie mich überlegen: Frau Doktor von Betzenstein ist extra aus Stuttgart hierhergekommen, weil man mir sagte, dass dies eine sehr gute Klinik sei. Ich habe Ihnen eine Person anvertraut, die sich den Fuß gebrochen hatte. Ich habe mich darauf verlassen, dass sie hier wiederhergestellt wird und es ihr hinterher besser geht. Und nun? Sehen Sie sie sich an! Sie liegt im Bett, ist apathisch und durch Medikamente ruhiggestellt, ungepflegt und verwirrt. Und das wollen Sie nun mir in die Schuhe schieben?« Es würde Kiki nicht wundern, wenn schon ein paar kleine Flämmchen aus den Nasenlöchern ihrer Mutter schlugen.

Helga ließ ihren strengen Augenbrauenblick durch Tante Elsies Zimmer schweifen. Nun strich sie über das Board, das über Elsies Bett angebracht war und besah sich kopfschüttelnd ihren Finger.

»Zudem ist es hier nicht sauber, es ist dunkel und riecht schlecht. Dafür, dass Sie an dieser Privatpatientin sicher mehr als genug verdienen, kann man durchaus erwarten, dass Sie sich auch anständig um sie kümmern. Und wenn Ihr Personal dazu nicht in der Lage ist …« Sie machte eine Kunstpause, in der sie sich wieder Frau Kellermann zuwandte. Nun war es Kikis Mutter, die mit dem Zeigefinger auf die Klinikleiterin deutete. »Dann mache ich Sie dafür verantwortlich.«

Frau Kellermann wurde blass. »Ich äh, ich …«, stammelte sie und schob sich mit einer unbeholfenen Geste die Brille auf die Nase zurück, von wo aus sie während der Ansprache von Kikis Mutter den Weg auf die Nasenspitze genommen hatte.

»Nun, Frau Kellermann, ich nehme Frau von Betzenstein sehr gerne wieder mit. Ich gehe davon aus, dass die Medikamentenliste sich in Ihren Unterlagen befindet und dass die letzte Nacht nicht berechnet wird. Selbst wenn es für Frau von Betzenstein keinen Unterschied machen würde, weil ihre Kasse so etwas zahlt …« Sie kniff die Augen zusammen. »Für mich macht es einen. Und ich hoffe, für Sie auch!«

Und damit drehte sie sich zu Elsie um und nahm endlich ihre Hand.

25

Es war nicht einfach gewesen, wach zu bleiben. Vielleicht hätte sie die ganzen bunten Pillen doch nicht alle auf einmal schlucken sollen, andererseits: Erika hatte behauptet, Elsie wäre wohl nicht in der Lage, allein ihren Tee zu trinken und wollte ihn ihr in einer albernen Schnabeltasse reichen, da hatte sie sich keine Blöße geben wollen und hatte ihn samt der Pillen, die sie vorher dort versenkt hatte, einfach runtergekippt. Das war wohl nicht besonders klug gewesen. Doch nun schien es, als wäre Rettung in Gestalt ihrer Nichte als auch ihrer Schwägerin gekommen. Aber ganz sicher war sich Elsie nicht, schließlich hatte sie Mühe, die Augen offen und Wirklichkeit und Traum auseinanderzuhalten. Für einen kurzen Moment hatte sie vorhin gedacht, Kurt wäre durch die Tür gekommen, aber das war wohl eher ein Irrtum gewesen. Sie schüttelte über sich selbst den Kopf, in Zeitlupe, wobei ihr ziemlich schwindelig wurde, also ließ sie es wieder sein und hielt die Augen geschlossen. Sicher war sicher. Ihr tat alles weh. Sie hatte Muskelkater und bestimmt auch mehrere blaue Flecken, an deren Ursache sie sich nur vage erinnerte. Es fühlte sich an, als wäre sie wieder einmal in den Pyrenäen oder in den Alpen unterwegs gewesen, in den Anden oder sonst irgendwo auf der Welt, wo man sein Leben riskieren konnte und auch musste, um dafür dann außergewöhnlich Schönes zu entdecken. Aber das war wohl nicht ganz der Grund für ihre Schmerzen. Sie hatte zwar keine Schiene mehr an ihrem Bein, aber davon, in den Alpen umherzuwandern, war sie noch sehr viel weiter entfernt als die Spitze des Mount Everest vom Meeresspiegel. Es schien ihr zudem, als würde sie nicht, wie sie selbst immer angenommen hatte, bei irgendeinem dieser Abenteuer den letzten Atemzug tun, sondern tatsächlich hier in dieser Klinik. Geschah denen gerade recht, wenn sie sich mit ihrem Ableben herumschlagen mussten, sie hatten es schließlich auch herbeigeführt. Elsie kicherte. Aber gleich darauf fiel ihr plötzlich ein, dass sie ja dann Kurt nie wiedersehen würde. Oder erst auf der anderen Seite, wenn er denn nicht schon … dort auf sie wartete. Oder überhaupt. Sie erinnerte sich nicht mehr so ganz genau, was passiert war, aber sie hatte heute Nacht Himbeeren gegessen und nach all den Jahren endlich wieder den Stern gesehen. Und trotz ihrer Sehnsucht nach seinem Anblick wieder keine Ahnung gehabt, was er bedeuten sollte. Dieser Gedanke machte sie so traurig, dass sie weinen musste, bis ihr vor Erschöpfung die Augen zufielen.

Das Nächste, woran sie sich erinnerte, war diese grässliche aufgetakelte und aufgeregte Frau, die in ihrem Zimmer gestanden und ihr merkwürdige Vorhaltungen gemacht hatte, und dann war da plötzlich ihre Schwägerin Helga gewesen, die mit ebendieser Frau ein Streitgespräch hatte. Und Kiki, die ständig ihre Hand streichelte und beruhigende Dinge murmelte, auch wenn Elsie nicht das Gefühl hatte, dass sie beruhigt werden musste. Es war ihr egal. Ihr Gehirn war wie aus Watte. Elsie hatte beobachtet, dass sowohl die traurigen als auch die fröhlichen Gedanken an ihr vorüberzogen, ohne dass sie einen davon festhalten konnte. In ihrem Kopf herrschte ein mehr oder weniger emotional ausgeglichener Nebel, und es war eine Wohltat, einmal nicht aktiv denken oder fühlen zu müssen. Alles kam und ging wie von selbst.

Schwieriger wurde es erst, als Kiki (es war doch Kiki?) begann, Elsie umzuziehen. Nachthemd aus, irgendeine Bluse an. Hose an. Schuhe an. Haare kämmen. Willenlos ließ Elsie alles über sich ergehen. Nur einmal öffnete sie kurz die Augen, um festzustellen, dass Kiki ihr ihre graue Stretchhose und ein weißes Shirt übergestreift und sie zusätzlich in ihren Kaschmirstrickmantel gewickelt hatte, wo es doch draußen mehr als warm genug war. Elsie schob den Mantel von ihren Schultern und brummte unwillig. Zum Sprechen fehlte ihr die Energie. Sie schoben ihr die pinkfarbenen Pantoffeln mit den vielen kleinen Spiegeln auf die Füße, die sie irgendwann auf einem Basar in Marokko gekauft hatte, weil sie sich damit wie eine Prinzessin gefühlt hatte. Jetzt war ihr allerdings alles andere als königlich zumute. Ihr war nämlich schlecht.

Dass man sie zuerst in einen Rollstuhl und dann in ein Auto verfrachtete, machte die Sache nicht besser, aber Elsie hatte schon Schlimmeres überstanden. Meistens half es, wenn man in solchen Momenten einfach die Augen geschlossen hielt und auf bessere Zeiten wartete. Das hatte sowohl im Krieg als auch bei ihren Expeditionen als auch bei Kummer und Leid immer sehr gut geklappt, warum also sollte sie es ausgerechnet jetzt ändern?

Eine Zeit lang schien diese Strategie sehr gut zu funktionieren, doch dann wurde sie bei irgendeinem Fahrmanöver ein wenig unsanft gegen die Autotür gedrückt und Elsie beschloss, dass jetzt die Zeit gekommen war, ihre Augen zu öffnen, um wenigstens zu wissen, wer diesen katastrophalen Fahrstil fuhr, dem sie vermutlich mehrere weitere blaue Flecken zu verdanken hatte.

»Kiki?« Sie hätte eher auf Helga getippt, aber im Grunde wunderte es sie kein bisschen, dass Kiki am Steuer saß, selbst wenn das Ergebnis für Elsie als Beifahrerin dasselbe war. Wer setzte sich schon freiwillig zu Helga ins Auto?

»Oh, Tante Elsie! Wie schön, du bist wach!« Für einen kurzen Augenblick sah Kiki zu ihr herüber, was für einen weiteren gefährlichen Schlenker sorgte. Sofort blickte Kiki wieder auf die Straße. Ihre Nichte hatte eben einfach keine Fahrpraxis. Es gab Schlimmeres. Zum Beispiel in einem Krankenhaus eingesperrt zu sein.

Von hinten legte sich eine Hand auf ihre Schulter. Helgas Hand, wie sich unschwer am schmalen goldenen Ehering und dem darübergesteckten, ebenfalls goldenen Ring mit dem viereckig gefassten grauen Mondstein mit den winzigen Diamanten darum herum erkennen ließ.

Das Zweite, was Elsie auffiel, war das Auto. Es war neu. Und sehr groß. Und sie hatte es definitiv noch nie gesehen. Neugierig strich sie mit den Fingerspitzen über die saubere Ablagefläche und drückte die silbern glänzende Taste am Handschuhfach. Es öffnete sich geräuschlos. Beim Anblick der durchsichtigen kleinen Tüte mit den dunkelbraunen Keksen fiel Elsie auf, dass die Übelkeit verschwunden war und sie seit der Joghurterpressung gestern Abend nichts mehr gegessen hatte. Laut und vernehmlich begann ihr Magen zu knurren, als sie die Verpackung öffnete, sich einen der Kekse in den Mund schob und genüsslich zu kauen begann.

Es waren nicht die leckersten Kekse, die sie je gegessen hatte, allerdings im Vergleich zu dem, was sie in der Klinik bekommen oder teilweise auf ihren Reisen zu sich genommen hatte, gar nicht mal so übel. Vielleicht eher ein wenig langweilig, was bedeutete, dass sie sehr gesund sein mussten. Sie nahm sich noch einen. Man konnte sich schließlich an beinahe alles gewöhnen.

26

Kiki beglückwünschte sich insgeheim zu ihrer Entscheidung, nicht die Autobahn, sondern die Landstraße für den Heimweg zu nehmen, denn so konnte sie besser auf Elsies Aktionen reagieren. Nachdem sie ihrer Tante beim nächsten Bäcker eine Brezel und einen Cappuccino gekauft und sie davon überzeugt hatte, die Hundekuchen ab sofort in Ruhe zu lassen, schienen deren Lebensgeister so langsam zurückzukehren. Auch wenn sie nach wie vor nicht sprach, so setzte sie sich doch ein wenig aufrechter hin und hielt ihr Gesicht aus dem Fenster, das sie weit heruntergekurbelt hatte. Ein paar Strähnen hatten sich aus ihrem Zopf gelöst und wehten im Fahrtwind. Ihre Augen waren geschlossen. Sie sah sehr viel gesünder und glücklicher aus als vorhin.

»Ehrenweiler, dreiundzwanzig Kilometer«, las Kiki laut vor, insgeheim erleichtert, dass das Navi von Jakobs Pick-up glücklicherweise flexibel genug gewesen war, sie nach Ehrenweiler zu leiten, obwohl sie eine ganze Weile seine Anweisungen, auf die Autobahn abzubiegen, ignoriert hatte.

»Hast du Ehrenweiler gesagt?« Tante Elsie starrte Kiki aus großen Augen an.

»Äh, ja?«

Kiki riskierte einen weiteren Blick, als Elsie begann, unruhig auf ihrem Platz hin und her zu rutschen. Sie war schneeweiß geworden, und plötzlich bekam Kiki es mit der Angst zu tun. Was, wenn sie jetzt umkippte? Selbst wenn ihre Mutter vermutlich mit einer ohnmächtigen Tante Elsie klarkam – das traf definitiv nicht auf Kiki zu. Vielleicht war es einfach auch viel zu früh gewesen, sie für wieder einigermaßen ansprechbar zu halten oder für transportfähig zu erklären! Nicht, dass sie plötzlich beschloss, auszusteigen oder irgendetwas anderes Unberechenbares zu tun, was Kiki zum plötzlichen Handeln zwingen würde.

Als vor ihr ein kleiner Parkplatz auftauchte, fuhr sie rechts ran und hielt.

»Was ist los? Warum hältst du an?« Tante Elsie hatte ihre Nichte fest am Oberarm gepackt. In ihren Augen glitzerte es, und sie war immer noch erschreckend blass, aber ihr Blick war wach und klar.

Kikis Mutter legte sowohl ihrer Tochter als auch ihrer Schwägerin von hinten beruhigend die Hand auf die Schulter.

»Isolde fährt bestimmt gleich weiter, Elsie. Sie muss nur kurz … ganz sicher … aufs Klo.«

»Aufs Klo?« Nicht hier und nicht jetzt.

»Oder … was trinken.« Helga drückte Kiki eine Wasserflasche in die Hand, die sie offensichtlich auf der Rückbank gefunden hatte. Dankbar nahm Kiki sie entgegen. Sie hatte tatsächlich Durst.

»Wir fahren nach Ehrenweiler, weil … wir … Sagen wir so: Wir hatten eine kleine Panne und mussten deshalb den Golf stehen lassen. Und weil die Menschen dort so nett sind …«, Helga räusperte sich, und Kiki konnte das Grinsen in ihrer Stimme hören, »… haben sie uns ein Auto geliehen. Also jedenfalls einer der … ganz besonders netten Menschen.«

»Ah.« Irritiert schüttelte Tante Elsie den Kopf. »Und wieso ausgerechnet Ehrenweiler?«

»Na ja, weil dort der Keilriemen gerissen ist.«

»Der Keilriemen …«

Tante Elsies Gesichtsausdruck machte Kiki Angst. Es war eine Sache zu akzeptieren, dass die Medikamente im Krankenhaus sie verwirrt und ruhig gestellt hatten, selbst wenn es Kiki lieber gewesen wäre, Elsie wäre schneller wieder sie selbst gewesen und hätte die Hundekuchen nicht gegessen, aber nun war sie wieder klar, das sah man an ihren Augen – und dennoch hatte Kiki sie noch nie so außer sich gesehen. *Ich muss unbedingt mit Kurt sprechen!*

»Der Keilriemen, ganz genau, dieses Ding, das man auch durch Nylonstrümpfe ersetzen kann? Jedenfalls hat Mama das gedacht und …« Kiki ertappte sich dabei, wie sie drauflosplapperte.

Ein kurzes Lächeln huschte über Tante Elsies Gesicht. »Soso, Nylonstrümpfe also«, sagte sie und schüttelte lächelnd den Kopf. »Dann habe ich heute Nacht doch wohl richtig gesehen.« Sie schüttelte den Kopf und murmelte etwas, das sich für Kiki anhörte wie: *Der Polarstern führt mich eben doch zu ihm* … Was auch immer sie damit meinte.

Doch dann geschah so etwas wie ein kleines Wunder: Die Farbe kehrte in Tante Elsies Wangen zurück, ihre Augen begannen zu strahlen, sie setzte sich noch aufrechter hin und klappte die Sonnenblende herunter, nur um sie sofort enttäuscht wieder nach oben zu klappen, weil sich dahinter kein Spiegel befand. Dann bückte sie sich ächzend und klaubte einen neongelben Flyer vom Boden auf, der ihr vorhin aus dem Handschuhfach auf den Boden gefallen war, als sie die Kekse herausgenommen hatte.

Sorgsam strich sie ihn glatt.

»Ehrenweiler Spanferkelfest«, las sie. »17. und 18. Juli.« Sie ließ den Flyer sinken und sah ihre Nichte mit brennendem Blick an. »Was für ein Tag ist heute?«

»Heute ist Samstag.«

»Der … der …«, so aufgeregt hatte Kiki ihre Tante selten erlebt. »Der 18. Juli?«

»Ganz genau.« Kiki lächelte. Es war so schön, dass Elsie wieder ganz sie selbst war, wenn sie auch ihre Aufregung wegen dem Spanferkelfest nicht so richtig verstand. Aber es schien, als würde es heute noch einige Antworten auf all ihre Fragen geben. Und vielleicht würden sich manche ganz von selbst beantworten.

»Kannst du vielleicht ein bisschen schneller fahren?«, fragte Elsie, und Kiki konnte die Ungeduld in ihrer Stimme hören. »Wir müssen uns beeilen. Und sag mal: Was hältst du von ein bisschen Musik?«

Spätestens, als ihre Tante bei Ella Fitzgeralds und Louis Armstrongs »Dream a Little Dream of Me« lauthals mitsang, wurde Kikis Herz ein wenig leichter. Keine Frage: Elsie war zurück. Da sie dieses Mal nicht über die Autobahn fuhren, sondern über Land, kam die Abzweigung zum Märchensee ein wenig überraschend, und Kiki wusste für einen Augenblick nicht, ob sie rechts oder links abbiegen musste, um in den Ort zu gelangen, und verlangsamte die Fahrt. Hier war der Wald, da die Abzweigung, links von ihnen musste die Bank sein und …

»Rechts«, sagte Elsie, bevor Kiki aufs Navi schauen konnte. Elsies Augen waren geschlossen, und auf ihrem Gesicht lag ein feines Lächeln. »Glaub mir, diesen Weg kenne ich besser als jeden anderen.« Sie öffnete die Augen. »Ich bin ihn sowohl im Winter als auch im Sommer, im Frühling und im Herbst beinahe täglich gegangen, und wenn schon nicht mit meinen Füßen, so doch in meinen Gedanken.«

27

»Dann ist es also wahr?«, fragte Kiki, als sie in den Ort fuhren, und überlegte in derselben Sekunde, was sie damit meinte. Dass Elsie Ehrenweiler kannte? Dass dieser Ort eine Rolle in ihrem Leben spielte und Kiki keine Ahnung hatte, welche?

Die Straßen waren wie gestern vollkommen ausgestorben. Wieder begeisterte Kiki der Anblick der alten Häuser, der sauber gefegten Einfahrten, der Scheunentore und der bunten Blumen in ihren Kübeln vor jedem Eingang.

Leider übertönten die Fahrtgeräusche des Pick-ups das Glucksen und leise Rauschen des kleinen Flüsschens, das an der Hauptstraße entlangführte, und wieder einmal war Kiki fasziniert von dem Gefühl, in einer Filmkulisse gelandet zu sein.

Elsie hatte das Fenster heruntergelassen und schüttelte den Kopf. »Es ist so viel bunter als in meiner Erinnerung«, sagte sie, anstatt auf Kikis Frage einzugehen. »Bunter und … echter.«

Obwohl sie neben Kiki saß und klarer und wacher schien als in den letzten Stunden, war sie doch meilenweit weg von ihrer Nichte und deren Fragen. Sie sah dasselbe Ehrenweiler wie Kiki – und doch ein ganz anderes. Ein älteres. Vergangenes. Und eines, in dem Kiki keine Rolle spielte.

Tante Elsie war schon immer eine Frau voller Geheimnisse gewesen, aber sie zu drängen, etwas zu erzählen, was sie lieber für sich behalten wollte, hatte noch nie zu irgendetwas geführt. Auch wenn es Kiki schwerfiel zu warten, so musste sie doch jetzt geduldig sein. Tante Elsie würde ihr bestimmt erzählen, was es mit diesem Geheimnis auf sich hatte, wenn sie bereit dazu war.

Wieder einmal überkam Kiki beim Anblick des kleinen Marktplatzes mit der großen Linde zwischen all den alten Häusern das schöne und zugleich merkwürdige Gefühl von Geborgenheit. Der goldene Adler, das Wahrzeichen der kleinen Gaststätte, glänzte über dem Eingang in der Sonne, und über den Tischen waren die rot-weißen Sonnenschirme aufgespannt, obwohl niemand dort saß. Die Eingangstür stand weit offen.

Kiki fuhr auf den kleinen Parkplatz hinter dem Hotel. Da auch Jakob bestimmt auf dem Fest war und nicht arbeitete, würde er den Pick-up vorerst sicher nicht brauchen, und Kiki konnte später zuerst Elsie zum Fest fahren und ihn dann zurückbringen, angenommen, sie wollte wirklich dorthin.

Ihre Tante sprach kein Wort, hielt nur den neongelben Flyer fest in der Hand und betrachtete die Umgebung staunend und mit Tränen in den Augen. Ihr Gesicht leuchtete, wobei Kiki sich fragte, ob das ein gesundes Leuchten war, oder ob sie ihr zu viel zugemutet hatten. Bei dem Gedanken an Jakob wurde ihr ein wenig flau im Magen. Sie war ihm so dankbar für das Auto und sehnte sich danach, in seiner Nähe zu sein. Gleichzeitig wollte sie nichts weniger als das. Bei genauer Betrachtung war es vielleicht ja gar nicht Elsie, der sie zu viel zugemutet hatte.

»Du bist dir sicher, dass du auf dieses Fest willst, oder, Tante Elsie?«

»Natürlich will ich dahin!« Entrüstet sah sie Kiki an. Nun gut, es war einen Versuch wert gewesen. »Weißt du, wie lecker dieses Spanferkel schmeckt?«

»Keine Ahnung, ich habe es noch nicht probiert. Du etwa?«

»Nein. Ich auch nicht.« Sie strahlte vergnügt. »Aber geträumt habe ich davon.« Sie leckte sich die Lippen. »Schon sehr oft.« Ihre Augen bekamen einen verträumten Ausdruck. »Und nicht nur vom Spanferkel«, ergänzte sie leise.

Kiki ging um das Auto herum und öffnete die Beifahrertür, um Elsie beim Aussteigen zu helfen. Ihre Tante nahm dankbar Kikis Hand und auch den Stock, den Kiki ihr reichte. Aber dann schob sie ihre Hand beiseite und straffte sich.

»Danke, Liebes. Aber ab hier kann ich allein weiter.«

Elsies Lächeln zauberte einen hellen Glanz in ihr Gesicht. Kaum zu glauben, wie sie vor ein paar Stunden noch in ihrem Bett gelegen hatte – stumm, traurig und irgendwie abwesend, als wäre sie nicht von dieser Welt.

Die dreieinhalb Wochen in dieser Reha hatten überhaupt nichts gebracht, eher im Gegenteil. Aber das, was hier geschah, war ein kleines Wunder. Helga und Kiki starrten ihr mit offenen Mündern hinterher, als sie vorsichtig einen Fuß vor den anderen setzte und erhobenen Hauptes in Richtung

Eingang ging. Kurz bevor sie die Hausecke erreicht hatte, drehte sie sich noch einmal zu ihnen um.

»Was ist? Kommt ihr jetzt mit oder nicht?«

Gisela freute sich, dass Helga und Kiki zurück waren, und hatte beiden jeweils schon ein Einzelzimmer hergerichtet, nachdem sie sie noch vom Pflegeheim aus angerufen hatten, weil sie Elsie nicht zumuten wollten, noch weiterzufahren. Außerdem trauten sie Theos Zusage nicht so richtig. Und das Spanferkelfest wollten sie beide, wenn sie ganz ehrlich zu sich selbst waren, auch nicht verpassen.

Gisela hatte sogar glücklicherweise noch ein weiteres Zimmer neben dem von Kiki frei, und obwohl Elsie ein Stockwerk nach oben musste, um dorthin zu gelangen, bestand sie darauf, sich frisch zu machen, bevor sie wieder aufbrachen. Kiki brachte Tante Elsie und ihr Gepäck in ihr Zimmer und bot an, solange zu warten. Aber Tante Elsie wollte sich für einen Moment aufs Bett legen und versprach, an die Wand zu klopfen, wenn sie so weit war.

Das Erste, was Kiki sah, als sie zu ihrem eigenen Zimmer kam, war eine kleine Geschenktüte aus Papier, die an der Klinke hing. »Du hast die Wahl, Cinderella«, stand auf einem mit einem Smiley versehenen kleinen Zettel, der mit einer Wäscheklammer an der Tüte befestigt war und sie gleichzeitig verschloss. Schon allein die Nachricht brachte Kiki zum Schmunzeln, und eine kribbelnde Wärme flutete ihren Bauch, als sie die Tüte öffnete. Sie fand sowohl ihre reparierten Flipflops darin als auch ein paar dunkelblaue Ballerinas, die vermutlich von Jakobs Schwester stammten. Er war süß. Und er verwirrte sie. Aber am allermeisten freute sie sich darüber, dass sie nun für das Fest weder die gepunkteten Gummistiefel ihrer Mutter noch die Sneakers von Jakobs Schwester anziehen musste. Und sie war froh, dass sie ihre Bluse gestern Abend noch ausgewaschen und zum Trocknen in die Dusche gehängt hatte, denn so gab es wenigstens ein Kleidungsstück, das ihr gehörte und das für den Besuch auf dem Fest sogar in den Augen ihrer Mutter angemessen war. Die Bluse mit dem zarten Blumenmuster passte erstaunlich gut zu dem blauen Jacquardrock, den Helga ihr zwar überließ, selbstverständlich aber nicht ohne noch einmal darauf hinzuweisen, dass es ihrer war und sie ja durchaus selbst für angemessene Garderobe hätte sorgen können. Und zwar von oben bis unten. Helga selbst trug ihre Trachtenbluse und die Chino, und zugegebenermaßen sah sie darin nicht nur sehr passend gekleidet, sondern auch jung aus. Ob das allerdings an den Klamotten oder an der Vorfreude auf die Gaigelgang lag, konnte Kiki nicht beurteilen.

Kiki flocht ihren Zopf neu und steckte ihn zum selben Kranz wie Elsie, zog ihre Bluse gerade, schlüpfte zuerst in die Flipflops, dann wieder in die Ballerinas und wieder in die Flipflops. Bevor sie sich noch hundertmal umentscheiden konnte, klopfte es gegen die Wand.

28

Bei der Andacht gestern hatte Kiki kaum etwas um den Platz und das Zelt herum wahrgenommen, und es war bestimmt auch noch nichts an den Ständen los gewesen. Jetzt aber bewegte sich das kleine historische Karussell zu Drehleiermusik im Kreis, an der Schießbude versuchten ein paar Jungs ihr Glück, und in den rotgoldenen Gondeln des vermutlich kleinsten Riesenrades der Welt saßen Kinder und Eltern und drehten ihre Runden über der Wiese. Die Planen an den Seiten des Zeltes waren hochgerollt, sodass die Menschen im Inneren eher wie unter einem Baldachin saßen und vermutlich dankbar über jede Brise waren, die sie erreichte. Von der Bühne tönte Blasmusik herüber und vermischte sich mit den Geräuschen des Rummels.

Es war wie schon die letzten Tage angenehm warm. Kiki spürte, wie die Aufregung langsam ihre Wirbelsäule entlangkroch, als sie näher kam. Noch war ihr zwar niemand begegnet, den sie kannte, aber das würde sich sicher ändern, wenn sie durch die beiden aufgeschlagenen Planen treten würden, die hier den Eingang bildeten.

Kiki hatte sich entschieden, den Pick-up wieder vor Jakobs

Scheune zu stellen und dann gemeinsam mit Elsie und ihrer Mutter die restlichen Meter bis zum Festplatz zu laufen, nachdem ihre Tante beteuert hatte, dass sie das konnte.

Sie ging zwar am Stock, aber aufrecht, und wer sie nicht kannte, hätte sie niemals für über neunzig gehalten. Sie trug ein schlichtes taubenblaues Trägerkleid, das vorne durchgeknöpft war, und darunter eine kragenlose weiße Bluse aus durchbrochener Spitze, die festlich aussah, ohne übertrieben zu wirken. Dazu hatte sie einen schmalen Gürtel mit einer filigranen silbernen Schnalle gewählt und sich eine blaue leichte Strickjacke um die Schultern gelegt.

Ihre leuchtend weißen Haare waren perfekt frisiert, und ihr geflochtener Kranz saß akkurat. Elsies Füße steckten in blauen Halbschuhen mit einem kleinen Keilabsatz, die bequem genug aussahen, um damit dieses kurze Stück zu laufen und gegebenenfalls auch wieder zurück. Wobei Kiki sich vorerst um den Rückweg noch keine Gedanken gemacht hatte. Ihre Haut strahlte mit ihren blauen Augen um die Wette. Sie leuchtete geradezu und war wunderschön. Um es kurz zu machen: Tante Elsie sah aus, als könnte man sie so, wie sie war, für ein Hochglanzmagazin fotografieren. Man sah ihr überhaupt nicht an, dass sie bis heute Morgen noch im Krankenhaus gewesen war; im Gegenteil: Es wirkte, als hätte sie diesen Moment und vor allem auch dieses Outfit von langer Hand geplant.

»Wie schaffst du das nur, Tante Elsie?«, fragte Kiki und schüttelte den Kopf.

»Was denn, Liebes?« Unschuldig sah ihre Tante zu Kiki, aber das Glitzern in ihren Augen sagte, dass sie sehr wohl wusste, was Kiki meinte.

»Woher kommt diese Kraft?«

Elsie lächelte. »Du weißt doch, Kiki, der Glaube kann Berge versetzen, nicht wahr?« Sie zwinkerte ihrer Nichte zu. »Und ich glaube eben an … an die Liebe.«

»An die Liebe?« Das war nun wirklich nicht die Antwort, die Kiki erwartet hatte.

»An die Liebe, den Stern und daran, dass am Ende alles einen Sinn ergibt.«

Hatten sie ihrer Tante vielleicht doch zu viele Medikamente gegeben? Und wenn es daran lag, konnte Kiki vielleicht auch was davon bekommen?

Tante Elsie griff nach Kikis Arm und hielt an. Sie blieb ebenfalls stehen. »Einen Moment noch, bitte.«

»Geht es dir nicht gut?« Besorgt sah Kiki sich nach einer Sitzgelegenheit um. Sie hätte ja wenigstens an eine Flasche Wasser denken können.

»Nein, es … es ist alles in Ordnung.« Tante Elsie lächelte, allerdings nicht mehr ganz so vergnügt, wie noch gerade eben. »Es ist nur … ich …«

Ihre Hand auf Kikis Arm war kalt, und Kiki sah, wie sie schluckte.

»… ich … es …«

Helga trippelte ungeduldig von einem Fuß auf den anderen. »Ich warte ja gerne auf euch, aber wenn ihr mich nicht braucht, würde ich schon mal vorausgehen.« Sie lächelte entschuldigend. »Es ist schon beinahe sechs, und ich will unbedingt noch ein Los für die Tombola ergattern.« Sie grinste. »Hans hat mir erzählt, dass man da großartige Sachen gewinnen kann. Eine Ballonfahrt zum Beispiel.«

»Du möchtest … Ballonfahren?«

»Nein, natürlich nicht, Isolde! Ich möchte auch kein Fass Most oder womöglich den Hauptpreis gewinnen! Stell dir mal vor: eine schlachtreife Sau, die Rosi heißt und nach Theos Frau benannt ist!« Sie kicherte. »Gott bewahre! Aber es gibt auch einen Hotelgutschein vom Goldenen Adler und freien Eintritt in diese Wellnessoase in Rottweil und …« Helga sah ihren Gesichtern wohl an, dass sie ihrer Begeisterung nicht ganz folgen konnten. Sie winkte ab. »Ach, vergesst es! Ich liebe es einfach zu gewinnen«, sagte sie, drehte sich auf dem Absatz um und zog Richtung Festzelt.

Tante Elsie und Kiki warfen sich einen »Ist ja ganz was Neues!«-Blick zu.

»Ein Wellnesshotelgutschein?« Elsie grinste. »Helga schafft es doch nicht einmal sitzen zu bleiben, wenn man sie festbindet. Kannst du sie dir mit Gurkenscheiben auf den Augen und Quark im Gesicht vorstellen?«

Sie lachten beide, bis Tante Elsie wieder still wurde.

»Na ja, ein bisschen Schwein könnte ich jetzt schon gebrauchen.« Sie lächelte unsicher. »Es muss ja nicht schlachtreif sein. Weißt du, Kiki, was ich vorhin sagen wollte, also … es könnte nämlich sein, dass … ich …« Sie räusperte sich, bevor sie ihre Schultern straffte und weitersprach. »Dass ich dort im Zelt jemand treffen werde, den ich … kenne.«

Obwohl ihr tausend Fragen und mindestens genauso viele »Hab ich es doch gewusst« durch den Kopf schossen, sagte Kiki nichts, in der Hoffnung, dass Elsie ihr dann vielleicht endlich erzählen würde, was es mit diesem Ort auf sich hatte.

»Das heißt: Ich dachte, ich kenne ihn. Aber dann …«

Nun nahmen ihre Augen wieder den verträumten Ausdruck an, den Kiki schon von der Autofahrt und der Rehaklinik kannte, und sie hatte Sorge, dass Elsie nun gleich wieder irgendetwas Verrücktes tun oder Kiki das Gefühl haben würde, eine Fremde neben sich zu haben.

»… nun, Kriege haben noch nie jemand nach seinen Träumen gefragt«, fuhr Tante Elsie gedankenverloren fort.

Der Kummer, der bei diesen Worten mitschwang, verursachte bei Kiki Gänsehaut. Ob er gefallen war? »Was ist mit ihm passiert?«

»Oh«, sie lächelte gleichermaßen traurig wie hoffnungsvoll. »… das ist vermutlich eine lange Geschichte. Ich hoffe sehr, dass er noch da ist, um sie mir zu erzählen.«

Als Kiki ihren Arm um Elsies schmale Schultern legte, spürte sie, wie viel Kraft die letzten Wochen ihre Tante gekostet hatten. Aber Kiki spürte auch, wie viel von Elsies alter Energie, ihrer Sturheit und Durchsetzungskraft noch in ihr steckte. Sie mochte vielleicht alt sein, sehr alt sogar, aber sie war noch immer lebendig. In ihr wohnte nach wie vor der unbezwingbare Glaube an etwas ganz Bestimmtes. Eine Sehnsucht, die sie antrieb und dazu brachte, immer wieder aufzustehen und weiterzumachen. So wie jetzt. Das war der Kern ihres Wesens, ihre Essenz, und Kiki hatte sie schon als kleines Kind so wahrgenommen. Auch jetzt spürte sie diese Kraft ganz deutlich, als Elsie ihre Schultern straffte und tief ein- und wieder ausatmete.

»Wollen wir reingehen?«, fragte sie und legte ihre Hand in Kikis Armbeuge.

Kiki wünschte, sie wäre ähnlich entschlossen, stur und klar. *Komm schon, von Betzenstein, was Elsie kann, kannst du auch.*

»Okay.« Sie schob ihren Rock ein wenig hin und her und zupfte an ihrer Bluse.

»Kiki, du siehst fabelhaft aus.«

Fabelhaft. Sie liebte ihre Tante sowieso von Herzen, aber ganz besonders liebte Kiki sie dafür, dass Elsie Worte benutzte, die – wie sie sagte – vom Aussterben bedroht waren. Wenn Kiki in ihrer Nähe war, bemühte sie sich ebenfalls darum.

»Wenn das so ist …« Sie legte ihre Hand auf Elsies. »… dann lass uns nach Helga suchen.«

… und nach Jakob, fügte sie insgeheim hinzu. Kurz sah sie auf die Ballerinas seiner Schwester hinab, für die sie sich letztendlich entschieden hatte. Warum hatte er sich diese Mühe gemacht? Ob er sie ihr gebracht hatte, weil er genauso gut wie Kiki wusste, dass man in Flipflops oder Gummistiefeln wirklich nicht besonders gut tanzen konnte? Kiki schob den Gedanken an ihn und seine Einladung zum Tanz beiseite. Vermutlich sagte man das hier in der Gegend eben einfach so, und es hatte überhaupt keine Bedeutung. Schließlich würde nicht nur er, sondern auch seine Frau und Mia da sein. Vor deren Augen würde er Kiki wohl kaum um einen Tanz bitten. Und wenn doch, wäre sie sicher die Letzte, die die Einladung annehmen würde. Ein bisschen hatte sie schließlich auch ihren Stolz. Hoffentlich.

Je näher sie dem Zelt kamen, umso lauter wurde die Musik und umso intensiver der Geruch nach Gegrilltem. Kiki lief das Wasser im Mund zusammen.

»Herrlich, oder?« Elsie strahlte. »Wie das duftet! O mein

Gott, ich glaube, ich habe die letzten Wochen an nichts anderes gedacht als an was Anständiges zu essen!« Sie lachte. »Na ja, und daran, die Heimleiterin zu beißen.« Sie zwinkerte Kiki zu.

Seitdem sie in Ehrenweiler angekommen waren, war von Elsies Schwäche kaum noch etwas zu spüren. Ab und zu, wenn sie sich unbeobachtet fühlte, sah Kiki in ihrem Gesicht, wie sehr sie das alles anstrengte, und daran, dass sie sich dann schwer auf ihren Stock stützte, dass sie auch noch Schmerzen haben musste. Aber wenn sie ihre Tante darauf ansprach, wies sie jede Schwäche von sich und lenkte vom Thema ab.

»Du hast sie aber nicht wirklich gebissen, oder?«

»Natürlich nicht.« Entrüstet schüttelte Elsie den Kopf. »Aber …« Schelmisch sah sie Kiki von der Seite an. »… verdient hätte sie es auf jeden Fall.«

Links vom Hauptzelt standen drei große Grills unter einem weiteren kleinen Zelt, und zwei Spanferkel drehten sich am Spieß. Hinter der Theke entdeckte Kiki Theo, der eine riesige weiße Schürze über seinen großen Bauch gebunden hatte und ihr mit einer großen Gabel zuwinkte, bevor er wieder mit den Kellnerinnen scherzte, die auf ihre Bestellungen warteten. Offensichtlich hatte er sich mittlerweile vom gestrigen Abend erholt. Roswitha konnte Kiki zwar nirgends entdecken, aber sie war sich sicher, dass sie irgendwo im Zelt zu finden war. Kikis Mutter stand links neben dem Eingang an der Bar und lachte laut, als einer aus der Gaigelgang ihr etwas ins Ohr brüllte. Auch sie winkte ihnen kurz, wandte sich dann aber lieber wieder ihren neuen Freunden zu.

Kiki ließ ihren Blick durchs Zelt schweifen, um vielleicht

noch ein bekanntes Gesicht zu entdecken. Möglicherweise lag es an den Trachten und dem Dunst, der trotz der hochgerollten Planen im Zelt hing, aber sie erkannte niemanden. Ob Jakob womöglich doch nicht gekommen war?

Jemand zupfte Kiki am Rock.

»Hey, Kiki!« Mia strahlte sie an und hielt ihr eine Tüte mit gebrannten Mandeln entgegen. Sie hatte wohl direkt neben Kiki auf der Bank gesessen und sich mit Egon unterhalten. »Entschuldigung, Egon, aber ich kann jetzt nicht weiter mit dir sprechen. Ich muss mich mal kurz um Kiki kümmern, weißt du? Die hat Papa nämlich gestern gerettet und …« Sie schenkte ihm ein bedauerndes Lächeln, das er gutmütig erwiderte, bevor er Kiki freundlich zuzwinkerte. »Weißt du, Egon, sie wäre sonst verloren gegangen.« Mia machte große Augen und hopste von der Bank, bevor sie sich an Kiki schmiegte. »Magst du mal probieren? Das sind die Besten!«

Sie strahlte glücklich, als Kiki sich eine Nuss aus der Tüte angelte. Süßem konnte sie ebenso wenig widerstehen wie offensichtlich Mia.

»Magst du auch eine?« Mia hielt Elsie die Tüte hin. »Die hat mir Onkel Kurt gekauft.«

Vor lauter Mia hatte Kiki Tante Elsie für einen kurzen Moment vergessen. Jetzt sah sie, wie sie sich für einen kurzen Moment versteifte, bevor sie sich lächelnd zu Mia hinunterbeugte.

»Natürlich möchte ich auch eine. Gebrannte Mandeln sind doch beinahe das Beste an solchen Festen, nicht wahr?«

Sie griff in die Tüte, während Mia weiterplapperte.

»Das stimmt. Und weißt du was? Onkel Kurt findet das

auch.« Sie strahlte Elsie an, als hätte sie das Geheimnis des Jahres gelüftet. »Ich bin übrigens Mia.«

Mia streckte Kikis Tante eine kleine klebrige Hand entgegen, die Elsie, ohne mit der Wimper zu zucken, ergriff.

»Hallo, Mia. Ich bin Elsie, und dein Onkel Kurt scheint ein kluger Mann zu sein.« Elsie nahm noch eine Mandel.

»Nein, nein, er ist nicht mein Onkel.« Mia lachte, als hätte Tante Elsie einen sehr lustigen Witz gemacht. »Er ist der Onkel von meinem Papa. Und er ist schon sehr, sehr alt.«

Sie runzelte die Stirn, bevor sie Tante Elsie noch ein wenig näher zu sich heranwinkte. Dann lehnte sie sich zu ihr hinüber und hielt die Hand an Elsies Ohr, als wolle sie ihr ein großes Geheimnis verraten.

»Es könnte sein, dass er sogar noch ein bisschen älter ist als Gott.« Sie grinste. »Aber das darf Oma Rosi nicht hören, weil sie findet, dass das Gottesbelästigung ist.«

»Das ist … was?« Elsie verkniff sich ein Lachen. Gottesbelästigung war sicher ein Wort, das ihr gefiel.

»Umso besser, dass du es nur zu mir gesagt hast. Und so leise.«

Sie zwinkerte Mia verschwörerisch zu, denn natürlich hatte Mia so laut geredet, dass zumindest Egon garantiert verstanden hatte, was sie gesagt hatte.

»Sag mal, ist dein Onkel Kurt denn hier?«

Eifrig schaute sich Mia um, bevor sie den Kopf schüttelte. »Nein, sieht nicht so aus. Er war zwar gerade noch da, aber vielleicht macht er Mittagsschlaf oder so was, was alte Leute eben immer machen. Keine Ahnung.« Sie grinste Tante Elsie an, und wieder begeisterte Kiki ihre niedliche Zahnlücke.

»Aber das müsstest du ja eigentlich sowieso besser wissen als ich.«

»Ich? Wieso ich?«, fragte Elsie erstaunt. »Ich kenne deinen Onkel Kurt doch gar nicht.«

Mia riss weit die Augen auf und seufzte, als wäre das das Dümmste, was sie seit Langem gehört hätte. »Aber du bist doch ganz genau gleich alt wie er«, antwortete sie und schüttelte den Kopf. »Du musst doch eigentlich alles über ihn wissen. Sowieso. Und überhaupt.«

Kiki sah, wie Tante Elsie schluckte und wie die rosige Gesichtsfarbe für einen Augenblick aus ihrem Gesicht wich, die ihr zumindest bis gerade eben das Gefühl gegeben hatte, dass es Elsie einigermaßen gut ging.

»Ja, das müsste ich wohl«, sagte sie leise.

Mia hatte anscheinend irgendjemand entdeckt, den sie kannte, und so verabschiedete sie sich schnell und hüpfte davon, nicht ohne sich noch ein paarmal umzudrehen und zu winken und sich zu vergewissern, dass Kiki und Elsie ihr auch auf jeden Fall hinterhersahen. Als sie um die Ecke verschwunden war, ließ sich Elsie auf die Bank direkt neben Egon plumpsen.

»Jetzt muss ich mich doch kurz setzen.«

Kurz schloss sie die Augen und seufzte, bevor sie die Beine ausstreckte und den Stock an die Tischkante hängte.

Egon rückte ein Stückchen zur Seite, damit sie mehr Platz hatte, und zückte seinen Flachmann, um ihn Tante Elsie unter die Nase halten zu können.

»Riechsalz gefällig?«

Kiki war froh, dass ihre Mutter nicht in der Nähe war,

um ihrer Tante das Zusammenspiel von Medikamenten und Alkohol zu erklären, als Kiki sah, wie Tante Elsie dankbar nach der glänzenden Flasche griff und einen großen Schluck nahm. »Es geht doch nichts über ein ordentliches Riechsalz.« Sie zwinkerte Egon zu und reichte ihm die Flasche zurück. »Danke sehr, der Herr.«

»Bitte sehr, die Dame.« Egon lächelte Tante Elsie an. Dann kniff er die Augen zusammen. »Kennen wir uns irgendwoher?« Er zeigte auf Kiki. »Das hab ich mich gestern schon gefragt, als wir uns begegnet sind. Ich hab Sie doch irgendwo schon mal gesehen!« Er schüttelte den Kopf. »Und Ihre Tochter hier … sie sieht aus wie …« Er runzelte die Stirn und nahm noch einen Schluck.

»Sie ist meine Nichte«, unterbrach ihn Tante Elsie freundlich, aber Egon winkte ab.

»Tochter, Nichte, ganz egal. Hauptsache, sie ist heute nicht so traurig wie gestern!«

Er zwinkerte Kiki zu und bot ihr ebenfalls einen Schluck aus seinem Flachmann an, den sie dankend ablehnte. Vorerst wollte sie vorsichtshalber auf keine einzige graue Zelle verzichten, oder wer auch immer für die klugen Entscheidungen und den Stolz zuständig war. Beides würde sie bestimmt dringend brauchen, das wurde ihr klar, als sie beobachtete, wie Jakob das Zelt betrat und sich suchend umsah.

29

»Kiki!«

Freudestrahlend und mit ausgebreiteten Armen kam Jakob auf sie zu. Zu einer grauen Baumwollhose, die er unten ein wenig umgekrempelt hatte, trug er ein weißes Hemd und eine hellgraue Weste.

Kiki hatte nicht gewusst, dass man auf der Schwäbischen Alb auch Tracht trug, aber laut Egon gab es zumindest in Ehrenweiler ein traditionelles Gewand, das die Bevölkerung an Festen wie diesen mit Stolz präsentierte. Die Dirndl und Westen waren in Blau- und hellen Grautönen gehalten, die Kleider und Hosen der Ehrenweiler aus feiner Baumwolle und die Westen der Männer aus Samt. Dazu trugen viele der Herren einen schwarzen Hut mit einem dunkelgrünen Band, in das sie eine Blüte gesteckt hatten. Egon hatte augenzwinkernd behauptet, je besser die Blüte duftete, umso größer die Chance, dass ein Mädchen daran riechen wollte. An seinem Hut steckte ein kleiner Jasminzweig, den er wohl gegen den Lavendel von gestern getauscht hatte, und Kiki hatte auch schon einige Männer mit rosafarbenem Sommerflieder gesehen. Wäre die Luft im Zelt nicht erfüllt vom Spanferkelgeruch und Lärm, man käme sich vermutlich vor wie in einem geheimnisvollen Garten.

Jakob hatte auf den Hut verzichtet, aber als er vor Kiki stand, stieg ihr wieder sein unverwechselbarer Duft in die Nase, und sie konnte es sich gerade noch verkneifen, ihre Hände auf seine Brust zu legen und an ihm zu schnuppern. Jakob konnte definitiv auf Lavendel und Jasmin verzichten. Er sah nicht weniger großartig aus als heute Morgen.

»Du bist ja schon wieder da! Hat alles geklappt?«

Er legte Kiki den Arm um die Schulter und drückte ihr einen Kuss auf die Wange, als wären sie alte Freunde. Diese Geste war so vertraut, wie seine Nähe sich anfühlte, und gleichermaßen irritierend, weil eben alles, was sie fühlte, keine Grundlage hatte. Kiki konnte sich gerade noch davon abhalten, mit den Fingerspitzen über die Stelle zu fahren, an der sein Mund ihre Haut berührt und ein funkelndes Prickeln hinterlassen hatte, bevor sie sich verstohlen umsah, um zu überprüfen, ob sie jemand beobachtete.

Tante Elsie hatte jedenfalls das Gespräch mit Egon unterbrochen und ihren Blick fest auf Kiki gerichtet. In ihrem Gesicht las sie die unausgesprochene Frage, wer der Mann war, warum ihr Herz so laut klopfte, dass Elsie es bis zu ihrem Platz hören konnte, und warum Kiki ihr nichts von ihm erzählt hatte. *Nun, Tante Elsie, so hat eben jeder seine Geheimnisse.*

Es machte Kiki gleichermaßen nervös und froh, dass Elsie sie beobachtet hatte, denn mit wem, wenn nicht mit ihr, konnte sie über Jakob sprechen? Und dass sie über ihn sprechen würden, wusste Kiki, denn es war eine Sache, dass ihre Tante mehr Geheimnisse hatte als Bilder an der Wand, aber eine ganz andere, dass Kiki selbst vielleicht auch welche haben könnte. Kiki räusperte sich.

»Alles prima. Ich habe dir den Pick-up auf den Hof gestellt. Es ist ihm nichts passiert.« Zugegebenermaßen war sie ein bisschen stolz.

»Da bin ich aber sehr froh!« Jakob grinste.

»Oh, aber von den Hundekeksen gibt es leider keine mehr.« Entschuldigend hob Kiki die Schultern.

»Nicht? Hast du etwa einen anderen genauso verfressenen Hund getroffen wie Little Richard?« Erstaunt sah er sie an.

»Nein, das äh, das war kein … Hund.« Kiki grinste und zupfte ihre Tante am Ärmel. »Oh, apropos: Darf ich dir meine Tante Elsie vorstellen? Jakob, das ist Tante Elsie, Tante Elsie: Das ist Jakob.« Höchste Zeit, das Thema zu wechseln.

Jakob beugte sich ein wenig nach unten, um Tante Elsies Hand zu nehmen. »Frau von Betzenstein?«

Elsie lachte. »O nein, bitte nicht. Wenn jemand zu mir Frau von Betzenstein sagt, denke ich immer, meine Schwägerin steht hinter mir. Nichts für ungut, Kiki.« Sie grinste. »Hat nichts mit dir zu tun. Nennen Sie mich einfach Elsie.« »Jakob«, erwiderte er lächelnd. »Und das mit Kikis Mutter verstehe ich. Sorry, Kiki.« Er lachte und zwinkerte Kiki zu.

Sein Blick glitt über ihren Mund, verfing sich kurz in ihren Augen und blieb dann an Kikis Frisur hängen. »Wow, jetzt sehe ich das erst! Du siehst ja wirklich aus wie eine perfekte junge Kopie deiner Tante!« Die Wärme in seinem Lächeln wurde noch ein wenig intensiver.

Hallo, Stolz, wir hatten einen Deal, nicht wahr?

»Und du hast die Schuhe gefunden!« Er zeigte begeistert auf die Ballerinas an ihren Füßen.

»Ja, die …« Verlegen hob sie einen Fuß und wackelte mit den Zehen.

»Charlotte hat sie schon überall gesucht, aber … nun, man muss eben Opfer bringen!« Entgeistert starrte Kiki ihn an, was ihn überhaupt nicht zu beindrucken schien.

»Deine Schwester ist da?« Das war, das war …

»Yep!«

… unfassbar peinlich! Sie konnte doch nicht hier auf dem Fest mit fremden Schuhen herumlaufen, die die Besitzerin vielleicht gesucht hatte!

»Und du hast mir trotzdem ihre Schuhe gegeben?« Kiki musste sofort in den Goldenen Adler zurück und ihre Flipflops holen. Ganz egal was, Hauptsache, es waren nicht die Schuhe von Jakobs Schwester.

»Ganz genau.« Er grinste. »Aber mach dir keine Gedanken! Sie hat wirklich genug Schuhe.«

Das konnte auch nur ein Mann sagen.

»Ich muss ins Hotel und Schuhe tauschen.« Fassungslos machte Kiki sich los. Es war eine Sache, Schuhe von jemandem zu tragen, der auf der anderen Seite der Weltkugel war und nichts davon mitbekam, aber eine ganz andere, dies unter den Augen der betroffenen Person zu tun.

»Nein, musst du nicht.«

»Doch, muss ich.« Kiki verschränkte die Arme vor der Brust und schaute Jakob wütend an, aber er lachte nur.

»Weißt du, wenn du so schaust, dann mag ich dich beinahe am liebsten. Nein, Kiki, wirklich. Alles gut. Charlotte weiß Bescheid, und auch wenn es dich verwundern mag, sie hat wirklich noch ein zweites Paar solcher Schuhe. Und sie hat mir ausdrücklich gestattet, sie dir zu bringen. Ob du es glaubst oder nicht, ich habe sie nämlich tatsächlich gefragt.«

Er legte den Kopf schräg und sah zuerst sie und dann Tante Elsie an, aber als Kiki nichts mehr erwiderte, nahm er sie einfach am Arm und zog sie ein wenig näher an sich. Tief atmete sie seinen Duft ein. Ihr Stolz hatte sich darin längst aufgelöst.

»Also dann? Elsie, wenn Sie uns entschuldigen würden?« Er deutete eine Verbeugung an, legte Kikis Hand in seine Armbeuge und zog sie in Richtung Tanzfläche. »Darauf freue ich mich schon den ganzen Tag!« Er grinste zufrieden.

Die Kapelle spielte nun ein paar langsamere Lieder, nachdem Kiki schon befürchtet hatte, Polka tanzen zu müssen oder irgendetwas anderes Schnelles, wobei sie nur die Wahl hatte, sich selbst oder ihrem Tanzpartner auf die Füße zu treten. Ihre letzten Ausflüge auf dem Tanzparkett waren auf dem Cannstatter Wasen gewesen, und sie hatte sich vermutlich nicht unbedingt durch Anmut und Grazie von den anderen Tänzern abgehoben. Was vielleicht auch daran liegen konnte, dass sie zwar die üblichen Standardtänze im Tanzkurs gelernt hatte, aber ihr Können, wenn man es überhaupt so nennen wollte, seitdem eher nicht gefragt war. Rob hasste Tanzen, und über die Jahre hatte Kiki vergessen, wie viel Spaß sie dabei immer gehabt hatte. Bevor sie sich darüber allerdings allzu viele Gedanken machen konnte, hatte Jakob ihr schon eine Hand auf die Hüfte gelegt und mit der anderen die ihre genommen. Er führte sie gleichermaßen nachdrücklich wie leicht. Selbst wenn Kiki gewollt hätte, sie hätte keinerlei Einfluss auf diesen Tanz nehmen können. Aber das war auch gar nicht ihre Absicht. Sie wollte sich in die Bewegung fallen lassen, in die Musik und in das Gefühl, dass ihr nichts passieren konnte. Jakob hielt sie. Mit seinen Armen, aber auch mit seinem Blick. Für diesen einen Tanz war Kiki geborgen und sicher. Und ihr Stolz konnte sie mal.

Vermutlich waren die Minuten in Kikis Leben noch nie so schnell verflogen. Nach diesem Tanz war sie erfüllt von einem Frieden und dem Gefühl, angekommen zu sein, wie schon lange nicht mehr. Sie wollte nicht, dass es schon vorbei war.

»Magst du noch einmal?« Jakobs Wange an ihrer. Seine Stimme in ihrem Ohr.

»Ob ich …?«

»… ob du noch mal tanzen willst.«

Sie spürte sein Lächeln an ihrem Ohrläppchen, und alle Härchen auf ihrem Unterarm stellten sich auf.

»… noch mal …?«

»Genau. Tanzen. Noch mal. Du willst?« Er grinste. »Wenn ich allerdings gewusst hätte, dass mir Meister Yoda auf der Tanzfläche gegenübersteht, hätte ich ein Lichtschwert mitgebracht.«

Los, sag was Witziges, von Betzenstein, irgendwas, das am besten auch mit Star Wars zu tun hat, aber gleichzeitig klug und charmant ist und …

Nein, Kiki fiel nichts ein. Plötzlich waren alle Worte aus ihrem Kopf verschwunden, und ihr Mund wurde trocken, als eine Bewegung am Eingang ihre Aufmerksamkeit erregte.

»Ist das dahinten nicht deine Frau?«

Am Eingang stand sie. Genauso hübsch wie gestern, genauso fröhlich lächelnd und mit ausgebreiteten Armen, um Mia aufzufangen, die durch den Gang auf sie zustürmte. In ihrem blauen Dirndl mit der hellgrauen Schürze und der weißen Bluse sah sie zauberhaft aus. Sie passte in jeder Hinsicht perfekt zu Jakob.

Er zuckte zusammen und ließ ihre Hand los. Nope. Das war ganz sicher nicht der richtige Satz gewesen. Fassungslos folgte sein Blick Kikis.

»Meine …?« Auch Louisa hatte sie offensichtlich entdeckt, aber anstatt wütend oder zumindest irritiert zu sein, hellte sich ihr Gesicht noch mehr auf, und sie winkte ihnen zu. Neben Kiki begann Jakob zu lachen.

»Das ist nicht meine Frau.«

»Nicht?« Verwirrt beobachtete Kiki, wie Mia in ihre Arme sprang und ihr etwas ins Ohr flüsterte, das diese Frau – wer auch immer sie war – so sehr zu amüsieren schien, dass sie ihren Kopf in den Nacken warf und lachte. Für Kiki sahen die beiden aus wie das perfekte Mutter-Tochter-Gespann. Wenn sie nicht Mias Mutter war, wer war sie dann?

»Ich kenne sie zwar beinahe so gut wie mich selbst, aber verheiratet sind wir definitiv nicht.« Jakob wischte sich eine Lachträne aus dem Augenwinkel. »Das ist Charlotte, oder auch Charlie, wenn du sie ärgern möchtest. Meine Schwester.«

»Deine …?«

Jetzt, da Kiki es wusste, fiel es ihr auch auf. Natürlich. Sie sah nicht nur Mia unglaublich ähnlich, sondern auch ihrem Bruder, und Kiki fand sie gleich noch ungefähr tausendmal toller als zuvor. *Jakobs Schwester.*

Erleichterung breitete sich in ihr aus. Gleichzeitig sah sie sich nach einer Ritze im Tanzboden um, in der sie vielleicht versinken konnte, bis sich die Farbe ihres Gesichts wieder von reifer Tomate zu ihrer üblichen Blässe gewandelt hatte, während Jakob Charlotte ebenfalls zuwinkte.

Dann wandte er sich wieder an Kiki. »Also zurück zu meiner Frage: Möchtest du noch einmal tanzen? Du kannst natürlich auch gern zu Charlie rübergehen und dich für die Schuhe bedanken …«

»Nein, ja, sehr gern«, antwortete Kiki und verdrängte mehr oder weniger erfolgreich die Frage, wer denn nun Mias Mutter sein konnte, wenn Charlotte ihre Tante war.

»Isolde von Betzenstein, dich soll noch einer verstehen«, sagte Jakob amüsiert und legte ihre Hand in seine, und Kiki genoss für einen Augenblick die Art und Weise, wie er sie sanft und gleichzeitig klar führte.

Dieses Mal erkannte sie einen Walzer. Die Melodie war ein wenig schneller als beim vorherigen Tanz, aber zusammen mit Jakob fühlte sie sich, als würde sie schweben. Bei jeder Drehung warf sie einen Blick ins Publikum und freute sich über Tante Elsie, die mit Egon plauderte, ihre Mutter an der Bar und Charlotte, wie sie mit Mia gegenüber von Roswitha Platz genommen hatte, an einem Tisch etwas weiter rechts von der Bühne.

Es war unglaublich, wie herzlich die Ehrenweiler sie aufgenommen hatten. Neben Charlotte saß Onkel Kurt. Er starrte Kiki an. Sofort fiel ihr wieder ein, dass sie sich ja eigentlich längst mit ihm hatte unterhalten wollen und wollte gerade ansetzen, wenigstens Jakob ein wenig nach ihm zu fragen, da blieb er plötzlich wie festgenagelt stehen, sodass Kiki nun doch noch über seine Füße stolperte und vermutlich gestürzt wäre, wenn er sie nicht im letzten Augenblick festgehalten hätte. Sein Gesicht war schneeweiß geworden, und er starrte zum Eingang.

»… aber *das* ist Mias Mutter«, sagte er tonlos und ließ Kikis Hände los.

Es schien, als hätte er Kiki von einem Augenblick auf den anderen vergessen. Die Musik spielte weiter, als sei nichts geschehen, die Menschen um sie herum tanzten und lachten. Keiner nahm Notiz von Kiki und Jakob, obwohl sie mitten auf der Tanzfläche standen und sich keinen Millimeter bewegten, seit Jakob … als hätte die Zeit angehalten.

Kiki folgte Jakobs Blick. Im Eingang stand eine schmale junge Frau mit langen dunklen Haaren, die sie zu einem Zopf zusammengebunden hatte, der ihr dennoch beinahe bis zur Hüfte reichte. Zu ihrer weißen Jeans trug sie ein T-Shirt von den Rolling Stones und weiße Sneaker und sie war höchstens … also mindestens fünf Jahre jünger als Kiki. Oder zehn. Sie kam ihr merkwürdig bekannt vor, so als hätte sie sie schon einmal irgendwo gesehen. Neben ihr saß Little Richard und wedelte mit dem Schwanz. *Verräter.*

Plötzlich fühlte Kiki sich unglaublich alt und … fremd. Auch wenn die Leute hier so nett zu ihr gewesen waren, gehörte sie dennoch nicht hierher. Nicht in dieses Zelt, nicht nach Ehrenweiler – und schon gleich gar nicht an Jakobs Seite. Was hatte sie sich nur eingebildet? Das war Louisas Platz. Die Menschen hier schienen sie zu kennen, der eine oder andere rief ihr sogar etwas zu, als sie langsam, Schritt für Schritt, durch den Gang in Richtung Tanzboden kam. Sie ignorierte jeden Gruß und jede Berührung. Ihr Blick war starr auf Jakob gerichtet. Kiki sollte irgendwo sein. Egal wo, nur nicht hier.

»Jakob, ich … äh … ich geh dann mal.« Er sah sie noch nicht einmal an. »Ist gut. Wir … sehen uns später«, murmelte er, und Kiki wusste, dass er längst vergessen hatte, dass sie überhaupt da war.

30

Kurt hatte das Mädchen nicht aus den Augen gelassen, seitdem sie das Zelt betreten hatte. Gestern war es nur ein Impuls gewesen, die Hand nach ihr auszustrecken, als sie sich zu seinem Neffen gesetzt hatte. Die Ähnlichkeit zu Elsie war so unfassbar frappierend, dass er einfach nicht anders gekonnt hatte. Ihre Reaktion war nachvollziehbar gewesen. Er war ein alter Mann, und sie kannte ihn überhaupt nicht. Er kannte sie auch nicht, das war ihm klar geworden, als er ihr in die Augen gesehen hatte. Das Erkennen hatte gefehlt, diese wortlose Übereinstimmung von allem, was er je gedacht und gefühlt hatte. Nein, dieses Mädchen war nicht Elsie. Außerdem war sie höchstens dreißig oder vierzig Jahre alt und nicht einundneunzig, wie er selbst. Und so alt, wie Elsie jetzt sein musste. Elsie. Es war kein Tag vergangen, an dem er nicht an sie gedacht, kein Tag, an dem er sich nicht nach ihr gesehnt hatte. Und kein Tag, an dem er sich nicht über sich selbst ärgerte, weil er damals sein Versprechen gebrochen hatte. Aber auch, wenn die Zeit angeblich alle Wunden heilte, diese würde ihn immer schmerzen, solange er lebte. Ob Elsie das wohl wusste? Und ob es wohl das Alter war oder die Sehnsucht nach seiner großen Liebe, dass er sich plötzlich einbildete, eine junge Version von ihr zu sehen? Wobei, wenn man es genau nahm, war es keine junge Version, sondern eine alte. Schließlich hatte er Elsie das letzte Mal gesehen, als sie beide sechzehn gewesen waren.

Er schloss für einen Moment die Augen. Der Moment ihres Abschiedes stand noch so klar vor ihm, dass er beinahe das Gefühl hatte, das störrische Gras unter seinen Füßen und das Kratzen der Unterwäsche unter der ungewohnten mehr oder weniger provisorischen Uniform auf seiner Haut zu spüren. Er hatte sich noch viele Male nach ihr umgedreht, an diesem Weihnachtstag 1944. Aber es waren nicht seine Augen, sondern sein Herz, das das Bild von ihr für immer speicherte. Und auch jetzt musste er noch nicht einmal die Augen schließen, um sie vor sich zu sehen, wie sie da stand, die Augen voller Tränen, mit dem Messer in der Hand, das sie ihm zu Weihnachten gebastelt hatte.

Kurt klopfte auf seine Weste, in deren Innentasche er es auch heute bei sich trug. Während des Krieges und auch danach hatte er es tatsächlich ununterbrochen bei sich gehabt, wie einen Talisman, und es hatte ihm das ein oder andere Mal gute Dienste geleistet, aber irgendwann hatte er es in seine Schreibtischschublade gelegt und nur noch zu wichtigen Anlässen herausgenommen.

Zu seiner Meisterprüfung zum Beispiel. Beim Richtfest seiner Schreinerei. Bei Jakobs Prüfung und dem Moment, als er ihm die Schlüssel für die Werkstatt übergeben und ihn zu seinem Nachfolger gemacht hatte. Kurt seufzte. Selbst bei seiner Hochzeit mit Ida war das Messer dabei gewesen, auch wenn er ein schlechtes Gewissen dabei gehabt hatte. Ida gegenüber. Weil er da den Talisman beinahe noch dringender gebraucht hatte als während seiner Gefangenschaft in Russland. Sowohl im Krieg als auch danach hatte er sich oft dabei ertappt, wie er mit dem Messer sprach, als wäre es ein Freund, und nach wie vor konnte er nicht fassen, dass es ihm gelungen war, dieses Messer vor den anderen Soldaten zu verstecken. Das heißt, einer hatte es gefunden und seinen Kameraden gezeigt. Sie hatten gelacht und es ihm dann vor die Füße geworfen. Wenn sie gewusst hätten, was für ein kostbarer Schatz da im Dreck lag und dass es einzig das Messer war, das ihn am Leben hielt, sie hätten es ihm nicht so achtlos wieder überlassen.

Ursprünglich sollte er, wie so viele andere ahnungslose junge Soldaten, nach Belgien an die Westfront geschickt werden, um dort bei der Stabilisierung zu unterstützen, dann lautete sein Marschbefehl plötzlich ins Elsass und nach Colmar, wo er sich einer Infanteriedivision anschließen sollte. Hitlers Ardennenoffensive sollte dem Kriegsgeschehen im Westen noch einmal eine andere Richtung geben, was ihm nicht gelingen sollte. Kaum war Kurt angekommen, gab es eine kurzfristige Planänderung, und er wurde an die Ostfront geschickt, genauer gesagt in die Nähe von Warschau, ohne die Möglichkeit, irgendjemanden von diesem Ortswechsel zu unterrichten. In dieser Zeit hielt sich Kurt an seinem Messer fest, an dem Stern, den Elsie und er jede Nacht anschauen wollten, was bei diesen eisigen und sternenklaren Winternächten das geringste Problem war, und an der Hoffnung, dass der Krieg irgendwann ein Ende nehmen würde.

Am 13. Januar 1945 wurden sie angegriffen. Ein Häufchen übrig gebliebener Soldaten gemischt mit halben Kindern, die keine Ahnung vom Kämpfen, dafür Heimweh, Hunger und sehr kalte Füße hatten. Den Zivilisten ging es noch viel schlechter, aber im Grunde waren sowohl Soldaten als auch die Bewohner von Ostpreußen Opfer von Hitlers absurder und grausamer Kriegsführung. Die Flüchtlingstrecks in den Westen oder an die Ostseehäfen war ein Anblick, der sich tief in Kurts Seele gebrannt hatte und den er nie wieder vergessen würde. Genauso wenig wie das schreckliche Wissen, dass keiner eine Chance haben würde, sollte die Rote Armee sie erreichen. Noch jahrelang ließ dieser Gedanke ihn nachts aufschrecken. Sein Herz schmerzte bei all dem Leid, das er in diesen Zeiten sah, so sehr, dass er es kaum aushalten konnte, und er begann, sich selbst jedes Gefühl zu verbieten. Es war ein mühsamer Prozess. Und dennoch: Im April 1945 schloss Kurt Pfeffer, noch keine achtzehn Jahre alt, nicht nur das Leid und den Kummer aus seinem Herzen aus, sondern auch die Liebe und das Glück.

Kurt selbst hatte Glück im Unglück. Königsberg fiel, und über Pillau sollten Verwundete und Zivilisten abtransportiert werden. Nach mehreren erfolglosen Versuchen, sich auf eines der Schiffe zu schleichen, gelang es ihm kurz vor Kriegsende. Er hatte Anfang April bei einem Kampf mit der Roten Armee einen Lungendurchschuss und einen Streifschuss erlitten und war nach seiner Operation im Lazarett nach Pillau gebracht worden, von wo aus er zur Halbinsel Hela und von dort aus in den mehr oder weniger sicheren Westen gebracht werden sollte. Schließlich landete er in

Stralsund in einem weiteren Lazarett. Die Schiffsfahrt, die er neben vielen andern Verwundeten auf schmutzigem Stroh liegend verbrachte, während der sie immer wieder beschossen wurden und ständig Gefahr bestand, dass sie gleich kentern würden, war schrecklich. Kurt rechnete nicht damit zu überleben. Neben ihm starben andere, teilweise weniger schlimm Verwundete, und irgendwann sehnte er sich geradezu nach dem Tod. Endlich keine Angst mehr haben. Endlich einfach gar nichts mehr. Das Einzige, was er bedauerte, war, dass er dann Elsie nie wiedersehen würde.

Sein Messer hatte er noch. Hoffnung eher keine mehr.

Und dennoch schaffte er es irgendwie, sich nach Hause durchzuschlagen. Es dauerte ewig, und auch hierbei hatte er sehr viel Glück, wurde oft genug für einen Bauernjungen der Gegend gehalten und ergatterte immer wieder doch noch etwas zu essen, ein Stück Stoff für eine Hose, oder gar Hirschhornknöpfe, die seine Uniform wieder in den Jägerrock zurückverwandelten, ihn zum Zivilisten machten und somit für die Sieger uninteressant. Nein, es war keine leichte Reise, und sowohl sein Herz als auch sein Verstand waren in den letzten Wochen hart geworden. Er hatte begriffen, dass es nicht immer möglich war, ein aufrichtiger Mensch, ein guter Christ zu sein, wenn es um das pure Überleben ging. Am Anfang schämte er sich für vieles, aber nach und nach tat er, was getan werden musste. Er sprach wenig, schlief so gut wie nie, vergaß sein Gewissen, schaute nicht mehr nach dem Stern, ließ zu, dass sein Herz ein nutzloser Klumpen aus Stein wurde, und hatte trotzdem nur noch ein Ziel: Er wollte nach Hause.

Aber selbst dann, als er endlich im August 1945 in Ehrenweiler ankam, fühlte es sich nicht mehr wie seine Heimat an. Vor ihm hatte schon der falsche Bescheid das Dorf erreicht, dass er gefallen war. Dass das nicht der Wahrheit entsprach, spielte kaum eine Rolle. Den Kurt Pfeffer, der am 25. Dezember des Jahres 1944 aufgebrochen war, gab es ja auch tatsächlich nicht mehr. Ihm wurde klar, dass es im Grunde gleichgültig war, wo er sich befand: Er war sich selbst fremd geworden.

Dass Elsie weg war, wusste er in dem Moment, als er den Fuß über die Ortsgrenze setzte. Und nachdem er am Anfang noch ihr Gesicht überall sah und sich einbildete, ihre Stimme zu hören, so verblasste ihr Lachen in seinem Ohr von Tag zu Tag ein wenig mehr, und schließlich dachte er nur noch nachts in seinen Träumen an sie, wenn der Verstand die Kontrolle aufgegeben hatte. Sie war weg.

Laut Frau Hermann hatte sie Ehrenweiler sofort nach Kriegsende verlassen, um nach Stuttgart zurückzukehren. Er konnte es ihr nicht verdenken. Sie war eine von Betzenstein, und in der Stadt warteten eine Villa und ein Leben, das er ihr so niemals bieten konnte. Dazu hatte sie ihre Eltern so sehr vermisst und Matthias, der viel zu lange von seiner Mutter getrennt gewesen war und nun, da sie nicht mehr da war, wenigstens in der Nähe seines Vaters sein sollte. Das einzig Gute am Krieg war gewesen, dass er alle Menschen in ihrer Not auf die gleiche Stufe gestellt hatte. Und dass Kurt die Chance bekommen hatte, Elsie überhaupt kennenzulernen. Er, Kurt Pfeffer, der Schreiner, und sie, die kluge und wissbegierige Elsie aus gutem Hause, die sicher noch Großes erreichen würde. Wie er gestern schon bei der Andacht gesagt hatte: Er hatte in dieser schrecklichen Zeit nie das Vertrauen in das Gute verloren, aber er hatte aufgehört, daran zu glauben, dass er es verdient haben könnte. Er beschloss, Elsie nie zu vergessen und die Erinnerung an ihre gemeinsame Zeit wie einen Schatz zu hüten. Und er beschloss außerdem, mit seinem Leben fortzufahren, damit ihn die Sehnsucht nach ihr nicht eines Tages auffraß. Und so lag Elsies Liebe gut konserviert ganz hinten in seinem Herzen versteckt und er ließ nicht zu, dass von nun an etwas anderes als purer Pragmatismus sein Leben bestimmte. Alles andere wäre viel zu schmerzhaft gewesen.

Es war die richtige Entscheidung gewesen. Als Ida Brodbeck, die Tochter des Wirtes vom Goldenen Adler, schüchtern an seine Tür geklopft hatte, mit ein paar Scheiben selbst gebackenem Brot, einem winzigen Stück Speck und einer Flasche selbst gebrautem Bier, da wusste er, dass das Leben ihn nicht ganz aufgegeben hatte.

Kurt bewunderte, wie die junge Frau hocherhobenen Kopfes von der Tanzfläche in Richtung Ausgang ging. Beinahe hätte sie dabei Louisa gestreift, deren Auftauchen hier so ungewöhnlich wie unangemessen war. Kurt lächelte. Die stolze Haltung, der hocherhobene Kopf und das freundliche Nicken in Louisas Richtung, obwohl es der jungen Frau sicher nicht danach war, all das war ihm so unendlich vertraut. Und auch wenn diese Frau hier nicht Elsie war, so war sie doch eine von Betzenstein, da war sich Kurt absolut sicher. Wo auch immer sie herkam und was auch immer sie mit seinem Neffen Jakob zu tun hatte, sie hatte sein Herz genau da berührt, wo es vor langer Zeit schon einmal berührt worden war. Sie hatte es aufgeweckt und ihn daran erinnert, wie kostbar dieser Schatz war, den er da besaß. Und das war nicht weniger als ein Wunder. Und ein weiteres, dass sie es geschafft hatte, wieder ein Lächeln in Jakobs Gesicht zu zaubern. Ein Lächeln, das Kurt schon so lange nicht mehr gesehen hatte und das sein eigenes Herz ein bisschen leichter machte.

Und jetzt Louisa. Missbilligend schnalzte Kurt mit der Zunge.

Selbstverständlich hatte Theos und Roswithas Tochter das Spanferkelfest für ihren großen Auftritt gewählt, aber damit auch jeder gleich wusste, dass sie hier nicht dazugehören wollte, trug sie keine Tracht. Es war natürlich Absicht, dass sie hier einfach so reinplatzte, ohne sich anzukündigen, und alles durcheinanderbrachte. Typisch, dass sie dabei nur an sich dachte und nicht eine Sekunde an Jakob oder ihre Tochter. So gern er Roswitha und Theo hatte und obwohl Louisa immerhin auch schon Ende dreißig war, am liebsten hätte er sie übers Knie gelegt. Aber weder war das seine Aufgabe noch seine Art. Und außerdem hatte er schon immer einen besonderen Draht zu dieser rebellischen jungen Dame gehabt und war der Einzige gewesen, der zu ihr gehalten hatte, denn selbst wenn sie sich unmöglich benahm und er seinen Neffen über alles liebte, so verstand er sie doch.

Die junge Frau, die Elsie so ähnlich sah, tat ihm leid, denn soseher er ihren Stolz bewunderte, so gut wusste er auch, dass unter der Stärke der von Betzenstein-Frauen ein großes, verwundbares Herz verborgen war. Jemand sollte ihr folgen. Jakob stand immer noch auf dem Tanzboden, gelähmt wie ein Kaninchen, das auf nächtlicher Fahrbahn geblendet worden war.

Dann würde er ihr wohl hinterhergehen. Schade, dass seine alten Knochen ihn nicht schneller zum Ausgang trugen. Er konzentrierte sich auf seine Schritte, den Blick fest auf den hinteren Teil des Zeltes gerichtet. Nicht auszudenken, wenn er jetzt vor all den Leuten stolperte. Dann würde es wieder heißen, dass der alte Pfeffer zu viel Marille erwischt hätte. Er grinste. Für nicht mehr ganz so sichere Schritte brauchte man in seinem Alter keinen Alkohol mehr, und außerdem hatte er schon immer darauf geachtet, seinen Kopf so klar wie möglich zu halten. Schließlich hatte der Kurts Herz zu bewachen. Während er nur langsam vorwärtskam, ließ er seinen Blick durch die vollbesetzten Reihen streifen, aber irgendetwas weiter hinten im Zelt, dort, wo es ein wenig schattiger war, bevor es dann nach draußen ging, zog seine Aufmerksamkeit magisch an. Ein Lichtfleck. Schlohweiße Haare, zu einem Kranz geflochten. Daneben Egon. Lachend. Eifersucht schoss wie ein heißer Pfeil mitten in Kurts Herz.

Er kannte jeden hier im Zelt. Jeder Kopf, mit Hut oder ohne, war ihm vertraut, jedes Gesicht, jede Stimme würde er auch in stockdunkler Nacht zuordnen können. Und dennoch fühlte sich irgendetwas hier merkwürdig an. Louisa lief an ihm vorbei und grüßte ihn kurz, aber es kam ihm vor, als wäre plötzlich alles irgendwie verlangsamt. Als ginge er durch einen zähen Nebel. Sein Blickfeld verschwamm an den

Rändern immer mehr, und alle Geräusche im Zelt vermischten sich zu einem gedämpften Rauschen. Diese Haare! Wie sie leuchteten! Was geschah hier? Hatte er einen Schwächeanfall oder etwas Ähnliches?

»Alles in Ordnung, Kurt?«

Er hatte Gisela gar nicht wahrgenommen, aber jetzt stand sie plötzlich neben ihm und sah ihn besorgt an.

»Du bist so blass!«

Kurz schüttelte Kurt den Kopf, um zu überprüfen, ob ihm schwindelig war, aber scheinbar war alles in Ordnung.

»Nein, alles gut, ich … ich wollte nur mal nach dem Mädchen sehen.«

»Was für ein Mädchen?«

Keine Zeit für Erklärungen. Kurt ließ Gisela ohne eine Antwort stehen und ging weiter. Sein Herz schlug rasend schnell. Das Mädchen, vielmehr die Frau, war nicht nach draußen gegangen, sondern hatte sich direkt gegenüber von Egon niedergelassen, und gerade in dem Moment, als sie die Hand der Frau mit den weißen Haaren ergriff, drehte die sich zu Kurt um, als hätte sie seinen Blick in ihrem Rücken gespürt.

Sofort fühlte er sich zurückversetzt zu diesem einen Spanferkelfest. Es musste 1949 gewesen sein und das erste Fest nach dem Krieg, bei dem es wieder mehr zu Essen und vor allem auch etwas zu feiern gab. Lange hatte er gerade genug Kraft gehabt, um den Tag zu überstehen, und obwohl er sich nachts oft ausgemalt hatte, wie es wohl wäre, wenn er einfach nach Stuttgart fuhr, zu Elsie ging und sie nach Ehrenweiler zurückholte, so gab er diesen Gedanken doch spätestens im Morgengrauen wieder auf. Sie war bestimmt längst mit einem Industriellensohn, einem klugen Kopf oder irgendjemand anderem verheiratet, der ihr ein angemessenes Leben bieten konnte. Oder – was mindestens so wahrscheinlich war – sie bereiste die Welt und lernte alles, was es über die Natur zu wissen gab. Als es Kurt besser ging, war es nur selbstverständlich, dass er mit Ida tanzen ging und ihr schließlich einen Antrag machte. Sie brauchten sich gegenseitig und würden ein gutes Leben haben, das wusste Kurt. Was er nicht wusste, war, dass Elsie sein schönster Traum bleiben und er ihn beinahe jede Nacht träumen würde. Er hatte im Mai desselben Jahres Ida geheiratet. Ida. Wehmütig dachte er an ihr liebes Gesicht, an all die vielen Jahre, die sie gemeinsam verbracht hatten. Direkt nach dem Krieg war sie einfach da gewesen und den Rest ihres Lebens nicht mehr von seiner Seite gewichen. Sie hatte ihm Hoffnung gegeben, als er aus dem Krieg gekommen war und jeder gute Gedanke aufgebraucht war. Sie hatte ihm geholfen, wieder auf die Beine zu kommen, und er hatte sie und ihre Familie dabei unterstützt, den Goldenen Adler wiederherzurichten. Sie war seine Familie gewesen. Sie war alles, was er hatte. Und Elsie war nur noch ein unerreichbarer Traum in seiner Erinnerung.

Eines Tages, kurz vor ihrem Tod, hatte Ida ihm gestanden, dass sie all die Jahre gewusst hatte, dass sie nicht seine große Liebe war. Dass sie ihm dankbar dafür war, wie fürsorglich und liebevoll er mit ihr umgegangen war, obwohl sie ihm noch nicht einmal Kinder hatte schenken können, und dass sie ihr Leben lang eifersüchtig auf Elsie gewesen war, obwohl sie sie nie wiedergesehen hatte.

Dabei hatte er Elsie sehr wohl gesehen. Beim Spanferkelfest 1949. Zumindest hatte er es sich eingebildet. Aber später hatte er dieses Erlebnis auf das frische Bier geschoben und auf sein schlechtes Gewissen, das ihm einen Streich gespielt hatte, weil er sich so sehr wünschte, sie wäre seine Braut gewesen.

31

Kiki hatte so etwas noch nie erlebt. Für einen Moment vergaß sie Jakob, Louisa und den Schmerz, den sie sich letztendlich selbst zuzuschreiben hatte. Natürlich gab es Louisa. Es hatte sie immer gegeben. Nur, weil sich Charlotte als Jakobs Schwester entpuppt hatte, hieß das nicht, ach, hieß das schließlich gar nichts. Was hatte sie sich denn eingebildet? Dass Mia durch unbefleckte Empfängnis entstanden war? Ein Wunder? Für einen winzigen, köstlichen Augenblick hatte Kiki sich der Illusion hingegeben, dass es einfach keine Frau an Jakobs Seite gab. Selbst schuld.

Als sie an ihr vorbeiging, fühlte sie eine große Erleichterung: So sah sie also aus. Jung, zierlich, beinahe kindlich. Dunkel. Ein wenig hilflos vielleicht. Doch Kiki sah die Entschlossenheit in ihrem Blick, der geradewegs auf Jakob gerichtet war. Sie war in jeder Hinsicht genau das Gegenteil von ihr selbst.

Als sie sich zu Tante Elsie hingesetzt und Egons obligatorisches Flachmann-Angebot abgelehnt hatte, war sie bereit, noch ein wenig der Musik zuzuhören und dann loszulassen. Sie wollte Tante Elsie die Freude nicht verderben und war im Begriff, aufzustehen und ihr eine Portion Spanferkel mit Sauerkraut zu holen, als sie Jakobs Onkel Kurt auf sie zukommen sah. Das Lächeln in seinem Gesicht war ein wenig verrutscht, und er war blass, aber seine Augen glänzten, und Kiki hatte selten einen Menschen gesehen, der so wach und klar aussah wie er. Dabei schaute er nicht sie an, sondern hatte den Blick fest auf Tante Elsies Hinterkopf gerichtet.

Noch ein paar Schritte. Und noch einer. Plötzlich lief alles wie in Zeitlupe ab. Tante Elsie setzte sich aufrecht hin, als spüre sie seinen Blick in ihrem Rücken. Sie runzelte die Stirn, als würde sie konzentriert lauschen. Kurt hatte schon die Hand nach Kikis Tante ausgestreckt, aber bevor er sie berühren konnte, drehte sie sich um. Zentimeter für Zentimeter wandte sie ihren Kopf, von Kiki und Egon staunend beobachtet.

Egon nahm einen großen Schluck. »Jetzt erinnere ich mich«, flüsterte er Kiki zu. »Ich erinnere mich.«

»Rotkehlchen«, krächzte Kurt fassungslos, während Elsie, die weiß wie eine Wand neben Egon saß, die Augen geschlossen hatte.

»Kurt«, flüsterte sie.

»Setz' dich, Kurt.«

Kiki stand auf und überließ Jakobs Onkel den Platz gegenüber ihrer Tante. Sowohl er als auch Elsie sahen aus, als könnten sie außerdem einen Schluck Wasser brauchen.

»Ich hole was zu trinken«, sagte Kiki, aber niemand interessierte sich für sie.

Kurt und Elsie saßen sich gegenüber und starrten sich einfach nur wortlos an.

Ein paar von Kikis Fragen beantworteten sich von selbst, als sie die beiden miteinander sah – und ein paar neue warfen sich auf, wie zum Beispiel, warum sie so lange auf diese Liebe verzichtet hatten, die fraglos zumindest das Leben von Kikis Tante bestimmt hatte und immer noch groß genug war, um beide an den Rande eines Herzinfarktes zu bringen. Was war geschehen?

»Ich komme mit, Getränke holen.« Egon war aufgestanden und zwängte sich hinter Elsie vorbei in den Gang, bis er neben Kiki stand. »Ich glaube, jetzt brauch ich zur Abwechslung auch mal was Richtiges zu trinken.«

Keiner der beiden nahm Notiz von ihnen, als sie sie allein ließen und zum Getränkestand gingen.

»Hey, Kiki, magst du dich nicht zu uns setzen?«

Bevor Kiki sich umdrehte, wusste sie schon, wer da hinter ihr stand und sie am Rock zupfte. Mia knabberte an einem riesigen Liebesapfel und strahlte so fröhlich, dass sie gar nicht anders konnte, als zurückzustrahlen, obwohl ihr nicht wirklich danach war. Zu viele Dinge waren in der letzten halben Stunde gleichzeitig passiert, dass Kiki sich nicht entscheiden konnte, ob sie ihre Gefühlslage nun mit verwirrt, enttäuscht oder einfach nur völlig erschöpft beschreiben sollte.

»Mia! Ich …«

Vorsichtig schielte sie zu dem Tisch, an dem Jakobs Tochter vorhin mit Roswitha gesessen hatte. Roswitha war immer noch da. Ihr Blick war finster, als sie Kikis auffing. Neben ihr saß Hans, den Kiki vorhin kurz bei ihrer Mutter an der Bar gesehen hatte, und unterhielt sich mit einem jungen Mann, der ihm ziemlich ähnlich sah. Theo stand vermutlich nach wie vor am Grill, und von Jakob und Louisa war weit und breit nichts zu sehen. Ob Mia ihre Mutter schon entdeckt hatte? Vermutlich kaum, denn wenn, dann wäre sie ja wohl kaum hier bei Kiki.

»Also, was ist, Kiki? Oder musst du schon wieder gerettet werden?« Verschmitzt schielte sie zu Egon, der gerade einen großen Krug Bier in Empfang nahm. »Ärgert dich Egon vielleicht?« Sie grinste.

»Wie bitte? Wie sprichst du denn von mir, junge Dame? Wie soll ich denn da je Chancen bei deiner neuen Freundin haben?« Egon grinste ebenfalls und hob seinen Zeigefinger. »Ich ärgere sie doch nicht. Denn eines sage ich dir: Du musst immer freundlich zu den Menschen sein, wenn du mit ihnen ein Tänzchen wagen willst.«

»Aber ich will gar kein Tänzchen mit dir wagen, Egon. Du bist mir viel zu alt!« Mia stemmte die Hände in die Hüften und sah ihn herausfordernd an.

Egon lachte laut auf. »So eine charmante Abfuhr habe ich wirklich selten bekommen.« Er schüttelte den Kopf. »Na, dann tanze ich eben mit deiner Freundin.« Er stellte das Bier auf die Theke und verbeugte sich vor Kiki. »Darf ich bitten?«

»Nee, Egon, darfst du nicht. Kiki kommt nämlich mit mir, stimmt's?« Mia griff nach Kikis Hand und schaute sie bittend an.

Kiki spürte die Wärme und die Bestimmtheit in ihrem Griff, und auch wenn ihre Hand unfassbar klebrig war, so hatte sie doch nie etwas vergleichbar Wundervolles gefühlt. In dieser Berührung lag so viel Vertrauen und ein bedingungsloses »Ich mag dich«, das Kiki bis zu diesem Zeitpunkt so noch nie jemand gezeigt hatte. Keine Frage: Mia hielt nicht nur Kikis Hand, sondern auch ihr Herz fest in ihren Händen.

»Stimmt Egon, tut mir leid.« Sie lächelte ihn entschuldigend an. »Versprochen ist versprochen.« Außerdem war ihr Bedarf an Tänzen vorerst wirklich mehr als gedeckt.

»Na gut.« Er nahm einen großen Schluck Bier. »Gleich zwei Abfuhren sind natürlich ungleich schwerer für mich zu verkraften, aber schöne Töchter haben ja zum Glück auch schöne Mütter, oder wie auch immer das heißt. Dann gehe ich wohl mal an die Bar.« Er winkte Kikis Mutter zu. »Wenn ihr mich also entschuldigen würdet?« Er verbeugte sich und machte sich auf den Weg zu Helga von Betzenstein, die ihn freudig erwartete.

»Wenn wir ihn entschuldigen wollen …« Mia schüttelte den Kopf. »Das ist schon ein komischer Typ, der Egon, was? Als ob das ginge! Man kann sich doch nur selbst entschuldigen.«

Kichernd und kopfschüttelnd über Egon, den schrägen Vogel, zog sie Kiki hinter sich her zu Roswithas Tisch.

»Hallo, Omi!« Sie ließ sich gegenüber von Roswitha auf die Bank plumpsen und zog Kiki neben sich. »Ich hab dir was mitgebracht.« Sie leckte genüsslich an ihrem Liebesapfel, während Roswitha angewidert von den Süßigkeiten zu Kiki sah – und wieder zurück. Ehrlich gesagt war Kiki sich nicht sicher, ob ihr Blick vordergründig ihr oder dem klebrigen Ding in Mias Hand galt.

»Hallo, Roswitha.« Kiki bemühte sich, mit einem besonders freundlichen Lächeln ihr strenges Herz zu erweichen, aber so wie sie sie bisher kennengelernt hatte, musste da auf jeden Fall auch ein wenig Glück im Spiel sein.

»Hallo, Kiki.«

Doch, es war beinahe freundlich gewesen. Die neue Freundschaft mit Helga von Betzenstein bedeutete jedenfalls augenscheinlich nicht, dass sich diese Sympathie auch automatisch auf ihre Tochter übertrug. Und überhaupt: Hatte Mia gerade Omi gesagt? Bevor Kiki darüber nachdenken konnte, hatte Hans sie schon überschwänglich begrüßt, nicht ohne sich ein weiteres Lob für seinen rettenden Keilriemen abzuholen.

»Ah, du bist also die mysteriöse Frau mit der Lizenz zum Stolpern«, schaltete sich der junge Mann neben Hans grinsend ein und streckte Kiki die Hand hin. »Ich bin Philip Schwarz. Hans' Sohn. Hab schon viel von dir gehört!« Er knuffte Mia sanft in die Seite. »Nicht wahr, du kleine Tratschtante?«

»He! Ich bin doch keine Tratschtante!« Empört stemmte Mia die Hände in die Seiten, nachdem sie den Liebesapfel einfach so auf den Tisch gelegt hatte.

»Natürlich nicht.« Philip riss übertrieben die Augen auf und nickte. »Du bist das verschwiegenste, höflichste und bescheidenste Wesen, das auf dieser Erde wandelt.«

Er lachte, wobei seine dunkelbraunen Augen übermütig funkelten und seine weißen Zähne blitzten. Seine dunklen kurzen Haare und sein perfekt gepflegter dunkler Vollbart rahmten ein ausgesprochen männliches Gesicht ein. Auf eine ganz andere Art und Weise als Jakob sah Philip sehr gut aus.

Mia hatte den Liebesapfel wieder in die Hand genommen und hielt ihn Philip hin, der dankend ablehnte.

Roswitha zog ein Taschentuch aus ihrer Handtasche und reichte es über den Tisch. »Mia, leg bitte das eklige Ding weg!«

»Nein!« Demonstrativ leckte sie an dem glänzenden roten Apfel. »Du, Kiki? Hast du einen Mann?«, fragte sie stattdessen und klimperte mit den Wimpern.

»Nein, hab ich nicht.« Nicht mehr jedenfalls.

Kurz tauchte Rob in Kikis Gedanken auf, aber sie scheuchte ihn energisch beiseite. In ihrem neuen Leben hatte er keinen Platz mehr. Kiki war erstaunt, wie einfach das plötzlich war.

»Nicht? Aber das ist ja großartig!« Mias Augen leuchteten.

»So? Findest du?« Kiki musste lächeln. Mias Begeisterung war zwar nicht nachvollziehbar, aber ansteckend.

»Ja, finde ich. Dann kannst du nämlich meinen Papa heiraten!«

»Mia!«, sagte Roswitha streng und schaute sie böse an. Philip hörte interessiert zu.

»Wieso denn, Omili, ich frag doch nur! Oder willst du vielleicht, dass Papa immer allein ist?«

Ein Schatten flog über Roswithas Gesicht, den Kiki nur schwer deuten konnte.

»Aber Mia, dein Papa ist doch nicht allein!«, versuchte Kiki zu vermitteln. »Er hat doch … deine Mama?« Das war wirklich das merkwürdigste Gespräch, das Kiki je geführt hatte, und wenn sie eins und eins zusammenzählte, dann war Mias Mama Roswithas Tochter.

»Meine Mama?« Erstaunt sah Mia zu Roswitha. »Meine Mama ist in Berlin und dort berühmt.« Für einen kurzen Augenblick schaute sie traurig, bevor sie wieder fröhlich wurde. »Das geht leider nur dort und nicht in Ehrenweiler«, erzählte sie weiter. »Aber das macht mir gar nichts aus. Ich hab doch meine Omili, Theo, Onkel Kurt, Charlotte, Little Richard – und wenn du magst, auch dich! Und Mama sehe ich ja ab und zu im Fernsehen.«

Das erklärte, warum Louisa Kiki so bekannt vorgekommen war. Warum sie allerdings heute hier aufgetaucht war, erklärte es überhaupt nicht – und schon gleich gar nicht, warum Kikis Herz hüpfte, bei der langsamen Erkenntnis, dass sie wohl doch nicht die ideale Vater-Mutter-Kind-Familie waren, für die sie sie gehalten hatte. Roswithas bekümmerter Gesichtsausdruck sagte mehr als tausend Worte. Es war sicher nicht einfach für sie, dass ihre Tochter offensichtlich einen anderen Ort und ein anderes Leben gewählt hatte, um glücklich zu sein. Mia hatte wenig Verständnis für den Kummer ihrer Oma.

»Ich will jedenfalls nicht, dass er allein ist. Und schau doch mal, wie hübsch Kiki ist!« Mia wickelte eine von Kikis Haarsträhnen um ihren Finger, die sich aus ihrem Haarkranz gelöst hatten.

»Hallo, Mia, ich kann dich hören!« Kiki lachte. Dieses Kind war unglaublich. »Danke sehr für das Kompliment, aber … es geht ja nicht nur ums Hübsch sein. Außerdem sollte das dein Papa entscheiden, ob er jemanden heiraten will oder nicht.«

Mias Augen begannen zu leuchten, und sie schmiegte sich an Kiki. »Das heißt also, du würdest Ja sagen?«

Kiki musste schon wieder lachen. »Du solltest unbedingt mal irgendwas mit Marketing machen, Mia.« Sie legte ihren Arm um Mias Schultern und drückte sie an sich. »Aber so einfach ist das auch wieder nicht mit dem Heiraten.«

»Nicht?« Mias Augen wurden groß, und Kiki sah, wie sich Enttäuschung in ihr breitmachte. »In den Büchern und Filmen ist es sehr wohl so einfach. Magst du meinen Papa denn nicht?«

In Mias Frage brannte eine Ernsthaftigkeit, die Kiki bisher an ihr nicht wahrgenommen hatte. Und dennoch war sie nicht in der Lage, das Richtige (oder überhaupt irgendetwas) zu sagen. Zu viele Gefühle kämpften in ihrem Herzen und zu viele Gedanken in ihrem Kopf. Allen voran die eine Frage, auf die sie einfach keine Antwort fand: Warum hatte Louisa all das aufgegeben? Schließlich rang sich Kiki zu einem eher lahmen »Klar mag ich deinen Papa« durch, um überhaupt irgendetwas zu sagen und sich dabei nicht allzu sehr zu verraten.

Von Betzenstein, du bist ein Feigling. Wie schade, dass Erwachsene das Leben so unnötig kompliziert machten. Kiki wünschte, sie könnte ein wenig mehr wie Mia sein. Selbstverständlich ließ sie Kiki ihre Antwort sowieso nicht durchgehen und wollte wissen, *wie sehr* sie ihren Papa mochte.

Da passierten zwei Dinge gleichzeitig: Philip schlug vor, dass Kiki ja auch ihn heiraten könne, und bat sie um einen Tanz (die Ehrenweiler nahmen das Tanzen offenbar sehr ernst). Und Jakob tauchte mit Little Richard an seiner Seite am Zelteingang auf und sah sich suchend um. Er war allein. Als er Kiki neben Mia entdeckte, die nach wie vor höchstkonzentriert den Blick auf sie gerichtet hielt, um die Antwort zu bekommen, auf die sie wartete, schob sich ein Strahlen über sein Gesicht, das sicher nicht ihr, sondern seiner Tochter galt. Dennoch konnte Kiki nicht verhindern, dass ihre Mundwinkel sich selbstständig machten, als hätten sie nicht auf ihr Kommando zu hören, und sie zurückstrahlte.

Mia hatte anscheinend die Antwort, die sie wollte, denn sie nickte wissend und sagte: »Ah, *so sehr* magst du meinen Papa also. Ich glaube, das reicht.«

Wozu es reichen sollte, war Kiki nicht ganz klar. In ihrer Verwirrung nahm Kiki jedenfalls Philips Einladung an und stand auf, um ihm auf die Tanzfläche zu folgen. Aus dem Augenwinkel nahm sie wahr, wie Jakob auf dem Absatz kehrtmachte und das Festzelt verließ.

32

Zuerst war es ein Schock für Jakob gewesen, Louisa vor sich stehen zu sehen. Im ersten Moment hatte er gedacht, seine Fantasie hätte ihm einen Streich gespielt und sie vorbeigeschickt, um ihn vor seinen eigenen Gefühlen zu beschützen. Schon lange hatte er nicht mehr das empfunden, was er nun für Kiki fühlte, und er hatte auch nicht geglaubt, dass er dazu jemals wieder in der Lage sein würde. Er dachte vielmehr, sein Herz sei ein uneinnehmbares Fort geworden, und das war auch gut so. Schließlich hatte er selbst alles dafür getan, um rundherum Mauern hochzuziehen und Wächter aufzustellen. Und dann war Kiki gekommen und einfach so hineingestolpert.

Eine Schwachstelle hatte er – und gleichzeitig war sie seine größte Stärke: Mia. Sie war der Dreh- und Angelpunkt in seinem Leben, sein größtes Glück. Als er gesehen hatte, wie sie Kiki angehimmelt hatte, sie ihm gestern beim Zubettgehen die ganze Zeit von ihren Prinzessinnenhaaren vorgeschwärmt und behauptet hatte, sie sei bestimmt eine Fee (wie auch immer sie auf diesen Gedanken kam), und ihn gelöchert hatte, wo er sie genau gefunden hatte und ob sie jetzt vielleicht bitte öfter kommen konnte – wurde ihm auch klar, dass sie sich nach einer Mutter sehnte oder zumindest nach einer weiblichen Bezugsperson.

Mia und er waren ein Dreamteam, und er hatte sich die letzten Jahre erfolgreich eingeredet, dass sie auch zu zweit eine perfekte Familie sein konnten. Wobei er auch wusste, wie viel er Roswitha und Theo zu verdanken hatte, die ihn, obwohl – oder vielleicht auch gerade, weil – sie Louisas Eltern waren, immer unterstützt hatten. Sie waren die besten Großeltern, die sich ein Kind nur wünschen konnte. Ohne sie hätte er es als alleinerziehender, selbstständig arbeitender Vater niemals geschafft, Mia ein Zuhause zu bieten. Oder die Sicherheit, dass es ihr an nichts fehlen würde. Nachdem Louisa dank Philip vor fünf Jahren … Jakob wischte den Gedanken beiseite und nahm ein Schluck von seinem Bier.

Nachdem Louisa so plötzlich verschwunden war, hatte er Monate gebraucht, um überhaupt wieder geradeaus denken zu können. Das erste Weihnachten, Mias dritter Geburtstag – die ersten Ferien ohne Louisa waren die Hölle gewesen. Aber nachdem er alles einmal durchhatte, bemerkte er, dass es ging. Das zweite Jahr ohne sie war besser, und im dritten fehlte sie nur noch dann, wenn Mia nach ihr fragte oder er Roswitha dabei ertappte, wie sie traurig auf das Bild von ihrer Tochter im Flur starrte, das sie lachend und posierend auf irgendeinem roten Teppich bei irgendeiner Fernsehpreisverleihung zeigte. Aber ihm tat ihre Abwesenheit nicht mehr weh. Im Gegenteil: Mia und er waren komplett. Also beinahe. Dass er sich nach einer Partnerin sehnte, war ihm nicht bewusst gewesen, bis Kiki aufgetaucht war. In den letzten

Jahren war er vor allem Mias Vater gewesen, Roswithas und Theos Schwiegersohn, auch wenn er nicht mit Louisa verheiratet war, Kurts Neffe, Charlottes Bruder und der Sohn ihrer Eltern. Eine Partnerin hätte in seinem Leben gar keinen Platz gehabt. Noch nicht einmal die Sehnsucht nach jemandem, der … eben nicht ein siebenjähriges, vorlautes und großartiges Mädchen war.

Aber dann war sie plötzlich in seinem Leben aufgetaucht. Groß, blond, selbstbewusst und ein bisschen verpeilt, wahnsinnig hübsch, wenn man davon absah, dass sie zerzaust, mit nur einem Schuh und einem offenen Knie vor ihm gesessen und ihn erst einmal beschimpft hatte. Im Nachhinein begriff er, dass er sich sofort in sie verliebt hatte. Sie hatte ihn verwirrt, beschäftigt und … wenn er ehrlich war, wollte er sie spätestens am Märchensee küssen, sie berühren und spüren. Er war diesem schrottreifen Golf so dankbar, dass er ihm die Chance verschafft hatte, Kiki wiederzusehen. Mehr Zeit mit ihr zu verbringen und herauszufinden, ob dieses Gefühl hielt, was es versprochen hatte.

Vorhin, beim Tanzen hatte er sich ihr so nah gefühlt … aber dann war Louisa aufgetaucht. Louisa mit ihren Rehaugen und dem hilflosen Blick, dem unschuldigen »Ach, Jakob« und dem gezielt eingesetzten »Verzeihst du mir?«. Sie war schon immer eine großartige Schauspielerin gewesen, das begriff er in dem Moment, in dem sie ihn nach draußen bat, um mit ihm zu sprechen. Natürlich hatten sie nach wie vor Kontakt, schließlich wollte Louisa wissen, wie es Mia ging. Aber das war auch schon alles gewesen. Jetzt, als sie plötzlich aufgetaucht war, ging es nicht um ihre gemeinsame Tochter, sonst hätte sie sich vielleicht die Mühe gemacht, sie auch zu begrüßen. Es ging auch nicht um Jakob, das war ihm spätestens dann klar geworden, als er hörte, was sie von ihm wollte. Es ging wie immer nur um sie. Louisa Grünberger, die sich seit dem Beginn ihrer Karriere in Berlin Lou Green nannte, hatte das Angebot, für ein Promi-Magazin eine Homestory zu machen, und da sah es natürlich sehr viel besser aus, wenn man das Kind selbst auf dem Land in einer glücklichen Familie großzog, anstatt zuzugeben, dass man es schlicht und ergreifend einfach zurückgelassen hatte. Jakob schnaubte. Lou Greens Homestory. *Lächerlich.*

Sie wäre sogar so weit gegangen, vorübergehend wieder bei ihnen einzuziehen. Alles für den schönen Schein. Er hatte sie gefragt, ob sie sich vorstellen konnte, was das für Mia bedeuten und was sie dabei fühlen würde. Louisa hatte lachend behauptet, dass das auch für sie doch sicher vor allem ein großer Spaß werden würde. Sie könnte ja dann in der Schule erzählen, dass ihre berühmte Mutter … Sie würde auch mal in den Unterricht kommen. Und Autogrammkarten hätte sie immerhin genug. Jakob hatte gar nicht weiter zugehört. Auch jetzt wurde ihm beinahe schlecht, wenn er daran dachte, wie selbstsüchtig und unreif Louisa war, und er fragte sich, warum ihm das früher nie aufgefallen war. Zum ersten Mal, seitdem sie weg war, war er einfach nur froh, dass er seine kostbare Tochter nicht mit ihr gemeinsam großziehen musste. Was hatte ihn damals nur so zu ihr hingezogen? Er verstand sich selbst nicht mehr.

Der 27. Januar vor fünf Jahren war vermutlich der schlimmste Tag in seinem Leben gewesen. An diesem Tag hatte er nicht nur seine Frau, sondern auch Philip, seinen besten Freund, verloren. Schließlich war er es gewesen, der Louisa überredet hatte, es in Berlin als Schauspielerin zu versuchen. Ob die beiden eine Affäre miteinander gehabt hatten, wollte er gar nicht wissen. Es war auch nicht wichtig. Der Betrug war sowieso schon so verletzend gewesen, dass es Jakob gleichgültig war, ob sie nur hinter seinem Rücken ihren Abgang geplant und über ihn gelacht oder auch noch miteinander geschlafen hatten. Vermutlich hätte Louisa ihm ein Verhältnis sogar gestanden, nachdem ihr die Gefühle von anderen offenbar schon immer völlig gleichgültig waren. Aber er hatte nichts von alldem hören wollen. Und Philip … Jakob war am Boden zerstört gewesen. Sein bester Freund! Wenn er ehrlich war, schmerzte der Verlust von Philip fast noch mehr. Jakob schätzte, dass es Neid gewesen war, der ihn angetrieben hatte. Neid und Missgunst, weil Jakob eine kleine Familie hatte und Philip nicht. Oder weil er sich einfach mal wieder etwas genommen hatte, nur weil er es konnte. Auch wenn Jakob zugeben musste, dass Louisa und er damals schon eine ganze Weile nicht mehr glücklich miteinander waren. Oder waren sie es überhaupt jemals gewesen? Doch das spielte jetzt keine Rolle mehr. Was auch immer Philip dazu getrieben hatte, Jakob würde es vermutlich nie erfahren, und es war ihm auch egal. Er ging ihm aus dem Weg, wo auch immer es möglich war. Und wenn Kiki keinen Keilriemen gebraucht hätte, hätte er Hans' Hof – und somit auch Philips Zuhause – sicher nicht betreten. Dass die beiden nun am Tisch von Rosi und Theo saßen, nervte total. Aber seine Tochter und Kiki nebeneinander zu sehen und zu beobachten, wie gut sie sich verstanden, machte ihn froh und milderte das ätzende Gefühl. Gleich würde er sich neben Kiki setzen. Vielleicht konnten sie ja später noch einmal tanzen. Definitiv würde er sich bei ihr für seinen Abgang entschuldigen und ihr erklären, was vorgefallen war. Er würde sie bitten, noch ein bisschen zu bleiben und ihm – ihnen beiden – eine Chance zu geben, sich kennenzulernen. Oder am besten, sehr lang. Es gab so vieles, was er ihr zeigen wollte. Und er wollte all das Schöne mit ihr teilen. Er wollte mit ihr wieder zum Märchensee. Mit Mia, Kurt und Kiki auf der Bank vor seinem Haus sitzen und die Sterne ansehen. Er wollte …

Apropos Kurt: Warum saß er nicht bei Roswitha? Ob er schon nach Hause gegangen war? Es war doch sonst nicht seine Art, einfach so zu verschwinden.

Und was tat Philip da vor seinen Augen? Nein, das konnte, das durfte nicht wahr sein! Philip spielte das gleiche üble Spiel schon wieder. Und wieder sah er Jakob dabei höhnisch lachend in die Augen.

33

Warum Elsie der junge Mann, der eben an ihr und Kurt vorbeigegangen war, überhaupt aufgefallen war, konnte sie nicht sagen. Er hatte nicht zu ihnen beiden hingesehen, sondern seinen Blick fest auf Kiki und das Mädchen mit den Mandeln gerichtet. Wie hieß sie noch mal? Es war alles ein bisschen viel gewesen in den letzten Minuten. Mia. Da. Jetzt war es ihr wieder eingefallen. Ein lustiges Kind. Ein wenig erinnerte sie sie an Kiki. Und an Matthias, als er noch klein war. Dieses Vertrauen, das nur Kinder hatten, war zauberhaft. Sie lächelte.

Ihre Hand war faltig und voller Altersflecken. Und sie lag in Kurts, die ebenfalls faltig und fleckig war. Unentwegt schüttelte Elsie den Kopf und starrte auf ihre ineinander verschlungenen Finger. Das, was sie gerade erlebte, konnte doch gar nicht wahr sein. Dabei hatte sie ihr Leben lang von diesem Moment geträumt, obwohl sie damals im Sommer 1949 beschlossen hatte, nie wieder hierher zurückzukehren. Sie war gerade einundzwanzig Jahre alt und somit volljährig geworden. Direkt nach ihrer Rückkehr hatte sie ihren Charme benutzt, um ihrem Vater das Einverständnis abzuringen, eine Fahrerlaubnis zu bekommen und es tatsächlich mit allerlei Tricks geschafft, den Führerschein zu ergattern, ohne je irgendeine Fahrstunde genommen zu haben. Sie brauchte irgendetwas, das ihr das Gefühl gab, zumindest theoretisch nach Ehrenweiler zurückkehren zu können, ohne dass sie einen Grund dafür gehabt hätte, es auch wirklich zu tun. Vermutlich würde sie immer noch denken, dass Kurt gefallen war, und nach wie vor um ihn trauern, wenn ihr nicht der Zufall eines Tages ein Foto von Ehrenweiler und seinen Rückkehrern in die Hände gespielt hätte. In der Stuttgarter Zeitung war ein langer Bericht über »den letzten Stuttgarter Bürger, der wieder nach Hause kehrte« erschienen und ein Dank an alle Ehrenweiler, die so viele Familien aufgenommen hatten. Das Foto war vor dem Goldenen Adler aufgenommen worden, und Kurt stand ganz oben auf der Treppe, direkt neben Ida, an die sich Elsie auch noch erinnern konnte. Das freundliche, etwas füllige Mädchen war ein paar Jahre jünger als Elsie und Kurt, und sie hatte ihn immer schon angehimmelt. Kein Wunder, als älteste von fünf Schwestern sehnte sie sich bestimmt nach einem großen Bruder. Mittlerweile musste sie auch schon achtzehn Jahre alt sein, und so selbstbewusst, wie sie da stand, war sie sicherlich die nächste Wirtin im Goldenen Adler, wenn sie das Wirtshaus nicht bereits jetzt schon von ihren Eltern übernommen hatte. Wer auch immer im Moment der Wirt oder die Wirtin war, er oder sie hatte jedenfalls laut dem Zeitungsartikel zur Feier des Tages eine Runde Freibier spendiert. Soweit Elsie es auf der körnigen Fotografie erkennen konnte, sah Kurt fröhlich aus. Oh, sie machte ihm keine Vorwürfe, dass er sich nicht gemeldet hatte. Erstens wusste sie schließlich gar nicht, wann er wirklich zurückgekehrt war, und außerdem hatte sie selbst genügend Männer heimkehren sehen. Jeder Einzelne hatte nach all den schlimmen Kämpfen im Krieg nun auch noch mit sich selbst zu kämpfen. Aber er lebte. Kurt lebte! Ihr Gefühl hatte sie nicht getrogen. Die vielen Briefe, die sie nach dem Zeitungsartikel an ihn geschrieben hatte, lagen alle in ihrer Schublade. Sie hatte keinen einzigen abgeschickt, weil keiner dem gerecht wurde, was sie eigentlich sagen wollte. Außerdem waren das alles nur Worte. All die Briefe waren nichts gegen das, was ihre Augen zueinander sagen konnten.

Im Schuppen der Villa gab es einen alten Mercedes Pritschenwagen, den niemand mehr benutzt hatte, seitdem Elsies Elternhaus kein provisorisches Krankenhaus mehr war. Wer auch immer ihn angeschafft hatte, hatte ihn dort einfach vergessen. Ihr Vater bevorzugte es jedenfalls, zu Fuß zu gehen oder mit dem Fahrrad zu fahren. Seitdem er aus dem Krieg heimgekehrt war, still und in sich gekehrt, verließ er das Haus sowieso nur ungern und wenn, dann um zur Arbeit zu gehen. Elsie hatte Matthias zu den Nachbarn geschickt und war früh aufgebrochen. Es war Sommer. Ein heißer Tag und Wochenende. Sie hatte sich eingeredet, dass es nur ganz zufällig das zweite Juliwochenende war und schließlich keiner wissen konnte, ob das Spanferkelfest nach wie vor stattfand. Es war nur so: Wenn sie wirklich die Hoffnung hegte, Kurt wiederzusehen (und das tat sie), so war dies die beste und auch einzige Möglichkeit. Ihr Herz hüpfte voller Vorfreude und Aufregung. Sie hatte sich wirklich lange überlegt, wie sie ihm gegenübertreten sollte. Natürlich hätte sie auch an seiner Tür klingeln können. Und dann? Niemals hätte Elsie es gewagt zu warten, bis er die Tür öffnete. Was hätte sie dann gesagt? »Hallo, Kurt, ich bin's, Elsie. Erinnerst du dich an mich? Ich wollte dir nur sagen, dass ich nie aufgehört habe, an dich zu denken, und wenn es dir genauso geht, dann … Bitte lass uns nie wieder auseinandergehen?« Oder vielleicht einfach nur: »Kurt, ich liebe dich! Heirate mich! Du hast es mir versprochen?« Selbst jetzt noch musste Elsie bei der Erinnerung an ihre Überlegungen lächeln. Niemals hätte sie das getan. Das ließen weder ihre Schüchternheit noch ihr Stolz zu. Außerdem wollte sie Kurt nicht überrumpeln. Überraschen schon, das ja. Es würde eine schöne Überraschung werden, so hoffte sie.

Auf dem Beifahrersitz lag ein belegtes Brot, und sie hatte eine Flasche Wasser eingepackt. Außerdem hatte sie getankt und die seltsamen Blicke in ihrem Rücken gespürt, die ihr der Tankwart und die anderen Kunden zugeworfen hatten, als sie auch noch die vier Ersatzkanister füllte, damit sie unterwegs nicht anhalten musste. 1949 war es einfach immer noch äußerst ungewöhnlich, eine Frau am Steuer zu sehen, aber wenn all die Beobachter gewusst hätten, dass dies quasi ihre Jungfernfahrt war, abgesehen von ein paar heimlichen Versuchen frühmorgens in ihrer Straße, wenn Matthias in der Schule und Papa bei der Arbeit war, sie hätten ihre Münder wahrscheinlich nie wieder geschlossen. Am Anfang war es noch ein wenig mühsam gewesen, weil sie immer wieder vergaß, was und in welcher Reihenfolge sie es machen musste, aber die Straßen waren damals noch absolut leer gewesen, und abgesehen von dem ein oder anderen Pferdegespann waren ihr kaum Autos begegnet. Mit der Zeit hatte es richtig Spaß gemacht, und sie war die ganze Strecke in einem Stück gefahren. Erst kurz vor Ehrenweiler hatte sie eine kleine Pause eingelegt. Sie war in den kleinen Feldweg eingebogen und auf den Hochsitz geklettert. Ihre Initialen waren immer noch in die Rückwand eingeritzt. Sie hatte die etwas schief geratenen Buchstaben liebkost, der einzige Beweis dafür, dass sie sich all das Wunderbare, was sie hier erlebt hatte, nicht nur eingebildet hatte. Und trotzdem war es ausgesprochen sonderbar, wieder hier zu sein. Der Wald, die Felder, sogar der blaue Himmel hatten sich kein bisschen verändert, und die Zeit schien einfach stehen geblieben zu sein, sodass es Elsie vorkam, als müsse sie nur den Weg zum Märchensee laufen, um sich selbst dort mit Kurt am Ufer liegen zu sehen.

Dabei war doch alles anders als beim letzten Mal: Der Krieg war zu Ende, und es herrschte mehr oder weniger Frieden in Deutschland. Sie hatte die Schule beendet. Das Einzige, worauf ihr Vater bestanden hatte, obwohl er deshalb mit ihr gemeinsam den Haushalt führen und Matthias betreuen musste. Das war für einen Mann seiner Generation mehr als ungewöhnlich. Elsie hatte sich anfänglich gewehrt, weil sich ihr der Sinn dahinter nicht erschlossen hatte, aber nun war sie ihm mehr als dankbar. 1946 wurde am Hölderlin-Gymnasium, einem der wenigen Anstalten in Stuttgart, die überhaupt Mädchen aufnahmen, die erste Reifeprüfung nach dem Krieg abgenommen – und Elsie hatte als eine der Besten bestanden. Die Schule und im Anschluss daran das Studium der angewandten Biologie in Hohenheim waren genau die Beschäftigung, die ihr Kopf gebraucht hatte, um sie von ihrer

Grübelei und Sehnsucht abzulenken. Sie war eine Einzelgängerin und verbrachte wenig Zeit mit Freunden, die trotz ihrer eigenen Schicksalsschläge selten Verständnis dafür hatten, dass Elsie ihren Bruder oder wissenschaftliche Bücher der Gesellschaft von Gleichaltrigen oder Partys vorzog. Auch das Studium hatte sie dementsprechend in Rekordzeit hinter sich gebracht. Nun fehlten ihr nur noch vier Semester, bis sie promovieren konnte und vier weitere Jahre, bis sie endlich einen Doktortitel haben würde. Die Insektenforschung, Entomologie, war ihr Steckenpferd und Elsie würde die jüngste Doktorandin in ganz Deutschland sein, sollte sie sich zu diesem Weg entschließen. Die Welt stand ihr offen. In der Forschung gab es unendliche Möglichkeiten, und sogar beruflich die ganze Welt zu bereisen, war möglich, und das, obwohl sie eine Frau war. Aber wenn sie ehrlich war, zog es sie nicht in die Ferne, sondern an einen ganz bestimmten Ort. Sie wollte hier sein. Hier in Ehrenweiler, auf dem Hochsitz, am Märchensee – aber vor allem in Kurts Leben.

Während sie ihren Blick über die Felder mit den wogenden Ähren schweifen ließ, fühlte sie den neuen Frieden doch. Eine große Ruhe überkam sie, als sie ihr Butterbrotpapier zusammenfaltete und mit der Wasserflasche in ihre Tasche packte. Sie war angekommen.

Sie ließ das Auto am Ortseingang in einer Parkbucht stehen und war froh, dass irgendjemand so geistesgegenwärtig gewesen war, nach dem Krieg das Kennzeichen zu wechseln, sodass sie nun einigermaßen unauffällig unterwegs war.

Elsie genoss jeden Schritt in Richtung des Dorfes. Die Hitze der Straße drang durch ihre Schuhe, die Sonne wärmte ihr Gesicht, und überall duftete es nach Lavendel, Geranien und vielen anderen Blüten, die die Ehrenweiler so gerne vor ihren Fenstern und Türen in Kübeln und Kästen anpflanzten. Über allem lag ein feiner Hauch von frisch gemähtem Gras. Die Bürgersteige waren frisch gefegt, Elsie wusste das. Es war schließlich ein Festtag. Und zwar vermutlich der wichtigste gleich nach Weihnachten. Sie lächelte bei der Erinnerung daran, wie sie selbst schon so viele Male auf der Straße vor Frau Hermanns Haus gefegt und sich gefragt hatte, warum es den Ehrenweilern so wichtig war, dass ihr kleines Dörfchen so ordentlich aussah. Jetzt wusste sie es: Es war einfach eine Freude, hier zu sein. Wie hatte sie das nur so lange entbehren können? Sie nahm sich vor, gleich im Anschluss an ihr Wiedersehen mit Kurt bei Frau Hermann vorbeizugehen.

Vergnügt steckte sie sich eine Hundsrosenblüte in den Haarkranz, die sich ihr über den Zaun eines kleinen Bauerngartens vorwitzig entgegengeneigt hatte. Ob Kurt sie wohl immer noch hübsch finden würde?

Elsie hatte sich ausgerechnet, dass die Wahrscheinlichkeit gegen zwei Uhr am höchsten war, alle Ehrenweiler im Zelt anzutreffen, und das war wichtig. Am liebsten wäre sie Kurt natürlich allein irgendwo begegnet, aber das ging nur zufällig. Und so konnte sie ihn erst einmal suchen, und dann … dann würde sie schon sehen. Auch über ihren Heimweg hatte sie sich noch keine Gedanken gemacht, aber das würde sich alles finden, wenn sie erst einmal Kurt getroffen hatte.

Als sie die Musik hörte, beschleunigte sie ihre Schritte. Am meisten freute sie sich darauf, dass Kurt nun endlich sein Versprechen einlösen und mit ihr tanzen konnte.

Das Zelt sah genauso aus, wie Kurt es beschrieben hatte. Die Seitenwände waren hochgerollt und davor stand ein großer Grill, von dem ein köstlicher Geruch nach gebratenem Fleisch in ihre Richtung zog. Sie lächelte. Dass es tatsächlich wieder Spanferkel gab, war schließlich ein Zeichen dafür, dass es bergauf ging. Ein kleines Karussell drehte seine Runden, und sie konnte das Juchzen der Kinder hören, die einen Platz auf einem Pferdchen oder in einer Kutsche ergattert hatten.

Ihr Herz schlug beinahe bis zum Hals, und obwohl die Luft heiß war und über den abgemähten Feldern flimmerte, so waren ihre Hände doch kalt und klamm. Gleich würde sie Kurt wiedersehen. Sie umrundete den Zeltplatz, um einen idealen Platz zu finden, von dem aus sie sich einen Überblick über die Festbesucher verschaffen konnte. An der Rückseite des Zeltes, da wo die Bühne stand und die Musiker ein und aus gingen, wagte sie sich schließlich näher. Wie sie es vorhergesehen hatte, war das Zelt unglaublich voll. Überall saßen, tanzten, redeten und lachten die Ehrenweiler in ihrer blaugrauen Tracht und bestimmt auch einige Gäste aus benachbarten Ortschaften.

Die Kapelle spielte gerade eine Polka, und auf der Tanzfläche war die Hölle los. Elsie wurde ganz schwindelig vom bloßen Zusehen, und ihr Fuß wippte im Takt. Sie liebte die Polka, aber ihr war jeder Tanz recht. Hauptsache, Kurt tanzte ihn mit ihr. Obwohl sie ihn bisher noch nicht gesehen hatte, wusste sie, dass er da war. Sie sah sein Gesicht überall. War er nicht gerade da vorne an der Bar gewesen, um sich ein Bier zu holen? Stand er nicht in der Traube junger Männer, die sich um die Loseverkäuferin scharten? Elsies Herz schlug bis zum

Hals, als sie sich noch ein wenig weiter nach vorne wagte. Noch ein winziger Schritt und sie würde praktisch zwischen den Musikern auf der Bühne stehen.

Aber da sah sie ihn. Dieses Mal war er es wirklich. Der Tanz war zu Ende, und erhitzt und fröhlich lachend drehte er seine Tanzpartnerin noch einmal um ihre eigene Achse, bevor er ihr Gesicht in beide Hände nahm und ihr einen Kuss mitten auf den Mund gab. Es war Ida, die er da küsste, und an seinem Finger glänzte ein goldener Ring.

In Elsies Erinnerung war diese Szene so bunt und scharf eingebrannt, und sie sah sie so oft vor sich, dass sie sich viele Jahre gefragt hatte, ob es irgendeine Art Strafe war, die sie da aushalten musste. Aber nachdem ihr kein Grund dafür eingefallen war, hatte sie die Bilder akzeptiert und dennoch jedes einzelne Mal wieder versucht, sie endlich loszulassen. An alles, was danach kam, hatte sie so gut wie keine Erinnerung mehr. Sie wusste nur noch, dass sie für einen winzigen Moment das Gefühl gehabt hatte, Kurt hätte damals aufgesehen, als hätte er ihren Blick gespürt und als läge nach wie vor die Liebe zu ihr darin, genauso wie der Kummer darüber, dass er sie nicht festgehalten hatte. Auch wenn sie sich jahrelang einredete, dass das unmöglich sein konnte, so war es doch dieser Augenblick, der sie nun hierhergebracht hatte. Sie hatte die Liebe in seinem Blick einfach nicht vergessen können.

Nach der Begegnung hatte sie zunächst stundenlang am Märchensee gesessen, bis sie wieder Halt gefunden und Hoffnung geschöpft hatte, dass ihr Leben nicht vorbei war, obwohl sie es nicht mit Kurt verbringen würde. Und der Märchensee war tatsächlich ihre Rettung gewesen. Bei ihrer Heimkehr in tiefster Nacht hatte sie den Pritschenwagen in die Scheune gestellt und war nie wieder Auto gefahren – bis auf ein einziges Mal, als Kiki als kleines Mädchen behauptet hatte, dass es keine Magie gab. Da hatte sie das kleine Mädchen während einer von Helgas Doppelschichten in deren Auto gepackt, ihr den See gezeigt und alles weitere, was man über Ehrenweiler wissen musste. Bis auf das Wichtigste. Denn das war ein Geheimnis, das so schmerzhaft war, dass Elsie es nicht teilen konnte.

»Was denkst du, Elsie?«

Kurt sah sie aufmerksam an. Nun, es gab vieles, worüber sie sprechen mussten, viele Fragen, die in ihrem Kopf drängelten, weil jede die erste sein wollte. Aber jetzt war nicht der richtige Zeitpunkt dafür. Sie wollte nicht sprechen, sondern ihn nur ansehen.

»Hallo, Elsie«, hatte er geflüstert und sie dabei angestarrt. Er hatte dagestanden wie zur Salzsäule erstarrt.

»Hallo, Kurt«, hatte sie geantwortet, als ob es das Normalste der Welt wäre, sich jetzt und hier zu begegnen.

Und dann hatte sie sich abgewandt und mit Egon angestoßen, der ihr mittlerweile glücklicherweise ein Bier gebracht hatte. Ihre Hände hatten ein bisschen gezittert, aber das konnte man ja auch getrost auf die Restwirkung der Medikamente schieben. Sie lächelte. So oft hatte sie diesen Moment in ihren Gedanken durchgespielt, und außerdem war sie ja diejenige, die nach Ehrenweiler geraten war, dass sie selbst kaum überrascht war, Kurt dann wirklich vor sich zu sehen. Was für ein famoser Zufall! Oder auch nicht, wenn man an seine Träume glaubte. Und das tat sie. Das war für Kurt vermutlich zusätzlich schwer zu begreifen.

»Ich denke an vorhin.« Sie lächelte ihn an, und Kurt lächelte zurück.

»Ja, das war wirklich … unfassbar.« Er streckte die andere Hand aus und ließ seine Fingerspitzen über ihr Gesicht gleiten, wobei er ihr zärtlich eine Haarsträhne, die sich aus ihrem Haarkranz gelöst hatte, hinter das Ohr strich. »Du bist alt«, sagte er. Seine Mundwinkel zuckten.

»Schönen Dank auch!«, antwortete Elsie und schmunzelte. »Und du erst!«

»Nein, ich meine ja nur …« Er legte seine ganze Hand an ihre Wange und sah ihr tief in die Augen. »Für mich bist du immer noch wunderschön!«

»Ja, natürlich, das sagen sie alle!«

»Das glaube ich sofort!« Nun lächelte er auch, bevor er wieder ernst wurde. »Ich wäre nur so gern dabei gewesen.« In seinen Augen erschien ein wehmütiger Glanz, den Elsie mehr als gut nachfühlen konnte. »In deinem Leben«, vervollständigte er seinen Satz.

Sie wusste, eines Tages würden sie über die Gründe sprechen, warum ihre Liebe in all diesen Jahren nicht hatte sein dürfen, sie würden sich beide erklären und vermutlich am Ende sogar verstehen, warum die Dinge gekommen waren, wie sie kommen mussten. Alles zu seiner Zeit. Elsie hatte so lange darauf gewartet, all dies zu erfahren. Nun kam es auf ein paar weitere Momente auch nicht mehr an. Vor allem aber wollte sie keinen kostbaren Augenblick mehr verschwenden, in dem sie Millionen Warum-Fragen stellte, all die über die

Jahre gesammelten Tränen weinte oder die mindestens ebenso zahlreichen Vorwürfe aussprach. Jetzt war all das nicht wichtig. Alles, was zählte, sah sie in Kurts Augen. Sie sah die Liebe, die er nach wie vor für sie empfand und die sich über die Jahre und während seines Erwachsenenlebens, das offensichtlich eine Ehe mit einschloss, kein bisschen abgenutzt hatte. Sie sah den Kummer über all das, was sie verpasst hatten. Aber sie sah auch etwas anderes: den Humor, den sie an ihm immer so geliebt hatte. Das Vertrauen, das sofort wieder da war. Und die Lebensfreude, die sie damals schon so sehr beeindruckt hatte. Keine Frage: Sein Körper mochte alt geworden sein, die Haare beinahe weiß – sein Geist war nach wie vor nicht älter als sechzehn, das konnte man an den blitzenden blauen Augen erkennen, die sich kein bisschen verändert hatten – und deren Leuchten immer noch den direkten Weg in ihr Herz nahm.

»Nun sag schon, Elsie: Was denkst du? Du kannst mich doch nicht die ganze Zeit anstarren! Oder …« Er grinste vergnügt. »Willst du womöglich tanzen?«

»Tanzen?« Elsie dachte an ihre Oberschenkel-OP, an den Stock, der an der Tischkante auf sie wartete, und daran, wie schwer es ihr heute Morgen noch gefallen war, überhaupt aus dem Bett zu steigen. »Wirklich, du willst mit mir tanzen?«, wiederholte sie und wackelte probehalber mit den Zehen.

Unter ihrer Haut kribbelte es, als würde jede Zelle einzeln aufwachen. Unter keinen Umständen würde dies hier ein Aufeinandertreffen von zwei alten senilen Jammerlappen werden, die sich gegenseitig von ihren Gebrechen erzählten, beschloss sie und stemmte sich hoch.

»Da fragst du noch, Kurt Pfeffer? Diesen Tanz schuldest du mir immerhin schon seit mehr als siebzig Jahren!«

Sie wartete ab, bis Kurt um den Tisch herumgekommen war und sich kurz vor ihr verbeugte, bevor er ihr den Arm reichte, damit sie sich bei ihm einhaken konnte. Und wie sie tanzen wollte!

»Und außerdem …« Sie neigte den Kopf ein wenig in seine Richtung, damit er sie über die Musik hinweg gut verstehen konnte. »Und außerdem schuldest du mir noch ein Los!«

»Ah, ja? Nun, wenn das so ist, dann kaufen wir gleich im Anschluss an diesen Foxtrott eines.« Er drückte liebevoll ihre Hand und neigte nun seinerseits den Kopf ein wenig. »Es gibt noch so viele Versprechen, die ich einlösen muss, Elsie. So viele.«

Obwohl sie sich sehr auf ihre Schritte konzentrierte, während sie in Richtung Bühne ging, nahm sie doch wahr, wie der junge Mann von gerade eben an ihnen vorbeistürmte, allerdings sah er jetzt nicht mehr so aus wie ein sehr glücklicher Mensch an einem fröhlichen Feiertag, sondern eher, als wäre er ein wütender Stier auf dem Weg, irgendein rotes Tuch auf seine Hörner zu nehmen.

»Jakob?«

Kurt war stehen geblieben und hatte den vorbeieilenden Mann an seinem Ärmel gefasst. Er stoppte und drehte sich um.

»Oh, entschuldige, Onkel Kurt … du …« Er schien Elsie erst jetzt zu bemerken. »Elsie?« Verwirrt sah er von ihr zu Kurt. »Wie … ihr … ihr kennt euch?«

Kurt lachte beim Anblick seines völlig konsternierten

Neffen. »Ja, wir kennen uns. Schon unser Leben lang.« Er strich sacht über Elsies Hand, die in seiner Armbeuge lag. »Aber das ist eine andere und sehr lange Geschichte, die ich dir später mal erzählen kann, wenn du sie hören willst.« Forschend sah er in Jakobs Gesicht. »Aber viel wichtiger: Was ist mit dir los? Gehst du schon? Das Fest hat doch gerade erst so richtig angefangen.« Er zwinkerte Elsie zu. »Und es verspricht, das schönste aller Feste zu werden, die es je gegeben hat.«

»Ach ja?« Jakob schüttelte den Kopf. »Nein, das glaube ich nicht. Es sei denn, du findest es gut, dass Philip mal wieder alles zerstört, was mir wichtig ist.«

Wütend wies er mit dem Kopf in Richtung Tanzfläche, wo sich Kiki mit einem anderen jungen Mann lachend im Kreis drehte. Die beiden hatten offensichtlich Spaß. Elsie gönnte ihrer Nichte jede Freude von Herzen, zumal sie sie schon lange nicht mehr so fröhlich erlebt hatte.

»Ich sehe nichts.« Auch Kurt schien nichts Besonderes daran zu finden. »Er tanzt mit …« Kurt kniff die Augen zusammen, damit er besser sehen konnte. »… dieser jungen Frau, die dir so wahnsinnig ähnlich sieht, dass ich gestern kurz gedacht habe, die eine Marille sei zu stark gewesen oder ich hätte aus Versehen eine Zeitreise gemacht.« Er grinste. »Ich befürchte, ich habe mich ihr gegenüber ein wenig seltsam verhalten. Wer ist das überhaupt? Deine Tochter?«

»Nein, das ist Kiki«, antworteten Elsie und Jakob gleichzeitig.

»Meine Nichte.«

»Ihre Nichte.«

Kurt runzelte die Stirn. »Und woher kennt *ihr* euch?«

»Das ist auch eine andere, aber dafür ziemlich kurze Geschichte, die ich dir gerne mal erzählen kann.« Jakob schaute zur Tanzfläche und schüttelte grimmig den Kopf. »Wenn es da überhaupt etwas zu erzählen gibt.«

Elsie musste nicht wissen, wer dieser Philip dort auf der Tanzfläche war oder was er und Jakob für ein Problem miteinander hatten. Sie sah, dass Jakob litt, und sie wusste, wie es war, wenn man von außen zusehen musste, wie andere glücklich waren. Gerne hätte sie irgendetwas zu seinem Trost gesagt oder Kiki von der Tanzfläche gezogen. Soweit sie beurteilen konnte, war Jakob ein guter Kerl, und außerdem hatte sie das ihr so vertraute Leuchten in den Augen ihrer Nichte gesehen, als sie von ihm und seiner Tochter gesprochen hatte. Es bestand für Elsie kein Zweifel daran, dass Kiki Jakob sehr gernhatte. Aber eines hatte sie im Laufe ihres Lebens gelernt: Das Schicksal ließ sich nicht ins Handwerk pfuschen. Entweder die beiden fanden selbst einen Weg zueinander, wie lang und kompliziert er auch immer sein mochte – oder eben nicht. So oder so half es gar nicht, wenn Elsie sich einmischte.

»Ich geh dann mal nach Hause, Onkel Kurt. Mia muss ins Bett und …«

»Jetzt schon?« Kurt unterbrach ihn erstaunt und schaute auf die Uhr. »Es ist gerade mal halb neun!«

»Ja, na ja, vielleicht hast du recht. Aber …« Elsie sah den Schmerz in Jakobs Augen. »… Jedenfalls – ich muss gehen. Auf meinem Schreibtisch stapeln sich die Rechnungen und … vielleicht kann Roswitha Mia ja nachher mitbringen.«

Kurt legte Jakob für einen Moment die Hand auf den Arm

und lächelte wissend. »Na klar, die Rechnungen. Also, wenn du wirklich schon gehen musst … Ich weiß zwar nicht, wie lange wir noch hier sind, aber ich kann dir Mia nachher auch sehr gerne mit nach Hause bringen. Oder vielmehr bringt sie vermutlich mich.« Er grinste. »Dieses Mädchen hat wirklich einen ausgeprägten Willen. Da hat man einfach keine Chance.«

»Danke, Onkel Kurt.« Jakob versuchte sich ebenfalls an einem Lächeln. »Ich sage nur schnell Roswitha Bescheid.«

Kurt wies mit dem Kopf zu Roswithas Tisch, an den Philip und Kiki gerade zurückgekehrt waren und die Köpfe zusammensteckten, als würden sie sich schon ewig kennen. Ob sie dabei über Jakob oder über Elsie und Kurt sprachen, war nicht ersichtlich. Der Blick, den Elsie auffing, als Kiki zu Jakob herübersah, sprach hingegen Bände. »Ich kann das für dich erledigen, Jakob«, sagte Kurt und Jakob lächelte dankbar.

34

»Nicht dein Ernst, oder?«

Kiki hatte Mühe, Philips Geschichte zu folgen. Das, was er ihr da erzählte, war nun wirklich geradezu absurd. Außerdem war sie abgelenkt: Jakob unterhielt sich im Gang mit Tante Elsie und Kurt und sah immer wieder zu ihnen herüber. Sprachen die drei etwa über sie?

»Klar waren wir Freunde. Ich würde sogar sagen, ich war der beste Freund, den er je hatte.« Philip hatte offensichtlich nicht bemerkt, dass Kiki ihm überhaupt nicht mehr zugehört hatte.

»Und andersherum?« Ihr gefiel es nicht, wie überheblich er über diese angebliche Freundschaft sprach. Wen wunderte es da, dass die beiden nichts mehr voneinander wissen wollten. Wobei da noch mehr gewesen sein musste. Irgendetwas musste passiert sein.

»Was meinst du? Dass er mein Freund gewesen ist? Nun …« Er lachte. »Jakob und ich, wir waren wie Brüder. Das heißt, vielleicht nicht ganz wie Brüder, aber eben beste Kumpel. Charlotte und er sind quasi bei Ida und Kurt aufgewachsen, nachdem deren Mutter, Idas Schwester, gestorben ist, als die beiden noch sehr klein waren.«

Kein Wunder sehnte er sich nach einer Familie.

»Und der Vater?«

»Na ja, die Familie hat ja nicht hier, sondern in Tübingen gewohnt. Der Vater hat am Anfang alles getan, um gleichzeitig zu arbeiten und sich um die Kinder zu kümmern. Aber irgendwann ging es eben nicht mehr. Und als die Mutter krank geworden ist, waren die beiden sowieso schon die ganze Zeit hier gewesen. Keine Ahnung, wer das letztendlich entschieden hat, aber irgendwann sind die beiden einfach geblieben. Und da Kurt und Ida keine eigenen Kinder hatten, waren alle vier wohl sehr glücklich darüber. Alle fünf. Der Vater lebt seit vielen Jahren irgendwo im Norden mit seiner neuen Frau.«

Dass Jakob bei Ida und Kurt aufgewachsen war, erklärte jedenfalls ihr enges Verhältnis.

»Und was ist dann passiert?«

»Was meinst du? Jakob war mit mir auf der Schule, wir haben gemeinsam Abi gemacht, er ist Schreiner geworden und ich Anlageberater in Berlin. Dann kam das Spanferkelfest, ich habe meinen alten Vater zu Hause besucht und dich kennengelernt.« Er grinste. »Die Zukunft habe ich mir so vorgestellt: Wir tanzen noch ein bisschen und reden über alles, und dann reite ich mit dir ins Abendrot. Ich heirate dich und nehme deinen wunderbaren Nachnamen an, wir werden glücklich bis ans Ende unserer Tage und werden von diesem denkwürdigen Spanferkelfest noch unseren Enkeln erzählen.« Er lachte. »Sag schon: Das willst du doch auch, oder?«

Er war witzig und charmant und gab Kiki das gute Gefühl, dass er in diesem Moment mit niemandem lieber zusammen sein wollte als mit ihr. Sicher hätte er das Herz jeder anderen Frau zum Schmelzen gebracht, und es wäre ihm vielleicht sogar mit Kiki gelungen, würde es nicht schon einem anderen gehören. Lachen musste sie trotzdem.

»Vielen Dank, dein Heiratsantrag ist verführerisch, aber ich muss ihn leider ablehnen. Also, dass du unser Zusammentreffen nicht in die gleiche Reihe gestellt hast wie deine Geburt, sämtliche Weihnachtsfeste und dein Abitur, das finde ich schon ein bisschen herabwürdigend.«

Sie grinste. Es war so leicht, mit Philip zu sprechen, weil es ihr überhaupt nicht wichtig war, was er von ihr hielt.

»Himmel, ich habe meine Geburt vergessen! Wie konnte das nur passieren?«

»Tja, das ist eine gute Frage. Nabel der Welt, der du nun einmal bist …« Sie lachten beide, bevor Kiki wieder ernst wurde. »Ich meinte eigentlich, was zwischen euch beiden passiert ist.«

»Ach so, das …« Für einen Augenblick hatte sie das Gefühl, Philip hätte beschämt ausgesehen. Aber der Moment war genauso schnell vorüber, wie er gekommen war. »Nichts Großes eigentlich.« Er zuckte mit den Schultern, und Kiki glaubte ihm kein Wort. »Jakob hat sich da in was reingesteigert. Wahrscheinlich ist er mir mittlerweile sogar dankbar.«

»Wie? Wofür denn?« Ihr war völlig bewusst, wie neugierig sie klingen musste, aber das war ihr in diesem Moment egal. Sie wollte sowohl Jakob verstehen als auch die ganze Geschichte.

»Na ja, das mit Louisa.« Er wand sich. Dieses Thema war ihm offensichtlich mehr als unangenehm.

»Uh, du bist ja plötzlich so geizig mit deinen Worten«, zog Kiki ihn auf.

»Es gibt ja auch nicht viel zu sagen. Louisa wollte schon immer auf die Bühne. Und als sie mitgekriegt hat, dass ich in Berlin den einen oder anderen Kontakt hatte, hat sie mich so lange bearbeitet, bis ich sie den Leuten vorgestellt habe. Was soll ich sagen?« Wieder setzte er dieses Lächeln auf, das Kiki so unangenehm fand. »Anscheinend waren es die richtigen. Den Rest kennst du ja vermutlich aus der Presse.« Er reckte seine Hände in den Himmel. »Der neue Star am Serienhimmel! Hauptrolle bei *Wer länger liebt* … und jetzt eine Homestory, weil alle wissen wollen, wo die große Lou Green herkommt.« Er kicherte. »Dass sie ihr altes Provinznest überhaupt freiwillig zeigen will, wundert mich ja total. Aber jetzt genug von Lou. Lass uns doch ein bisschen über dich und mich sprechen.«

Er strahlte sie an, aber seine Charmeoffensive war auch vorhin schon komplett an Kiki abgeprallt, auch wenn er sich die allergrößte Mühe gab. Er war ein Gentleman und aufmerksam genug gewesen, ihr etwas zu trinken zu holen, und er zeigte Kiki deutlich, dass sie ihm gefiel. Seine Art, mit ihr zu flirten war ihr so vertraut, weil sie sie von den letzten Monaten als Single in Stuttgart kannte. Ab und zu hatte sie beinahe das Gefühl, voraussehen zu können, was er als Nächstes tun oder sagen würde. Dabei hatte er es bisher geschafft, ihr nicht eine einzige Frage über sie zu stellen.

»Kiki, hörst du mir überhaupt zu?«

Gut, das war eine Frage. »Okay, ich glaube, wir haben schon zu viel geredet, was meinst du: Wollen wir noch mal tanzen?«

Er legte Kiki die Hand in den Rücken, um ihr beim Aufstehen zu helfen, während ihr Blick automatisch den von Jakob suchte. Er stand neben Tante Elsie und Kurt und sah sie ebenfalls an. Es war erstaunlich, wie viele Facetten sie innerhalb dieser kurzen Zeit schon in seinem Ausdruck erkannt hatte. Sein Gesicht war wie ein offenes Buch, in dem er jeden lesen ließ, der sich die Mühe machte, genau hinzusehen. Sie hatte ihn belustigt, liebevoll, interessiert und geschockt erlebt – jetzt war er wütend, das konnte sie auch auf die Entfernung erkennen und obwohl er sich bemühte, jegliches Gefühl auszuschließen. Er verabschiedete sich mit einem Kuss auf Kurts Wange und verließ das Zelt, ohne sich noch einmal umzudrehen.

War Jakob wirklich gerade gegangen, ohne sich zu verabschieden? Dass er einfach so verschwunden war, verletzte Kiki mehr als die Erkenntnis, dass Bennet eine Verlobte hatte. Bennet. Vermutlich hatte sie ihn gar nicht wirklich gewollt. Hatte ihn nicht weniger benutzt, als er sie. Mit dem Unterschied, dass er ein sexuelles Abenteuer suchte – und Kiki die Bestätigung, dass sie noch begehrenswert war, obwohl Rob sie verlassen hatte. Obwohl sie fast vierzig war. Und obwohl sie sich selbst nicht begehrenswert fand. Dabei wollte sie überhaupt niemanden in ihrem Leben, der sie entweder auf die eine oder auf die andere Weise definierte. Sie hatte von Anfang jemand zum Lieben gesucht, der *sie* meinte – und nicht ihren Namen, ihr Aussehen oder gar ihre Verfügbarkeit –, aber da, wo sie suchte, hätte sie niemals denjenigen finden können. Zu oberflächlich war die Welt, in der sie sich am besten zurechtfand, der sie aber gar nicht angehören wollte und der Jakob noch nie angehört hatte. Dass er gegangen war, tat deshalb so weh, weil er der Erste war, der wirklich Kiki gemeint hatte. Und weil Kiki wusste, dass er dieses Zelt verließ, um nach Louisa zu suchen. Vielleicht war das, was sich Roswitha für ihre Tochter und Jakob wünschte, ja auch das Beste. Für Mia. Und für alle anderen.

Es war ein lauer Sommerabend, Kikis Mutter hatte Spaß mit ihrer Gaigelgang, Tante Elsie war glücklich, dass sie endlich ihren Kurt wiedergefunden hatte, und Kiki sehnte sich nach Jakob. Nach seinem Lachen, seinen Scherzen und seiner Berührung. Wo auch immer er war, hier war er jedenfalls nicht. Und Philip ... Philip war nicht wirklich ein Ersatz. Außerdem wollte er kurz nach Hause fahren, um etwas Berufliches zu klären, wobei Kiki eher das Gefühl hatte, dass sie ihn mit ihrer Fragerei vergrault hatte. Es war nicht wichtig. Philip war nicht wichtig. Trotzdem wollte sie jetzt nicht nach Hause gehen oder vielmehr in den Goldenen Adler, traurig auf die gepunkteten Gummistiefel oder die Fenster ihres Zimmers starren und sich wünschen, eine andere Person in einem anderen Leben zu sein. Tante Elsie und Kurt waren so in ihren Tanz versunken, dass sie niemand und nichts um sie herum wahrnahmen. Kiki hatte versprochen, die Auslosung noch abzuwarten. Dann würde sie Elsie in den Goldenen Adler bringen, damit sie sich ein wenig erholen konnte. Sie hatte Kiki gestanden, dass sie jede Sekunde genoss, aber eben doch keine sechzehn mehr war. Das mochte für ihre Knochen wohl zutreffen, das Leuchten in ihren Augen sprach allerdings eine andere Sprache.

Wenn das Leben dir Zitronen schickt, frag nach Tequila, war einer von Esthers Lieblingsaufmunterungssprüchen, und plötzlich vermisste Kiki ihre Freundin, die ihr immer riet, das Beste aus allem zu machen, mehr als alles andere. Kiki sah sich nach Egon um, der sicher mehr als bereitwillig seine Marille mit ihr teilen würde, wenn schon kein mexikanisches Feuerwasser zur Verfügung stand.

35

»Louisa, wir haben doch alles besprochen!«

Jakob wäre beinahe über sie gestolpert, als er mit den Gedanken noch immer bei Kiki im Zelt nicht so richtig geschaut hatte, wohin ihn seine Füße trugen. Louisa saß auf einem Strohballen und hatte ihn anscheinend nicht nur abgepasst, sondern auch beobachtet.

»Ach, komm schon, Jakob, wir können doch trotzdem noch mal drüber reden. Es sei denn, deine neue Flamme hat etwas dagegen …«

Sie hatte ihre schlanken Beine übereinandergeschlagen und sich nach hinten abgestützt, sodass ihre Brüste in ihrem engen T-Shirt sehr gut zur Geltung kamen. Ihr Lächeln war verführerisch und ihr aufreizender Blick eine einzige Einladung. Louisa wusste definitiv, wie sie ihren Körper optimal in Szene setzen konnte.

»Wer?«

Bis vor ein paar Wochen wäre er verloren gewesen. Wobei: Vermutlich waren es nicht Wochen, sondern genau – er sah auf die Uhr – dreiunddreißig Stunden und ein paar Minuten. Die neue Zeitrechnung hatte exakt in dem Moment begonnen, als Isolde von Betzenstein vor seinen Traktor und direkt in sein Herz gestolpert war. An ihr war alles echt – und nur durch sie sah er plötzlich völlig klar, wie wenig das auf Louisa zutraf. Sie klopfte neben sich auf einen der Strohballen und bedeutete ihm, sich zu setzen.

»Na, diese Frau, die du immer so anstarrst? Egal. Setz dich doch kurz.« Als er nicht reagierte, ergänzte sie ein beinahe flehendes »Bitte?«.

Seufzend ließ er sich neben sie fallen. *Seine neue Flamme.* Lächerlich. Ganz bestimmt hatte Louisa feine Antennen, was ihn betraf, aber von Kiki hatte sie keine Ahnung. Die war wohl eher den süßen Verführungen von Philip verfallen. Jakob war jedenfalls raus. Konnte er sich genauso gut noch ein wenig mit Louisa rumärgern. Jetzt war sowieso schon alles egal.

»Also noch mal: Ich möchte nicht, dass Mia vor irgendeine Kamera gezerrt wird, nur damit du davon profitieren kannst.«

»Aber Jakob, es ist wichtig!«

»Wichtig für wen?«

Er sah überhaupt keinen Sinn darin, zuerst so zu tun, als wäre man jemand anders und sogar seinen Namen zu ändern – Lou Green! Alberner ging es ja wohl kaum – und dann plötzlich Ehrenweiler und die glückliche Familie vor der Kamera zu präsentieren, um alles wieder rückgängig zu machen.

»Du verstehst das nicht.« Sie zog einen Schmollmund, der ihm von Mia sehr bekannt vorkam, bei einer Siebenjährigen aber deutlich niedlicher aussah als bei einer erwachsenen

Frau, die immer noch so tat, als wäre sie ein Kind. In Zukunft musste er noch besser darauf achten, Mia nicht allzu viel durchgehen zu lassen.

»Vielleicht kann ich ja helfen?«

Jakob hatte nicht bemerkt, dass Philip neben sie getreten war.

»Du?« Verächtlich sah er ihn an. Philip hatte ihm gerade noch gefehlt.

»Warum nicht?« Lässig hatte Philip die Daumen in die Hosentaschen gehakt und sah auf Jakob und Louisa hinunter.

Schnell stand Jakob auf. Er wollte lieber auf Augenhöhe mit seinem ehemaligen Freund sprechen.

»Ich glaube, ich kann das Ganze ein wenig beschleunigen.« Philip grinste Louisa an, die ihre Pose aufgegeben hatte und nun dahockte wie ein Häufchen Elend. »Es ist nämlich so: Lou Green hat ein Angebot aus Hollywood, und zwar für eine Hauptrolle im neuen Film von Steven McDornham. Aber Steven möchte eine Schauspielerin, die moralisch ein völlig unbeschriebenes Blatt ist. Am besten eine, die in absolut geordneten Verhältnissen lebt. Du kennst ja die Doppelmoral der Amis.« Philip grinste.

Jakob hatte keine Ahnung, worauf er hinauswollte.

»Ja und?«

»Na ja, und unsere Lou hier …« Er strich mit dem Zeigefinger einmal ihren Oberschenkel hinauf und wieder hinab. »Sagen wir so: Sie hat zumindest am Anfang ihrer Karriere mit meinen Kontakten sehr viel anfangen können. In jeder Hinsicht.« Er lächelte süffisant. »Und manche waren von ihren Talenten offenbar sehr angetan.«

Louisa sah beschämt auf ihre Hände.

»Jedenfalls gibt es einige Fotos von ihr mit unterschiedlichen Männern aus der Filmbranche, natürlich nur bei offiziellen Events, aber du weißt ja, wie die Presse ist.« Er schüttelte den Kopf. »Machen aus jeder Mücke einen Elefanten. Dabei stimmt immer nur die Hälfte. Und du musst dir keine Gedanken machen, Jakob. Es war doch jede Anstrengung wert, oder etwa nicht? Und außerdem habe ich ja jetzt diese Homestory eingefädelt, und alles wird gut. Überleg doch mal, Jakob! Hollywood!«

Jakob wurde schlecht bei der Vorstellung, was er womöglich alles nicht gewusst hatte und wie falsch sein Bild von Louisa tatsächlich war. *Jakob Pfeffer, was bist du für ein naiver Idiot!*

Ein kleiner Teil von ihm hoffte immer noch, dass nichts von dem stimmte, was Philip gerade erzählt hatte.

»Woher weißt du das? Und warum erzählst du mir das alles?«

Jakob spürte, wie die Wut in ihm aufstieg. So lange hatte er es sich gewünscht, so empfinden zu können, weil der tiefe Kummer, in dem er versunken war, alles mit seiner lähmenden Schwere erstickt hatte.

»Ach, das weißt du nicht?« Philips Selbstgefälligkeit stand ihm ins Gesicht geschrieben. »Dabei ist es doch ganz einfach!« *Widerlich.* »Weil ich schon seit Jahren Lous Manager bin.«

»Du bist …?«

»Das hast du echt nicht gewusst?« Philip lachte laut auf.

In Jakob explodierte ein Funken sprühender Zorn, den er noch nie empfunden hatte. Er holte aus und donnerte seine Faust mit voller Wucht in Philips Gesicht.

»Hast du sie noch alle?«

Aus Philips Nase schoss Blut, und Jakobs Hand brannte.

»Was bist du nur für ein armseliger Verlierer!« Philip grinste immer noch gehässig, während er sich ein Taschentuch gegen die Nase drückte, das ihm Louisa gereicht hatte. »Und so bescheiden, Jakob. Frau und Kind haben dir absolut gereicht, stimmt's? Aber dass diese Frau mehr vom Leben will, hast du einfach nie begriffen, oder? Und dass du sie einsperrst auch nicht.« Er schnaubte und tupfte an seiner Nase herum. »Wenn ich nicht gekommen wäre, wärt ihr trotzdem nicht glücklich gewesen, du Vollidiot! Glaubst du im Ernst, ich habe ihr das alles eingeredet? O Mann. Dann bist du noch naiver, als ich immer gedacht habe. Sie wollte weg, Mann. Und du wolltest ein Zuhause. Eine glückliche Familie. Kapierst du es nicht? Jeder von euch wollte das, was er nie gehabt hat!«

Jakob ballte erneut die Faust.

»Jakob!« Louisa stellte sich zwischen die beiden. »Nicht!«

»Na los! Schlag mich doch noch mal, wenn es dir dann besser geht.«

Philip streckte ihm sein Gesicht hin, und beinahe hätte Jakob wirklich zugeschlagen, aber ganz plötzlich spürte er, wie sämtliche Wut, aber auch jede andere Kraft seinen Körper verließ. Philip hatte recht gehabt. Mit allem. Er war zwar nicht mehr Jakobs Freund und würde das auch nie wieder sein, aber er hatte ihm in diesem Augenblick die Augen geöffnet. Wie hatte er nur so blind sein können? Langsam schüttelte er den Kopf. Dann streckte er Philip die Hand entgegen. Er nahm sie.

»Danke«, sagte Jakob und drehte sich um, um zu gehen. »Danke, Arschloch.«

Aus dem Augenwinkel sah er, wie Kiki vor das Zelt gekommen war und nach Egons Flachmann griff. Die beiden standen neben Theos Grill und hatten – wie eigentlich die meisten Festbesucher – beobachtet, wie er Philip eine reingehauen hatte.

»Warte!« Kiki lief ihm nach und fasste ihn schließlich am Arm, um ihn zum Stehen zu bringen. Immerhin hatte er es beinahe bis zur Straße geschafft, bevor sie ihn eingeholt hatte. »Alles in Ordnung?«

Sie war atemlos, als wäre sie gerannt, was vermutlich der Fall war. Die Frage war nur, warum.

»Alles bestens.« Unauffällig rieb er sich die Fingerknöchel. Tat ganz schön weh und würde vermutlich auch noch ein paar Tage schmerzen.

»Kann ich … kann ich irgendwas für dich tun?« Unsicher sah sie von seinem Gesicht zu seinen Füßen und wieder zurück.

Was wollte sie hier? Sie hatte den ganzen Abend mit Philip verbracht, der sie bestimmt darüber aufgeklärt hatte, dass er nichts weiter war als ein einfacher Schreiner, der so wenig vom Leben erwartete, dass er allenfalls sich selbst glücklich machen konnte.

»Passt schon«, antwortete er kurz angebunden.

Besser er ließ sich nicht auf ein Gespräch darüber ein, sonst würde er nur wieder wütend werden. Auf wen auch immer. Vermutlich auch auf sich selbst. Scheiß drauf.

Doch Kiki sah so verwirrt und unsicher aus, dass er sie

auf keinen Fall so stehen lassen konnte. Sie hatte zumindest eine Erklärung verdient. Philip hatte schon recht: Naiv wie er war, hatte er keine Ahnung von irgendwas. Was wichtig war, wusste wohl nur Philip mit seinem Durchblick. Wieso sonst sollte Kiki so intensiv mit ihm gesprochen haben? Er war so ein Idiot! Aus Mitleid stand sie hier, weil auch sie ihn längst durchschaut und bei dem tollen Philip gefunden hatte, was sie suchte. Wie hatte er sich nur einbilden können, dass ihre Begegnung besonders und irgendwie … magisch gewesen war? Magisch war nur der Märchensee. Das hatte Jakob eigentlich schon immer gewusst.

»Schon gut. Tut mir leid, ich …« Er fuhr sich mit der Hand über die Augen. Plötzlich war er unglaublich müde. »… ich bin wohl gerade nicht die beste Gesellschaft.« Er versuchte ein Lächeln, das ihm gründlich misslang. »Aber hey, was soll's – du hast ja nettere gefunden.« Er schnaubte.

Kiki sah aus, als könne sie ihm nicht so richtig folgen. »Nettere …?«

»Gesellschaft? Philip? Philip Schwarz? Mein ehemaliger Freund und …« Er machte eine Kunstpause. »… der Manager meiner Ex-Freundin?«

Kiki sah ihn immer noch einfach nur an.

»Jedenfalls der Typ, mit dem du dich die ganze Zeit so prächtig amüsiert hast.« Bildete er sich das nur ein, oder klang er eifersüchtig?

»Der Typ, mit dem ich …?«

Kiki hatte bei seinen Worten die Hand zurückgezogen, die bis gerade eben noch auf seinem Arm gelegen hatte. Es blieb ein warmes Gefühl, dort, wo sie ihn berührt hatte, und am liebsten hätte er sie gebeten, ihre Hand wieder zurückzulegen.

»Ernsthaft? Philip?« Sie runzelte die Stirn.

Yep. Er hatte eifersüchtig geklungen.

»Glaubst du wirklich, ich wäre jetzt hier, wenn ich an ihm interessiert wäre, und nicht *bei* ihm, um seine Nase zu verarzten, die dank dir immer noch blutet wie verrückt?« Sie stemmte die Arme in die Seiten und sah so wütend aus, dass er wieder an gestern denken musste und an den Moment, als sie vor sein Auto gestolpert war. Das war … wirklich sehr komisch gewesen. Seine Mundwinkel zuckten. Sie ließen sich einfach nicht kontrollieren.

»Vielleicht kannst du ja kein Blut sehen?« Oh Mann, was für ein Tag!

»Ich bin die Tochter einer Krankenschwester, Jakob. Und ich bin nicht aus Zucker.« Sie verdrehte die Augen.

»Das hast du schon mal gesagt.«

»Es stimmt ja auch immer noch.«

»Okay.« Das brachte sie jetzt auch nicht wirklich weiter.

»Okay. Und kann ich jetzt was für dich tun?«

»Nein, ich glaube, ich … muss meinen Papierkram machen.«

»Deinen Papierkram, ja? Mit dieser Hand?«

Sie hatte nach ihr gegriffen und die Finger aufgebogen, die immer noch zur Faust geballt waren. Ein scharfer Schmerz fuhr ihm in die Gelenke.

»Mit was denn sonst?«

»Sehr witzig.«

Sie trat einen Schritt näher an ihn heran, sodass er ihren Duft wahrnehmen konnte. Der Wunsch, mit seiner gesunden

Hand über ihr Haar zu streichen, ihr Gesicht in beide Hände zu nehmen und sie zu küssen, wurde fast übermächtig. Ihre Lippen öffneten sich leicht. Für einen kurzen Moment schloss er die Augen. Wie gern …

Aber er war der Typ, der Louisa beinahe unglücklich gemacht hätte, wenn nicht Philip gekommen wäre und ihr den Weg nach draußen gezeigt hätte. Er war egoistisch genug, etwas für sich zu wollen, was vielleicht nicht gut für den anderen war. Kurz: Er war derjenige, der sich in Kiki verliebt hatte, was aber vermutlich immer nur ihn und niemals sie glücklich machen würde. Und abgesehen davon, war er derjenige, der gerade völlig zu Unrecht jemanden geschlagen hatte, und das obwohl er ein Vorbild sein sollte, obwohl er Vater war und Gewalt das Allerletzte. Nein, es war besser, sie hielt sich von ihm fern.

»Tut mir leid. Die Pflicht ruft. Da kann ein Dorfschreiner schlecht Nein sagen.«

Er ließ die verwirrte Kiki stehen und machte sich mit dröhnendem Kopf und schmerzender Faust auf den Weg nach Hause. Er schämte sich für seinen Ausraster und dafür, dass er sich bei Kiki in Scherze geflüchtet hatte, anstatt ihr zu sagen, was wirklich in ihm vorging. Dennoch fühlte er sich völlig befreit. Es war vielleicht nicht klug oder angemessen für einen erwachsenen Mann, sich zu prügeln, aber das war wirklich längst überfällig gewesen, wenn auch nicht unbedingt vor Publikum. Wenigstens war Mia nicht auch noch dabei gewesen.

Als er vor seinem Haus stand, entdeckte er seinen Pick-up, den Kiki ihm irgendwann mittags vor die Tür gestellt haben musste. Zu einer Zeit, als er noch gedacht hatte, heute würde der schönste und nicht der beschissenste Tag des Sommers werden. Das Leben war manchmal wirklich mehr als verwirrend. Anstatt sich in sein Bett zu legen und sich selbst zu bemitleiden, fischte Jakob den Autoschlüssel aus dem Briefkasten und startete den Motor. Es gab nur einen Platz, an dem seine wirbelnden Gedanken und vielleicht sogar sein dröhnender Kopf zur Ruhe kommen konnten. Als er den Rückwärtsgang einlegte, schallte ihm laut Frank Sinatra mit »My Way« entgegen.

Da hatte Kiki ja den perfekten Sender eingestellt. Besser hätte man den Soundtrack zu seinem Leben nicht auswählen können. Frankie hat's auf seine Art und Weise gemacht? Ganz sicher hatte er sich vorher von Philip einen Rat dazu geholt, dachte Jakob verächtlich. Gegen seinen Willen und das erste Mal seit seinem Tanz mit Kiki musste er lachen.

36

Auf ihrer Suche nach Egon hatte Kiki Jakob draußen mit Louisa sprechen sehen, hatte Philip beobachtet, wie er dazugekommen war, und wie Jakob ihn schließlich geschlagen hatte. Es wunderte sie kein bisschen. Im Grunde war dies die älteste Rechenaufgabe der Welt: Zwei Männer plus eine Frau, an der beide interessiert waren, und fertig war der älteste Streitgrund der Welt.

Sie schüttelte über sich selbst den Kopf. Dies hier war eine alte Geschichte. Eine, die vermutlich schon während der Schulzeit der drei begonnen hatte und in die sie überhaupt nicht hineingehörte. Philip und Louisa hatten das Fest nach dem Streit gemeinsam verlassen, und Jakob war allein nach Hause gegangen. Es war mehr ein Instinkt gewesen, nach ihm zu sehen, zumindest redete sich Kiki das ein, als der Wunsch, in seiner Nähe zu sein. Er hatte ihr eindeutig einen Korb gegeben. Er wollte allein sein. Oder zumindest nicht mit ihr zusammen. Kein Wunder. Schließlich war sie die falsche Person. Es war lächerlich, aber sie musste es sich trotzdem eingestehen: Sie war eifersüchtig darauf, dass Jakob sich mit jemanden um eine Frau gestritten hatte, die nicht sie war.

Und was wäre überhaupt, wenn er etwas für sie empfinden würde und eine Lou Green keine Rolle spielte? Würde sie sich tatsächlich darauf einlassen? Mann mit Kind? Ehrenweiler? Komplizierte Ex-Freundin? Oder fand sie das alles nur so spannend, weil sie es eben nicht haben konnte? Sie verstand sich selbst nicht mehr.

Es gab nur eine Person, die ihr bei der Entwirrung ihres Gedankenchaos helfen konnte. Vielmehr zwei. Aber Tante Elsie tanzte drinnen einen Stehblues mit Kurt. Hoffentlich ging die andere ans Telefon.

»... bitte hinterlassen Sie Ihre Nachricht nach dem Piep.«

»Hey, Esther, also ... es ist so ...« Kiki bereute, dass sie überhaupt angefangen hatte, auf den Anrufbeantworter zu sprechen, aber da musste sie jetzt wohl durch. Sie stand vom Strohballen auf und begann, auf dem Festplatz herumzulaufen, weil ihr das schon das eine oder andere Mal geholfen hatte, ihren Kopf zu sortieren. Dabei entdeckte sie Tante Elsie und Kurt, die einträchtig bei den Mädchen mit den Losen standen und offensichtlich sehr viel Spaß hatten. Kiki hörte Elsies Lachen bis nach draußen.

»... das heißt, ich weiß auch nicht so recht, wie es ist ...«, stotterte sie und verdrehte über sich selbst die Augen. »Äh, egal ... Ich ... geh dann mal wieder ins Zelt, weil bestimmt gleich die Verlosung ist und ... weißt du was? Ich erzähle dir alles, wenn ich wieder zu Hause bin.«

Was, wenn alles gut lief, morgen der Fall sein würde. Aber was wusste sie schon? Bisher war nichts so gelaufen, wie ihre Mutter und sie das geplant hatten. Wenn Esther ihre Mailbox abhörte, würde sie Kiki für völlig verrückt halten, so viel war klar. Vermutlich zu Recht. Aber andererseits: Was konnte Kiki dafür, dass der Besuch bei Tante Elsie gleich ihr komplettes Leben über den Haufen geworfen hatte? Vielmehr nicht nur ihres, wenn sie ihre Mutter so beobachtete, die nach wie vor an der Bar stand und lachte.

Kiki seufzte.

»Spanferkel?« Theo hatte sie wohl beobachtet und hielt ihr nun einen üppig gefüllten Teller hin. Sein Gesicht glänzte, und er strahlte sie fröhlich an. Kein Zweifel: Er war in seinem Element.

»Danke, nein.« Irgendwie war Kiki der Appetit vergangen, auch wenn das gegrillte Fleisch köstlich duftete.

»Was ist los, Mädchen? Was hat dir denn die Suppe versalzen? Ist es wegen dem Keilriemen? Ich habe ihn am Mittag eingebaut, und der alte Golf ist wieder wie neu! Den Schlüssel hab ich euch übrigens aufs Vorderrad gelegt, falls ihr heute Nacht schon loswollt …«

Kiki winkte ab. »Nein, nein, das ist es nicht. Und danke … das mit dem Keilriemen ist toll!«

Sie versuchte, ein wenig Begeisterung in ihre Stimme zu legen, aber wenn sie ehrlich war, hatte sie überhaupt nicht mehr an den Keilriemen gedacht. Andererseits: Wäre der Keilriemen nicht gewesen, wäre sie jetzt nicht hier. Die Frage war nur, ob das nun gut oder schlecht war.

Ratlos sah Theo von ihr zu dem Teller in seiner Hand und wieder zurück. »Na dann? Ich weiß zwar nicht, ob ich dir damit helfen kann, aber eines kann ich dir sagen: Wegen irgendwas auf das köstlichste Spanferkel aller Zeiten zu verzichten, bringt gar nichts. Außer, dass du dir was richtig

Gutes entgehen lässt. So was kriegst du jedenfalls so schnell nicht wieder.« Er legte Daumen und Zeigefinger an seine Lippen und machte ein Kussgeräusch. »Und außerdem: Die Probleme sind die gleichen, ob man jetzt was im Magen hat oder nicht. Und hungrig was Sinnvolles zu denken, ist viel schwerer als satt.«

Kiki musste lachen. Vielleicht hatte er ja recht. Nicht zu essen, war auch keine Lösung. Sie bedankte sich mit einem Lächeln, als Theo ihr augenzwinkernd den Teller und Besteck in die Hand drückte, und versprach, ihm dafür später ein Bier vorbeizubringen.

Als sie sich wieder auf einem der Strohballen niedergelassen hatte und genüsslich den ersten Bissen kaute, wäre sie am liebsten noch einmal aufgestanden und hätte Theo umarmt. Sie hatte gar nicht bemerkt, wie hungrig sie gewesen war. Wie gut es tat, etwas zu essen! An Theo war ein wahrer Philosoph verloren gegangen.

Nachdem sie die komplette Portion verputzt und mit einem Stück selbst gebackenem Brot auch den letzten Rest Soße aufgetunkt hatte, ging es ihr deutlich besser. Das Handy, das sie neben sich gelegt hatte, vibrierte und zeigte einen Anruf an. Esther.

Kiki hörte sie schon lachen, bevor sie überhaupt richtig abgenommen hatte.

»Kiki?« Esther japste schon, bevor Kiki auch nur irgendetwas sagen konnte. »O mein Gott! Wo bist du? Was machst du? Und was ist das für eine Geschichte mit deiner Tante und deiner Mutter?«

»Äh …«

»Kann ich vorbeikommen und mitspielen?« Sie kicherte. »Mensch, Kiki, das hört sich nach einer Menge Spaß an.«

»Na ja …«

»Und der Schreiner? Ist der auch da?«

»Du meinst Jakob?« Kiki spielte auf Zeit. War ja wieder klar, dass ihre Freundin direkt zum Kern des Problems stieß.

»Wen denn sonst? Oder gibt es noch einen? Ich hab gar nicht gewusst, dass auf der Schwäbischen Alb so viel los ist! Wenn ich das geahnt hätte, wäre ich mitgekommen.« Sie lachte wieder.

»So lustig ist es dann auch wieder nicht«, brummte Kiki.

»Nicht?«

»Nein.«

»Okay.« Esther wurde wieder ernst. Scheinbar hatte sie begriffen, dass ihre Freundin wirklich etwas auf dem Herzen hatte. »Was ist los?«

Das war in der Tat eine gute Frage.

»Also, so ganz genau weiß ich das auch nicht. Aber zusammengefasst kann man vielleicht sagen, dass alle wissen, was sie wollen.« Jakob wollte Louisa, Philip auch, Elsie wollte Kurt, ihre Mutter wollte Gaigeln, Theo wollte Essen und …

»Kiki?«

»Ich habe keine Ahnung. Ich habe das Gefühl, dass ich immer nur darauf reagiere, was die anderen machen und – wie schon immer – mich anpasse. Ich richte mich nach meiner Mutter und meiner Tante.« *Und nach dem kaputten Keilriemen, Jakobs Wünschen, Bennets Vorstellungen,* fuhr sie insgeheim fort. »Ich passe mich immer an und bleibe dabei selbst auf der Strecke. Ich bin ein Feigling, der immer den Weg des geringsten Widerstandes geht, und … und … ich höre mich an wie ein Jammerlappen.«

»Das stimmt allerdings.« Esther kicherte wieder.

»Esthi!«

»Was denn? Du hast ja recht! Du hörst dich an wie ein Jammerlappen. Und du bleibst auf der Strecke. Und warum?«

»Keine Ahnung! Sag du es mir!«

»Du hast es doch schon selbst gesagt: Weil du dich immer anpasst. Weil du dich immer mit dem Wenigsten zufriedengibst. Weil du nie für dich selbst eintrittst und nie für deine eigenen Wünsche und Träume kämpfst. Und weil du immer noch so tust, als wäre das alles in Ordnung und als hättest du ja auch nichts anderes verdient.« Vor allem Letzteres kam Kiki bekannt vor.

»Und jetzt? Was soll ich denn machen?«

»Was du machen sollst …?« Esther schnaubte. »Kiki, ich liebe dich von Herzen, das weißt du. Aber wenn du das weiterhin andere fragen musst, wird sich an deinem Dilemma so schnell nichts ändern!«

Hörte sich irgendwie plausibel an.

»Was ich dir aber rate, ist Folgendes: Du überlegst dir, was du wirklich willst, und dann gehst du hin und holst es dir!«

»Einfach so?« Theoretisch war so etwas immer ganz easy. Aber praktisch …

»Nicht einfach so. So einfach!« Esther war in Fahrt.

»Okay.«

»Okay.« Es entstand eine kleine Pause, in der Kiki sich schon auf weitere Vorschläge gefasst machte. Es kam aber nur eine Frage.

»Und was willst du?«

»Ich …« Das war schwierig und gleichzeitig ganz leicht. »Ich will, dass es Tante Elsie gut geht.«

»Und weiter?«

»… mit meiner Mutter klarkommen.«

»Schön. Die Hoffnung stirbt schließlich zuletzt.« Esther lachte schon wieder. »Aber das ist es nicht, oder? Diese Wünsche hast du schon so lange, und du tust alles dafür, dass sie sich erfüllen. Aber was willst du? Für dich? Isolde Maria von Betzenstein? Was ist dein Herzenswunsch?«

Für einen kurzen Augenblick stand Kiki wieder am Rande des Märchensees, fühlte den Frieden dieses geheimnisvollen Ortes und Jakobs Nähe. Dieser Moment, in dem alles richtig gewesen war, vor alldem Chaos mit Mia, Louisa, ihrer Mutter, Tante Elsie und Philip, dieser Moment war nicht nur magisch gewesen, sondern auch die Essenz von alldem, was sie wollte.

Sie wollte sich in Jakob verlieben dürfen – und sie wollte noch einmal spüren, dass es ihm genauso ging. Denn in diesem Moment am See, da hatte sie auf ihr Herz gehört und keine Zweifel gehabt. Dieser Moment war die Wahrheit gewesen. Und Jakobs Gefühle für sie waren echt gewesen.

»Bist du noch da, Kiki?«

»Ich … ja, bin ich. Aber ich glaube, ich muss Schluss machen!«

Sie hörte Esthers Lachen, bis sie aufgelegt hatte.

37

Elsie griff beherzt in den großen roten Eimer, um ein Los herauszufischen. Kurt hatte ihr zwar für jedes Jahr, das sie sich nicht gesehen hatten, eines schenken wollen, aber es ging ihr ja nicht um das Gewinnen von unzähligen Preisen, sondern nur um das Einlösen seines Versprechens. So viele Lose waren außerdem auch gar nicht mehr im Eimer. Es war kurz vor zehn, und Elsie hatte Glück gehabt, dass überhaupt noch eines für sie da war. Genau dieses würde wohl auch reichen. Sie schloss die Augen und hoffte darauf, dass es weder eine Niete noch eine Ballonfahrt werden würde, während ihre Finger die kleinen Röllchen aus Papier tasteten. Das eine war der Bedeutung des Loses nicht angemessen und das andere … nun, sie war einfach zu alt, um den Boden unter den Füßen zu verlieren. In jeder Hinsicht.

Kurt stand hinter ihr. Sie hatte sich von ihm abgewandt, als einer seiner Nachbarn ihn in ein Gespräch verwickelt hatte. Elsie war sich trotzdem seiner unmittelbaren Nähe bewusst, und sie spürte, dass sein Blick sie mehr als einmal berührte. Jedes Mal kitzelte sie das Glück sanft, sodass sie lächeln musste. Helga war zu ihr getreten und beobachtete sie dabei, wie sie das Papier vorsichtig aufrollte. Es trug eine Nummer, immerhin.

»Sechsundachtzig?« Elsie hielt ihrer Schwägerin das Los hin. »Hm. Vielleicht auch achtundneunzig. Ich bin nicht sicher. Das heißt, eigentlich schon. Es ist die Sechsundachtzig.« Sie nickte bekräftigend.

»Aber wenn du unsicher bist, lass uns doch einfach vor zur Bühne gehen. Die werden schon wissen, was draufsteht.«

Es war beinahe Zeit für die Verkündung der Hauptpreise. Im Zelt war es ein wenig ruhiger geworden, die Band hatte aufgehört zu spielen, und die Musiker bis auf ein paar Trompeter und der Schlagzeuger, die bestimmt gleich noch für den Tusch gebraucht wurden, packten ihre Instrumente ein. Helga hakte sich bei Elsie unter und wollte sie in Richtung Bühne ziehen, wo sich jemand am Mikrofon zu schaffen machte. Gleich war es so weit.

»Was ist los? Komm!« Erstaunt darüber, dass Elsie sich nicht einfach mitziehen ließ, blieb Helga wieder stehen.

»Helga.« Elsie zog Kurt am Ärmel zu sich heran. »Ich möchte dir jemanden vorstellen.«

Kurt nickte Helga lächelnd zu, lüftete seinen Hut mit den Lavendelblüten, den er wieder aufgesetzt hatte, nachdem sie ihren Tanz beendet hatten, und streckte ihr die Hand entgegen.

»Guten Abend, ich bin Kurt.«

Elsie schluckte. Ein merkwürdiges Gefühl machte sich in ihrem Magen breit. Sie war stolz und aufgeregt, endlich ihre beiden Leben, ihre Vergangenheit und ihre Gegenwart, gleichermaßen ihr größtes Glück und ihr tiefstes Unglück, miteinander zu verbinden. Gleichzeitig hatte sie Sorge, dass Helga irgendetwas sagen könnte, das den Zauber ihres wiedergefundenen Glückes zerstören würde. Und außerdem wusste man bei Helga nie so genau, was einen erwartete.

Sie ließ ihren Blick von Kurts Hut zu seinen Schuhen wandern und wieder zurück. Dann runzelte sie die Stirn.

»Kurt? Und wie weiter?«

Genau das hatte sie gemeint.

Irritiert sah Kurt zu Elsie, die mit den Schultern zuckte und gleichzeitig ihre Schwägerin mit dem Ellenbogen anstieß.

»Oh, ich ... Pfeffer. Kurt Pfeffer heiße ich.«

Es war, als ginge die Sonne in Helgas Gesicht auf. Sie strahlte Kurt an und ergriff seine Hand. Elsie atmete auf.

»Pfeffer? Wie Jakob, der Schreinermeister?« Eifrig schüttelte sie sie.

»Helga«, raunte Elsie.

Übertreiben musste man es schließlich auch nicht. Kurt lachte nur und entzog ihr seine Hand.

»Ganz genau. Jakob ist mein Neffe«, sagte er stolz. »Und nicht nur das: Er hat auch meine Schreinerei übernommen.«

»Das ist ja großartig, Kurt! Ich darf doch Kurt sagen?«

Helga klimperte mit den Wimpern.

»Helga!« Elsie war ein wenig peinlich berührt, andererseits war es so viel besser gelaufen, als sie erwartet hatte.

»Lass nur, Elsie. Natürlich darfst du das, Helga.« Er schmunzelte. »Helga stimmt doch, nicht wahr?«

»Helga stimmt. Helga von Betzenstein, um genau zu sein.«

»Dann bist du eine ... eine Tochter von Elsie?«

Helga hätte nicht begeisterter sein können, wenn er ihr verkündet hätte, dass sie den Hauptpreis in der Tombola gewonnen hätte. Sie kicherte wie ein junges Mädchen und klopfte Kurt auf den Arm. »Nein, nein, ich bin keine gebürtige von Betzenstein. Ich war mit ihrem Bruder verheiratet.«

»War?« Bestürzt sah Kurt von Helga zu Elsie. »Das heißt … Matthias, der kleine Matthias lebt nicht mehr?«

»Nein, er … ist vorletztes Jahr gestorben.« Der Kummer über den Verlust ihres kleinen Bruders fräste sich durch die Freude, Kurt wiedergefunden zu haben, wie ein Pflug durch ein abgemähtes Stoppelfeld.

»Sie … Du kanntest meinen Mann?«, fragte Helga erstaunt.

»Ja, na ja, ich kannte ihn, als er noch sehr viel jünger war. Vier oder fünf Jahre alt vielleicht?«

Fragend sah er zu Elsie, vor deren innerem Auge der kleine Matthias sein strahlendes und glucksendes Kleinkinderlachen lachte. Ihr Herz tat weh, so sehr fehlte er ihr an diesem ganz besonderen Tag.

»Er war drei Jahre alt.«

Wehmütig dachte Elsie an die vielen Abende, die sie in seinem Büro oder in ihrer Wohnung zusammengesessen hatten und über Ehrenweiler gesprochen hatten. Matthias hatte immer versucht, sie davon zu überzeugen, doch wenigstens mit Kurt Kontakt aufzunehmen. Auch, weil er sich dafür verantwortlich fühlte, dass Elsie damals so schnell mit ihm nach Stuttgart zurückgekehrt war, aber Elsie hatte sich geweigert. Sie war der Meinung, dass es kein Glück bringen konnte, wenn man das von anderen zerstörte. Sie hatte versucht, Matthias davon zu überzeugen, dass sie auf ihre Art auch glücklich mit ihrem Leben war. Aber ihr war klar, dass sie damit weder ihn noch sich selbst hatte täuschen können.

Es wäre so schön gewesen, wenn er diesen Moment hätte miterleben können. Wenn er gewusst hätte, dass Elsie ihr Glück doch noch gefunden hatte.

Bevor der Kummer sich zu sehr in den Vordergrund drängen konnte, spielten die Musiker einen Tusch.

»Das ist Michel Reitmaier, unser Bürgermeister«, raunte Kurt Elsie zu. »Ich glaube, jetzt geht's los!«

Elsie schloss die Faust um ihr Los. *Was auch immer ich gewonnen habe, lass es etwas sein, woran Matthias Freude haben würde.* Die vielen kleinen Gewinne, die es für die Lose gab, konnte man sich einfach abholen. Nur die zehn Hauptpreise, deren Nummern willkürlich ausgesucht worden waren, wurden öffentlich gezogen und verkündet, dazu hatte der Bürgermeister seinen Hut abgenommen, die zehn Lose hineingelegt und niemand Geringeren als Roswitha auf die Bühne geholt, um die Ziehung durchzuführen. Elsies Los war vielleicht eines davon.

»Alles läuft natürlich absolut korrekt und unter den Augen eines Juristen ab! Karl?« Er winkte von der Bühne herab und zeigte auf die erste Reihe, in der ein Mann in Tracht saß, seine Arme auf den Tisch gelegt hatte und vor sich hin schnarchte. Das Publikum lachte. »Außerdem haben wir bis nach zehn Uhr gewartet, damit die Kinder im Bett sind.«

Er wackelte mit dem Zeigefinger und zeigte schließlich auf den Tisch, an dem Hans mit Charlotte und Mia saß.

»Stimmt ja gar nicht!«, krakeelte Mia. Das Publikum lachte wieder.

»Und wir haben keine Kosten und Mühen gescheut, die schönste und klügste Jungfrau als meine Assistentin einfliegen zu lassen …« Der Rest ging im Gegröle und Gelächter der Ehrenweiler unter, als er eine ausholende Bewegung in Richtung Roswitha machte. Nachdem sie die Hand erhoben und angedeutet hatte, den Bürgermeister zu schlagen, lachte das Publikum noch mehr. Dennoch nahm Roswitha ihre Aufgabe sehr ernst. Mit geschlossenen Augen tastete sie in seinem Hut herum und fischte schließlich die ersten beiden Lose heraus. Elsie spürte das aufgeregte Kribbeln in ihren Fingern, mit denen sie ihr eigenes hielt.

»Als Erstes kommen wir zu den beiden Wellnessgutscheinen. Die Nummern sind …« Die Band spielte einen Tusch, und Helga kniff Elsie aufgeregt in den Arm. »Wäre das nicht großartig? Ein Wellnessgutschein? Du und ich in der Sauna?«

Helgas Gesicht leuchtete vor Begeisterung, und Elsie wurde himmelangst. Allein die Vorstellung, mit ihrer Schwägerin in einer Sauna zu sitzen und sich gegenseitig auf die schrumpeligen Bäuche zu schauen, war für sie mehr als befremdlich. Aber sie musste sich sowieso keine Sorgen machen, denn die beiden Gutscheine gingen an andere Zahlen. Auch die Ballonfahrt gewann jemand anderes. Ebenso wie die beiden Delikatessenkörbe, die Flasche Champagner, den Marillenschnaps, die sechs Kästen Bier, den Gutschein der örtlichen Reinigung und die einjährige Gratislieferung von hundertfünfzig Litern Brennholz. Bevor sich Elsie darüber wundern konnte, dass Brennholz in Litern angegeben wurde und sich gleichzeitig darüber freute, dass nicht sie die glückliche Gewinnerin war, ließ der Schlagzeuger einen Trommelwirbel erklingen.

»Kommen wir nun zum eigentlichen Hauptpreis dieser Veranstaltung.« Der Bürgermeister machte eine Kunstpause. »Es gibt nur noch ein einziges Los in meinem Hut, und auch wenn nicht alle Lose verkauft wurden, so ist nur dieses eine hier gewinnberechtigt.« Theatralisch atmete er ein und hielt das letzte Los in die Luft. »Roswitha, walte deines Amtes!«

Die Wahrscheinlichkeit, dass er Elsies Nummer in den Händen hielt, war relativ gering. Grob überschlagen waren in dem Eimer noch mindestens zwanzig andere Lose gewesen. Und außerdem war vielleicht doch eine Niete besser als ein Hauptgewinn. Wenn sie ehrlich war, hätte ihr – abgesehen vom Delikatessenkorb – keiner der Preise wirklich zugesagt. Und sie hatte überhaupt nicht aufgepasst. Was war noch mal …

»Der Hauptpreis, gestiftet von unserem lieben Theo Grünberger, Ehemann meiner Assistentin, Grillmeister und wichtige Stütze der Ehrenweiler Gesellschaft … Komm doch mal vor, Theo, dann kannst du gleich was dazu sagen! Der Hauptpreis ist wie schon seit vielen Jahren … Aber sag selbst!«

Er streckte Theo die Hand hin, der auf die Bühne gesprungen war und sich nun vor dem Publikum verbeugte. Die Ehrenweiler belohnten ihn mit Applaus.

»Ja, also liebe Ehrenweiler und Ehrenweilerinnen – lieber Michel und liebe Roswitha. Keine Ahnung, wo sie die kluge und schöne Assistentin versteckt haben, aber du machst das bestimmt auch ganz großartig!« Er lachte, als sie ihm ebenfalls Schläge androhte. »Ich freue mich wirklich riesig, dass ich unsere schöne Tradition wieder aufleben lassen konnte, die wir so viele Jahre entbehren mussten.« Er verbeugte sich wieder. »Es ist mir eine Ehre, euch den Hauptpreis zu präsentieren. Hier ist er …« Er drehte sich zum hinteren Rand der Bühne um und griff nach etwas, das Elsie als eine Art Leine erkannte. Als er sich wieder dem Publikum zuwandte, stockte ihr der Atem.

»Darf ich vorstellen: Das hier ist Rosi, das klügste und schönste Ferkel der Welt, selbstverständlich benannt nach meiner wundervollen Frau!«

Ein Schwein! Natürlich! Elsie versuchte, ihren Atem zu beruhigen. Der Hauptpreis war ein Schwein! *Bitte, lieber Gott, gib mir den Wellnessgutschein!*

Sie begann zu schwitzen, und das Los in ihrer Hand wurde feucht. »Der glückliche Gewinner oder die glückliche Gewinnerin hat die Losnummer …« Kunstpause, Trommelwirbel, noch eine Kunstpause, in der diese Roswitha quälend langsam das Los auffaltete.

»… Sechsundachtzig!«

Neben ihr begann Helga zu lachen, und nach einem kurzen verwirrenden Moment, den ihre Schwägerin auflöste, indem sie ihm schlicht Elsies Los unter die Nase hielt, stimmte Kurt mit ein. Kurz schob sich das Bild ihres kleinen Bruders vor ihr inneres Auge, und sie hörte sein kindliches Kichern. Da begann auch Elsie zu lachen. Sie hatte Schwein. Wie Kiki sagen würde: Und zwar so was von. Es war dem unglaublichen Glück, das sie empfand, weil sie am Leben war, Kurt wiedergefunden hatte, mehr als angemessen.

Ich freue mich, dass ich mich an das Schöne
Und an das Wunder niemals ganz gewöhne.

Dass alles so erstaunlich bleibt, und neu!

Ich freu mich, dass ich … Dass ich mich freu, zitierte sie lächelnd und in Gedanken Mascha Kaléko.

Ob Kurt ihre Gedichte wohl auch so sehr mögen würde wie sie?

38

Tante Elsie war also die glückliche Gewinnerin des kleinen Ferkels. Kiki konnte es immer noch nicht glauben. Lustigerweise schien ihr neues Lebensabschnittshaustier weder für sie noch für Helga oder irgendjemanden sonst ein Problem zu sein, auch wenn sich Kiki beim besten Willen nicht vorstellen konnte, was mit dem niedlichen Schweinchen geschehen sollte.

Essen kam jedenfalls nicht infrage. Sofort wurde ihr ein bisschen mulmig, als sie daran dachte, mit welch großem Genuss sie vorhin den Grillteller von Theo verschlungen hatte. Nachdem Kiki, Elsie, Kurt und Helga gemeinsam mit Theo und Roswitha beschlossen hatten, dass weder ein Festzelt der richtige Aufenthaltsort für ein kleines Schweinchen war noch Elsies Zimmer im Goldenen Adler, durfte Rosi vorerst wieder zurück in Theos Stall. Die beiden sammelten das Schwein und Mia ein und machten sich auf den Heimweg. Kurt hatte darauf bestanden, Elsie in den Goldenen Adler zu bringen, und nachdem sich Helga von ihren Gaigelfreunden verabschiedet hatte, hatten sich auch Kiki und ihre Mutter auf den Weg ins Gasthaus gemacht.

Kiki ließ ihren Blick ein letztes Mal über den Markplatz mit seiner mächtigen Linde schweifen, bevor sie das Fenster kippte und die Vorhänge zuzog. Dort unten saßen Tante Elsie und Kurt so dicht es eben ging beieinander. Kiki hatte angeboten, Tante Elsie in ihr Zimmer zu bringen und ihr beim Zubettgehen zu helfen, aber sie hatte abgelehnt. Sie wollte noch ein wenig mit Kurt zusammen sein, bis er ebenfalls nach Hause aufbrechen würde, nur um sie gleich morgen nach dem Frühstück zu einem Spaziergang abzuholen.

Kiki seufzte, als sie die Schuhe von den Füßen streifte und sich aufs Bett legte. So schnell würden sie Ehrenweiler wohl nicht verlassen können, jetzt da Kurt und Elsie sich wiedergefunden hatten. Andererseits: Irgendwann im Laufe des morgigen Tages würde sie auf jeden Fall nach Hause zurückkehren müssen. Was dann geschah, würde man später sehen. Zuerst einmal musste sie am Montag wieder arbeiten.

Unten vor der Tür hörte sie Elsie kichern und musste lächeln. Es klang nicht unbedingt so, als säßen dort unten auf der Bank unter der Dorflinde eine Frau und ein Mann, die einundneunzig Jahre alt waren. Genauso gut hätten es zwei sehr viel jüngere Menschen sein können. Sicher, die Stimme war ein wenig brüchig, aber sie war auch leicht und unbeschwert. Etwas, das man viel zu schnell verlor. Wie sich wohl ihr eigenes Lachen anhörte?

Achtzehn Anrufe in Abwesenheit. Zwei davon waren von Esther. Der Rest kam von einer ihr unbekannten Nummer, und der letzte Anruf lag erst eine knappe Viertelstunde zurück. Sie musste sie wohl verpasst haben, nachdem sie nach dem Telefonat mit Esther das Telefon auf lautlos gestellt hatte. Jetzt war es beinahe elf Uhr, und definitiv zu spät, um zurückzurufen. Wer im Himmel hatte ihr überhaupt etwas so Dringendes zu sagen? Jemand, der offensichtlich nicht dieselben Skrupel hatte, mitten in der Nacht bei ihr anzurufen. Ihr Telefon vibrierte, und sie nahm ab.

»Isolde von Betzenstein?«

»Ah, Gott sei Dank, dass du rangehst, Kiki, Bennet hier!«

Seine Stimme klang warm und wirklich erleichtert, sodass Kiki für einen kurzen Moment beinahe vergaß, wie schäbig er sich verhalten hatte. Trotzdem, was wollte er von ihr?

»Bennet?«

Um diese Uhrzeit?

»Ja, Bennet, du weißt schon: Der Typ, mit dem du … der Sohn von deinem Chef?«

Der Vollidiot, der es nicht geschafft hat, seine Verlobte zu erwähnen? Wenigstens war ihr das rechtzeitig wieder eingefallen, bevor sie auf seinen Charme hereinfiel.

»Hallo, Bennet, äh … das ist irgendwie eine ganze andere Nummer als sonst, oder? Ich dachte, ich hätte dich eingespei…«

»… ist doch egal, welche, Kiki, das ist meine Privatnummer«, unterbrach er sie. »Aber es ist ein Notfall und deshalb …«

Kiki brauchte eine Weile, um seine Worte zu begreifen.

»Deine …?«

»Privatnummer. Die Nummer, die eben die Leute kriegen, mit denen ich auch außerhalb der Arbeitszeit zu tun habe. Meine Freunde zum Beispiel.«

Er betonte *Freunde* auf eine Art und Weise, dass sich Kiki fragte, wie um alles in der Welt er überhaupt welche haben konnte. Sie gehörte wohl nicht dazu, nachdem er nur während der Arbeitszeit mit ihr … Es war ihm noch nicht einmal peinlich. Kiki aber schon.

»Was willst du, Bennet?«

»Oh, ja, gut, dass du fragst. Wie gesagt: Es ist ein Notfall!«

Kurz überschlug Kiki, wie hoch die Wahrscheinlichkeit war, dass er sie anrufen würde, weil irgendetwas mit seinem Vater war. Nicht sehr wahrscheinlich. Ansonsten gab es nur noch …

»Ist was mit Esther?«, fragte sie atemlos.

»Mit Esther? Nein, nicht dass ich wüsste. Warum sollte ich da auch irgendwie mehr … nein. Nein, viel schlimmer! Stell dir vor, Félicités Tante kommt morgen auch!«

Oh, okay. Félicité. Ausgesprochen hörte sich der Name ja noch bescheuerter an.

»Félicité … Fee … Feldmann? Meine Verlobte?«

»Was …« *Fee Henderson.* Die beiden hatten sich wirklich verdient, vor allem, wenn sie so abgehoben war wie ihr Name. Kiki bemühte sich, ihr Kichern zu unterdrücken. »… ist mit ihr?« Kiki wedelte mit den Händen vor ihren Augen herum, weil ihr schon jetzt die Tränen über die Wangen liefen, so schwer fiel es ihr, nicht zu lachen.

»Mit *ihr* ist nichts, aber ihre Tante kommt!«

Oha, Fees Tante kommt!

»Und was hab ich damit zu tun?«

»Mensch, Kiki, so schwer ist das doch nicht! Wir brauchen noch ein Tischkärtchen!« Nun räusperte sich Bennet, bevor er mit einschmeichelnder Stimme fortfuhr: »Du könntest es ja malen, und ich würde dann gleich nachher persönlich bei dir vorbeikommen und es abholen. Fee ist heute Abend bei ihren Eltern, und ich … hab nichts vor. Was hältst du davon?«

Kiki sah sein selbstgefälliges Grinsen geradezu vor sich. Wahrscheinlich betrachtete er sich während des Telefonats mit ihr im Spiegel und warf sich selbst immer wieder einen Kussmund zu. Was für ein widerlicher Typ!

»Ihr braucht ein …? Du willst …« Fassungslos schüttelte sie den Kopf. Das Kichern war verschwunden. Kiki spürte, wie sie langsam wütend wurde. »Bennet, echt jetzt? Deshalb rufst du mich mitten in der Nacht an?«

»Wenn es wichtig ist, ist doch die Uhrzeit völlig egal!«

»Es ist Wochenende. Samstagabend. Wir sind, das hast du mir selbst gerade eben erklärt, keine Freunde, weshalb ich auch deine private Nummer nicht habe. Was sagt dir das?«

»Das sagt mir …«

»Ich sage dir, was es dir sagt!« *Okay, von Betzenstein, nicht verhaspeln jetzt!* »Es sagt dir, dass wir keine Freunde sind!«

»Ja aber …«

Bennet hatte keine Chance. Die ganze Enttäuschung über sein egoistisches und erbärmliches Verhalten am letzten Donnerstag ballte sich plötzlich zu einer Wut zusammen, die sie bisher überhaupt nicht empfunden hatte.

»Genau. Es sagt dir, dass wir *keine* Freunde sind!«, wiederholte sie, weil es sich einfach so gut anfühlte, Bennet Henderson genau das zu sagen. »Und weil das so ist, kannst du mich auch nicht einfach so am Samstagabend anrufen und mir sagen, dass irgendeines von deinen überzogenen, kitschigen

Tischkärtchen fehlt. Weißt du was? Mal es dir doch selbst! Oder frag doch deinen Vater, ob er sich vielleicht dazu herablässt. Denn ich bin raus. Und abgesehen davon bin ich noch nicht einmal in Stuttgart.«

Es war erstaunlich: Weder fiel die Welt in tausend Stücke noch explodierte der Telefonhörer, nur weil sie jemandem ihre Meinung gesagt hatte. Ihre eigene, persönliche und ungemütliche Meinung. Nein, im Gegenteil. Es gefiel ihr ausgesprochen gut.

»Aber Kiki! Du … das kannst du doch nicht machen! Fee bringt mich um! Und überhaupt: Du arbeitest für uns. Wenn du deine Arbeit verweigerst, kann ich dich feuern!«

Es war lächerlich einfach, und hinterher fragte sie sich, warum sie so lange damit gewartet hatte. Kiki brauchte nicht länger als eine Sekunde, um diese Entscheidung zu treffen.

»Weißt du was, Bennet?« Ihre Stimme zitterte leicht, aber nicht vor Angst, sondern voll froher Erwartung. »Das ist nicht nötig«, fuhr sie in der sanftesten Stimmlage fort, zu der sie imstande war. »Ich kündige.« Kiki lächelte, weil sie irgendwo gelesen hatte, dass man das am anderen Ende des Telefons hören konnte. »Viel Glück. Ganz besonders für deine Ehe, Bennet.« Sie hatte es sehr lässig gemeistert. Wirklich. Bis … »Mit *Fee*.« … sie haltlos anfing zu kichern.

An Schlaf war nicht zu denken. Tante Elsie war längst ins Bett und Kurt nach Hause gegangen, aber Kiki war so aufgedreht, dass sie einfach nicht zur Ruhe kam. In den vergangenen zwei Tagen war einfach viel zu viel passiert. Trotz ihrer Kündigung und der absoluten Planlosigkeit, die das mit sich brachte, fühlte sie sich völlig befreit und voller Energie. Die Verzweiflung, die sie noch vor wenigen Tagen bei so etwas vorausgesetzt hätte, stellte sich nicht im Geringsten ein, obwohl sie wusste, dass ihre Mutter vermutlich einiges dazu zu sagen hätte. Sie konnte nicht sagen, wie genau das passiert war, aber sie hatte an diesem Wochenende mehr über das Leben und sich selbst verstanden als vermutlich in den letzten vierzig Jahren. Natürlich war es die Begegnung mit Jakob, aber auch mit Mia, Kurt, Tante Elsie und sogar ihrer Mutter, Gisela, dem Goldenen Adler, Theo, Roswitha und sogar Little Richard. Sie alle hatten ihren Teil dazu beigetragen. Von Philip, Bennet und Louisa ganz zu schweigen. Es war wirklich erstaunlich. Kiki hatte das Gefühl, endlich begriffen zu haben, wer sie war, was sie wollte – und was nicht. Wenn das bedeutete, dass sie erwachsen geworden war, dann hatte sie nichts dagegen.

Sie hatte keine Angst vor der Zukunft. Denn wenn sie etwas gelernt hatte, dann, dass sowieso alles anders kam, als sie erwartete. Plötzlich fühlte sie sich überhaupt nicht mehr erschöpft. Ganz im Gegenteil. In ihren Fingern kribbelte es, und vor ihrem inneren Auge entstanden Pläne. Dieses Mal nicht für ihr Leben, sondern für den Umbau des Goldenen Adlers.

Sie zog ihre Schuhe wieder an und schlich in den Gastraum. Im Restaurant war alles dunkel, und selbst auf Kikis leises Rufen reagierte niemand. Ob Gisela wohl sehr sauer sein würde, wenn sie einfach so nach den Plänen suchte, die sie ihr heute Morgen gezeigt hatte? Vermutlich eher nicht, denn die vergilbte Rolle lag offen auf dem Stammtisch und daneben – dem Himmel sei Dank! – das Durchschlagpapier, das Gisela ihr versprochen hatte. Kiki nahm sich ein Glas Wasser und setzte sich. Zärtlich strich sie über den frisch gespitzten Bleistift und das alte Lineal, das Gisela wohl auch noch irgendwo gefunden hatte. Es gab doch wirklich nichts Schöneres, als seinen Träumen freien Lauf lassen zu dürfen.

Etwa anderthalb Stunden später stand sie vor Jakobs dunklem Haus und fragte sich, ob es wirklich so eine gute Idee gewesen war hierherzukommen. Es war immerhin kurz nach halb eins und stockfinster, bis auf ein einziges erleuchtetes Fenster im ersten Stock. Es war dasselbe Fenster, an dem sie heute Morgen den nackten Jakob-Oberkörper bewundert hatte. Ob er noch wach war? Eigentlich hatte sie ihm nur ihre Vorschläge zum Umbau vom Goldenen Adler in den Briefkasten stecken wollen. Ihre Wangen glühten immer noch vor lauter Begeisterung. Es hatte riesig Spaß gemacht, aus dem altehrwürdigen Gemäuer eine modernere, hellere und praktikablere Version zu entwickeln, und Kiki war unglaublich stolz auf die vielen guten Ideen, die sie dabei gehabt hatte. Dabei hatte sie einen Umbauplan erstellt, der dafür sorgte, dass alle Baumaßnahmen nach und nach vonstattengehen konnten – und die Ehrenweiler nicht länger als unbedingt nötig auf ihr geliebtes zweites Zuhause verzichten mussten. Geholfen hatte ihr dabei sicher, dass sie dort ein bisschen Zeit verbracht hatte und somit die Bedürfnisse von allen Gästen und dem Personal wahrnehmen konnte. Sie würde das Fachwerk komplett belassen, aber zwischen die Balken Fenster setzen, die Böden angleichen und die vielen Stolperfallen entfernen, die dadurch entstanden waren, dass sich die Bestimmung der Räume immer wieder geändert hatte. Sie würde die Wände zwischen dem Windfang und den beiden voneinander getrennten Gaststuben entfernen und nur die Balken stehen lassen. Sie würde … Nun, Jakob würde … hoffentlich so begeistert sein wie sie selbst.

Am liebsten hätte sie ihm die Pläne sofort gezeigt. Aber vermutlich brannte das Licht, das Kiki sah, nur, weil es jemand vergessen hatte oder damit Mia sich nachts nicht gruseln musste. Aber war da nicht gerade ein Schatten gewesen? Irgendjemand ging dort oben durchs Zimmer. Sie hatte es genau gesehen. Jemand, der vermutlich ebenso wenig schlafen konnte wie sie selbst. Und wer sollte das sein, wenn nicht …

Okay, von Betzenstein, reiß dich zusammen. Es ist mitten in der Nacht. Geh schön zurück in dein Hotel und …

Kiki hob einen kleinen Kieselstein auf und zielte auf das erleuchtete Fenster. Es war allerhöchste Zeit, sich nicht länger von ihrer inneren Stimme bremsen zu lassen. Und Klingeln war keine Option. Ihre Begeisterung für den Plan und ihr Wunsch, all das mit Jakob zu teilen, waren die eine Sache, aber auf gar keinen Fall wollte Kiki Mia aufwecken.

Obwohl sie das Fenster getroffen hatte, passierte gar nichts.

Auch nach dem zweiten und dritten Steinchen blieb alles ruhig. Doch dann, gerade als sie das vierte Steinchen aufgelesen hatte, erschien eine dunkle Silhouette am Fenster. War das wirklich Jakob? Irgendwie wirkte er kleiner und weniger muskulös und – desinteressiert. Wer auch immer es war, er hatte das Licht gelöscht, sodass Kiki völlig im Dunkeln stand. Sie kam sich so bescheuert vor. Wie alt war sie eigentlich? Fünfzehn? Sie hatte sich schon abgewandt, um zurück in den

Goldenen Adler zu gehen, da öffnete sich die Haustür mit einem leisen Quietschen. Das Flurlicht von innen malte einen hellen Lichtkegel auf den Weg, und Kiki traute ihren Augen kaum, als Kurt ins Freie trat. In der einen Hand hielt er zwei Wolldecken und in der anderen ein großes Einmachglas mit einer brennenden Kerze.

»Guten Abend, Kiki. Oder vielmehr: Guten Morgen!« Sie hörte sein Lächeln, als er auf sie zukam. »Kannst du auch nicht schlafen?«

»Nein, ich … Oh, Entschuldigung, ich dachte, du bist … Hab ich dich geweckt?«

»Nein, nein, Kiki, mach dir keine Gedanken. Ehrlich gesagt bin ich sehr froh, dass du da bist. Weißt du, Schlaf ist in meinem Alter sowieso nicht mehr so wichtig.« Er ging an ihr vorbei zu der hellblauen Holzbank, die an der Hauswand stand, und ließ sich darauf nieder. »Wir sind immer müde und schlafen doch nicht. Eigentlich träumen wir nur von vergangenen Zeiten.« Er lachte.

Kiki setzte sich neben ihn. Es war ein wunderbarer Platz. Die Wand gab die gespeicherte Hitze des Tages ab, sodass sie Kurts Decke gar nicht brauchte. Der Bauerngarten verströmte einen unglaublich intensiven Duft nach allerlei Blüten, den sie vor lauter Steinchen bis gerade eben gar nicht wahrgenommen hatte, und an manchen Stellen spielten Glühwürmchen Fangen miteinander. Hinter dem Garten konnte Kiki die dunkle Straße und Theos Hof nur erahnen, obwohl der nächtliche Sommerhimmel ganz klar war und die vielen unzähligen Sterne dort oben um die Wette funkelten und glitzerten.

»Aber was ist mit dir?« Forschend sah er in ihr Gesicht. »Du bist doch eigentlich viel zu jung, um nicht schlafen zu können.«

»Ich …«

Kiki wünschte, sie wüsste eine Antwort. Ihr war klar, dass die Zeichnung nur ein Vorwand gewesen war hierherzukommen. Doch um was ging es wirklich?

Kurts Augen waren warmherzig, und die Kerzenflamme zauberte weitere kleine flackernde Flämmchen in seine Pupillen. Er sah aus, als könnte man ihm alles anvertrauen. Plötzlich wurde Kiki bewusst, wie sehr sie ihren Vater und ihre Gespräche mit ihm vermisste. Er hatte ihr immer gesagt, dass er an ihr Talent als Architektin glaubte, und ihr prophezeit, dass sie eines Tages genau die Häuser bauen würde, die sie bauen wollte. Was hätte er wohl dazu gesagt, dass sie ausgerechnet in Ehrenweiler damit anfangen würde, ihre Ideen umzusetzen? Was hätte er zu Tante Elsie und Kurt gesagt? Die beiden mussten sich schließlich gekannt haben. Und vor allem: Welchen Rat hätte er ihr gegeben, wenn sie ihm von Jakob erzählt hätte? Kurt neben ihr lachte leise.

»Weißt du, am Anfang habe ich wirklich gedacht, du wärst Elsie. Du kannst dir gar nicht vorstellen, wie sehr ich mich erschreckt habe. Also …« Er stockte kurz. »… im Guten Sinn natürlich. Ich dachte wirklich, sie steht vor mir.« Kurt schüttelte den Kopf. »Schön und klug und mit diesen wachen Augen, die durch einen hindurchsehen und sofort die Wahrheit erkennen.«

Da hatte er wohl recht. Auch wenn es Kiki natürlich schwerfiel, Tante Elsie als schön zu bezeichnen, im Hinblick darauf, dass sie sich wirklich sehr ähnlich sahen, so stimmte doch, was er über ihren Röntgenblick sagte.

»Oh, das ist sehr freundlich von dir, Kurt, aber ich habe leider nicht das gleiche Talent.« Im Gegenteil. Sie hatte es ja bisher noch nicht einmal geschafft, sich selbst zu durchschauen.

»Ja, das ist mir auch aufgefallen.« Er lachte wieder. »Sonst hättest du sicher längst bemerkt, dass das Leben und die Liebe gar nicht so kompliziert sind, wie du denkst.«

Scharf sog Kiki die Luft ein, aber bevor sie etwas sagen konnte, fuhr er fort.

»Oh, schau nicht so streng! Ich bin alt, ich darf so was sagen! Und außerdem habe ich dich beobachtet. Das konnte ich nun doch nicht ganz verhindern, immerhin hast du meine Augen und meinen Geist in eine Zeit zurückkatapultiert, in der ich selbst ein junger Mann war! Und es geht doch um die Liebe, nicht wahr?« Er nickte sich selbst zu. »Natürlich tut es das. Es geht immer um die Liebe.« Er seufzte. »Du und Jakob, ihr macht euch das Leben selbst so unnötig schwer. Du fragst dich vielleicht, woher ich das weiß?« Er sah Kiki fragend an. Als sie nickte, fuhr er fort. »Nun, immerhin habe ich ja selbst einige Erfahrung darin, Umwege zu gehen. Eines darfst du mir glauben, nicht immer freiwillig.« Er seufzte wieder. »Die meisten davon waren wirklich unnötig. Hätte ich damals gleich das Richtige getan … mein Leben hätte eine ganz andere Wendung genommen. Aber weißt du: Auch wenn ich es gerne ganz mit deiner Tante Elsie geteilt hätte, so gab es doch auch viele wunderbare Momente, die ich auf keinen Fall missen möchte. Und ich bin mir sicher, deiner Tante geht es ganz genauso.« Er legte Kiki die Hand aufs Knie. »Keiner weiß, wie viel Zeit er hat. Ich bin einfach nur froh und dankbar, dass ich noch ein wenig davon mit Elsie verbringen darf.«

Kiki versuchte, ihre Gedanken zu sortieren. »Aber wenn ihr doch so starke Gefühle füreinander hattet und habt, warum warst du nie in Stuttgart? Hast nie nach ihr gesucht?«

Er überlegte einen Moment, bevor er antwortete.

»Ich weiß, das ist im Nachhinein schwer zu verstehen. Die Zeiten waren anders, und nichts war einfach. Irgendwohin zu kommen, war beinahe so etwas wie eine Weltreise. Das soll keine Entschuldigung sein. Denn vor allem war ich nach dem Krieg einfach eine andere Person. Ich hatte mein Selbstvertrauen verloren, meinen Lebensmut und das Gefühl, ein guter Mensch zu sein. Und Elsie war für mich das Wertvollste, was der liebe Gott geschaffen hatte. Warum also sollte ausgerechnet ich sie verdient haben?«

Er sah Kiki an, bevor er weitersprach. »Vielleicht kann man es auch so sagen: Ich war zu feige, Kiki. Und ich habe viel zu viel nachgedacht.« Er lachte, als er Kikis erstauntes Gesicht sah, dann wurde er gleich wieder ernst. »Jaja, ich weiß, was du sagen willst, aber schau nicht so. Das kann durchaus auch bei Männern vorkommen.« Leiser fuhr er fort: »Meine Zweifel und meine Ängste haben alles kaputt gemacht. Hätte ich auf mein Herz gehört, Kiki, wären wir uns viel früher begegnet. Dann hätte ich auch mehr Zeit mit deinem Vater verbracht.« Er seufzte. »Ein feiner Kerl. Was für ein Jammer, dass er nicht mehr da ist.« Sanft drückte er Kikis Hand. »Es tut mir leid.«

Für einen Moment schwiegen sie, jeder mit den Erinnerungen beschäftigt, die beide mit Kikis Vater verbanden.

»Danke, Kurt.«

»Es ist schön, sich an ihn zu erinnern. Solange wir an ihn denken, ist er schließlich ein Teil dieser Geschichte, nicht wahr?«

»Das stimmt.« Was für ein tröstlicher Gedanke.

»Übrigens: Ob das mit dem zu viel Nachdenken genetisch ist, kann ich dir natürlich nicht sagen. Vielleicht hat es auch was mit den Menschen zu tun, mit denen man sich umgibt. Vielleicht ist es aber auch berufsbedingt?« Er zwinkerte ihr zu. »Ich kenne da nämlich einen Schreiner … also einen anderen … der … ich würde sagen, jetzt in diesem Moment auch sehr viel nachdenkt. In seinem Fall ist es vermutlich kein Fehler …« Kurt wiegte seinen Kopf. »Und er hätte besser ein bisschen früher damit angefangen, aber es ist ja nicht zu spät.«

Von wem oder was sprach er da? Kiki war aufgestanden.

»Du meinst, Jakob ist auch noch wach?«

»Oh, das weiß ich nicht.« Wieder lächelte er. »Aber ich kann dir sagen, *wo* er ist. Wenn du möchtest, kann ich dir eine Taschenlampe und die Leine für Little Richard besorgen. Vorausgesetzt, du möchtest ihn gern mitnehmen. Und das möchtest du, denn am Märchensee kennt er sich bestens aus.«

»Er ist am Märchensee? Um nachzudenken? Um diese Uhrzeit?«

»Ganz genau, Kiki. Dort gehen wir beide immer hin, wenn wir nachdenken müssen oder ein bisschen Magie in unserem Leben brauchen. Und ich könnte mir vorstellen, dass er sich fragt, wie er etwas in Ordnung bringen kann, das er beinahe so gründlich vermasselt hat wie ich damals die Geschichte mit deiner Tante.« Prüfend sah er sie an. »Du musst wissen,

Jakob ist ein ziemlich ruhiger und ausgeglichener Zeitgenosse. Es dauert lange, ihn aus der Reserve zu locken und noch viel länger, ihn so aus der Fassung zu bringen, dass er jemanden schlägt. Ganz unter uns, Kiki: So etwas habe ich noch nie erlebt. Und ich kenne ihn schon sein Leben lang.«

»Aber er hat sich doch wegen Louisa geprügelt.«

»Wegen Louisa?« Nun war es Kurt, der erstaunt aussah. »Wie kommst du denn auf die dumme Idee?«

Nun ja, weil …

Als ob er Gedanken lesen konnte, sprach er weiter: »Die Fragen, die dir jetzt auf der Zunge brennen, stellst du Jakob am besten selbst. Ich kann dir keine davon so gut beantworten wie er. Das Einzige, was ich dir dazu sagen kann, ist, dass es immer wert ist, dem anderen eine Chance dazu zu geben. Denn oft sind die Dinge ganz anders, als wir uns das in unseren klugen und verunsicherten Köpfen zurechtlegen. Das ist vermutlich die bitterste Lektion, die ich während meines Lebens gelernt habe.«

»Aber woher weißt du …?«

»Kiki, Liebes, ich habe Augen im Kopf. Und ich habe selbst viel Zeit mit Grübeleien am Märchensee verbracht. Aber ich war schon lange nicht mehr dort. Die alten Knochen und …« Er war ebenfalls aufgestanden und hielt sich jetzt stöhnend den Rücken. »… und außerdem habe ich schon lange der Magie abgeschworen. Aber morgen, morgen gehe ich auch mal wieder hin, denke ich.« Wieder zwinkerte er Kiki zu. »Und das erste Mal seit sehr langer Zeit bringe ich keine Frage mit, sondern die Antwort.«

Sie würde jetzt sofort rübergehen und den alten Golf holen. Was für ein Glück, dass Theo den Schlüssel auf den Reifen gelegt hatte. Little Richard musste sich zwar ein bisschen reinquetschen, aber das war er ja vom Traktor gewohnt. Es war mitten in der Nacht, stockfinster, und sie kannte sich nicht wirklich aus. Ihre Mutter würde sie umbringen, wenn sie dem Golf irgendeinen Schaden zufügen würde, aber auch wenn es wirklich mehr als verrückt war, sie musste einfach an den Märchensee fahren. Sie musste einen Weg finden, irgendwo auf dem Land zu leben. Am liebsten hier. Vielleicht konnte sie ja Tante Elsie zu einer Art WG überreden. Sie würde sich einen Hund mit einem ähnlich guten Charakter wie Little Richard zulegen. Und sie würde sehr gerne Zeit mit Mia verbringen, selbst wenn Jakob nicht … aber daran wollte sie jetzt nicht denken. Zuerst einmal musste sie das ja herausfinden. *Denn wer es gar nicht erst versucht, hat sowieso schon verloren, von Betzenstein!*

39

Jakob saß auf dem Steg und starrte über den dunklen See. Hierher zu finden, war für ihn überhaupt kein Problem. Dieser Ort war ihm beinahe so vertraut wie sein eigener Garten, und viele Male, wenn er Mia nachts nicht allein lassen konnte, war er mit geschlossenen Augen und in Gedanken hierhergekommen. Wenn man es so wollte, war der Märchensee sein stiller Therapeut gewesen. Hier konnte er sich seinen Zweifeln und Sorgen stellen und sich eingestehen, dass Louisa und er nie zueinandergepasst hatten. Es war nicht leicht gewesen. Die Erwartungen in einem so kleinen Dorf wie Ehrenweiler waren hoch. Vor allem, wenn es um Beziehungen ging. Es stand einfach so viel auf dem Spiel. Immerhin waren Theo und Roswitha seine Nachbarn, und nicht nur das: Sie waren Freunde. Und nachdem Mia auf der Welt war, Familie. Sich von Louisa zu trennen, hatte bedeutet, das komplette Ehrenweiler Gefüge infrage zu stellen, und das, nachdem das ganze Dorf quasi miterlebt hatte, wie er und sie sich mit siebzehn ineinander verliebt hatten und zusammenkamen. Für alle war klar, dass sie die ideale Verbindung waren, und niemand wäre auf die Idee gekommen, dass einer von beiden das jemals hinter sich lassen würde. Sich zu trennen, bedeutete, die Werte und Vorstellungen aller Ehrenweiler mit Füßen zu treten. Dementsprechend persönlich getroffen und enttäuscht waren sie auch, als Louisa ging. Natürlich hatte er den dankbaren Part erwischt. Immerhin war er nicht ausgebrochen, er hatte Mia und die Schreinerei und ein Dorf, das ihn sofort geschlossen unter seine Fittiche nahm. Jeden Mittag stellte irgendjemand etwas zu Essen vor seine Tür, und Kurt hatte schon gewitzelt, dass er sich ja dann später mal das Essen auf Rädern sparen könne, wenn er nur lange genug der arme, verlassene, alleinerziehende Vater blieb. Natürlich war er das. Aber eben nicht nur. Er war Louisa auch dankbar. Auch er war nicht glücklich gewesen, aus verschiedensten Gründen. Schließlich war es schwer, froh zu sein, wenn der eigene Partner litt. Und Louisa war einfach nicht für das Leben in einem Dorf geboren. Sie hatte schon immer mehr gewollt und ihre Grenzen getestet, dafür konnte sie vermutlich noch nicht einmal was. Sie fühlte sich eingeengt. Und das hatte Jakob gespürt. Während der Schule hatte er ihren Freiheitsdrang bewundert, wie so viele Jungs. Sie war mit dem Bus in die Stadt gefahren, um Tanzunterricht zu nehmen. Hatte ihre Eltern überredet, sie nach dem Abi in Berlin studieren zu lassen, und war dennoch immer wieder zurückgekehrt, um hier zu sein, weil es gar nicht wirklich zur Debatte stand. Auch Jakob hatte nicht viel darüber nachgedacht. Als er den Goldenen Adler geerbt hatte, war er davon überzeugt gewesen, dass Louisa das glücklich machen würde. Immerhin hätte sie hinter dem Tresen auch eine Art Bühne und im Gastraum ihr Publikum gehabt. Wie engstirnig und egoistisch er doch gewesen war. Mia war nicht geplant gewesen, und doch hatte Jakob gefunden, es hätte keinen besseren Zeitpunkt für sie geben können. Offenbar ganz im Gegensatz zu Louisa. Als sie seinen Heiratsantrag abgelehnt hatte, war für ihn eine Welt zusammengebrochen. Wie sollte ein Leben funktionieren, das noch nicht einmal die Grundregeln einhielt? Der Schmerz, den er empfunden hatte, so begriff er jetzt, war kein gebrochenes Herz gewesen, sondern Kummer, weil etwas fehlte, das er in seinem Leben haben wollte. Es hatte wehgetan, aber er hatte sich auch merkwürdig befreit gefühlt. Jakob wurde bewusst, wie dankbar er Louisa im Grunde dafür war, dass sie so klar gesehen und die Konsequenzen daraus gezogen hatte. Ganz sicher hatte er sie damals im Stich gelassen, bestärkt durch alle anderen. Er war das Opfer, sie die Täterin. Oh, er war sehr wohl traurig gewesen. Aber, so begriff er jetzt, es hatte nichts mit Louisa zu tun gehabt, sondern mit seiner Vorstellung von einem glücklichen Leben. Mann, Frau, Kinder, Hund, ein schönes Haus und seine Schreinerei – all das am besten in Ehrenweiler. Er hatte sich lange genug eingeredet, dass Louisa die Frau seines Lebens war und er eben nur lange genug warten musste, bis sie festgestellt hatte, dass der Traum von der Schauspielerei eben nur ein Traum war. Dann wäre sie zu ihm zurückgekehrt und hätte das Leben gelebt, das seinen Vorstellungen und Träumen entsprach. Wie feige er gewesen war, einfach abzuwarten und weiter Louisa die Verantwortung für sein Lebensglück zuzuschieben. Nein, sie wäre nicht glücklich geworden. Aber, und das rechnete er ihr hoch an, sie hatte es versucht. Alles wäre ihr Leben lang ein Kompromiss geblieben, der weder ihr noch ihm auf Dauer gelungen wäre. Durch ihre Entscheidung, ihren Mut, das auch durchzuziehen, und die Kraft, all der Kritik zu widerstehen, hatte sie ihm die Chance gegeben, ebenfalls sein wahres Glück zu finden.

Kikis Gesicht tauchte vor seinem inneren Auge auf. Kiki und ihr kaputter Flipflop. Kiki bei der Abendandacht. Mit Mia, mit Kurt, mit ihrer Mutter Helga, in ihren Gummistiefeln. Er schmunzelte. Sie brauchte keine große Bühne und auch sonst nicht viel, um zu leuchten. Sie war authentisch, fröhlich, chaotisch, liebevoll, leicht zu verunsichern, unglaublich hübsch und noch so vieles mehr. Er kannte sie nicht sein Leben lang, war weder mit ihr in die Schule gegangen noch hatten die Ehrenweiler sie abgesegnet und für gut genug befunden. Und dennoch hatte es nur ein paar Sekunden gedauert, bis sein Herz schneller geschlagen hatte. Es war magisch gewesen, auch wenn er das nie wirklich für möglich gehalten hatte. Es war, als hätte seine Seele ihre erkannt. *Kitschig.* Ihr Blick, ihr Verhalten, alles an ihr hatten ihm das Gefühl gegeben, dass es ihr ähnlich gegangen war.

Wo sie jetzt wohl war? Er sah auf die Uhr. Schon nach eins. Wahrscheinlich schlief sie tief und fest. Hoffentlich. Die Alternative war, dass sie mit Philip irgendwo … nein, daran wollte er gar nicht denken. Kiki würde sich doch hoffentlich in einen wie ihn nicht … Oder doch? Hatte Jakob sie womöglich mit seinem dummen Verhalten in seine Arme getrieben? Wäre er nicht Louisa hinterhergelaufen, sondern bei Kiki geblieben, hätte er sie nicht weggeschickt, nachdem sie nach dem Streit mit Philip zu ihm gekommen war, dann wäre alles anders gekommen, das begriff er jetzt. Aber dafür war es zu spät. Ob er sie damit verloren hatte? Plötzlich legte sich eine bleierne Müdigkeit über seine Glieder, seine Faust, mit der er Philip geschlagen hatte, schmerzte, und alle Kraft wich aus seinem Körper. Sie würde nach Stuttgart zurückkehren, und er würde sie nie wiedersehen. Er hatte es vermasselt.

Kurz schloss er die Augen. Ein Frosch quakte, ansonsten war alles ruhig. Nein, wenn er glücklich sein wollte, musste er seinen Weg gehen, auch wenn es vielleicht ein paar Hindernisse bereithielt und er womöglich kämpfen musste. Aber wer hinderte ihn daran, außer er selbst? Wenn Louisa das konnte, dann konnte er das sicher auch.

Der Mond malte helle Kringel auf den Steg, durch den nächtliche Schatten hindurchwanderten. Es war unglaublich, welchen Frieden dieser Ort ausstrahlte und welche Hoffnung er ihm jedes Mal gab. Für Jakob war dies der schönste Platz auf Erden. Er wünschte nur, Kiki wäre hier.

Moment. Hatte da nicht gerade jemand geflucht? Und war das nicht das Bellen eines Hundes?

40

Obwohl Little Richard an ihrer Seite war, fühlte sich Kiki doch nicht ganz so selbstsicher, wie sie erwartet hatte. Die Geräusche nahm man in der Nacht so viel intensiver wahr. Ein Käuzchen rief, Äste knackten, eine sachte Brise spielte mit den Blättern der Bäume. Aber am bedrückendsten war die Stille. Ihr Atem kam ihr sehr laut vor und sie schwitzte vor Anspannung. Den Golf hatte sie beim Hochsitz stehen lassen, weil sie nicht sicher war, ob er den Waldwegen gewachsen war, und sie kein Risiko eingehen wollte. Obwohl sie eine Taschenlampe dabeihatte, hätte sie definitiv die Abzweigung zum Märchensee verpasst, wenn Little Richard nicht gewesen wäre. Jetzt war er allerdings keine große Hilfe. Immer wieder rannte er voraus, nur um dann ganz plötzlich aus dem Nichts aufzutauchen und sie wahnsinnig zu erschrecken. Keine Frage, er war in seinem Element. Kiki eher nicht so.

Irgendwann erreichten sie den umgestürzten Baumstamm. Von hier aus hatte sie den See am Freitag das erste Mal gesehen. Jetzt allerdings sah sie gar nichts. Um über den Baum klettern zu können, brauchte sie ihre Hände und musste deshalb die Taschenlampe mit den Zähnen halten. Wo war noch mal der beste Tritt gewesen? Und wo war Little Richard? Als hätte er ihre Gedanken erraten, sprang er plötzlich hechelnd neben sie. Vor Schreck entfuhr ihr ein spitzer Schrei, der leider dazu führte, dass ihr die Taschenlampe aus dem Mund glitt und den holperigen Weg entlangkullerte, bis sie ein paar Meter weiter liegen blieb. Ihr mattes Licht beleuchtete einen nahegelegenen Busch.

»Verdammt, Little Richard! Ich dachte, du würdest mir helfen!«

Kiki klammerte sich an die Äste, um nicht abzurutschen, und versuchte vergeblich, sich daran zu erinnern, wie tief es auf der anderen Seite runterging und vor allem, wo. Schweiß lief ihr zwischen den Schulterblättern hinab.

Die Rinde grub sich schmerzhaft in ihre Handflächen.

»Was sollen wir denn jetzt machen?«

Little Richard antwortete mit einem kurzen Bellen, als hätte er sie zwar akustisch, aber nicht inhaltlich verstanden. Sie konnte ihn nicht sehen, aber der Lautstärke seines Bellens nach saß er auf der anderen Seite auf dem Weg und … lachte sie aus.

»Super, du Riesenhund! Du bist mir ja eine großartige Hilfe!«, grummelte sie. »Bring mir wenigstens die Taschenlampe!«

Er bellte wieder.

»Was denkst du dir eigentlich dabei? Soll ich hier etwa rumhängen, bis es morgen früh wieder hell wird und …«

Kurz überschlug sie, dass es bis zum Morgengrauen ja kaum mehr als vier Stunden sein konnten. Im Verhältnis zu einer ganzen Nacht war das wenig. Im Verhältnis zu ihrer Kraft allerdings sehr viel.

»Ich glaube, das wird nicht nötig sein«, unterbrach Jakob ihre Überlegungen.

Jakob! Kikis Herz machte einen Riesenhüpfer, als sie seine Stimme erkannte. Das Lachen darin hörte sie allerdings auch. Er hob die Taschenlampe auf und kam näher.

»Was machst du da?«, fragte Kiki, als sie das Rascheln von Blättern wahrnahm und spürte, wie der Stamm, auf dem sie stand, wackelte.

»Was ich …?« Er leuchtete ihr ins Gesicht. »Dasselbe könnte ich dich fragen!« Nun lachte er wirklich. »Ich rette dich, wenn es dir recht ist. Das scheint irgendwie meine Aufgabe in deinem Leben zu sein.«

»Ich muss überhaupt nicht gerettet werden«, antwortete Kiki trotzig. »Ich brauche nur meine Taschenlampe wieder.«

»Soso.« Er hielt ihr die Lampe hin. »Bitte sehr. Dann kann ich ja wieder gehen. Allerdings frage ich mich …« Er nahm ihre Hand und half ihr, den ersten Schritt auf den sicheren Boden zu machen. »Was du überhaupt hier vorhattest!«

»Oh, ich … wollte eigentlich nur ein bisschen …« Sie hielt seine Hand fest und machte den zweiten Schritt. »Ich wollte … spazieren gehen.«

»Mit Little Richard?«

Jakob hatte nicht zugelassen, dass sie seine Hand wieder losließ. Sie standen sich gegenüber auf dem Waldweg. Kikis Hüfte, ihre Schulter und ihr Arm berührten seine. Keiner wagte, den ersten Schritt zu machen. Es war mutig gewesen, hierherzukommen. Aber jetzt galt es, Farbe zu bekennen.

Komm schon, von Betzenstein, das kannst du!

»Nein, mit dir«, flüsterte sie.

Sie lagen nebeneinander auf dem immer noch warmen Holzsteg und schauten gemeinsam in den Sternenhimmel. Ihre Hände berührten sich, und jeder hing für eine Weile seinen Gedanken nach, bevor Jakob zu sprechen anfing.

»Weißt du, Onkel Kurt hat mir erzählt, dass es einen Stern gibt, der früher die Seefahrer durch die Weltmeere gelotst hat. Er ist zwar nicht …«

»… nicht so hell, wie manche andere, aber er steht immer an derselben Stelle des Himmels«, fiel Kiki ihm ins Wort.

Für einen Moment stockte Jakob, bis er weitersprach.

»Und zwar am Himmelsnordpol. Genau deshalb scheinen sich alle Sterne um ihn zu drehen. Man kann sich also absolut auf ihn verlassen … Woher weißt du das?« Jakob legte sich auf die Seite und rutschte ein wenig näher.

Sein Gesicht war so nah, dass Kiki seine Konturen sehen konnte. Am liebsten wäre sie jede einzelne Linie mit ihrem Finger nachgefahren.

»Tante Elsie«, antwortete sie leise. »Sie hat mir auch immer erzählt, dass es nicht wichtig ist, wie hell ein Mensch nach außen hin strahlt, um ein Herz zu erleuchten, und dass man, wenn man Glück hat, irgendwann den Menschen trifft, der das eigene Herz zum Leuchten bringt.«

»Ich habe so etwas Ähnliches auch von Onkel Kurt gehört. Aber ich habe immer gedacht, er würde von meiner Tante Ida sprechen. Ich habe mir, ehrlich gesagt, wenig Gedanken darüber gemacht, dass er jemand anderen meinen könnte. Er kam mir immer so zufrieden vor. Aber wir haben auch erst darüber gesprochen, als er mich damals getröstet hat.« Für einen kurzen Moment hielt er inne, bevor er weitersprach. »Als … als Louisa sich von mir getrennt hat, haben wir das erste Mal über die Liebe geredet. Er war der Einzige, der zu Louisa gehalten hat, weißt du? Etwas, das ich damals überhaupt nicht verstehen konnte. Als ich ihn gefragt habe, warum, hat er mir gesagt, dass er nicht zu Louisa, sondern zu aufrichtiger und echter Liebe halten würde und dass sie es auch wert sei, darum zu kämpfen. Dass man dabei kein Feigling sein dürfe und dass man wissen würde, wann es Liebe war und wann nur Vernunft.«

Nun war er es, der seine Finger an ihrer Wange entlanggleiten ließ.

»Ich habe überhaupt nichts von dem verstanden, was er da gesagt hat. Aber ab diesem Zeitpunkt habe ich die Traurigkeit an ihm wahrgenommen, die ich vorher nicht gesehen habe. Ein Kummer, eine Last, irgendetwas, das ihn immer umgab.«

Kiki wusste genau, was er meinte. Genau dasselbe galt für ihre Tante Elsie.

»Wie gut, dass sie sich gefunden haben.«

»Ja, das finde ich auch.«

»Meinst du, deine Tante Ida hat von Elsie gewusst?«

»Ich glaube schon. Sie war eine sehr kluge Frau. Und sie muss Tante Elsie ja auch gekannt haben. Wenigstens flüchtig. Bestimmt hat sie geahnt, dass die beiden ineinander verliebt gewesen waren. Aber ich bin mir auch sicher, dass Onkel Kurt ihr alles gegeben hat, was er ihr geben konnte. Er hat sie auch geliebt. Vielleicht auf eine andere Art und Weise als Elsie.«

»Glaubst du wirklich, dass es verschiedene Möglichkeiten zu lieben gibt?«

»Ich bin mir ziemlich sicher. Wusstest du, dass eine Fünftelsekunde ausreicht, um sich in jemanden zu verlieben? Eine Fünftelsekunde! Überleg doch mal!« Jakob schob seinen Arm unter Kikis Kopf und nahm ihre Hand in seine. »Also, was dich und mich betrifft: In den ersten Sekunden unseres gemeinsamen Lebens bist du mir vor die Füße gefallen und hast mich beschimpft. An dieser Taktik hat sich bis jetzt kaum etwas geändert.«

»Das war keine Taktik. Nur … Pech. Und Zufälle. Und Unfälle. Und …«

»Pech also?«

»Ich würde sagen, es war eher Glück.«

Er beugte sich über sie, sein Gesicht nur wenige Zentimeter von ihrem entfernt.

»Isolde von Betzenstein. Kiki. Ich kenne dich noch nicht besonders lang, aber das macht nichts. Weil ich weiß, dass wir sehr viel Zeit haben.« Er legte seine Stirn auf ihre. »Und trotzdem möchte ich keine Sekunde davon verschwenden.«

Zärtlich nahm er ihr Gesicht in beide Hände. Sanft berührten seine Lippen die ihren, und in ihrem Körper, ihrem Herz und ihrer Seele begann das Licht zu leuchten, von dem Onkel Kurt und Tante Elsie gesprochen hatten. Kiki fühlte so etwas zum ersten Mal, aber sie wusste, dass sie gefunden hatte, wonach sie so lange gesucht hatte.

»Und was machen wir jetzt?«

»Was möchtest du denn machen?«

Diese Frage hatte sie sich heute dank Esther schon mehrmals stellen müssen, und nach und nach bemerkte sie, dass es ihr immer leichterfiel, die richtige Antwort zu finden. Außerdem war es höchste Zeit, das Leben zu führen, nach dem sie sich sehnte. Die Antwort war ganz einfach:

»Lass uns schwimmen gehen!«

Sie spürte Jakobs Lachen mehr an ihrer Wange, als dass sie es hörte.

»Genau daran habe ich auch gerade gedacht.«

Epilog

»Eine Bank? Wer kommt denn auf so eine verrückte Idee! Hier stand doch noch nie …« Empört schaute Elsie zuerst nach oben zu dem neuen Hochsitz und dann zu Kurt, der ihr dabei half, sich auf der Bank niederzulassen.

»Noch nie ist gut, Elsie. Hier steht seit mehr als dreißig Jahren eine.« Amüsiert zwinkerte er ihr zu.

»Ach ja?« Elsie schüttelt verwundert den Kopf. »Aber warum denn? Hat denn der alte Hochsitz nicht gereicht?«

»Natürlich hat der Hochsitz gereicht. Aber er war alt und morsch und sollte erneuert werden. Außerdem hatte ich es irgendwann einfach satt, immer allein nach da oben zu klettern. Dort zu sitzen und …« Er schluckte und legte ihre Hand auf seine, wo er sie festhielt.

Seine Wärme zu spüren, zu fühlen, dass sich an seiner Liebe überhaupt nichts geändert hat, war das Kostbarste, was Elsie seit sehr langer Zeit gefühlt hatte, und sie schwor sich, jedes Stückchen ihres wiedergewonnenen Glückes in ihr Herz zu legen, als sei es ein kostbarer Diamant und ihr Herz eine Schmuckschatulle. Für einen kurzen Moment schloss sie die Augen, als er fortfuhr:

»… von dem Mädchen zu träumen, von dem ich dachte, ich würde es nie wiedersehen.«

Nun war es Elsie, die lächelte. »Gottes Wege sind unergründlich, was?«

»Das kannst du laut sagen.«

»Und weißt du, ich bin froh, dass ich die Bank gebaut habe, als es noch ging. Und schau mal …«, er rückte ein Stückchen von Elsie ab, ohne ihre Hand loszulassen. »Als sie den alten Hochsitz auseinandergebaut haben, habe ich den wichtigsten Balken gerettet und hier als Lehne eingebaut.«

Nun gab er ihre Hand frei. Behutsam, als handele es sich bei den filigranen Einkerbungen im Holz um das zarte Gefieder eines scheuen Vogels und als hätte sie Sorge, etwas zu zerstören, strich sie zuerst über die Buchstaben »F. & K« und dann über das Herz, das jemand mit dem Messer mühevoll mit winzigen Blüten verziert hatte. Einen kleinen Vogel, der so aussah, als hätte er sich auf dem rechten Herzbogen niedergelassen, hatte der Künstler noch hinzugefügt.

»Kurt!«

»Ja, Elsie?«

»Das ist …?«

»Nun, ich hatte ein bisschen Zeit übrig. So ungefähr siebzig Jahre.« Er kicherte. »Da kriegt man schon das eine oder andere hin. Sogar mit einem alten Messer wie diesem hier.«

Aus einem alten Küchentuch wickelte er ein Messer aus, das Elsie mehr als bekannt vorkam. In ihrer Erinnerung war es schäbig gewesen, zusammengefügt aus Dingen, die eigentlich für etwas anderes vorgesehen waren. Aber nun, in Kurts Hand und unter seinem stolzen Blick, sah es aus wie ein Schatz. Blank poliert und glänzend. Andächtig strich Elsie über den hölzernen Griff.

»Dein Messer.«

»Ja, damit habe ich unser Herz ein wenig nachgebessert und den Vogel … Das ist …« Nun wurde er doch ein wenig verlegen. »… ein Rotkehlchen. Erinnerst du dich?«

Überwältigt von ihren Gefühlen drückte Elsie fest Kurts Hand. Eine einzelne Träne kullerte über ihre runzelige Wange.

»Ob ich mich erinnere? Oh Kurt, ich habe mein Leben lang an nichts anderes gedacht. Und in den letzten schlimmen Wochen waren es diese Erinnerungen, die sich echter angefühlt haben als mein wirkliches Leben. Dass ich das hier noch einmal sehen darf, erleben darf, dich … hier an meiner Seite spüren darf …« Sie schüttelte wieder den Kopf. »Das ist ein Wunder. Oder Kurt? Ein Wunder …«

Kurt nickte. Dann schüttelte auch er den Kopf.

»Ja, Elsie, das ist es.«

»Sag, Kurt, ist es nicht furchtbar, dass wir so viel Zeit verloren haben? Zeit, all die Dinge gemeinsam zu erleben, und stattdessen ohne den anderen waren mit einem Herzen voll unerfüllter Sehnsucht?«

»Ja, das mit der Sehnsucht stimmt, Elsie. Aber einsam? Nein, einsam war ich nie. Ein Teil von dir war immer bei mir.« Kurt klopfte sich auf sein Herz. »Immer«, setzt er noch einmal nach.

Kurz kehrte Stille ein, in der sich Elsie fragte, ob es ihr genauso gegangen war. Ob auch sie Kurt immer bei sich getragen hatte, was sie zu ihrer nächsten Frage brachte.

»Haderst du nicht damit, dass wir uns nicht früher auf die Suche gemacht haben? Oder früher diese Chance hatten?«

Kurt wiegte den Kopf hin und her, bevor er antwortete.

»Weißt du, ich habe viel darüber nachgedacht, warum das Leben ist, wie es eben ist. Besonders, nachdem Ida gestorben ist. Entschuldige, es ist geschmacklos, über Ida zu reden, oder?«

»Nein, sie gehört schließlich zu deinem Leben dazu.«

Es war eher geschmacklos, dass Elsie eifersüchtig war. Noch dazu auf eine Tote, die ihr nie irgendetwas getan hatte. Wobei, wenn es sie nicht gegeben hätte, hätte sich Kurt vielleicht doch früher auf die Suche nach ihr gemacht … Sie lächelte, als er nun wieder zu sprechen begann, denn anscheinend hatten all die Jahre seinem Talent, ihre Gedanken zu lesen, nichts anhaben können.

»Ich möchte dich etwas fragen, Elsie: Hast du je wirklich geglaubt, dass ich tot sein könnte?«

Sie zögerte, obwohl sie nicht eine Sekunde darüber nachdenken musste. Nein. Nein, das hatte sie nie. Elsie erinnerte sich klar und deutlich an das starke Gefühl nach dem Krieg, an diesem schrecklichen Tag, als sie nach Stuttgart zurückgingen. An ihren dringenden Wunsch, Ehrenweiler nicht zu verlassen. Schon damals hatte sie das Gefühl, dass sie Kurt verraten hatte. Kurt und ihre Liebe. Was wäre wohl gewesen, wenn sie geblieben wäre? Andererseits: Hatte sie eine Wahl gehabt? Hatte zu diesen Zeiten irgendjemand eine Wahl?

»Nein, ich …«

Und dennoch war es ihre Schuld. Dass sie sich nicht wiedergefunden hatten, dass sie kein gemeinsames Leben, keine gemeinsame Geschichte, Familie oder gar Erinnerungen hatten.

»Ich habe uns jede Chance auf gemeinsame Erinnerungen genommen«, sagte sie traurig.

»Aber das stimmt doch gar nicht, Elsie. Wir haben doch gemeinsame Erinnerungen. Es sind die schönsten meines Lebens!«

Kurt hob Elsies Kinn an, damit er ihr in die Augen sehen konnte. »Für mich bist du immer noch die schönste Frau der Welt. Die einzige. Das war schon immer so und wird bis in alle Ewigkeit so bleiben. Und dass ich nun, am Ende meines Lebens, das Glück habe, dich wiederzufinden, Elsie, wer hätte das gedacht? Nein, ich bin nicht traurig, und ich wünsche mir sehr, dass du es auch nicht bist. Ich weiß, eines Tages werden wir sterben. Aber bis dahin leben wir doch, oder, Elsie? Lass uns lieber die Zeit nutzen, die wir haben, und neue Erinnerungen schaffen. Nur für uns beide. Du hattest doch schon immer dieses unglaubliche Geschick, aus wenig etwas Großes zu machen. Denk an das Messer, Elsie. Und lass uns mit der Zeit genauso umgehen. Wo ist das Mädchen, das sich Blumen in die Zöpfe gesteckt hat? Das tanzen konnte wie der Teufel und vor dem kein Baum sicher war? Nun, wenigstens mit den Blumen kann ich dienen.«

Er beugte sich nach links und zupfte eine hellblaue Wegwartenblüte ab, die neben der Bank wuchs, und steckte sie in Elsies Haarkranz.

Sie lächelte und senkte den Blick, als wäre sie wieder sechzehn und sehr schüchtern und als hätte Kurt ihr gerade ein unmoralisches Angebot gemacht. Oder vielmehr, als hätte er mehr berührt als nur ihr Haar.

Für einen kurzen magischen Moment sahen sich die beiden

tief in die Augen, und alle Dinge, die Elsie nachts geträumt, ersehnt oder in einsamen Stunden in ihren Gedanken mit Kurt besprochen hatte, alle Sehnsüchte, Wünsche und die Trauer, ihn verloren zu haben, verblassten. In ihren Blicken stand die Wahrheit, und alles, was bisher nicht geschehen war, war nicht mehr wichtig. Wichtig war nur noch, was ab jetzt kam.

»Und wenn wir schon dabei sind, was meinst du: Wer von uns kann mehr Waldhimbeeren essen?«

Ende

Nachwort

Ja, ich habe mir Ehrenweiler ausgedacht – und auch wieder nicht. Denn auf der Schwäbischen Alb gibt es viele wundervolle Dörfer, Wälder, Ebenen und Seen, die mich zu diesem Ort inspiriert haben. Schauen Sie sich zum Beispiel Reusten an, Pfäffingen, Tübingen, Poltringen, den Märchensee bei Wendelsheim, den weitläufigen und geheimnisvollen Wald des Schönbuchs und das Kloster Bebenhausen – um nur einige Orte zu nennen, in deren Nähe mein »Ehrenweiler« angesiedelt ist. Die Schwäbische Alb ist zu jeder Jahreszeit einfach ein ganz besonderes Fleckchen Erde.

Auch für das Spanferkelfest gibt es übrigens ein grandioses Vorbild – zumindest, was das Zelt, das Essen und die Stimmung angeht. Und in der Tat kann man dort bei der Tombola eine schlachtreife Sau gewinnen. Überlegen Sie also gut, ob Sie sich ein Los kaufen. ☺ Geschichtlich habe ich mich an Poltringen orientiert und viel gelernt: Ich wusste beispielsweise nicht, dass französische Kolonialtruppen aus Marokko dort waren. Den französischen Einfluss spürt man nach wie vor überall in und um Tübingen sehr deutlich. Wer ein wenig tiefer eintauchen möchte, findet beim Heimat- und Wanderverein Ammerbuch e.V. noch viele weitere spannende Geschichten aus verschiedenen Zeiten. (https://www.hwv-ammerbuch.de)

Was Elsies und Kurts Kriegserlebnisse angeht, so ist deren Geschichte auch ein Teil von meiner: Meine Mutter wurde als Kind von Stuttgart nach Waldenbuch evakuiert – übrigens auch ein ganz bezaubernder Ort auf dem Weg von Böblingen auf die Alb, nicht nur, weil dort eine gewisse Schokoladenfabrik angesiedelt ist 🙂 – und hat mir viel aus dieser Zeit erzählt. Meine Mutter ist für mich auch Vorbild für die junge Elsie gewesen. Ich konnte sie förmlich über die Stoppelfelder rennen sehen, und ganz bestimmt wusste auch sie immer, wo die besten Himbeerbüsche zu finden waren. Auch meine Tante väterlicherseits spielt eine große Rolle. Sie hat im Krieg ihre große Liebe geheiratet – drei Monate, bevor er eingezogen wurde und tragischerweise fiel. Sie hat sich nie wieder auf eine Ehe eingelassen, sondern sich stattdessen der Wissenschaft verschrieben und als Doktorin der Biologie die Welt bereist. Mein Vater – ist Kurt. Seine Erlebnisse sind nicht nur ein winziger Teil dieses Buches, sondern ein großer meines Lebens. Als Kind habe ich seine Einschussnarben fasziniert bewundert und darübergestrichen, ohne so richtig zu verstehen, was ihr Hintergrund war. Er ist letztes Jahr mit sechsundneunzig gestorben, und ich wünschte, ich hätte noch viel mehr Fragen gestellt. Was für ein Glück, dass er seine Erinnerungen an das letzte Kriegsjahr aufgeschrieben hat. Gerade Kurts Geschichte ist also aus vielen Gründen eine sehr persönliche für mich.

Danke

Es ist natürlich immer ein großartiges Gefühl, wenn eine Geschichte zu Ende erzählt ist und gleichzeitig auch ein bisschen so, als würde man ein Kind in die Ferne ziehen lassen. Man fragt sich beinahe das Gleiche: Findet es seinen Weg? Trifft es auch auf Menschen, die es mögen? Wird es ihm gut gehen da draußen? Nun, da Sie es in den Händen halten, bin ich beruhigt. :) Danke!

Danke auch, liebe Britta Claus, Penguin Verlag, dass du mir ermöglicht hast, diese Geschichte zu erzählen.

Anna Mezger, ebenfalls Penguin Verlag, für die tolle Betreuung und Begleitung auch auf der lit.Love! Unser Fotobox-Bild bringt mich immer wieder zum Lachen. :)

Laura Austen, für die Pressearbeit! Und überhaupt: Ihr Penguins seid toll!

Lisa Wolf, du unglaubliches Adlerauge, wenn es um Details wie Haarfarben, Wochentage oder Kleidung geht. Wahnsinn!

Ohne dein liebevolles, behutsames und sehr gründliches Lektorat wäre Elsies und Kikis Geschichte niemals so rund geworden. Mit dir zusammenarbeiten zu dürfen, ist echt ein Geschenk und ich bin froh, dich nun schon zum zweiten Mal an meiner Seite zu haben. DANKE DANKE DANKE!

Danke allen Menschen, die ich nicht persönlich kennengelernt habe und die Kiki und Elsie dennoch bis hierher begleitet haben: Covergestaltung, Satz, Druck, Marketing, Vertrieb – DANKE!

Ganz besonders dankbar bin ich meiner Freundin und Kollegin Jana Lukas. Ohne dich, unsere Schreibklausur, dein Testlesen, die allerbeste Geburtstagsfeier aller Zeiten inklusive Kuchen und Gesang, unsere absolut genialen Plot-Einfälle beim Autofahren, deine Ermutigungen und deine ehrliche und kostbare Kritik wäre Elsie ganz anders. Hi Ho! DANKE für deine Freundschaft, unsere Schwabenvideos und überhaupt ALLES!

Heike Abidi, du Fels in der Brandung, Lieblings-Sachbuch-Co-Autorin und Freundin: Deine Ratschläge sind unglaublich hilfreich, deine Titel-Ideen großartig und deine ehrlichen Anmerkungen bringen mich jedes Mal so viel weiter. Ich danke dir und freue mich auf alles, was wir noch so gemeinsam aushecken!

Hasengang: YOU ROCK! Manche Entscheidungen kann man eben nur im Liegen treffen. ☺

Stuttgart und die Schwäbische Alb sind meine Heimat und ich freue mich sehr, dass Sie mich auf meinen Streifzügen durch den Schönbuch, zur Saukirbe und nach Ehrenweiler begleitet haben. Ohne Sie wäre es nicht halb so schön gewesen!

Lucinde Hutzenlaub